Daniel Silva

Die Fälschung

Ein Gabriel-Allon-Thriller

Aus dem amerikanischen Englisch von
Wulf Bergner

HarperCollins

Die Originalausgabe erschien 2022 unter dem Titel
Portrait of an Unknown Woman bei Harper, New York.

1. Auflage 2023

Deutsche Erstausgabe

Published by arrangement with
Harper, an imprint of HarperCollins *Publishers*, US
Gesetzt aus der Stempel Garamond
von GGP Media GmbH, Pößneck
Druck und Bindung von GGP Media GmbH, Pößneck
Printed in Germany
ISBN 978-3-365-00431-9
www.harpercollins.de

Klimaneutral
Druckprodukt
ClimatePartner.com/15109-2009-1001

MIX
Papier
FSC FSC® C014496

Für Burt Bacharach

Und wie immer für meine Frau Jamie
und meine Kinder Lily und Nicholas

Es ist nicht alles Gold, was glänzt.

William Shakespeare,
Der Kaufmann von Venedig

TEIL EINS

CRAQUELÉ

1

MASON'S YARD

An einem anderen Tag hätte Julian ihn gleich in den Papierkorb geworfen. Oder noch besser: Er hätte ihn an Sarah Bancrofts professionellen Aktenvernichter verfüttert. In dem langen, düsteren Pandemiewinter, in dem sie kein einziges Gemälde verkauft hatten, hatte sie das Gerät dazu benutzt, das überquellende Archiv der Galerie erbarmungslos auszulichten. Julian, der von diesem Projekt traumatisiert war, hatte befürchtet, wenn Sarah keine uralten Rechnungen und Versandpapiere mehr fand, die sie schreddern konnte, werde zuletzt er drankommen. Er würde diese Welt als kleines Parallelogramm aus vergilbtem Papier verlassen, das mit dem übrigen Altpapier zur Wiederverwertung abgeholt wurde. Im nächsten Leben würde er als klimafreundlicher Kaffeebecher zurückkehren. Es gebe schlimmere Schicksale, stellte er sich nicht ganz ohne Berechtigung vor.

Der an *M. JULIAN ISHERWOOD* adressierte Brief war an einem regnerischen Freitag Ende März in der Galerie eingegangen. Sarah hatte ihn trotzdem geöffnet; als ehemalige Agentin der Central Intelligence Agency dachte sie sich nichts dabei, die Post anderer Leute zu lesen. Sie hatte ihn fasziniert auf Julians Schreibtisch gelegt – gemeinsam mit einigen Belanglosigkeiten aus der Morgenpost, die zu den wenigen Dingen gehörten, die er regelmäßig zu sehen bekam. Erstmals las er ihn in seinem tropfnassen Regenmantel und mit vom Wind zerzausten üppigen grauen Locken am Schreibtisch stehend. Das ereignete sich um halb zwölf, was an sich bemerkenswert war, denn heutzutage kam Julian selten vor Mittag in die Galerie. So hatte er gerade noch genug Zeit, um lästig zu werden, bevor er zum Lunch aufbrach, für den er jeden Tag drei Stunden reservierte.

Sein erster Eindruck von dem Brief war, dass seine Verfasserin, eine gewisse Madame Valerie Bérrangar, die schönste Schrift hatte, die er seit Langem gesehen hatte. Anscheinend hatte sie in *Le Monde* gelesen, Isherwood Fine Arts habe vor Kurzem das *Porträt einer Unbekannten*, Öl auf Leinwand, 115 mal 92 Zentimeter, des flämischen Barockmalers Anthonis van Dyck für mehrere Millionen Pfund verkauft. Madame Bérrangar hatte offenbar Fragen zu dieser Transaktion, über die sie persönlich mit Julian sprechen wollte, weil sie juristischer und ethischer Natur waren. Dazu erwartete sie ihn am Montagnachmittag um sechzehn Uhr im Café Ravel in Bordeaux. Auf ihren Wunsch sollte Julian allein kommen.

»Was hältst du davon?«, fragte Sarah.

»Sie ist offenbar durchgeknallt.« Julian hielt den Brief hoch, als sei er Beweis genug. »Wie ist er hergekommen? Brieftaube?«

»DHL.«

»Hat auf der Empfangsquittung ein Absender gestanden?«

»Sie hat ihn bei DHL in Saint-Macaire abgegeben. Das liegt rund fünfzig Kilometer …«

»Danke, ich weiß, wo Saint-Macaire liegt«, sagte Julian – und bedauerte seinen unfreundlichen Ton sofort. »Wieso habe ich dieses schreckliche Gefühl, dass ich erpresst werden soll?«

»Sie klingt nicht wie eine Erpresserin, finde ich.«

»Da irrst du dich gewaltig, Schätzchen. Alle Erpresser, mit denen ich je zu tun hatte, hatten tadellose Manieren.«

»Dann sollten wir vielleicht die Met anrufen.«

»Die Polizei in diese Sache hineinziehen? Bist du übergeschnappt?«

»Dann zeig den Brief wenigstens Ronnie.«

Ronald Sumner-Lloyd war Julians teurer Anwalt am Berkeley Square. »Ich habe eine bessere Idee«, sagte er.

So kam es, während Sarah missbilligend zusah, dass Julian den Brief um 11.36 Uhr mit spitzen Fingern über den prächtigen alten Papierkorb hielt, der noch aus der Blütezeit der Galerie stammte, als sie in der stylishen New Bond Street residiert hatte – der Neuen Bondstraße, wie sie in Teilen der Branche geheißen hatte. Aber irgendwie gelang es ihm nicht, das verdammte Ding aus den Fingern gleiten zu lassen. Oder vielleicht, dachte er später, hatte Madame Bérrangars Brief an seinen Fingern geklebt.

Er legte ihn weg, sah die restliche Morgenpost durch, rief ein paar Anrufer zurück und ließ sich von Sarah berichten, wie ein von ihr eingefädelter Verkauf vorankam. Weil er sonst nichts mehr zu tun hatte, brach er zum Lunch im Dorchester auf. Seine Begleiterin war eine Angestellte eines großen Londoner Auktionshauses, kürzlich geschieden, keine Kinder, viel jünger, aber nicht unsittlich jung. Julian erstaunte sie mit seinem Wissen über italienische und holländische Altmeister und unterhielt sie mit Geschichten über riskante Ankäufe. Das war eine Rolle, die er mit mäßigem Erfolg schon länger spielte, als er zurückdenken mochte. Er war der unvergleichliche Julian Isherwood, Julie für seine Freunde, Juicy Julie für seine gelegentlichen Zechgenossen. Er war unfehlbar loyal, absurd vertrauensselig und durch und durch Engländer. Englisch wie Nachmittagstee und schlechte Zähne, pflegte er zu sagen. Aber wäre der Krieg nicht gewesen, wäre er ein ganz anderer geworden.

Bei seiner Rückkehr in die Galerie sah er, dass Sarah Madame Bérrangars Schreiben mit einer magentaroten Haftnotiz versehen hatte, die ihm empfahl, sich die Sache zu überlegen. Er las den Brief noch mal langsam durch. Sein Ton war so förmlich wie das Briefpapier mit feiner Leinenstruktur. Selbst Julian musste zugeben, dass sie völlig normal und keineswegs wie eine

Erpresserin klang. Bestimmt konnte es nicht schaden, dachte er, sich anzuhören, was sie zu sagen hatte. Zumindest bedeutete die Reise eine kleine Verschnaufpause von seiner zermürbenden Arbeit hier in der Galerie. Außerdem kündigte der Londoner Wetterbericht für mehrere Tage nasskaltes Schmuddelwetter an. Aber im Südwesten Frankreichs war es bereits Frühling.

Eine der ersten Maßnahmen, die Sarah ergriffen hatte, als sie ihre Arbeit in der Galerie aufgenommen hatte, war es gewesen, Julians bildhübscher, aber unfähiger Sekretärin Ella zu kündigen. Sarah hatte sich nie die Mühe gemacht, eine Nachfolgerin einzustellen. Sie traue sich ohne Weiteres zu, sagte sie, Telefongespräche anzunehmen, E-Mails zu beantworten, den Terminkalender zu führen und den Knopf des Türöffners zu drücken, um angemeldete Besucher einzulassen, die unten auf dem Mason's Yard warteten.

Sie weigerte sich jedoch, Julians Reisen zu organisieren, obwohl sie sich dazu herabließ, ihm während seiner Buchung über die Schulter zu schauen, damit er nicht etwa statt des Eurostars nach Paris Gare du Nord den Orientexpress nach Istanbul buchte. Von dort aus war man mit dem TGV in nicht mal zweieinviertel Stunden in Bordeaux. Julian kaufte erfolgreich eine Fahrkarte erster Klasse und reservierte eine Juniorsuite im InterContinental – für zwei Nächte, nur um sicherzugehen.

Als das erledigt war, zog er sich in die Bar im Wiltons zu einem Drink mit Oliver Dimbleby und Roddy Hutchinson zurück, die weithin als die skrupellosesten Kunsthändler Londons galten. Wie immer, wenn Oliver und Roddy dabei waren, blieb es nicht bei nur einem Drink, und so war es nach zwei Uhr morgens, als Julian endlich ins Bett fiel. Er verbrachte den Samstag damit, seinen Kater auszukurieren, und brauchte fast den ganzen Sonntag lang, um einen Koffer zu packen. Früher hätte er sich nichts dabei gedacht, nur mit einem Aktenkoffer und einem hübschen Mädchen an Bord einer Concorde zu gehen. Aber plötzlich beanspruchten die Vorbereitungen für einen Kurztrip über den Kanal seine gesamte Konzentration. Vermutlich war das eine weitere unerwünschte Folge des Alterns wie seine zunehmende Vergesslichkeit oder sein unsicher gewordener Gang, durch den er sich oft anstieß. Als Erklärung für seine peinliche Unbeholfenheit hatte er sich mehrere selbstironische Ausreden zurechtgelegt. Er sei nie der sportliche Typ gewesen. Daran sei die verdammte Stehlampe schuld. Der Beistelltisch habe *ihn* angefallen.

Wie oft vor wichtigen Reisen schlief er schlecht und wachte mit dem quälenden Verdacht auf, er sei im Begriff, einen weiteren in einer langen Reihe schwerer Fehler zu begehen. Seine Stimmung besserte sich jedoch, als der Eurostar aus dem Kanaltunnel auftauchte und über die graugrünen Felder des Departements Pas-de-Calais nach Paris raste. Dort fuhr er mit der Métro vom Gare du Nord zum Gare de Montparnasse und nahm im TGV-Bistro ein leichtes Mittagessen ein, während das Licht vor seinem Fenster allmählich an das einer Landschaft von Cézanne zu erinnern begann.

Julian erinnerte sich überraschend deutlich an das erste Mal, als er dieses besondere Licht wahrgenommen hatte. Auch damals hatte er in einem Zug von Paris nach Bordeaux gesessen. Sein Vater, der jüdische Kunsthändler Samuel Isakowitz, deutscher Staatsbürger, saß ihm im Abteil gegenüber. Er las eine Zeitung vom Vortag, als sei nichts weiter passiert. Julians Mutter, deren gefaltete Hände auf ihren Knien ruhten, starrte mit ausdrucksloser Miene ins Leere.

In dem Gepäck über ihren Köpfen waren mehrere gerollte Gemälde versteckt, die in schützendes Ölpapier gewickelt waren. Einige weniger bedeutende Werke hatte Julians Vater in seiner Pariser Galerie in der Rue La Boétie im eleganten achten Arrondissement zurückgelassen. Die Masse seines einstigen Lagerbestands war bereits auf dem Schloss versteckt, das er östlich von Bordeaux gemietet hatte. Dort lebte Julian bis zu dem schrecklichen Sommer des Jahres 1942, als zwei baskische Schafhirten ihn über die Pyrenäen ins neutrale Spanien brachten. Seine Eltern wurden 1943 verhaftet, in das Vernichtungslager Sobibor deportiert und gleich nach ihrer Ankunft vergast.

In Bordeaux lag der Bahnhof Saint-Jean knapp am Ufer der Garonne und am Ende des Cours de la Marne. In der renovierten Bahnhofshalle war die dezent klappernde Anzeigetafel einem Großbildschirm gewichen, aber das Art-déco-Interieur mit den beiden prominenten Uhren entsprach noch genau Julians Erinnerung. Das galt auch für die goldgelben Louis-quinze-Gebäude entlang der Boulevards, an denen er im Taxi vorbeifuhr. Manche Fassaden waren so hell, dass sie von innen heraus zu leuchten schienen. Andere waren schmutzig grau. Das lag an dem porösen hiesigen Gestein, hatte sein Vater ihm erklärt. Es nahm Schmutz aus der Luft auf und musste wie ein Ölgemälde von Zeit zu Zeit gereinigt werden.

Durch irgendein Wunder hatte das Hotel seine Reservierung nicht verschlampt. Nachdem Julian dem Pagen ein großzügiges Trinkgeld in die Hand gedrückt hatte, hängte er seine Sachen auf und zog sich ins Bad zurück, um etwas gegen sein ramponiertes Aussehen zu tun. Es war fünfzehn Uhr durch, als er kapitulierte. Er deponierte seine Wertsachen im Zimmersafe und überlegte kurz, ob er Madame Bérrangars Schreiben ins Café mitnehmen sollte. Eine innere Stimme – die seines Vaters, vermutete er – riet ihm jedoch, es in seinem Koffer zurückzulassen.

Dieselbe innere Stimme riet ihm, seine Aktentasche mitzunehmen, die ihm eine gewisse unverdiente Autorität verleihen konnte. Er trug sie auf dem Cours de l'Intendance an einer Reihe exklusiver Geschäfte vorbei. Hier gab es keine Autos, sondern nur Fußgänger, Radfahrer und schnittige Straßenbahnen, die fast lautlos fuhren. Mit dem Aktenkoffer in der Rechten, die Linke in der Hosentasche, wo sie seine Schlüsselkarte umfasste, schlenderte Julian dahin, ohne es sonderlich eilig zu haben.

Er folgte einer Straßenbahn um eine Ecke und befand sich auf der Rue Vital-Carles. Direkt vor ihm ragten die Doppeltürme der gotischen Kathedrale auf. Umgeben war sie von einem Meer aus Pflastersteinen, das einen weiten Platz bildete. Das Café Ravel nahm seine Nordwestecke ein. Es war kein Lokal, das viele Einheimische frequentierten, aber es lag zentral und war leicht zu finden. Julian vermutete, Madame Bérrangar habe es aus diesem Grund gewählt.

Der Schatten des Rathauses verdunkelte die meisten Cafétische im Freien, aber der Tisch, welcher der Kathedrale am nächsten war, war sonnenbeschienen und unbesetzt. Julian nahm daran Platz, stellte seine Aktentasche neben sich ab und musterte die übrigen Gäste. Außer dem Mann am dritten Tisch rechts schienen alle Touristen zu sein: Ausländer, Pauschalreisende. Julian war hier eine auffällige Erscheinung. In Flanellhose und Tweedsakko sah er wie eine Figur in einem Roman von E. M. Forster aus. Wenigstens würde Madame Bérrangar keine Mühe haben, ihn zu entdecken.

Er bestellte einen Café Crème, bevor er sich eines Besseren besann und stattdessen eine halbe Flasche weißen Bordeaux mit zwei Gläsern bestellte. Als der Ober den Wein servierte, schlug die Stundenglocke der Kathedrale eben viermal. Julian strich aus alter Gewohnheit sein Sakko glatt, während er den Platz absuchte. Aber auch um halb fünf, als die länger werdenden Schatten seinen Tisch erreichten, war Madame Valerie Bérrangar nirgends zu sehen.

Bis Julian seinen Wein ausgetrunken hatte, war es fast siebzehn Uhr. Er zahlte bar, nahm seine Aktentasche mit, ging wie ein Bettler von Tisch zu Tisch und wiederholte Madame Bérrangars Namen, ohne mehr als verständnislose Blicke zu ernten.

Das Innere des Cafés war menschenleer bis auf den Mann hinter der mit Zinkblech beschlagenen alten Theke. Er kannte keine Valerie Bérrangar, schlug aber vor, Julian solle einen

Namen und seine Handynummer dalassen. »Isherwood«, sagte er, als der Barkeeper sein Gekritzel auf einer Serviette zu lesen versuchte. »Julian Isherwood. Ich wohne im InterContinental.«

Draußen schlug die Stundenglocke der Kathedrale erneut. Julian folgte einer trippelnden Taube über den gepflasterten Platz, dann bog er auf die Rue Vital-Carles ab. Unterwegs wurde ihm bewusst, dass er sich selbst Vorwürfe machte, weil er sich grundlos nach Bordeaux hatte locken lassen – und weil er zugelassen hatte, dass diese Frau, diese Madame Bérrangar, unerwünschte Erinnerungen an die Vergangenheit geweckt hatte. »Unverschämtheit!«, rief er aus und erschreckte damit einen harmlosen Passanten. Auch das gehörte zu seinen beunruhigenden neuen Schrullen, dass er manchmal laut sagte, was er gerade dachte.

Endlich verstummte das Abendläuten der Kathedrale, und die angenehm leisen Hintergrundgeräusche der altehrwürdigen Stadt kehrten zurück. Eine Straßenbahn rollte *sotto voce* vorbei. Julian, dessen Zorn abzuklingen begann, blieb vor einer kleinen Galerie stehen und begutachtete mit dem Unbehagen eines Profis die impressionistisch angehauchten Gemälde im Schaufenster. Dabei registrierte er vage das Geräusch eines näher kommenden Motorrads. Das ist kein Roller, sagte er sich. Nicht mit diesem Sound. Nein, das ist eines dieser fetten tiefergelegten Bikes, deren Fahrer wind- und wetterfeste Fransenjacken tragen.

Der Galeriebesitzer erschien an der Tür und lud ihn freundlich ein, sich auch drinnen umzusehen. Julian lehnte dankend ab und ging in Richtung Hotel weiter, diesmal mit seiner Aktentasche ausnahmsweise in der Linken. Das Motorengeräusch des Bikes war merklich lauter und auch höher geworden. Julian wurde plötzlich auf eine ältere Frau aufmerksam – zweifellos Madame Bérrangars Doppelgängerin –, die auf ihn deutete und in lautem Französisch etwas rief, das er nicht verstand.

Weil Julian fürchtete, wieder etwas Ungehöriges gesagt zu haben, kehrte er ihr den Rücken zu und sah das Motorrad genau auf sich zukommen, während eine Hand in einem Lederhandschuh nach seiner Aktentasche griff. Er hielt sie an seine Brust gepresst und kreiselte seitlich weg – direkt gegen das kalte Metall eines großen unbeweglichen Objekts. Als er benommen auf dem Pflaster lag, sah er mehrere Gesichter über sich, die ihn alle mitleidig betrachteten. Jemand schlug vor, einen Notarzt zu rufen, ein anderer die Polizei, Julian rappelte sich wieder auf und brachte beschämt eine seiner lange zurechtgelegten Ausreden an. Das sei nicht seine Schuld gewesen, erklärte er. Der verdammte Laternenpfahl habe *ihn* angefallen.

2

VENEDIG

Es war Francesco Tiepolo gewesen, der, auf Tintorettos Grab in der Kirche Madonna dell'Orto stehend, Gabriel Allon vorausgesagt hatte, er werde eines Tages nach Venedig zurückkehren. Diese Bemerkung war keineswegs nur eine Vermutung gewesen, wie Gabriel einige Abende später bei einem Candle-Light-Dinner mit seiner schönen jungen Frau auf der Insel Murano entdeckt hatte. Er hatte ohne Überzeugung oder Erfolg verschiedene Einwände gegen diesen Plan erhoben, und die Vereinbarung wurde unmittelbar nach einem elektrisierenden Konklave in Rom geschlossen. Die Bedingungen waren fair, alle waren glücklich. Vor allem Chiara. Und für Gabriel war nichts anderes wichtig.

Zugegebenermaßen war alles nur vernünftig. Schließlich war Gabriel in Venedig in die Lehre gegangen und hatte unter einem Pseudonym viele der dortigen Meisterwerke restauriert. Trotzdem enthielt die Vereinbarung auch einige potenzielle Fallstricke, darunter das Organigramm der Tiepolo Restoration Company, des größten Fachbetriebs der Stadt. Francesco würde am Ruder bleiben, bis er in den Ruhestand trat und die Leitung der geborenen Venezianerin Chiara überließ. Bis dahin würde sie als Geschäftsführerin fungieren, während Gabriel die Gemälderestaurierung leitete. In der Praxis bedeutete das, dass er für seine Frau arbeiten würde.

Er erklärte sich mit dem Kauf eines Luxusapartments einverstanden, vier Schlafzimmer in San Polo mit Blick auf den Canal Grande, ließ die Planung und Durchführung ihres Umzugs jedoch ganz in Chiaras fähigen Händen. Während Gabriel seine restliche Dienstzeit am King Saul Boulevard absolvierte, überwachte sie die Renovierungsarbeiten per Telefon von Jerusalem aus. Die letzten Monate vergingen rasch – es schien immer noch eine Besprechung zu geben, an der Gabriel teilnehmen musste, und noch eine Krise, die abgewendet werden musste –, und im Spätherbst begann seine »lange Abschiedstour«, wie die Zeitung *Haaretz* schrieb. Die Ereignisse reichten von Cocktailpartys und Diners mit vielen Lobreden bis zu einem großen Empfang im Hotel King David, an dem Spionagebosse aus aller Welt teilnahmen, darunter der mächtige Chef des jordanischen Geheimdiensts und seine Kollegen aus Ägypten und den Vereinigten Arabischen Emiraten. Ihre Anwesenheit bewies, dass Gabriel, der Sicherheitspartnerschaften in der arabischen Welt gefördert hatte, einer seit Jahrzehnten durch Kriege zerrissenen Region seinen Stempel aufgedrückt hatte. Trotz seiner weiter bestehenden Probleme war der Nahe Osten in seiner Dienstzeit sicherer geworden.

Von Natur aus zurückhaltend und eher menschenscheu, fand er dieses Übermaß an Aufmerksamkeit kaum zu ertragen. Tatsächlich bevorzugte er die ruhigen Abende, die er mit Angehörigen seines engsten Stabes verbrachte – mit den Männern und Frauen, mit denen er einige der legendärsten Unternehmen in der Geschichte eines legendären Diensts durchgeführt hatte. Er bat Uzi Navot um Verzeihung. Er erteilte Michail Abramow und Natalie Mizrahi Ratschläge für Ehe und Karriere. Er lachte Tränen, als er erzählte, wie er mit Eli Lavon, der ein großer Hypochonder war, drei Jahre lang in Westeuropa im Untergrund gelebt hatte. Dina Sarid, Expertin für palästinensischen und islamischen Terrorismus, drängte ihn zu einer Interviewserie, um seine Erfolge als inoffizielle Geschichte des Diensts festhalten zu können. Gabriel lehnte jedoch ab, was wenig überraschend war. Er wolle nicht in die Vergangenheit zurückschauen, erklärte er ihr. Nur nach vorn in die Zukunft.

Zwei Angehörige seines engeren Stabes, Jossi Gawisch von der Abteilung Recherche und Jaakov Rossman, Chef der Operationsabteilung, galten als wahrscheinlichste Nachfolger. Beide waren jedoch begeistert, als sie hörten, Gabriels Wahl sei stattdessen auf Rimona Stern, Leiterin der Abteilung Beschaffung, gefallen. An einem windigen Freitagnachmittag Mitte Dezember wurde sie die erste Direktorin in der Geschichte des Diensts. Und nachdem Gabriel einen Stapel Schriftstücke unterzeichnet hatte, die seine bescheidene Pension und die schlimmen Konsequenzen eines etwaigen Geheimnisverrats betrafen, war er offiziell der berühmteste pensionierte Spion der Welt. Im Anschluss daran machte er am King Saul Boulevard einen Rundgang, bei dem er Hände schüttelte und Tränen trocknete. Seiner untröstlichen Truppe versicherte er, er gehe nicht für immer, sondern beabsichtige, im Spiel zu bleiben. Niemand glaubte ihm.

Am selben Abend nahm er an einem letzten Meeting teil, diesmal am Ufer des Sees Genezareth. Im Gegensatz zu den vorigen verlief dieses zeitweilig kontrovers, aber zuletzt wurde doch eine Art Frieden geschlossen. Früh am nächsten Morgen pilgerte er zum Grab seines Sohnes auf dem Ölberg – und zu der psychiatrischen Klinik in der Nähe des alten arabischen Dorfs Deir Jassin, in der seine erste Frau in einem Gefängnis aus Erinnerungen und einem von Brandwunden entstellten Körper lebte. Mit Rimonas Genehmigung flog die Familie Allon mit der Gulfstream des Diensts nach Venedig, wo sie nach einer ruppigen Fahrt über die Lagune mit einem Wassertaxi aus glänzendem Mahagoni um fünfzehn Uhr ihr neues Heim erreichte.

Gabriel ging als Erstes in den großen hellen Raum, der sein Atelier sein sollte, und fand dort eine antike italienische Staffelei, zwei Halogen-Arbeitslampen und ein Aluminium-Wägelchen mit Marderhaarpinseln von Winsor & Newton, Pigmenten, Malmittel und Lösungsmitteln vor. Nur sein alter CD-Spieler mit Farbklecksen fehlte. An seiner Stelle gab es eine Studioanlage aus britischer Produktion mit zwei Lautsprechersäulen. Gabriels umfangreiche CD-Sammlung war nach Genre und Komponisten sortiert.

»Was hältst du davon?«, fragte Chiara von der Tür aus.

»Bachs Violinkonzerte sind unter Brahms eingeordnet. Ansonsten ist's absolut …«

»Erstaunlich, denke ich.«

»Wie konntest du das alles bloß von Jerusalem aus organisieren?«

Sie machte eine wegwerfende Handbewegung.

»Ist überhaupt noch Geld übrig?«

»Nicht viel.«

»Sobald wir uns eingelebt haben, nehme ich ein paar Privataufträge an.«

»Das kommt nicht infrage, fürchte ich.«

»Warum nicht?«

»Weil du nicht arbeiten darfst, bevor du dich gründlich ausgeruht und erholt hast.« Sie hielt ihm einen Zettel hin. »Du kannst damit anfangen.«

»Mit einer Einkaufsliste?«

»Wir haben kein Essen im Haus.«

»Ich dachte, ich sollte mich ausruhen.«

»Richtig.« Sie lächelte ihn an. »Lass dir Zeit, Darling. Genieße es, zur Abwechslung mal etwas Normales zu tun.«

Der nächste Supermarkt war der Carrefour in der Nähe der Kirche Santa Maria Gloriosa dei Frari. Mit jedem Artikel, den er in seinen limonengrünen Korb legte, schien Gabriels Stresslevel eine Stufe zurückzugehen. Nach seiner Rückkehr verfolgte er die Fernsehnachrichten über den Nahen Osten ohne sonderliches Interesse, während Chiara, die leise vor sich hinsang, in ihrer Superküche das Abendessen zubereitete. Den restlichen Barbaresco tranken sie gegen die Dezemberkälte zusammengekuschelt auf der Dachterrasse. Unter ihnen schwoiten

Gondeln an ihren Verankerungen. In einer leichten Biegung des Canal Grande leuchtete die Rialtobrücke im Scheinwerferlicht.

»Und wenn ich etwas Originales malen würde?«, fragte Gabriel. »Wäre das auch Arbeit?«

»Woran denkst du?«

»An eine Kanalszene. Oder vielleicht ein Stillleben.«

»Stillleben? Wie langweilig!«

»Wie wär's mit einer Serie von Akten?«

Chiara zog eine Augenbraue hoch. »Dann bräuchtest du wohl ein Modell?«

»Ja«, sagte Gabriel und trank ihr zu. »Da hast du recht.«

Chiara wartete bis Januar, bevor sie ihre neue Stellung bei Tiepolo Restoration antrat. Das Lagerhaus der Firma lag auf dem Festland, aber sie hatte ihr Büro in San Marco in der eleganten Calle Larga XXII Marzo, die per Vaporetto in zehn Minuten zu erreichen war. Francesco stellte sie der künstlerischen Elite der Stadt vor und machte Andeutungen über eine getroffene Nachfolgeregelung. Jemand informierte die Presse, und *Il Gazzetino* brachte Ende Februar im Kulturteil eine kurze Meldung. Sie nannte Chiara bei ihrem Mädchennamen Zolli und erwähnte, ihr Vater sei der Oberrabbiner der schwindenden jüdischen Gemeinde Venedigs. Mit Ausnahme einiger gehässiger Kommentare, hauptsächlich von Rechtspopulisten, war das Echo positiv.

Der Artikel erwähnte keinen Ehemann oder Partner, nur zwei Kinder, anscheinend Zwillinge, Alter und Geschlecht unbekannt. Auf Chiaras Drängen besuchten Irene und Raphael keine der vielen internationalen Privatschulen, sondern die nächste *Scuola Elementare*. Passenderweise war sie nach Bernardo Canal, dem Vater Canalettos, benannt. Gabriel brachte sie jeden Morgen um acht in die Schule und holte sie um halb vier wieder ab. Diese beiden Termine und sein täglicher Besuch des Rialtomarkts, auf dem er fürs Abendessen der

Familie einkaufte, waren seine einzigen häuslichen Verpflichtungen.

Weil Chiara ihm verboten hatte, zu arbeiten oder auch nur ins Büro von Tiepolo Restoration zu kommen, ließ er sich alle möglichen Zeitvertreibe einfallen. Er las anspruchsvolle Romane. Er hörte sich auf seiner neuen Anlage Musik an. Er malte eine Reihe von Akten, natürlich aus dem Gedächtnis, weil sein Modell ihm nicht mehr zur Verfügung stand. Gelegentlich kam Chiara zum »Lunch«, wie sie ihren leidenschaftlichen Sex zur Mittagszeit in dem herrlichen Schlafzimmer mit Blick auf den Canal Grande nannten.

Hauptsächlich war er jedoch zu Fuß unterwegs. Dies waren keine anstrengenden Wanderungen über die Klippen von Cornwall, sondern ein zielloses Umherstreifen im geruhsamen Tempo eines Flaneurs. Wenn er Lust hatte, konnte er jederzeit irgendein Gemälde besichtigen, das er restauriert hatte – und sei es nur, um zu sehen, wie gut seine Arbeit die Zeit überdauerte. Danach setzte er sich vielleicht in eine Bar, um einen Kaffee oder bei kaltem Wetter ein kleines Glas von etwas Stärkerem zu trinken, um seine Knochen zu wärmen. Oft versuchten andere Gäste, ihn in ein Gespräch übers Wetter oder Neuigkeiten des Tages zu ziehen. Während er sich früher ablehnend verhalten hatte, ließ er sich jetzt auf Gespräche ein und antwortete in perfektem Italienisch, das er mit ganz leichtem Akzent sprach, mit einem Scherz oder einer scharfsinnigen Bemerkung.

So flogen seine Dämonen einer nach dem anderen davon, und seine gewalttätige Vergangenheit, die Nächte voller Blut und Feuer schwanden aus seinen Gedanken und Träumen. Er lachte mehr. Er ließ sich die Haare wachsen. Er kleidete sich mit eleganten Hosen und Kaschmirsakkos neu ein, wie es einem Mann in seiner Position zustand. So dauerte es nicht lange, bis er den Mann, den er jeden Morgen beim Anziehen in dem großen Wandspiegel sah, kaum mehr wiedererkannte. Die Verwandlung sei fast abgeschlossen, dachte er. Er war nicht mehr Israels Racheengel. Er leitete die Gemälderestaurierung der Tiepolo Restoration Company. Chiara und Francesco verdankte er die Chance auf ein neues zweites Leben. Diesmal, das schwor er sich, würde er die alten Fehler vermeiden.

In einer Regenperiode Anfang März bat er Chiara erneut um Erlaubnis, wieder arbeiten zu dürfen. Und als sie wieder ablehnte, kaufte er eine Segeljacht, eine Bavaria C42, und verbrachte die folgenden zwei Wochen damit, einen Sommertörn durch Adria und Mittelmeer auszuarbeiten. Diese Idee unterbreitete er Chiara nach einem besonders befriedigenden Lunch im Schlafzimmer ihrer Wohnung.

»Ich muss schon sagen«, murmelte sie, »das war eine deiner besten Leistungen.«

»Das muss an der vielen Ruhe liegen, die ich bekomme.«

»Glaubst du?«

»Ich bin so ausgeruht, dass ich mich bald zu Tode langweile.«

»Vielleicht können wir etwas tun, um deine Nachmittage etwas interessanter zu machen.«

»Ich weiß nicht, ob das möglich wäre.«

»Wie wär's mit einem Drink mit einem alten Freund?«

»Das hängt von dem Freund ab.«

»Julian hat mich im Büro angerufen, als ich gerade gehen wollte. Er ist in Venedig und fragt sich, ob du ein paar Minuten Zeit für ihn hättest.«

»Was hast du geantwortet?«

»Dass du dich auf einen Drink mit ihm treffen würdest, nachdem du dich mit mir vergnügt hast.«

»Letzteres hast du bestimmt ausgelassen.«

»Das glaube ich nicht, nein.«

»Wann erwartet er mich?«

»Drei Uhr.«

»Was ist mit den Kindern?«

»Keine Sorge, um die kümmere ich mich.« Sie sah auf den Radiowecker. »Die Frage ist nur: Was machen wir bis dahin?«

»Nachdem wir beide nackt sind …«

»Ja?«

»Willst du nicht mit ins Atelier kommen und mir Modell stehen?«

»Ich habe eine bessere Idee.«

»Und die wäre?«

Chiara lächelte. »Dessert.«

3

HARRY’S BAR

Ermattet unter einer Kaskade aus siedend heißem Wasser stehend, spülte Gabriel die letzten Spuren von Chiara von seiner Haut. Seine Kleidung lag am Fuß ihres ungemachten Betts, verknittert, ein Hemdknopf abgerissen. Er suchte frische Sachen aus dem begehbaren Kleiderschrank zusammen, zog sich rasch an und ging nach unten. Wie es der Zufall wollte, legte gerade ein Boot der Linie 2 am Ponton der Haltestelle San Tomà an. Er fuhr damit nach San Marco und betrat die intime kleine Harry’s Bar um Punkt fünfzehn Uhr.

Julian Isherwood brütete mit einem halb getrunkenen Bellini vor sich an einem Ecktisch über seinem Smartphone. Als Gabriel an seinen Tisch trat, sah er stirnrunzelnd auf, als irritiere ihn ein Unbekannter. Dann veränderte sich sein Gesichtsausdruck zu freudigem Erkennen, bevor er anerkennend grinste.

»Chiara hat offenbar nicht darüber gescherzt, wie ihr eure Mittagspause verbringt.«

»Wir sind hier in Italien, Julian. Wir lassen uns mindestens zwei Stunden Zeit.«

»Du siehst zehn Jahre jünger aus. Was ist dein Geheimnis?«

»Zweistündige Mittagessen mit Chiara.«

Julian kniff die Augen zusammen. »Aber dahinter steckt mehr, stimmt’s? Du siehst aus wie ...« Er brachte den Satz nicht zu Ende.

»Wie was, Julian?«

»Restauriert«, antwortete er nach kurzer Pause. »Du hast

den Schmutz entfernt, die Schäden repariert. Fast, als ob alles nie passiert wäre.«

»Es *ist* nie passiert.«

»Merkwürdig, denn du siehst einem mürrischen jungen Mann, der vor hundert Jahren in meine Galerie gekommen ist, vage ähnlich. Oder waren es zweihundert Jahre?«

»Auch das ist nie passiert. Zumindest offiziell nicht«, fügte Gabriel hinzu. »Bevor ich gegangen bin, habe ich deine umfangreiche Akte in den tiefsten Tiefen des Archivs am King Saul Boulevard vergraben. Deine Verbindung zum Dienst ist jetzt offiziell gekappt.«

»Aber hoffentlich nicht zu dir.«

»Mich wirst du weiter aushalten müssen, fürchte ich.« Ein Ober servierte zwei weitere Bellinis. Gabriel hob sein Glas, trank Julian zu. »Was führt dich also nach Venedig?«

»Diese Oliven.« Julian nahm eine aus der Glasschale und warf sie mit elegantem Schwung ein. »Sie sind teuflisch gut.«

Julian trug einen seiner Anzüge aus der Savile Row, dazu ein hellblaues Oberhemd mit Umschlagmanschetten. Sein graues Haar war etwas zu lang, aber das war es fast immer. Insgesamt sah er ziemlich gut aus – bis auf das Heftpflaster auf seiner rechten Wange.

Gabriel erkundigte sich vorsichtig, wie er zu dem Pflaster gekommen sei.

»Ich hatte heute Morgen Streit mit meinem Klingenrasierer, und er hat gewonnen, fürchte ich.« Julian angelte sich eine weitere Olive aus der Glasschale. »Was machst du also den ganzen Tag, wenn du nicht mit deiner schönen Frau zu Mittag isst?«

»Ich verbringe möglichst viel Zeit mit meinen Kindern.«

»Langweilst du sie schon?«

»Anscheinend nicht.«

»Keine Sorge, bald ist's so weit.«

»So spricht ein alter Junggeselle.«

»Das hat seine Vorteile, weißt du?«

»Sag mir einen einzigen.«

»Lass mich kurz nachdenken, dann fällt mir bestimmt einer ein.« Julian trank seinen ersten Bellini aus und griff nach dem zweiten. »Und wie steht's mit deiner Arbeit?«, erkundigte er sich.

»Ich habe drei Akte von meiner Frau gemalt.«

»Du Ärmster. Taugen sie was?«

»Tatsächlich sind sie nicht schlecht.«

»Drei originale Allons würden auf dem freien Markt richtig Geld bringen.«

»Sie sind nur für mich bestimmt, Julian.«

Im nächsten Augenblick ging die Tür auf, und ein gut aussehender schwarzhaariger Italiener in engen Jeans und einer Steppjacke von Barbour kam herein. Er setzte sich an einen Nachbartisch und bestellte mit dem Akzent eines Süditalieners einen Campari Soda.

Julian betrachtete die Olivenschale. »Hast du in letzter Zeit was gereinigt?«

»Meine gesamte CD-Sammlung.«

»Ich meinte Gemälde.«

»Die Tiepolo Restoration Company hat vor Kurzem vom Kultusministerium den Auftrag erhalten, Giulia Lamas *Vier Evangelisten* in der Kirche San Marziale zu reinigen. Chiara sagt, dass ich diese Arbeit übernehmen darf, wenn ich mich weiterhin gut betrage.«

»Und wie viel kassiert die Tiepolo Restoration Company dafür?«

»Frag lieber nicht.«

»Vielleicht kann ich dich mit etwas locken, das ein bisschen lukrativer ist?«

»Zum Beispiel?«

»Eine prachtvolle Szene am Canal Grande, die du in ein, zwei Wochen wieder in Form bringen könntest, während du den Kanal von deinem Atelier aus vor Augen hast.«

»Zuschreibung?«

»Oberitalienische Schule.«

»Wie präzise«, murmelte Gabriel.

Die »Schule«-Zuschreibung war die unverbindlichste Bezeichnung für die Herkunft eines Altmeistergemäldes. Im Fall von Julians Venedigbild bedeutete sie, dass der Künstler *irgendjemand* war, der damals *irgendwo* in Oberitalien gearbeitet hatte. Die Bezeichnung »von« markierte das andere Ende des Spektrums. Sie bedeutete, dass der Kunsthändler oder das Auktionshaus der Überzeugung war, das angebotene Werk stamme von dem genannten Künstler. Dazwischen lagen viele subjektive und manchmal auch spekulative Zuschreibungen, die von dem respektablen »Werkstatt von« bis zu dem vieldeutigen »nach« reichten. Sie alle hatten gemeinsam, dass sie potenzielle Käufer anlocken und zugleich den Verkäufer vor juristischen Schritten schützen sollten.

»Bevor du hochnäsig ablehnst«, sagte Julian, »solltest du wissen, dass du mit dem Honorar dein neues Segelboot bezahlen könntest. Sogar zwei Boote.«

»Für ein Gemälde dieser Art ist das zu viel.«

»In den vergangenen Jahren hast du viele Kunden an mich verwiesen. Dafür möchte ich mich jetzt revanchieren.«

»Das wäre nicht ethisch.«

»Ich bin Kunsthändler, Schätzchen. Hätte ich was für Ethik übrig, würde ich bei Amnesty International arbeiten.«

»Hast du das mit deiner Partnerin besprochen?«

»Sarah und ich sind keine richtigen Partner«, sagte Julian. »Mein Name steht vielleicht noch an der Tür, aber heutzutage spiele ich nur eine Nebenrolle.« Er lächelte. »Auch das verdanke ich wahrscheinlich dir.«

Es war Gabriel gewesen, der dafür gesorgt hatte, dass die ehemalige CIA-Agentin und promovierte Kunsthistorikerin Sarah Bancroft die Geschäftsführung von Isherwood Fine Arts übernahm. Und er hatte einiges dafür getan, dass ihr vor Kurzem geäußerter Heiratswunsch Wirklichkeit wurde. Aus

Gründen, die in der Vergangenheit ihres Mannes lagen, fand die Trauung in einem sicheren MI6-Haus auf dem Land in Surrey heimlich statt. Julian hatte zu den wenigen geladenen Gästen gehört. Gabriel, der mit Verspätung aus Tel Aviv eingetroffen war, war Brautführer gewesen.

»Wo befindet dein Meisterwerk sich also?«, fragte er.

»Unter Bewachung in London.«

»Gibt es einen Termin?«

»Hast du andere dringende Aufträge?«

»Kommt darauf an.«

»Worauf?«

»Wie du meine nächste Frage beantwortest.«

»Du willst wissen, was wirklich mit meinem Gesicht passiert ist?«

Gabriel nickte. »Diesmal die Wahrheit, Julian.«

»Ein Lampenpfahl hat mich angefallen.«

»Schon wieder?«

»Ja, leider.«

»Bitte erzähl mir, dass das in einer Nebelnacht in London passiert ist.«

»Tatsächlich war's gestern Nachmittag in Bordeaux. Dort bin ich auf Einladung einer Frau namens Valerie Bérrangar hingefahren. Angeblich wollte sie mir etwas über ein Gemälde erzählen, das ich vor Kurzem verkauft habe.«

»Doch nicht der van Dyck?«

»Doch, genau der.«

»Gibt's da ein Problem?«

»Keine Ahnung. Leider ist Madame Bérrangar auf der Fahrt zu unserem Treff tödlich verunglückt.«

»Und der Vorfall mit dem Laternenpfahl?«, fragte Gabriel.

»Zwei Männer auf einem Motorrad haben versucht, mir meine Aktentasche zu entreißen, als ich auf dem Rückweg ins Hotel war. Zumindest hat's so ausgesehen. Wer weiß«, sagte Julian, »vielleicht wollten sie mich auch umbringen.«

4

SAN MARCO

Auf dem Markusplatz spielte ein Streichquartett müde für die letzten Gäste des Caffè Florian.

»Ob sie auch was anderes als Vivaldi spielen können?«, fragte Julian.

»Was hast du gegen Vivaldi?«

»Ich verehre ihn. Aber wie wär's zur Abwechslung mit Corelli? Oder Händel, wenn's recht ist?«

»Oder Anthonis van Dyck.« Gabriel blieb vor der Auslage eines Geschäfts in den Arkaden am Südrand des Platzes stehen. »In dem Artikel in *ARTnews* hat nicht gestanden, wie du zu dem Gemälde gekommen bist. Auch der Käufer ist nicht identifiziert worden. Aber der Kaufpreis ist prominent herausgestellt worden.«

»Sechseinhalb Millionen Pfund.« Julian lächelte versonnen. »Jetzt musst du fragen, wie viel ich für das verdammte Ding gezahlt habe.«

»Das wollte ich gerade tun.«

»Drei Millionen Euro.«

»Also hast du weit über hundert Prozent Gewinn gemacht.«

»Aber so funktioniert der zweite Kunstmarkt, Schätzchen. Händler wie ich spüren falsch bezeichnete, im Depot gelandete oder unterbewertete Gemälde auf und bringen sie auf den Markt – idealerweise mit genug Flair und Fanfare, um einen oder mehrere reiche Interessenten anzulocken. Und vergiss nicht, dass ich hohe Unkosten hatte.«

»Für lange Mittagessen in Londoner Nobelrestaurants?«

»Tatsächlich haben die meisten in Paris stattgefunden. Ich habe das Gemälde in einer Galerie im Achten gekauft. Ausgerechnet in der Rue La Boétie.«

»Hat diese Galerie einen Namen?«

»Galerie Georges Fleury.«

»Hast du dort schon früher gekauft?«

»In rauen Mengen. Monsieur Fleury ist auf französische Gemälde aus dem 17. und 18. Jahrhundert spezialisiert, aber er führt auch holländische und flämische Altmeister. Er pflegt ausgezeichnete Beziehungen zu den ältesten und reichsten Familien Frankreichs. Zu Leuten, die von Kunstwerken umgeben in zugigen Châteaux leben. Er meldet sich bei mir, wenn er etwas Interessantes findet.«

»Wo hat er das *Porträt einer Unbekannten* gefunden?«

»In einer alten Privatsammlung. Genauer wollte er sich nicht erklären.«

»Zuschreibung?«

»Anthonis van Dycks Manier.«

»Dahinter kann sich alles Mögliche verbergen.«

»Richtig«, bestätigte Julian. »Aber Monsieur Fleury hat geglaubt, die Hand des Meisters zu erkennen. Er hat mich hinzugezogen für eine zweite Meinung.«

»Und?«

»Ich habe gleich beim ersten Blick darauf dieses Kribbeln im Nacken gespürt.«

Sie traten unter der Arkade hervor ins schwindende Nachmittagslicht. Links von ihnen ragte der Campanile auf. Gabriel dirigierte Julian stattdessen nach rechts, an der reich geschmückten Fassade des Dogenpalasts vorbei. Auf der Ponte della Paglia mischten sie sich unter eine Touristengruppe, die die Seufzerbrücke angaffte.

»Suchst du irgendwas?«, fragte Julian.

»Du weißt, was die Leute über alte Gewohnheiten sagen.«

»Meine sind größtenteils schlecht, fürchte ich. Du dagegen bist der disziplinierteste Mensch, den ich kenne.«

Jenseits der Brücke lag der Sestiere Castello. Sie hasteten an den Souvenirkiosken am Riva degli Schiavoni vorbei, dann folgten sie dem Durchgang zum Campo San Zaccaria mit dem Dienstgebäude der hiesigen Carabinieri. Dort hatte Julian einst eine schlaflose Nacht in einem Vernehmungsraum im ersten Stock verbracht.

»Wie geht's deinem alten Freund General Ferrari?«, fragte er. »Reißt er noch immer Fliegen die Flügel aus? Oder hat er ein neues Hobby gefunden?«

General Cesare Ferrari war Kommandeur des Carabinieri-Dezernats für die Verteidigung des Kulturerbes, besser als Kunstdezernat bekannt. Seine Zentrale stand in Rom an der Piazza di Sant'Ignazio, aber drei von Ferraris Leuten waren in Venedig stationiert. Fahndeten sie nicht nach gestohlenen Kunstwerken, überwachten sie den ehemaligen israelischen Spionagechef und Auftragskiller, der unauffällig in San Polo lebte. General Ferrari hatte dafür gesorgt, dass Gabriel eine permanente, aber stets widerrufliche Aufenthaltserlaubnis in Italien erhielt. Daher versuchte Gabriel, ihn bei guter Laune zu halten, was nicht immer einfach war.

Neben dem Dienstgebäude der Carabinieri lag die Kirche, nach der der Platz benannt war. Zu den vielen monumentalen Kunstwerken im Hauptschiff gehörte eine Kreuzigungsszene, die van Dyck während seines sechsjährigen Studienaufenthalts in Italien gemalt hatte. Gabriel stand mit einer Hand am Kinn und leicht schräg gehaltenem Kopf davor.

»Du wolltest mir noch etwas über die Provenienz des Gemäldes erzählen.«

»Mir war sie gut genug.«

»Und das heißt?«

»Beschrieben wurde ein Porträt aus den späten Zwanzigerjahren des 17. Jahrhunderts, das im Lauf der Zeit von Flandern nach Frankreich gelangt ist. Ohne auffällige Lücken oder Unstimmigkeiten.«

»Musste es restauriert werden?«

»Monsieur Fleury hat es reinigen lassen, bevor er's mir gezeigt hat. Dafür hat er einen eigenen Mann. Nicht deines Kalibers, versteht sich, aber nicht schlecht.« Julian durchquerte das Hauptschiff und blieb vor Bellinis majestätischem Altargemälde stehen. »Das hast du wunderbar hinbekommen. Der alte Giovanni würde dir applaudieren.«

»Glaubst du?«

Julian warf ihm einen milde tadelnden Blick über die Schulter zu. »Bescheidenheit steht dir nicht, mein Lieber. Über deine Restaurierung dieses Werks hat die ganze Kunstwelt gesprochen.«

»Ich habe länger dafür gebraucht als Giovanni, als er's gemalt hat.«

»Die Umstände waren schwierig, wenn ich mich recht erinnere.«

»Das waren sie oft.« Gabriel blieb neben Julian vor dem Altargemälde stehen. »Vermute ich richtig, dass Sarah und du wegen der Zuschreibung eine zweite Meinung eingeholt habt, sobald das Gemälde in London eingetroffen war?«

»Nicht nur eine zweite Meinung. Auch eine dritte, vierte und fünfte. Und alle Experten waren sich darüber einig, dies sei ein Werk van Dycks, nicht eines seiner Jünger. Binnen einer Woche waren wir mitten in einem Bietergefecht.«

»Wer war der glückliche Sieger?«

»Masterpiece Art Ventures. Ein auf Kunstwerken basierender Hedgefonds, den Sarah noch aus ihrer New Yorker Zeit kannte. Ein gewisser Phillip Somerset.«

»Den Namen habe ich schon mal gehört.«

»Der Fonds kauft und verkauft Unmengen von Gemälden. Alles von Altmeistern bis zu zeitgenössischer Kunst. Somerset erzielt für seine Investoren regelmäßig fünfundzwanzig Prozent Rendite, von der er einen beträchtlichen Anteil kassiert. Und er kann recht streitsüchtig sein, wenn er glaubt, ihm sei Unrecht geschehen. Leute zu verklagen, ist sein liebster Zeitvertreib.«

»Deshalb bist du eilig nach Bordeaux gereist, nachdem eine Unbekannte dir einen ziemlich mehrdeutigen Brief geschrieben hatte.«

»Tatsächlich hat Sarah mich dazu überredet. Was den Brief betrifft, dachten die Kerle auf dem Motorrad offenbar, er sei in meiner Aktentasche. Daher haben sie versucht, sie mir zu entreißen.«

»Vielleicht waren sie gewöhnliche Straßenräuber, weißt du? Kriminalität gehört zu den wenigen Wachstumsindustrien, die es in Frankreich noch gibt.«

»Sie waren keine.«

»Woher weißt du das so sicher?«

»Als ich aus dem Krankenhaus ins Hotel zurückgekommen bin, war mein Zimmer durchsucht worden.« Julian schlug sich leicht auf die Brusttasche seines Sakkos. »Zum Glück haben sie nicht gefunden, was sie gesucht haben.«

»Von wem durchsucht?«

»Von zwei gut gekleideten Männern. Sie haben dem Pagen fünfzig Euro dafür bezahlt, dass er sie in mein Zimmer lässt.«

»Wie viel hat der Page von dir bekommen?«

»Einen Hunderter«, antwortete Julian. »Wie du dir denken kannst, habe ich eine ziemlich unruhige Nacht verbracht. Als ich morgens aufgewacht bin, hat ein Exemplar der Zeitung *Sud Ouest* vor meiner Tür gelegen. Nachdem ich die Meldung über einen tödlichen Verkehrsunfall ohne Fremdbeteiligung südlich von Bordeaux gelesen hatte, habe ich hastig meine Sachen gepackt und den nächsten Zug nach Paris genommen. So konnte ich den Elf-Uhr-Flug nach Venedig nehmen.«

»Weil du heißhungrig auf Oliven in Harry's Bar warst.«

»Tatsächlich habe ich mich gefragt ...«

»... ob du mich dazu überreden könntest, in Erfahrung zu bringen, was Valerie Bérrangar dir über das *Porträt einer Unbekannten* von Anthonis van Dyck erzählen wollte.«

»Du hast Freunde in hohen französischen Regierungskreisen«, sagte Julian. »Somit könntest du absolut diskret ermitteln, was dazu beitragen würde, einen Skandal zu vermeiden.«

»Und wenn ich Erfolg habe?«

»Das dürfte von der Art der Informationen abhängen. Gibt es bei dem Verkauf wirklich ein juristisches oder ethisches Problem, zahle ich Phillip Somerset unauffällig die sechseinhalb Millionen zurück, bevor er mich vor den Kadi zerrt und meinen einst so glänzenden Ruf zerstört.« Er hielt Gabriel Madame Bérrangars Brief hin. »Von dem Ruf deiner lieben Freundin Sarah Bancroft ganz zu schweigen.«

Gabriel zögerte, dann nahm er den Brief an sich. »Ich brauche die Zuschreibungen deiner Experten. Und natürlich Fotos des Gemäldes.«

Julian zog sein Smartphone aus der Tasche. »Wohin soll ich sie schicken?«

Gabriel gab ihm eine Adresse bei Proton Mail, dem Schweizer Provider von verschlüsselten E-Mails. Wenig später konnte er auf seinem abhörsicheren Handy ein hochaufgelöstes Foto der blassen Wange der Unbekannten studieren.

Zuletzt fragte er: »Hat einer deiner Experten sich das Craquelé genauer angesehen?«

»Warum fragst du das?«

»Du erinnerst dich an das komische Gefühl, das du hattest, als du das Bild zum ersten Mal gesehen hast?«

»Natürlich.«

»Mir geht's ganz ähnlich.«

Julian nahm sich für die Nacht ein Zimmer im Gritti Palace. Gabriel begleitete ihn bis vors Hotel, dann ging er zum Campo Santa Maria del Giglio weiter. Nirgends war ein Tourist zu sehen. Als habe sich ein Abfluss geöffnet, dachte er, und sie ins Meer hinausgeschwemmt.

Am Westrand des Platzes, in der Nähe des Hotels Ala, lag

eine schmale dunkle Gasse. Gabriel folgte ihr zur Vaporetto-Anlegestelle und gesellte sich zu drei weiteren Fahrgästen – ein wohlhabend aussehendes skandinavisches Paar und eine abgeklärt wirkende Venezianerin von etwa vierzig Jahren – in dem Wartehäuschen auf dem Ponton. Die Skandinavier steckten die Köpfe über einem Stadtplan zusammen. Die Venezianerin beobachtete, wie eine Linie 1 aus Richtung San Marco herankroch.

Als das Schiff anlegte, ging die Venezianerin, von den Skandinaviern gefolgt, als Erste an Bord. Alle drei setzten sich in die Kabine. Gabriel blieb wie gewöhnlich draußen hinter dem Ruderhaus stehen. So konnte er beobachten, wie ein einzelner verspäteter Fahrgast aus der Gasse gerannt kam.

Schwarzes Haar. Eng sitzende Jeans. Eine Steppjacke von Barbour.

Der Mann aus Harry's Bar.

5

CANAL GRANDE

Der Unbekannte betrat den Fahrgastraum und nahm in einer der blaugrünen Sitzschalen aus Kunststoff in der ersten Reihe Platz. Er war größer, als Gabriel ihn in Erinnerung hatte, athletisch gebaut, in der Blüte seines Lebens. Anfang dreißig, höchstens Mitte dreißig. Dic üblc Wolkc, die er hinter sich herzog, kennzeichnete ihn als Raucher. Seine links leicht ausgebuchtete Jacke zeigte, dass er bewaffnet war.

Zum Glück hatte auch Gabriel eine Schusswaffe – eine Beretta 92FS, eine 9-mm-Pistole mit Griffschalen aus Walnussholz. Die trug er mit Wissen und Einverständnis von General Ferrari und den Carabinieri. Trotzdem war er entschlossen, diese Situation ohne Waffengebrauch zu bereinigen, denn jede Gewalttätigkeit, selbst wenn sie in Notwehr geschah, konnte dazu führen, dass ihm die Aufenthaltserlaubnis entzogen wurde, was einer Ausweisung aus Italien gleichkam.

Der Palazzo Venier dei Leoni, Sitz der Peggy Guggenheim Collection, glitt von rechts nach links durch Gabriels Blickfeld. Die beiden Skandinavier stiegen an der Haltestelle Accademia aus, die Venezianerin am Ca'Rezzonico. San Tomà, Gabriels Haltestelle, würde als nächste kommen. Er blieb jedoch unbeweglich hinter dem Ruderhaus stehen, als das Vaporetto kurz anlegte, um einen einzelnen Fahrgast aufzunehmen.

Als die Fähre ablegte, sah er kurz zu den hohen Fenstern seiner neuen Wohnung auf, aus denen bernsteingelbes Licht fiel. Seine Kinder saßen vermutlich noch über ihren Hausaufgaben, während seine Frau das Abendessen zubereitete. Bestimmt machte sie sich Sorgen wegen seiner langen Abwesenheit. Aber er würde bald heimkommen. Er hatte nur noch eine Kleinigkeit zu erledigen.

Das Vaporetto überquerte den Kanal, um die Haltestelle Sant'Angelo zu bedienen, dann kehrte es nach San Polo zurück und legte in San Silvestri an. Diesmal stieg Gabriel aus, verließ den Ponton und verschwand in einem unbeleuchteten Durchgang. Hinter sich hörte er Schritte – den Klang der Schritte eines athletischen Mannes in der Blüte seines Lebens. Vielleicht, sagte Gabriel sich, geht's doch nicht ganz gewaltfrei ab.

Er verfiel ins lässige, nicht übereilte Tempo seiner nachmittäglichen Streifzüge durch die Stadt. Trotzdem musste er zweimal vor Schaufenstern haltmachen, damit sein Verfolger wieder zu ihm aufschließen konnte. Der Mann war kein professioneller Überwachungskünstler, das war offensichtlich. Und er schien das Labyrinth aus Straßen und Gassen dieses Viertels nicht zu kennen, was Gabriel einen eindeutigen Heimvorteil verschaffte.

Er bewegte sich in Richtung Nordwesten weiter – über den Campo Sant'Aponal, an den Einmündungen vieler schmaler Gassen vorbei, über eine bogenförmige Brücke –, bis er einen Hof erreichte, der auf drei Seiten von Wohnhäusern umgeben war. Weil Gabriel wusste, dass diese verfallenden Gebäude unbewohnt waren, hatte er seinen Verfolger absichtlich hierhergelockt.

Er verschwand in einer dunklen Ecke und horchte auf die näher kommenden Schritte. Es dauerte nicht lange, bis der Mann im Durchgang zur Straße erschien. Noch einige Schritte weiter, dann blieb er im Mondschein stehen und sah sich um. Als ihm klar wurde, dass es hier keinen anderen Ausweg gab, machte er kehrt und wollte gehen.

»Suchen Sie etwas?«, fragte Gabriel auf Italienisch.

Der Mann fuhr herum und wollte instinktiv in seine Jacke greifen.

»Tun Sie's lieber nicht.«

Der Mann erstarrte.

»Warum beschatten Sie mich?«

»Das tue ich nicht.«

»Sie waren in Harry's Bar. Sie waren auf dem Vaporetto. Und jetzt sind Sie hier.« Gabriel trat aus den Schatten. »Zweimal kann ein Zufall sein. Aber nicht dreimal.«

»Ich suche ein Restaurant.«

»Sagen Sie mir den Namen, dann bringe ich Sie hin.«

»Osteria da Fiore.«

»Viel zu weit entfernt.« Gabriel trat einen Schritt näher. »Bitte greifen Sie noch mal nach Ihrer Waffe.«

»Wozu?«

»Damit ich kein schlechtes Gewissen habe, wenn ich Ihnen die Nase, den Unterkiefer und mehrere Rippen breche.«

Der Italiener drehte sich wortlos zur Seite, hob abwehrend die linke Hand und stemmte die rechte Faust in die Hüfte.

»Also gut«, sagte Gabriel resigniert seufzend. »Wenn Sie darauf bestehen.«

Charakteristisch für das als Krav Maga bekannte israelische Selbstverteidigungssystem sind ständiges Angreifen, gleichzeitige offensive und defensive Techniken und völlige Skrupellosigkeit. Geschwindigkeit geht über alles. Typische Kämpfe dauern nicht lange – oft nur wenige Sekunden – und enden mit Sieg oder Niederlage. Kommt ein Angriff ins Rollen, hört er erst auf, wenn der Gegner völlig kampfunfähig ist. Bleibende Schäden sind häufig. Auch zu tödlichen Verletzungen kann es kommen.

Kein Teil des Körpers wird ausgespart. Tatsächlich werden Krav-Maga-Kämpfer sogar angehalten, ihre Angriffe auf empfindliche, verwundbare Regionen zu konzentrieren. Gabriels

Eröffnungszug bestand aus einem brutalen Tritt an die linke Kniescheibe seines Gegners, bevor er mit aller Gewalt auf den Innenrist seines rechten Fußes trat. Als Nächstes nahm er sich die Genitalien und das Sonnengeflecht vor, bevor er Kehle, Nase und Kopf mit Handkantenschlägen und Ellbogenstößen bearbeitete. Dem jüngeren, größeren Italiener gelang es nicht, auch nur einen einzigen Tritt oder Schlag anzubringen. Aber auch Gabriel kam nicht unverletzt davon. Seine rechte Hand pochte schmerzhaft, vermutlich von einem Haarriss – für einen Krav-Maga-Kämpfer das Gegenstück zu einem Eigentor.

Mit den Fingern der linken Hand ertastete er den Puls seines zu Boden gegangenen Gegners und überzeugte sich davon, dass er noch atmete. Dann griff er in die Jacke des Mannes und fand, dass er tatsächlich bewaffnet war – mit einer Beretta 8000, der Standardpistole von Offizieren der Carabinieri. Bestätigt wurde Gabriels Verdacht durch den Dienstausweis, den er bei dem Bewusstlosen fand. Vor ihm lag Capitano Luca Rossetti vom *Commando carabinieri per la tutela del patrimonio culturale* in Venedig.

Vom Kunstdezernat …

Gabriel steckte die Pistole in das Schulterholster und den Dienstausweis in die Jackentasche zurück. Dann rief er die hiesige Dienststelle der Carabinieri an, um zu melden, auf einem Hof am Campo Sant'Aponal liege ein Verletzter. Das tat er anonym, mit unterdrückter Anrufernummer und mit venezianischem Akzent. Mit General Ferrari würde er sich vormittags auseinandersetzen. Im Augenblick kam es darauf an, eine plausible Geschichte zu erfinden, die Chiara seine verletzte Hand erklären würde. Die fiel ihm ein, als er die San-Polo-Brücke überquerte. Er könne nichts dafür, würde er ihr erklären. Der verdammte Laternenpfahl habe *ihn* angefallen.

6

SAN POLO

Fünf Minuten später stieg Gabriel auf der Treppe zu seiner Wohnung der appetitliche Duft von Kalbfleisch, das in Wein und Gewürzen köchelte, in die Nase. Er gab den Code auf dem Tastenfeld ein und öffnete die Tür – beides mit der linken Hand, während seine rechte in der Jackentasche blieb. Dort blieb sie auch, als er ins Wohnzimmer trat, wo er Irene mit einem Bleistift in der Hand und angestrengt gerunzelter Stirn auf dem Teppich liegend antraf.

Gabriel sprach sie auf Italienisch an. »In deinem Zimmer steht ein schöner Schreibtisch, weißt du?«

»Ich arbeite lieber auf dem Fußboden. Da kann ich mich besser konzentrieren.«

»Woran arbeitest du?«

»Mathe, Dummerchen.« Sie sah mit den Augen seiner Mutter zu Gabriel auf. »Wo warst du so lange?«

»Ich hatte eine Besprechung.«

»Mit wem?«

»Einem alten Freund.«

»Arbeitet er beim Dienst?«

»Wie kommst du bloß auf diese Idee?«

»Weil das alle deine alten Freunde tun.«

»Nicht alle«, sagte Gabriel und sah zu Raphael hinüber. Der Junge fläzte auf dem Sofa, und seine dicht bewimperten jadegrünen Augen starrten beunruhigend intensiv aufs Display einer Videokonsole. »Was spielt er?«

»Mario.«

»Was?«

»Das ist ein Computerspiel.«

»Warum macht er keine Hausaufgaben?«

»Er ist schon fertig.« Irene deutete aufs Arbeitsheft ihres Zwillingsbruders. »Sieh nur selbst.«

Gabriel machte einen langen Hals, um Raphaels Rechenaufgaben kontrollieren zu können. Zwanzig rudimentäre Gleichungen mit Additionen und Subtraktionen, alle beim ersten Versuch richtig gelöst.

»Warst du gut in Mathe, als du klein warst?«, fragte Irene.

»Sie hat mich nicht besonders interessiert.«

»Was ist mit Mama?«

»Die hat römische Geschichte studiert.«

»In Padua?«

»Richtig.«

»Studieren Raphael und ich später auch mal dort?«

»Bist du für solche Pläne nicht noch ein bisschen zu jung?«

Sie leckte seufzend einen Zeigefinger an, um in ihrem Arbeitsheft umzublättern. In der warmen Küche war Chiara eben dabei, eine Flasche Brunello di Montalcino zu entkorken. Aus dem Bluetooth-Lautsprecher auf der Arbeitsfläche kam Andrea Bocellis Stimme.

»Diesen Song habe ich schon immer geliebt«, sagte Gabriel.

»Fragt sich nur, warum.« Chiara benutzte ihr Smartphone, um den Ton leiser zu stellen. »Willst du irgendwo hin?«

»Wie bitte?«

»Weil du noch deine Jacke anhast.«

»Ich bin ein bisschen ausgekühlt, das ist alles.« Er beugte sich zum Sichtfenster des Backofens von Vulcan hinunter. Im Rohr stand die orangerote Kasserolle, in der Chiara Ossobuco zubereitete. »Was habe ich getan, um das zu verdienen?«

»Ich wüsste einen oder zwei Gründe. Oder drei«, fügte sie hinzu.

»Wann können wir essen?«

»In ungefähr einer halben Stunde.« Sie schenkte zwei Gläser Brunello ein. »Reichlich Zeit, in der du mir alles über dein Gespräch mit Julian erzählen kannst.«

»Darüber würde ich gern nach dem Essen reden, wenn's recht ist.«

»Gibt's ein Problem?«

Er drehte sich ruckartig um. »Wie kommst du darauf?«

»Wo Julian die Hand im Spiel hat, gibt es meistens eines.« Chiara musterte ihn prüfend. »Und du bist sichtlich beunruhigt.«

Gabriel beschloss nicht ohne Gewissensbisse, am sichersten sei es, seine Verstimmung auf Raphael zu schieben. »Dein Sohn hat mich beim Heimkommen ignoriert, weil er von seinem Computerspiel hypnotisiert war.«

»Ich hab's ihm erlaubt.«

»Warum?«

»Weil er für seine Matheaufgaben kaum fünf Minuten gebraucht hat. Seine Lehrer halten ihn für hochbegabt. Sie wollen ihn für eine Spezialförderung vorschlagen.«

»Von mir hat er das jedenfalls nicht.«

»Von mir auch nicht.« Chiara gab ihm ein Glas Wein. »In deinem Atelier liegt ein Päckchen. Könnte von deiner Freundin Anna Rolfe sein, denke ich.« Sie lächelte kühl. »Entspann dich bei etwas Musik, dann geht's dir besser.«

»Danke, mir fehlt nichts.«

Mit dem Weinglas in der linken Hand zog Gabriel sich ins Bad zurück, wo er seine verletzte rechte Hand im Licht der Spiegelleuchte gründlich untersuchte. Der stechende Schmerz bei einer vorsichtigen Berührung ließ wenigstens einen Haarriss im fünften Mittelhandknochen vermuten. Die Schwellung war unübersehbar, aber vorerst gab es noch keinen sichtbaren Bluterguss. Als Minimum wären sofortige Schienung und Eisbeutel angezeigt gewesen. Weil das unter den Umständen nicht möglich war, blieben Gabriel als Therapie nur Alkohol und Schmerztabletten.

Er nahm ein Fläschchen Ibuprofen aus dem Spiegelschrank, kippte einige der smaragdgrünen Kapseln in seine Hand und spülte sie mit einem Schluck Wein hinunter. In seinem Atelier fand er ein Päckchen vor, das ihm die Deutsche Grammophon geschickt hatte. Es enthielt zwei CDs mit Mozarts großartigen Violinkonzerten, die sich dadurch auszeichneten, dass die Solistin die Geige spielte, für die Mozart sie komponiert hatte.

Gabriel legte die erste CD ein, drückte PLAY und trat an seine Staffelei. Dort blickte er auf eine schöne junge Frau, die nackt auf einem Brokatsofa drapiert war und deren melancholischer Blick dem des Betrachters begegnete – in diesem Fall dem des Künstlers, der sie gemalt hatte. *Gibt es ein Problem?* Nein, dachte er, während seine Hand schmerzhaft pochte. Überhaupt kein Problem.

Gabriel schaffte es, sich die Klavierkonzerte KV 207 und KV 211 anzuhören, bevor Chiara ihn ins Speisezimmer rief. Das Essen auf dem Tisch sah wie für *Bon Appétit* arrangiert aus: der Risotto, das geschmorte Gemüse, das von Olivenöl glänzte, und natürlich die geschmorten Kalbshaxen in gehaltvoller Tomatensoße mit Wein und Gewürzen. Das Fleisch war wie immer sehr zart, sodass Gabriel mit einer Hand essen und die andere auf dem Schoß liegen lassen konnte. Seine Brunello-und-Ibuprofen-Therapie wirkte so gut, dass er kaum etwas spürte. Er ahnte allerdings, dass die Schmerzen verstärkt zurückkommen würden, wenn die Wirkung abflaute – vermutlich irgendwann gegen drei Uhr morgens.

Chiaras Augen glänzten im Kerzenlicht, während sie die Unterhaltung bei Tisch lenkte. Diplomatischerweise sprach sie Raphaels mathematische Begabung an, woraus eine Diskussion darüber entstand, wie sein Talent nützlich eingesetzt werden könnte. Irene, die Umweltschützerin der Familie, schlug vor, ihr Bruder solle Klimawissenschaftler werden.

»Wieso?«, fragte Gabriel sie.

»Hast du den UN-Bericht über globale Erwärmung gelesen?«

»Du vielleicht?«

»Wir haben im Unterricht darüber gesprochen. Signora Antonelli sagt, dass Venedig untergehen wird, weil das Grönlandeis schmilzt. Sie sagt, dass sich alles hätte verhindern lassen, wenn die Amerikaner nicht das Pariser Klimaschutz-Abkommen aufgekündigt hätten.«

»Darüber kann man geteilter Meinung sein.«

»Sie sagt, dass es jetzt zu spät sei, eine bedeutende Erhöhung der globalen Temperaturen zu verhindern.«

»Da hat sie allerdings recht.«

»Wieso haben die Amerikaner das Abkommen aufgekündigt?«

»Der Mann, der damals ihr Präsident war, hat den Klimawandel für einen Schwindel gehalten.«

»Wie kann man das nur glauben?«

»Bei Amerikanern, die am äußersten rechten Rand stehen, kommt das häufig vor. Aber können wir nicht von etwas Angenehmerem reden?«

Es war Raphael, der ein neues Thema aufgriff. »Was bedeutet eigentlich *woke*?«

Gabriel sah zu ihm hinüber und antwortete, so gut er eben konnte. »Das ist ein Wort, das aus der schwarzen Community in den Vereinigten Staaten kommt. Ist jemand woke, befasst er sich besonders mit Problemen wie Rassismus und sozialer Ungerechtigkeit.«

»Bist du woke?«

»Offensichtlich.«

»Dann bin ich's auch, glaub ich.«

»An deiner Stelle würde ich das für mich behalten.«

Nach dem Essen erboten die Kinder sich, das Geschirr abzutragen, was sie fast ohne Streit und ohne Bruch schafften. Chiara schenkte ihnen den Rest des Weins ein und hielt ihr Glas ans Kerzenlicht.

»Womit sollen wir anfangen?«, fragte sie. »Mit deinem Gespräch mit Julian oder dem neuen Tattoo an deiner rechten Hand?«

»Das ist kein Tattoo.«

»Dann bin ich erleichtert. Was also?«

Gabriel legte seine rechte Hand vorsichtig auf den Tisch.

Chiara verzog das Gesicht. »Sieht grässlich aus.«

»Ja«, sagte Gabriel niedergeschlagen. »Aber du solltest den anderen Kerl sehen.«

7

SAN POLO

»Hast du schon versucht, einen Pinsel zu halten?«

»Ich weiß nicht, ob ich das jemals wieder kann.«

»Wie schlimm sind die Schmerzen?«

»Im Augenblick«, sagte Gabriel, »spüre ich überhaupt nichts.«

Er saß auf einem Hocker an der Kochinsel und hielt seine Hand in eine Schüssel mit Wasser, in dem Eiswürfel schwammen. Wider Erwarten war die Schwellung davon nicht zurückgegangen, sondern schien im Gegenteil sogar schlimmer zu werden.

»Du solltest sie wirklich röntgen lassen«, sagte Chiara.

»Und wenn der Orthopäde fragt, wie ich sie mir gebrochen habe?«

»Wie denn?«

»Bei einem Handkantenschlag, nehme ich an.«

»Wo ist er gelandet?«

»Das möchte ich lieber nicht sagen.«

»Weißt du bestimmt, dass du ihn nicht umgebracht hast?«

»Ihm fehlt weiter nichts.«

»Wirklich?«

»Na ja, er erholt sich bestimmt bald wieder.«

Chiara griff seufzend nach Valerie Bérrangars Brief. »Was, glaubst du, wollte sie Julian erzählen?«

»Mir fallen mehrere Möglichkeiten ein«, antwortete Gabriel. »Angefangen mit etwas, das auf der Hand liegt.«

»Und das wäre?«

»Das Gemälde hat ihr gehört.«

»Wieso ist sie dann nicht zur Polizei gegangen?«

»Wer sagt, dass sie's nicht getan hat?«

»Julian hat doch bestimmt das Art Loss Register konsultiert, bevor er das Gemälde auf den Markt gebracht hat.«

»Kein Händler kauft oder verkauft ein Kunstwerk, ohne zuvor nachzuschlagen, ob es irgendwo gestohlen wurde.«

»Außer, der Händler will nicht wissen, ob es gestohlen wurde.«

»Unser Julian ist keineswegs vollkommen«, sagte Gabriel, »aber er hat nie wissentlich ein gestohlenes Gemälde verkauft.«

»Nicht mal in deinem Auftrag?«

»Meines Wissens nicht.«

Chiara lächelte. »Möglichkeit Nummer zwei?«

»Das Gemälde ist der Familie Bérrangar im Krieg geraubt worden und war seither verschollen.«

»Glaubst du, dass Valerie Bérrangar Jüdin war?«

»Habe ich das behauptet?«

Chiara legte den Brief weg. »Möglichkeit Nummer drei?«

»Entsperre mein Handy.«

Chiara gab sein Passwort mit vierzehn Stellen ein. »Was sehe ich hier?«

»Einen Ausschnitt aus dem *Porträt einer Unbekannten.*«

»Gibt es da ein Problem?«

»Woran erinnert dich das Craquelé-Muster?«

»Baumrinde.«

»Und was sagt dir das?«

»Das weißt du besser als ich.«

»Craquelé, das an Baumrinde erinnert, ist typisch für flämische Maler«, erläuterte Gabriel. »Van Dyck war natürlich ein flämischer Maler. Aber er hat mit Materialien gearbeitet, die damals von seinen Zeitgenossen in Holland verwendet wurden.«

»Wodurch sein Craquelé mehr holländisch als flämisch aussieht?«

»Korrekt. Schau dir auf der Website der britischen National Gallery das Doppelporträt *Lady Elizabeth Thimbleby and her sister* an, dann weißt du, was ich meine.«

»Ich verlasse mich auf dich«, antwortete Chiara, die mit beiden Daumen auf seinem Smartphone schrieb.

»Was suchst du?«

»Den Artikel in der Zeitung *Sud Ouest.*« Sie fuhr mit einer Zeigefingerspitze übers Display. »Da ist er schon! Der Unfall hat sich gestern Nachmittag auf der D10 knapp nördlich von Saint-Macaire ereignet. Die Gendarmerie vermutet, sie habe aus ungeklärten Gründen die Kontrolle über ihren Wagen verloren.«

»Wie alt war sie?«

»Vierundsiebzig.«

»Verheiratet?«

»Verwitwet. Offenbar gibt es eine Tochter namens Juliette Lagarde.« Chiara machte eine Pause. »Vielleicht wäre die bereit, mit dir zu reden.«

»Ich dachte, ich sollte mich ausruhen?«

»Das sollst du auch. Aber unter den gegenwärtigen Umständen wär's vermutlich besser, wenn du ein paar Tage aus Venedig verschwinden würdest. Mit etwas Glück kannst du in der Luft sein, bevor General Ferrari mitbekommt, dass du nicht mehr da bist.«

Gabriel zog die Hand aus dem Eiswasser. »Was denkst du?«

»Eine Schiene müsste reichen. Die kannst du auf der Fahrt zum Flughafen in einer Apotheke kaufen. Aber ich würde dir raten, in Bordeaux keine weitere Schlägerei anzufangen.«

»Das war nicht meine Schuld.«

»Wer soll sonst schuld sein, Darling?«

Madame Bérrangar, dachte Gabriel. Sie hätte Julian einfach in seiner Londoner Galerie anrufen können. Stattdessen hatte sie ihm einen Brief geschrieben. Und nun war sie tot.

8

SAN POLO

Gabriel kroch erschöpft ins Bett, ließ seine Rechte behutsam auf der Brust ruhen und sank in traumlosen Schlaf. Die Schmerzen setzten gegen vier Uhr ein. Er lag noch eine Stunde wach und horchte auf die Lastkähne, die auf dem Canal Grande zum Rialtomarkt fuhren, bevor er barfuß in die Küche tappte und die Kaffeemaschine von Lavazza einschaltete.

Während er auf den Kaffee wartete, weckte er sein Handy auf und stellte erleichtert fest, dass über Nacht keine Nachricht von General Ferrari eingegangen war. Ein Blick in die Zeitung *Sud Ouest* bestätigte, dass Valerie Bérrangar, vierundsiebzig, weiterhin tot war. Ein kleiner Nachtrag zu der Todesmeldung betraf ihre Beisetzung. Der Trauergottesdienst würde am kommenden Freitag um zehn Uhr in der Kirche Saint-Sauveur in Saint-Macaire stattfinden. Unabhängig davon, was Madame Bérrangar ursprünglich gewesen war, schien sie ihr Leben als Katholikin beendet zu haben.

Mit dem Kaffee spülte er eine weitere Dosis Ibuprofen hinunter. Dann duschte er, zog sich an und packte einen kleinen Koffer, während Chiara nebenan, in ägyptische Baumwolle gehüllt, weiterschlief. Um halb sieben kamen die Kinder aus ihren Zimmern und waren hungrig. Irene, deren Frühstück wie immer aus Müsli und Joghurt bestand, starrte Gabriel vorwurfsvoll an.

»Mama sagt, dass du nach Frankreich fliegst.«

»Nicht für lange.«

»Was heißt das?«

»Das heißt, dass ihr in den nächsten Tagen von eurer Großmutter von der Schule abgeholt werdet.«

»Wie viele Tage lang?«

»Das stellt sich erst raus.«

»Uns gefällt's, wenn *du* uns abholst«, erklärte Raphael.

»Weil ich auf dem Heimweg immer mit euch in die Konditorei gehe.«

»Das ist nicht der einzige Grund.«

»Mir macht es auch Spaß, euch abzuholen«, sagte Gabriel. »Das ist eine meiner liebsten Beschäftigungen.«

»Und deine allerliebste?«

»Nächste Frage.«

»Wicso musst du wieder fort?«, fragte Irene.

»Ein Freund braucht Hilfe.«

»Ein *anderer* Freund?«

»Derselbe.«

Sie blies die Wangen auf und starrte ohne großen Appetit in ihre Müslischale. Gabriel kannte den Grund für ihre Besorgnis. In seiner Zeit als Direktor des Diensts waren drei Anschläge auf ihn verübt worden. Bei dem letzten Anschlag am Tag der Amtseinführung des neuen US-Präsidenten in Washington hatte ihn eine Kongressabgeordnete aus dem Mittleren Westen in die Brust geschossen, weil sie glaubte, er gehöre einer Kinderblut trinkenden Sekte von pädophilen Satanisten an. Die früheren Anschläge waren prosaischer gewesen und hatten sich beide in Frankreich ereignet. Obwohl die Medien ausführlich über sie berichtet hatten, taten die Kinder im Allgemeinen so, als seien die Anschläge nie passiert. Gabriel, der nach wie vor unter unerfreulichen Nachwirkungen litt, tendierte dazu, es ihnen gleichzutun.

»Keine Angst, mir passiert nichts«, versicherte er seiner Tochter.

»Das sagst du jedes Mal. Aber dann passiert immer was.«

Gabriel, der keine Antwort parat hatte, blickte auf und sah Chiara leicht versonnen in der Küchentür stehen.

»Sie hat recht, weißt du?« Chiara goss sich einen Kaffee ein und begutachtete Gabriels Hand. »Wie fühlt sie sich an?«

»So gut wie neu.«

Sie drückte sie sanft. »Gar keine Schmerzen?«

Er verzog das Gesicht, ohne etwas zu sagen.

»Das hab ich mir gedacht.« Sie ließ seine Hand los. »Hast du schon gepackt?«

»So ziemlich.«

»Willst du die beiden nicht in die Schule bringen?«

»Papa!«, riefen die Zwillinge begeistert.

Er ging in sein Zimmer zurück und öffnete den hinter einem Gemälde versteckten Wandsafe, in dem zwei gefälschte deutsche Reisepässe, zwanzigtausend Euro in bar und seine Beretta lagen. Er nahm einen der Pässe heraus, ließ aber die Pistole liegen, weil seine Vereinbarung mit den italienischen Behörden ihm nicht gestattete, bewaffnet an Bord eines Flugzeugs zu gehen. Sollten die Umstände es erfordern, konnte er sich in Frankreich mit einem Anruf eine nicht nachweisbare Schusswaffe verschaffen – mit oder ohne Einverständnis seines früheren Diensts.

Er stellte seinen Koffer im Flur ab und folgte Chiara und den Kindern um 7.45 Uhr die Treppe im Palazzo hinunter. Auf der Straße wollte Chiara in Richtung der Haltestelle San Tomà davongehen. Dann blieb sie abrupt stehen, um Gabriel zum Abschied zu küssen.

»Sei in Frankreich vorsichtig, ja?«

»Großes Ehrenwort.«

»Falsche Antwort, Darling.« Unter ihrer Hand, die auf Gabriels Brust lag, vibrierte plötzlich sein Handy. »Du liebe Güte, wer kann das bloß sein?«

9

BAR DOGALE

Nachdem er Irene und Raphael bei Signora Antonelli, ihrer umweltbewussten und zuverlässig die Sozialdemokraten wählenden Lehrerin, abgeliefert hatte, ging Gabriel durch wenig belebte Straßen zum Campo dei Frari. Der Platz selbst lag noch im Schatten, aber die Sonne beschien schon die roten Ziegeldächer der riesigen gotischen Basilika. Am Fuß ihres Glockenturms, dem zweithöchsten in Venedig, standen die acht blau gedeckten Tische der Bar Dogale, eines der besseren Touristen-Cafés in San Polo.

An einem der Tische saß General Ferrari. Diesmal trug er nicht seine blaue Uniform mit goldenen Rangabzeichen und vielen Orden, sondern einen Geschäftsanzug und darüber einen leichten Mantel. An der Hand, die er Gabriel zur Begrüßung hinstreckte, fehlten zwei Finger, die er 1988 als Kommandeur der Carabinieri in Neapel durch eine Briefbombe verloren hatte. Trotzdem packte sie zu wie ein Schraubstock.

»Irgendwas nicht in Ordnung?«, fragte er, als Gabriel Platz nahm.

»Mit dieser Hand habe ich zu lange Pinsel gehalten.«

»Da können Sie von Glück sagen. Ich musste lernen, fast alles mit links zu machen. Und dazu das hier.« Der General deutete auf sein künstliches rechtes Auge. »Sie dagegen scheinen den fast tödlichen letzten Anschlag auf Ihr Leben fast ohne einen Kratzer überstanden zu haben.«

»Der Eindruck täuscht.«

»Wie knapp war es in Washington?«

»Ich musste zweimal wiederbelebt werden. Beim zweiten Mal war ich fast zehn Minuten lang klinisch tot.«

»Haben Sie zufällig etwas gesehen?«

»Zum Beispiel?«

»Ein blendend helles weißes Licht? Das Antlitz des Allmächtigen?«

»Meiner Erinnerung nach nicht.«

Diese Antwort schien den General zu enttäuschen. »Ich habe befürchtet, dass Sie das sagen würden.«

»Das bedeutet nicht, dass es kein Leben nach dem jetzigen gibt, Cesare. Ich kann mich nur an nichts mehr erinnern, nachdem ich das Bewusstsein verloren hatte.«

»Haben Sie mal über dieses Thema nachgedacht?«

»Die Existenz Gottes? Ein Leben nach dem Tod?«

Der General nickte.

»Der Holocaust hat meinen Eltern ihren Glauben an Gott geraubt. Der Zionismus war die Religion meiner Kindheit.«

»Sie sind ganz und gar säkular?«

»Mein Glaube kommt und geht.«

»Und Ihre Frau?«

»Sie ist die Tochter eines Rabbis.«

»Ich höre überall, dass die Kultur- und Kunstszene Venedigs sehr von ihr angetan ist. Ihre Frau und Sie scheinen hier eine große Zukunft zu haben.« Das Glasauge des Generals musterte Gabriel sekundenlang blicklos. »Das macht Ihr kürzliches Verhalten erst recht unerklärlich.«

Er gab das Passwort ein und legte sein Smartphone auf den Tisch. Gabriel sah kurz auf das Display. Das abgebildete übel zugerichtete Gesicht hatte wenig Ähnlichkeit mit dem, das er am Vorabend gesehen hatte.

»Sein Unterkiefer musste verdrahtet werden«, sagte der General. »Für einen Italiener ist das ein Schicksal schlimmer als der Tod.«

»Er könnte heute wieder sein Mittagessen genießen, wenn er sich nur identifiziert hätte.«

»Er sagt, dass Sie ihm nicht viel Gelegenheit dazu gegeben haben.«

»Wieso hat er mich überhaupt beschattet?«

»Das hat er nicht«, antwortete Ferrari. »Er hat Ihren Freund beschattet.«

»Julian Isherwood? Wieso das denn?«

»Als Folge dieser unglücklichen Geschichte, die sich vor ein paar Jahren am Comer See ereignet hat, steht Signor Isherwood auf der Watchlist des Kunstdezernats. Wir behalten ihn im Auge, wann immer er nach Italien kommt. Der junge Rossetti, der erst letzte Woche nach Venedig versetzt wurde, ist dafür eingeteilt worden.«

»Er hätte Harry's Bar sofort wieder verlassen sollen, als er Isherwood mit mir gesehen hat.«

»Ich habe ihm befohlen zu bleiben.«

»Weil Sie wissen wollten, worüber wir gesprochen haben?«

»Das stimmt wohl.«

»Aber das erklärt nicht, warum er mich auf dem Heimweg beschattet hat.«

»Ich wollte sicherstellen, dass Ihnen nichts zustößt. Und wie wird mir diese Freundlichkeit gelohnt? Indem Sie einen meiner besten jungen Leute auf einem Hinterhof zu Brei schlagen.«

»Das war ein Missverständnis.«

»Jedenfalls stehe ich jetzt vor einer äußerst schwierigen Entscheidung.«

»Nämlich?«

»Sofortige Ausweisung oder lange Haftstrafe. Ich tendiere zu Letzterer.«

»Was muss ich tun, um diesem Schicksal zu entgehen?«

»Sie könnten damit anfangen, dass Sie etwas Reue erkennen lassen.«

»*Mea culpa, mea culpa, mea maxima culpa.*«

»Schon besser. Und jetzt erzählen Sie mir, was Signor Isherwood nach Venedig geführt hat. Sonst«, sagte Ferrari mit einem Blick auf seine Armbanduhr, »könnten Sie Ihr Flugzeug verpassen.«

Bei einem Frühstück mit Cappuccino und Cornetti erzählte Gabriel die Geschichte, wie er sie von Julian gehört hatte. Dabei blieb Ferraris Glasauge auf ihn gerichtet: starr und ohne zu blinzeln. Sein Gesichtsausdruck verriet nichts – höchstens eine gewisse Langeweile, fand Gabriel. Der General war Kommandeur der größten und am besten ausgestatteten Einheit zur Aufklärung von Kunstdiebstählen. Er hatte alles schon mal gehört.

»Wie Sie wissen, lässt sich das nicht so leicht arrangieren. Vor allem ein tödlicher Verkehrsunfall.«

»Außer, da waren Profis am Werk.«

»Haben Sie's mal gemacht?«

»Jemanden mit dem Auto umgebracht? Meiner Erinnerung nach nicht«, antwortete Gabriel. »Aber es gibt immer ein erstes Mal.«

Ferrari lachte humorlos. »Trotzdem lautet die logischste Erklärung, dass Madame Bérrangar es sehr eilig hatte, zu ihrem Gespräch mit Signor Isherwood zu kommen, und bei einem tragischen Verkehrsunfall den Tod gefunden hat.«

»Was ist mit den beiden Männern, die versucht haben, ihm die Aktentasche zu entreißen?«

Der General zuckte mit den Schultern. »Straßenräuber.«

»Und den Leuten, die sein Hotelzimmer verwüstet haben?«

»Die Durchsuchung«, gestand Ferrari ein, »ist schwieriger zu erklären. Deshalb würde ich Ihrem Freund raten, dem französischen Kunstraubdezernat alles zu erzählen, was er weiß. Es ist eine Dienststelle der Police Nationale und trägt den Namen Zentralstelle für den Kampf gegen den illegalen Handel mit Kulturgütern.«

»Griffig«, sagte Gabriel.

»Auf Französisch klingt's vermutlich besser.«

»Das ist meistens so.«

»Ich kann gern meinen französischen Kollegen kontaktieren. Er heißt Jacques Ménard. Er kann mich nur nicht leiden.«

»Signor Isherwood möchte nicht, dass in dieser Sache die Polizei eingeschaltet wird.«

»Wie kommt das?«

»Von einer Allergie, denke ich.«

»An der scheinen viele Kunsthändler und Sammler zu leiden. Natürlich nur, bis eines ihrer kostbaren Gemälde gestohlen wird, versteht sich. Dann sind wir plötzlich sehr populär.« Der General deutete ein Lächeln an. »Sie wollen vermutlich mit der Tochter anfangen?«

»Wenn sie bereit ist, mit mir zu reden.«

»Wer würde auf die Chance verzichten, den großen Gabriel Allon kennenzulernen?«

»Eine Frau, die den Tod ihrer Mutter betrauert.«

»Was ist mit dem Pariser Kunsthändler?«

»Isherwood schwört, dass er ehrbar ist.«

»Wenn Sie möchten, kann ich feststellen lassen, ob unsere Datenbank Informationen über ihn enthält.«

»Danke, ich habe selbst Verbindungen zum Pariser Kunsthandel.«

»Zu zweifelhaften Kreisen, wenn ich mich recht erinnere.« General Ferrari atmete geräuschvoll aus. »Womit wir wieder bei Capitano Rossetti wären.«

»Vielleicht sollte ich mit ihm reden.«

»Ich kann Ihnen versichern, dass Rossetti keinen Wert darauf legt, Sie zu sehen. Tatsächlich fühlt er sich durch die Ereignisse von gestern Abend ziemlich gedemütigt. Schließlich sind Sie nur halb so groß wie er.«

»Und doppelt so alt.«

»Auch das.«

Gabriel sah auf seine Uhr.

»Wollen Sie irgendwo hin?«, fragte der General.

»Zum Flughafen, hoffe ich.«

»Ein Patrouillenboot der Carabinieri holt Sie um zehn Uhr an der Haltestelle San Tomà ab.«

»Das ist ziemlich knapp, finden Sie nicht auch?«

»Ein Beauftragter der ITA Airways begleitet Sie durch die Sicherheitskontrolle und bringt Sie direkt zu Ihrer Maschine. Und machen Sie sich keine Sorgen wegen Chiara und der Kinder«, fügte der General hinzu, während er ihrem Ober das Zeichen gab, noch zwei Cappuccini zu bringen. »Wir passen während Ihrer Abwesenheit auf sie auf.«

10

VILLA BÉRRANGAR

Als englische Könige im Mittelalter die Herrschaft über ganz Frankreich erhoben hatten, hatte das malerische Städtchen Saint-Macaire den Titel »Ville royale d'Angleterre« erhalten. In den seither vergangenen Jahrhunderten schien sich dort wenig verändert zu haben. Ein mittelalterlicher Turm, dessen Uhr 17.30 Uhr anzeigte, bewachte die Zufahrt zur Altstadt. Das Café neben ihm hieß La Belle Lurette. Gabriel drückte dem Kellner zwanzig Euro in die Hand und fragte nach der Adresse von Madame Valerie Bérrangar.

»Die ist am Montagnachmittag bei einem Verkehrsunfall umgekommen.«

Gabriel legte wortlos einen weiteren Schein drauf.

»Ihre Villa befindet sich in der Nähe des Châteaus Malromé. Ungefähr zwei Kilometer östlich.« Der Kellner steckte das Geld in seine Schürzentasche. »Die Einfahrt liegt auf der linken Straßenseite. Gar nicht zu verfehlen.«

Das Château stand auf einem breiten Hügelrücken nördlich von Saint-Macaire in der Gemeinde Saint-André-du-Bois. Der für seinen lehmigen Kalksteinboden berühmte vierzig Hektar große Besitz war Ende des 19. Jahrhunderts in den Besitz von Gräfin Adèle de Toulouse-Lautrec übergegangen. Ihr Sohn, ein berühmter Maler und Illustrator, der seine Inspirationen oft in Pariser Kabaretts und Bordellen fand, hatte seine Sommer dort verbracht.

Östlich des Châteaus wurde die auf beiden Seiten von Weinbergen gesäumte Straße gefährlich schmal. Mit einem Auge auf den Kilometerzähler seines Mietwagens fuhr Gabriel exakt zwei Kilometer weit und entdeckte auf der linken Straßenseite wie versprochen eine Villa. Auf ihrem gepflasterten Vorplatz stand ein Peugeot-Kombi in Metallicblau mit Pariser Kennzeichen. Gabriel parkte daneben und stellte den Motor ab. Sobald er seine Tür öffnete, erklang wildes Hundegebell. Aber natürlich, dachte er und stieg aus.

Er näherte sich vorsichtig dem Eingang der Villa. Als er die Hand nach dem Klingelknopf ausstreckte, ging die Tür auf und ließ eine dunkel gekleidete Frau mit düsterer Miene sehen. Ihr auffällig blasser Teint verriet, dass sie gewissenhaft jeden Sonnenstrahl mied. Sie schien Anfang vierzig zu sein, aber Gabriel war sich nicht ganz sicher. Altmeistergemälde konnte er bis auf wenige Jahre zuverlässig einordnen, aber moderne Frauen mit ihren Anti-Aging-Produkten und Injektionen waren ihm ein Rätsel.

»Madame Lagarde?«

»*Oui*«, antwortete sie. »Sie wünschen, Monsieur?«

Gabriel stellte sich ihr vor. Nicht mit einem der Namen, unter denen er gearbeitet hatte, oder einem erfundenen Namen, sondern mit seinem richtigen Namen.

»Kenne ich Sie?«, fragte Juliette Lagarde.

»Das glaube ich eher nicht.«

»Aber Ihr Name kommt mir bekannt vor.« Sie kniff die Augen zusammen. »Ihr Gesicht auch.«

»Vielleicht haben Sie in der Zeitung etwas über mich gelesen.«

»Weshalb?«

»Ich war Direktor des israelischen Geheimdiensts. Im Kampf gegen den Islamischen Staat habe ich eng mit der französischen Regierung zusammengearbeitet.«

»Nicht *der* Gabriel Allon.«

Er lächelte entschuldigend. »Ich fürchte doch.«

»Was um Himmels willen führt Sie hierher?«

»Ich möchte Ihnen ein paar Fragen zu Ihrer Mutter stellen.«

»Meine Mutter …«

»… ist am Montag tödlich verunglückt.« Gabriel sah sich nach dem großen belgischen Schäferhund um, der ihn vom Vorplatz aus ankläffte. »Könnten wir bitte drinnen miteinander reden?«

»Sie haben doch nicht etwa Angst vor Hunden?«

»Nein«, sagte Gabriel. »Nur vor welchen in diesem Format.«

Wie sich herausstellte, hatte auch Juliette Lagarde nicht allzu viel für den Schäferhund übrig. Er gehörte dem Hausmeister Jean-Luc, der seit über dreißig Jahren im Dienst der Familie Bérrangar stand, sich um das Haus kümmerte, wenn sie in Paris war, und den kleinen Weinberg bestellte. Juliettes Vater, ein erfolgreicher Wirtschaftsanwalt, hatte ihn mit eigenen Händen bepflanzt. Später war er einem Herzschlag erlegen, als Juliette noch an der Pariser Sorbonne studierte. Mit ihrem wertlosen Diplom in Literaturwissenschaft arbeitete sie jetzt in der Marketingabteilung eines der großen französischen Modehäuser. Ihre Mutter, der die dschihadistischen Terroranschläge in Paris zu viel geworden waren, hatte zuletzt größtenteils in Saint-André-du-Bois gelebt.

»Dabei war sie weder islamfeindlich noch rechtsradikal eingestellt, müssen Sie wissen. Sie hat nur lieber auf dem Land als in der Stadt gelebt. Dass sie allein war, hat mir Sorgen gemacht, aber sie hatte hier Freunde. Ein eigenes Leben.«

Sie standen in der geräumigen Küche der Villa und warteten darauf, dass das Teewasser kochte. Im Haus war es still.

»Wie oft haben Sie mit ihr telefoniert?«, fragte Gabriel.

»Ein- bis zweimal pro Woche.« Juliette Lagarde seufzte. »Unsere Beziehung war in letzter Zeit etwas schwierig.«

»Darf ich fragen, warum?«

»Wir haben uns wegen Heiratsplänen gestritten.«

»Sie wollte noch mal heiraten?«

»Meine Mutter? Gott, nein.« Juliette Lagarde hielt ihre linke Hand hoch, an der sie keinen Ehering trug. »Meine Mutter wollte unbedingt, dass ich einen neuen Mann finde, bevor's zu spät ist.«

»Was ist mit dem ersten passiert?«

»Ich war so mit Arbeit ausgelastet, dass ich nicht gemerkt habe, dass er eine leidenschaftliche Affäre mit einer jungen Frau in seiner Firma hatte.«

»Oh, das tut mir leid.«

»Nicht nötig. Solche Dinge passieren. Vor allem in Frankreich.« Sie goss kochendes Wasser in eine Teekanne mit Blütendekor. »Und wie steht's mit Ihnen, Monsieur Allon? Sind Sie verheiratet?«

»Glücklich.«

»Kinder?«

»Zwillinge.«

»Sind die auch Spione?«

»Sie besuchen die Grundschule.«

Madame Lagarde nahm das Tablett mit und ging auf dem zentralen Flur in den Salon voraus, der in seiner steifen Förmlichkeit eher nach Paris als nach Bordeaux gepasst hätte. An drei Wänden hingen Ölgemälde in verschnörkelten alten Goldrahmen. Die Gemälde waren qualitätsvoll, aber nicht besonders kostbar. Jemand hatte sie sorgfältig ausgewählt und zusammengestellt.

Juliette Lagarde stellte das Teetablett auf den niedrigen Couchtisch und öffnete die Fenstertüren, um kühle Luft einzulassen. »Wissen Sie, wer dort gelebt hat?«, fragte sie und deutete zu der weit entfernten Silhouette des Châteaus Malromé hinüber.

»Ein Maler, dessen Werk ich immer bewundert habe.«

»Sie interessieren sich für Kunst?«

»Das könnte man sagen.«

Sie setzte sich und goss zwei Tassen Tee ein. »Antworten Sie immer so ausweichend?«

»Ich bitte um Nachsicht, Madame. Ich habe die Welt der Geheimdienste erst vor Kurzem gegen ein öffentliches Leben getauscht. Ich bin's nicht gewöhnt, über mich selbst zu reden.«

»Versuchen Sie's dieses eine Mal.«

»Ich war Kunststudent, als der israelische Geheimdienst mich angeworben hat. Ich wollte Maler werden, bin dann aber Restaurator geworden. Ich habe mehrere Jahre lang unter falschem Namen in Europa gearbeitet.«

»Sie sprechen sehr gut Französisch.«

»Nicht so gut wie Italienisch.« Gabriel nahm seine Teetasse entgegen und trat damit an den offenen Kamin. Auf dem Kaminsims standen viele Fotos in geschmackvollen Silberrahmen. Eines davon zeigte die Familie Bérrangar in glücklicheren Tagen. »Sie sehen Ihrer Mutter täuschend ähnlich. Aber das wissen Sie natürlich.«

»Wir waren einander sehr ähnlich. Vielleicht zu sehr.« Danach entstand eine Pause, bis sie sagte: »Nachdem wir uns jetzt einigermaßen kennen, Monsieur Allon, möchte ich von Ihnen hören, warum ihr Tod einen Mann wie Sie interessieren könnte.«

»Sie ist tödlich verunglückt, als sie nach Bordeaux unterwegs war, um sich mit einem Freund von mir zu treffen. Mit dem Kunsthändler Julian Isherwood.« Gabriel übergab ihr den Brief ihrer Mutter. »Der ist am Freitag letzter Woche in seiner Londoner Galerie eingegangen.«

Sie senkte den Kopf und las.

»Ist das die Schrift Ihrer Mutter?«

»Ja, natürlich. Ich habe ganze Schachteln voller Briefe von ihr. Meine Mutter war sehr altmodisch. Sie hat E-Mails gehasst und ständig ihr Handy verlegt.«

»Haben Sie irgendeine Idee, worauf sie sich in diesem Brief bezieht?«

»Sie meinen die juristischen und ethischen Probleme im Zusammenhang mit dem Bildverkauf durch Ihren Freund?« Juliette Lagarde stand ruckartig auf. »Ja, Monsieur Allon, ich glaube, ich habe eine Idee.«

Sie führte ihn durch eine zweiflüglige Tür ins Wohnzimmer nebenan. Es war kleiner als der Salon, wirkte intimer. Ein Zimmer, in dem Bücher gelesen und Briefe an Londoner Galeristen geschrieben werden, dachte Gabriel. An den Wänden hingen sechs kostbar gerahmte und wirkungsvoll beleuchtete Altmeistergemälde – darunter das Porträt einer Frau, Öl auf Leinwand, etwa 115 mal 92 Zentimeter, eindeutig aus Holland oder Flandern.

»Es kommt Ihnen wohl bekannt vor?«, fragte Madame Lagarde.

»Sehr«, sagte Gabriel, der sein Kinn nachdenklich mit einer Hand umfasste. »Wissen Sie zufällig noch, wo Ihr Vater dieses Gemälde gekauft hat?«

»In Paris, in einer kleinen Galerie in der Rue La Boétie.«

»Galerie Georges Fleury?«

»Richtig, so hat sie geheißen.«

»Wann?«

»Das war vor vierunddreißig Jahren.«

»Sie haben ein gutes Gedächtnis.«

»Dieses Gemälde war ein Geschenk meines Vaters zum vierzigsten Geburtstag meiner Mutter. Sie hat es immer besonders geliebt.«

Gabriel, dessen Hand weiter sein Kinn umfasste, legte den Kopf leicht schief.

»Hat es einen Namen?«

»Es heißt *Porträt einer Unbekannten.*« Juliette Lagarde machte eine Pause, dann fügte sie hinzu: »Genau wie das Gemälde, das Ihr Freund verkauft hat.«

»Und die Zuschreibung?«

»Da müsste ich in den Papieren meines Vaters nachsehen. Aber wenn ich mich recht erinnere, soll es von einem Schüler von Anthonis van Dyck stammen. Ehrlich gesagt finde ich die verschiedenen Zuschreibungskategorien recht willkürlich.«

»So denken auch viele Kunsthändler. Im Allgemeinen entscheiden sie sich für die Kategorie, die ihnen das meiste Geld einbringt.« Gabriel zog sein Smartphone heraus, machte eine Aufnahme vom Gesicht der Frau und vergrößerte sie auf dem Display.

»Suchen Sie etwas Bestimmtes?«

»Das Muster der feinen Risse, von denen das ganze Gemälde überzogen ist.«

»Gibt's da ein Problem?«

»Nein«, sagte Gabriel. »Überhaupt keines.«

11

VILLA BÉRRANGAR

Gemeinsam hängten sie das Gemälde ab und trugen es nach nebenan in den Salon, wo es mehr Tageslicht gab. Dort nahm Gabriel das Bild aus dem Rahmen, um es vorläufig zu untersuchen, wobei er mit der Darstellung selbst begann – ein Dreiviertelporträt einer noch jungen Frau Ende zwanzig oder Anfang dreißig in einem goldfarbenen Seidenkleid mit weißem Spitzenbesatz. Das Kleid war mit dem auf Julians Version des Porträts identisch, aber seine Farbe war weniger leuchtend, und die großen und kleinen Falten des Gewebes waren weniger überzeugend herausgearbeitet. Die Hände der Dargestellten waren schlecht arrangiert, ihr Blick wirkte leer. Dem Künstler, wer auch immer er gewesen war, war keine lebensechte Charakterdarstellung gelungen, für die Anthonis van Dyck, einer der gesuchtesten Porträtmaler seiner Zeit, berühmt gewesen war.

Gabriel drehte das Gemälde um und untersuchte die Rückseite. Sie entsprach ganz den ihm bekannten holländischen und flämischen Gemälden aus dem 17. Jahrhundert. Das galt auch für den Keilrahmen, der bis auf zwei neuere waagrechte Verstärkungen weitgehend original zu sein schien. Kurz gesagt war daran nichts Ungewöhnliches oder Verdächtiges zu entdecken. Allem Anschein nach war dieses Bild eine Kopie des originalen Porträts von Anthonis van Dyck, das Julian dem New Yorker Kunstinvestor Phillip Somerset für sechseinhalb Millionen Pfund verkauft hatte.

Allerdings gab es dabei ein Riesenproblem.

Beide Gemälde waren mit einem Abstand von vierunddreißig Jahren aus derselben Galerie im achten Arrondissement in Paris gekommen.

Gabriel lehnte die Version der Familie Bérrangar an den Couchtisch und setzte sich neben Madame Lagarde. Nach kurzer Pause fragte sie: »Wer ist sie wohl gewesen, unsere Unbekannte?«

»Das kommt darauf an, wie sie gemalt wurde. Van Dyck hat in Antwerpen und London erfolgreiche Ateliers unterhalten, zwischen denen er gependelt ist. Sein Londoner Atelier war als der Schönheitssalon bekannt. Es hat wie eine gut geölte Maschine funktioniert.«

»Wie hoch war sein Anteil an den einzelnen Porträts wirklich?«

»Im Allgemeinen hat er nur Kopf und Gesicht gemalt. Er hat nie versucht, den Dargestellten zu schmeicheln, indem er sie geschönt hat, was zu manchen Kontroversen geführt hat. Wir glauben, dass er ungefähr zweihundert Porträts gemalt hat, aber manche Kunsthistoriker vermuten, dass es fast fünfhundert waren. Er hatte so viele Jünger und Bewunderer, dass exakte Zuschreibungen sehr schwierig sind.«

»Aber nicht für Sie?«

»Sir Anthony und ich sind gut miteinander bekannt.«

Juliette Lagarde betrachtete das Porträt. »Wenn Sie mich fragen, ist sie eher eine Flamin oder Holländerin als eine Engländerin.«

»Das glaube ich auch.«

»Die Frau oder Tochter eines reichen Mannes?«

»Oder seine Geliebte«, schlug Gabriel vor. »Vielleicht sogar eine Geliebte van Dycks. Er hatte jede Menge.«

»Maler«, sagte Madame Lagarde mit gespieltem Abscheu, dann fügte sie hinzu: »Nehmen wir mal theoretisch an, Anthonis van Dyck habe sein *Porträt einer Unbekannten* in den Dreißigerjahren des 17. Jahrhunderts gemalt.«

»Meinetwegen«, sagte Gabriel.

Sie nickte zu dem ausgerahmten Gemälde hinüber. »Wer hat dann das hier gemalt? Und wann?«

»Falls er einer der sogenannten Jünger van Dycks war, hat er in van Dycks Manier gemalt, ohne jedoch seinem engeren Kreis anzugehören.«

»Ein Niemand? Wollen Sie das damit sagen?«

»Falls dieses Bild repräsentativ für sein Werk ist, kann er nicht sonderlich erfolgreich gewesen sein.«

»Wie hätte er die Sache angefangen?«

»Ein Bild kopieren? Er kann's freihändig versucht haben. Ich an seiner Stelle hätte van Dycks Original aufgespürt und die Darstellung auf eine gleich große Leinwand übertragen.«

»Wie wäre Ihnen das im 17. Jahrhundert gelungen?«

»Als Erstes hätte ich in die Striche auf meinem aufgelegten Papier winzige Löcher gestochen. Dann hätte ich meine Leinwand mit dem Papier bedeckt und mit pulverisierter Holzkohle eingestäubt. So wäre eine schemenhafte, aber geometrisch akkurate Wiedergabe von van Dycks Original entstanden.«

»Eine Unterzeichnung?«

»Korrekt.«

»Und dann?«

»Ich hätte meine Palette vorbereitet und zu malen begonnen.«

»Mit dem Original ganz in der Nähe?«

»Vermutlich auf einer zweiten Staffelei.«

»Der Künstler hat es also gefälscht?«

»Das Bild wäre nur eine Fälschung, wenn er versucht hätte, seine Version als echten van Dyck zu verkaufen.«

»Haben Sie's schon mal gemacht?«, fragte Juliette Lagarde.

»Ein Gemälde kopiert?«

»Nein, Monsieur. Eines gefälscht.«

»Ich bin Restaurator«, sagte Gabriel lächelnd. »Manche Kritiker meines Berufs behaupten, dass wir Restauratoren ständig Bilder fälschen.«

In dem Salon war es plötzlich kalt geworden. Juliette Lagarde schloss die Fenstertüren und sah zu, wie Gabriel das Porträt wieder einrahmte. Dann trugen sie es gemeinsam ins Wohnzimmer hinüber und hängten es wieder an seinen Platz an der Wand.

»Welches ist besser?«, fragte Madame Lagarde. »Dieses oder das Ihres Freundes?«

»Entscheiden Sie selbst.« Gabriel hielt sein Smartphone neben das Gemälde. Das Display zeigte ein Foto von Julians Version von dem *Porträt einer Unbekannten.* »Was denken Sie?«

»Ich muss zugeben, dass das Ihres Freundes viel besser ist – trotzdem ist es irgendwie beunruhigend, sie so nebeneinander zu sehen.«

»Noch beunruhigender finde ich«, sagte Gabriel, »dass beide Porträts von derselben Galerie verkauft worden sind.«

»Kann das nicht ein Zufall gewesen sein?«

»An Zufälle glaube ich nicht.«

»Das hat meine Mutter auch nicht getan.«

Deshalb ist sie jetzt tot, dachte Gabriel.

Er ließ sein Smartphone in die Innentasche seiner Jacke gleiten. »Hat die Gendarmerie Ihnen ihr persönliches Eigentum zurückgebracht?«

»Gestern Abend.«

»Ist Ihnen irgendwas daran aufgefallen?«

»Ihr Handy scheint verschwunden zu sein.«

»Sie hatte es nicht bei sich, als sie nach Bordeaux gefahren ist?«

»Das sagen die Gendarmen.«

»Haben Sie im Haus danach gesucht?«

»Ich habe überall nachgesehen. Tatsächlich hat sie es nur sehr selten benutzt. Ihr altes Festnetztelefon war ihr viel lieber.« Sie deutete auf das schlichte Telefon auf dem eleganten Louis-quinze-Schreibtisch. »Meistens hat sie mit dem telefoniert.«

Gabriel trat an den Schreibtisch und knipste die Lampe an. Im Speicher des Telefons fand er fünf Anrufe von der Galerie

Georges Fleury und drei weitere von einer Pariser Dienststelle der Police Nationale. In Madame Bérrangars Terminkalender entdeckte er einen Eintrag für sechzehn Uhr am letzten Tag ihres Lebens.

M. Isherwood. Café Ravel.

Er drehte sich zu Juliette Lagarde um. »Haben Sie versucht, ihr Mobiltelefon anzurufen?«

»Seit heute Vormittag nicht mehr. Vermutlich ist der Akku inzwischen leer.«

»Darf ich's mal versuchen?«

Madame Lagarde diktierte ihm die Rufnummer. Als Gabriel sie wählte, meldete sich sofort die Mailbox. Er trennte die Verbindung, erwiderte den starren Blick der Unbekannten und war sich erstmals sicher, dass Valerie Bérrangar ermordet worden war.

»Hatte Ihre Mutter einen Computer?«

»Ja, natürlich. Einen Mac.«

»Der ist noch da, stimmt's?«

»*Oui*, ich habe heute Morgen ihre Mails gecheckt.«

»Irgendwas Interessantes?«

»An ihrem Todestag hat meine Mutter eine Mitteilung ihrer Versicherung über eine Prämienerhöhung bekommen. Die ist mir ein völliges Rätsel. Sie war eine sehr gute Fahrerin«, sagte Juliette Lagarde. »Hat nie auch nur einen Strafzettel wegen Falschparkens bekommen.«

Der Himmel öffnete seine Schleusen, als Gabriel nach Saint-Macaire zurückfuhr. Nachdem er sein Hotelzimmer bezogen hatte, machte er sich mit einem Buch unter dem Arm auf den Weg zu La Belle Lurette, um dort zu Abend zu essen. Nachdem er bestellt hatte, rief er Chiara in Venedig an. Sie telefonierten beide mit Solaris-Handys aus israelischer Produktion, die vollkommen abhörsicher sein sollten. Trotzdem drückten sie sich vorsichtig aus.

»Ich habe schon angefangen, mir Sorgen um dich zu machen«, sagte sie.

»Sorry. War nachmittags sehr beschäftigt.«

»Hoffentlich produktiv?«

»Ziemlich.«

»Sie war bereit, mit dir zu reden?«

»Sie hat mich zum Tee eingeladen«, antwortete Gabriel. »Und mir ein Gemälde gezeigt.«

»Zuschreibung?«

»Jünger von Anthonis van Dyck.«

»Thema?«

»*Porträt einer Unbekannten.* Ende zwanzig bis Anfang dreißig. Nicht besonders hübsch.«

»Was hat sie an?«

»Eine Robe aus goldfarbener Seide mit weißem Spitzenbesatz.«

»Das klingt, als könnte es ein Problem geben.«

»Sogar mehrere. Dazu gehört der Name der Galerie, bei der ihr Vater das Porträt gekauft hat.«

»Denkst du etwa, ihre Mutter sei …«

»Ja, das tue ich.«

»Hast du's ihr gesagt?«

»Dafür habe ich keinen Grund gesehen.«

»Was hast du jetzt vor?«

»Ich muss nach Paris reisen und mit einem alten Freund reden.«

»Bestell ihm einen Gruß von mir.«

»Keine Sorge, wird gemacht«, sagte Gabriel.

12

BORDEAUX–PARIS

Gabriel schlief schlecht, wachte früh auf und war nach Bordeaux unterwegs, bevor es richtig hell war. Einen Kilometer nördlich des Dorfs Sainte-Croix-du-Mont zeigten seine Scheinwerfer ihm den grauen Fleck einer ausgebrannten Warnfackel. Gleich danach wurden die Reifenspuren sichtbar: zwei schwarze Striche, die schräg über die Gegenfahrbahn führten.

Er hielt auf dem mit Gras bewachsenen Bankett und musterte seine Umgebung. Auf der rechten Straßenseite marschierten lange Reihen von Rebstöcken einen steilen Hügel herab. Auch links der Straße wurde Wein angebaut, aber dort war das Gelände bis zur Garonne völlig eben. Und praktisch baumlos, stellte Gabriel fest – mit Ausnahme eines Hains aus Pappeln mit weißen Stämmen, auf den die Reifenspuren zuführten.

Gabriel holte die LED-Stablampe aus dem Ablagefach und wartete, bis ein Sattelschlepper vorbeigedonnert war, bevor er ausstieg und die Straße überquerte. Allerdings brauchte er nicht weit zu gehen, sondern machte schon am Mittelstrich halt. Von diesem Beobachtungspunkt aus war die Unfallstelle gut zu überblicken.

Zwei der Pappeln waren durch die Wucht des Aufpralls abgebrochen, und die durchweichte Erde war mit kleinen Würfeln aus Sicherheitsglas übersät. Gabriel vermutete, Valerie Bérrangar sei nach dem Aufprall sofort tot gewesen. Oder vielleicht war sie noch lange genug bei Bewusstsein gewesen, um die behandschuhte Hand zu sehen, die durch eine zertrümmerte

Scheibe griff. Aber nicht etwa, um der Verunglückten zu helfen, sondern um sich ihr Handy zu schnappen. Gabriel wählte ihre Nummer, weil er hoffte, ihr Handy werde irgendwo unter den Bäumen klingeln, aber auch diesmal meldete sich sofort die Mailbox.

Er beendete den Anruf, drehte sich um und begutachtete die parallelen Reifenspuren. Sie überquerten die Gegenfahrbahn in einem Winkel von etwa fünfundvierzig Grad. Ja, dachte er, Madame Bérrangar könnte durch irgendwas abgelenkt auf die Gegenfahrbahn geraten und gegen die einzigen Bäume weit und breit gerast sein. Viel wahrscheinlicher war jedoch, dass ihr Wagen durch ein nachfolgendes Fahrzeug von der Straße abgedrängt worden war.

Aus Norden kam ein Auto heran, wurde kurz langsamer und fuhr nach Sainte-Croix-du-Mont weiter. Zwei Minuten verstrichen, bevor ein weiteres auftauchte, das in Gegenrichtung unterwegs war. Dies war keine viel befahrene Straße. Auch um Viertel nach drei an einem Montagnachmittag würde der Verkehr nicht viel stärker gewesen sein. Trotzdem hatten die Komplizen des Mannes, der Valerie Bérrangars Wagen abgedrängt hatte, vermutlich die Straße in beiden Richtungen blockiert, damit es keine Augenzeugen gab. General Ferrari hatte recht: Ein tödlicher Unfall ließ sich nicht leicht arrangieren. Aber die Männer, die Valerie Bérrangar ermordet hatten, hatten ihr Handwerk verstanden. Schließlich, sagte Gabriel sich, waren sie Profis. Das stand für ihn fest.

Er überquerte die Straße wieder und setzte sich ans Steuer seines Leihwagens. Die Fahrt zum Flughafen dauerte eine halbe Stunde. Seine Maschine nach Paris startete pünktlich um neun Uhr, und nachdem er seinen Koffer einem Pagen des Hotels Le Bristol anvertraut hatte, war er schon um halb zwölf auf der Rue de Miromesnil im achten Arrondissement unterwegs.

Am nördlichen Ende gab es ein kleines Geschäft mit Namen Antiquités Scientifiques. In der Tür hing ein Schild, auf dem

OUVERT stand. Als Gabriel den Klingelknopf drückte, war ein verstimmter Gong zu hören. Einige Sekunden verstrichen, ohne dass etwas passierte. Aber dann wurde das Schloss klackend entriegelt, und Gabriel trat über die Schwelle.

Am Morgen des 22. August 1911 kam Louis Béroud ins Musée du Louvre, um weiter an seiner Kopie des Porträts einer italienischen Adeligen zu arbeiten – 77 mal 53 Zentimeter, Öl auf Pappelholz –, das im Salon Carré hing. Der Louvre tat nichts, um Kopisten wie Béroud die Arbeit zu erschweren. Er gestattete ihnen sogar, ihre Farben und Staffeleien über Nacht im Museum zu lassen. Weil der europäische Kunstmarkt mit gefälschten Altmeistergemälden überschwemmt war, durften sie allerdings keine Kopien mit den exakten Maßen der Originale malen.

Als Béroud, wie immer korrekt in Gehrock und gestreifter Hose, an jenem Dienstagmorgen den Salon Carré betrat, musste er feststellen, dass das Porträt – Leonardo da Vincis *Mona Lisa* – aus seinem Rahmen mit Schutzglas entfernt worden war. Er war enttäuscht, aber nicht übermäßig besorgt. Auch Maximilien Alphonse Paupardin, der über den Salon Carré und seine unbezahlbaren Schätze wachte, meistens von einem Hocker an der Tür aus, war nicht weiter besorgt. Der Louvre war im Begriff, seinen gesamten Bestand an Kunstwerken fotografieren zu lassen. Brigadier Paupardin war sich sicher, dass die *Mona Lisa* sich nur fotografieren ließ.

Aber nachdem Paupardin vormittags im Fotoatelier gewesen war, berichtete er dem amtierenden Präsidenten des Verwaltungsrats ganz aufgelöst, die *Mona Lisa* sei verschwunden. Die Polizei traf gegen dreizehn Uhr ein und riegelte das Museum sofort ab. Es blieb noch eine Woche lang geschlossen, während die Polizei Paris nach Hinweisen durchkämmte. Diese Ermittlungen, wenn man sie als solche bezeichnen will, waren eine Komödie der Irrungen. Zu den ursprünglichen Verdächtigen gehörten der aufmüpfige junge spanische Maler Pablo Picasso und sein Freund, der Dichter und Schriftsteller Guillaume Apollinaire.

Ein weiterer Verdächtiger war Vincenzo Peruggia, ein Tischler italienischer Abstammung, der mitgeholfen hatte, den schützenden Rahmen für die *Mona Lisa* zu bauen. Die Polizei strich ihn jedoch nach einer kurzen Befragung in seiner Pariser Wohnung von der Liste der Verdächtigen. Genau dort blieb die *Mona Lisa* in einem Koffer im Schlafzimmer versteckt, bis der kleine Handwerker 1913 versuchte, das Gemälde einem prominenten Florentiner Kunsthändler zu verkaufen. Der Händler brachte es in die Uffizien, und Peruggia wurde prompt verhaftet. Er musste sich vor einem italienischen Gericht wegen des größten Kunstraubs der Geschichte verantworten und wurde zu einer einjährigen Haftstrafe verurteilt, kam aber nach nur sieben Monaten hinter Gittern wieder frei.

Es war die bemerkenswerte Story vom Diebstahl der *Mona Lisa*, die einen ruhelosen Pariser Ladeninhaber namens Maurice Durand in dem trüben Winter 1985 dazu inspirierte, sein erstes Gemälde zu stehlen: ein kleines Stillleben von Jean Siméon Chardin, das im Straßburger Musée des Beaux-Arts in einer wenig besuchten Ecke hing. Im Gegensatz zu Peruggia hatte Durand schon einen Käufer an der Hand, einen zwielichtigen Sammler, der einen Chardin suchte und sich über unwichtige Details wie Provenienz keine Sorgen machte. Durand wurde gut bezahlt, der Kunde war zufrieden, und eine lukrative Karriere hatte begonnen.

Zwei Jahrzehnte später beendete ein Sturz durch ein Oberlicht Durands Karriere als professioneller Kunstdieb. Heute war er nur noch als Makler für Diebstähle auf Bestellung tätig. Oder wie Durand selbst gern sagte: Er managte die Beschaffung von Gemälden, die offiziell nicht zum Verkauf standen. In Zusammenarbeit mit einer professionellen Diebesbande aus Marseille steckte er hinter einigen der spektakulärsten Kunstdiebstähle des 21. Jahrhunderts. Allein im Sommer des Jahres 2010 stahlen seine Leute Gemälde von Rembrandt, Picasso, Caravaggio und van Gogh. Bis auf den Rembrandt, der wieder in der National Gallery in Washington hing, tauchte keines dieser Werke jemals wieder auf.

Über sein globales Imperium des Kunstdiebstahls herrschte Durand von Antiquités Scientifiques aus, das sich seit drei Generationen im Familienbesitz befand. In geschmackvoll beleuchteten Vitrinen waren antike Mikroskope, Kameras, Ferngläser, Barometer, Nivelliergeräte und Globen ausgestellt – alle tadellos erhalten. Das war auch Monsieur Durand. Er trug einen dunkelblauen Maßanzug mit dezent gestreiftem Oberhemd und dazu passender Krawatte. Sein kahler Schädel glänzte im Lampenlicht.

»Dann stimmt's also doch, was die Leute behaupten«, sagte er zur Begrüßung.

»Was denn?«, fragte Gabriel.

»Dass Männer in Ihrer Branche sich niemals ganz zur Ruhe setzen.«

»In Ihrer offenbar auch nicht.«

Durand klappte lächelnd den Deckel eines polierten rechteckigen Kastens auf. »Dies könnte Sie vielleicht interessieren. Ein Satz Probiergläser eines Optikers. Um die Jahrhundertwende. Ziemlich selten.«

»Fast so selten wie das Aquarell, das Sie vor einigen Monaten aus dem Musée Matisse haben stehlen lassen. Oder das schöne Genrebild von Jan Steen aus dem Musée Fabre.«

»Mit dem Verschwinden dieser Werke hatte ich nicht das Geringste zu tun.«

»Und wie steht's mit dem Verkauf?«

Durand klappte wortlos den Deckel zu. »Meine Kollegen und ich haben im Lauf der Jahre für Sie und Ihren Dienst etliche wertvolle Kunstwerke beschafft, darunter eine getöpferte Hydria des Amykos-Malers. Und den Job in Amsterdam nicht zu vergessen. Der hat beträchtliches Aufsehen erregt, nicht wahr?«

»Genau deshalb habe ich den französischen Behörden nie Ihren Namen genannt.«

»Was ist mit General Zyklop, Ihrem Freund bei den Carabinieri?«

»Auch er kennt Ihre Identität nicht. Oder die Identität Ihrer Leute in Marseille.«

»Und was muss ich tun, um den Status quo zu erhalten?«

»Ich brauche Informationen.«

»Worüber?«

»Die Galerie Georges Fleury. Sie liegt in der ...«

»Ich weiß, wo sie ist, Monsieur Allon.«

»Machen Sie Geschäfte mit ihm?«

»Georges Fleury? Niemals. Aber ich habe mich dummerweise einmal darauf eingelassen, ein Bild für ihn zu stehlen.«

»Und?«

»Das war«, sagte Durand, dessen Miene sich verfinsterte, »ein absolutes Desaster.«

13

RUE DE MIROMESNIL

»Sagt Ihnen der Name Pierre-Henri de Valenciennes etwas?«

Gabriel seufzte, bevor er antwortete. »Valenciennes war einer der wichtigsten Landschaftsmaler des Neoklassizismus. In seiner Zeit, in der fast ausschließlich im Atelier gemalt wurde, gehörte er zu den Wegbereitern der Freilichtmalerei.« Er machte eine Pause. »Soll ich weitermachen?«

»Ich wollte Sie nicht kränken.«

»Schon gut, Maurice.«

Sie hatten sich in Durands übervolles Büro hinter dem Laden zurückgezogen. Gabriel saß auf dem Besucherstuhl, einem unbequemen hölzernen Armstuhl; Durand hinter seinem vorbildlich aufgeräumten Schreibtisch. Das Licht seiner antiken Schreibtischlampe spiegelte sich in seiner randlosen Brille und tarnte den wachsamen Blick seiner braunen Augen.

»Vor einigen Jahren«, fuhr er fort, »hat die Galerie Georges Fleury eine wundervolle Landschaft ausgestellt, die Valenciennes 1804 gemalt haben sollte. Dargestellt waren Dorfbewohner, die in der Abenddämmerung vor einer klassischen Ruine tanzen. Öl auf Leinwand, 66 mal 98 Zentimeter. Tadelloser Zustand wie bei Monsieur Fleurys Bildern üblich. Ein Sammler mit beträchtlichen Kenntnissen und finanziellen Mitteln, nennen wir ihn Monsieur Didier, ist in Kaufverhandlungen eingetreten. Aber die Gespräche waren sehr rasch beendet, weil Georges Fleury sich weigerte, über den Preis zu verhandeln.«

»Der war wie hoch?«

»Sagen wir 400.000.«

»Und wie viel hat Monsieur Didier Ihnen dafür geboten, dass Sie das Gemälde für ihn stehlen lassen?«

»Auf dem Schwarzmarkt gilt als Faustregel, dass Gemälde nur zehn Prozent ihres Werts bringen.«

»40.000 wären für Sie ziemlich kleine Fische.«

»Das habe ich ihm auch gesagt.«

»Wie viel hat er dann geboten?«

»Zweihundert.«

»Und Sie haben eingeschlagen?«

»Ja, leider.«

Aus dem Schränkchen hinter seinem Schreibtisch holte Durand eine Flasche Calvados und zwei antike Kristallgläser. Fast alles in diesem Raum stammte aus einer anderen Zeit – auch der kleine Schwarz-Weiß-Bildschirm, mit dem er seine Ladentür überwachte.

Er schenkte zwei Gläser ein und schob eines Gabriel hin.

»So früh trinke ich eigentlich noch keinen Alkohol.«

»Unsinn«, sagte Durand nach einem Blick auf seine Armbanduhr. »Außerdem ist etwas Alkohol mittags gut für Ihr Blut.«

»Meine Blutwerte sind bestens, danke.«

»Keine Nachwirkungen dieser üblen Sache in Washington?«

»Nur bleibende Sorge um die Zukunft der amerikanischen Demokratie.« Gabriel griff widerstrebend nach seinem Glas. »Wer hat den Auftrag für Sie ausgeführt?«

»Ihr alter Freund René Monjean.«

»Irgendwelche Komplikationen?«

»Nicht bei der Tat. Die Alarmanlage der Galerie war ziemlich altmodisch.«

»Monjean hat bestimmt nicht nur ein Bild gestohlen.«

»Natürlich nicht. René hat vier weitere mitgenommen, um unsere Spuren zu verwischen.«

»Gute Sachen?«

»Pierre Révoil. Nicolas-André Monsiau.« Durand zuckte mit den Schultern. »Zwei Porträts von Ingres.«

»Fünf Gemälde sind eine ansehnliche Beute. Trotzdem kann ich mich nicht daran erinnern, etwas über diesen Diebstahl in der Zeitung gelesen zu haben.«

»Monsieur Fleury hat ihn offenbar nie angezeigt.«

»Ungewöhnlich.«

»Das dachte ich auch.«

»Aber Sie haben trotzdem mit dem Verkauf weitergemacht.«

»Was hätte ich sonst tun sollen?«

»Wann ist die Sache schiefgegangen?«

»Nach ungefähr zwei Monaten hat Monsieur Didier sein Geld zurückgefordert.«

»Auch ungewöhnlich«, sagte Gabriel. »Vor allem in Ihrer Branche.«

»Nie da gewesen«, murmelte Durand.

»Mit welcher Begründung wollte er sein Geld zurück?«

»Er hat behauptet, der Valenciennes sei kein Valenciennes.«

»Er hat ihn für eine spätere Kopie gehalten?«

»So könnte man auch sagen.«

»Oder?«

»Nach Monsieur Didiers Überzeugung handelte es sich um eine moderne Fälschung.«

Aber natürlich!, sagte Gabriel sich. Dass die Sache darauf hinauslaufen würde, hatte ein Teil seines Ichs geahnt, als er das falsche flämische Craquelé auf dem Foto von Julians Gemälde entdeckt hatte.

»Wie haben Sie darauf reagiert?«

»Ich habe Monsieur Didier erklärt, ich sei meinen Verpflichtungen nachgekommen und er solle sich wegen einer Erstattung an die Galerie Georges Fleury wenden.« Durand lächelte über sein Glas hinweg. »Zum Glück hat er meinen Vorschlag nicht aufgegriffen.«

»Sie haben ihm das Geld zurückgezahlt?«

»Die Hälfte«, antwortete Durand. »Das hat sich als kluge Entscheidung erwiesen. Seither habe ich noch viele Aufträge für ihn ausgeführt.«

Gabriel kostete einen kleinen Schluck Calvados. »Er steht nicht zufällig irgendwo bei Ihnen herum?«

»Der gefälschte Valenciennes?« Durand schüttelte den Kopf. »Den habe ich verbrannt.«

»Und die vier anderen Gemälde?«

»Die hat mit hohen Abschlägen ein Kunsthändler in Montreal übernommen. Davon konnte ich Renés Honorar bezahlen, aber nur knapp.« Er atmete geräuschvoll aus. »Eine Riesenpleite!«

»Ende gut, alles gut.«

»Außer, man ist Kunde der Galerie Georges Fleury.«

»Der gefälschte Valenciennes war kein Ausreißer?«

»*Non.* Das Geschäftsmodell der Galerie scheint der Verkauf von Fälschungen zu sein. Verstehen Sie mich bitte nicht falsch. Fleury verkauft viele echte Gemälde. Aber mit Fälschungen verdient er mehr.« Durand machte eine Pause. »Das weiß ich aus zuverlässiger Quelle.«

»Von wem?«

»Sie haben Ihre Quellen. Ich habe meine. Und die versichern mir, dass Fleury seit Jahren wertlose Fälschungen als echt verkauft.«

»Ich habe den schrecklichen Verdacht, einer meiner Freunde könnte eine gekauft haben.«

»Er ist Sammler, Ihr Freund?«

»Nein, Galerist.«

»Nicht Monsieur Isherwood?«

Gabriel zögerte, dann nickte er langsam.

»Warum gibt er das Gemälde nicht einfach zurück und verlangt eine Erstattung?«

»Er hat es bereits an einen streitsüchtigen Amerikaner weiterverkauft.«

»Gibt es eine andere Sorte?« Durand beobachtete einen Mann, der sich für seine Auslage interessierte. »Darf ich Sie noch etwas fragen, Monsieur Allon?«

»Wenn Sie darauf bestehen.«

Durand verzog das Gesicht. »Was ist um Himmels willen mit Ihrer Hand passiert?«

Von Maurice Durands Geschäft aus folgte Gabriel der Rue de Miromesnil zur Rue La Boétie. Vor der Nummer 19 blieb er kurz stehen, bevor er auf der eleganten, gewundenen Straße zur Galerie Georges Fleury weiterging. In ihrem Schaufenster waren drei große Ölgemälde ausgestellt. Zwei davon waren im Rokokostil gemalt. Das dritte Bild, ein Porträt eines jungen Mannes von François Gérard, stammte aus einer als Neoklassizismus bekannten späteren Periode.

Zumindest auf den ersten Blick schien das zu stimmen. Aber eine Untersuchung durch einen erfahrenen Profi – zum Beispiel durch einen Restaurator – konnte zu einem anderen Ergebnis gelangen. Allerdings würde diese Prüfung ohne Zeitdruck ablaufen müssen. Der Restaurator würde sich für jedes einzelne Werk in der Galerie Zeit nehmen und in der altehrwürdigen Tradition wahrer Kunstkenner vorgehen müssen. Vielleicht berührte er die Gemälde, untersuchte ihre Oberflächen mit einem Vergrößerungsglas und sprach sogar ein paar Worte mit ihnen, weil er hoffte, sie würden ihm antworten. Vorteilhaft wäre es, wenn der Galerist – der vermutlich in kriminelle Machenschaften verwickelt war und deshalb besonders wachsam sein würde – ihm bei diesem Ritual nicht über die Schulter sah. Noch besser wäre es gewesen, wenn eine weitere in der Galerie anwesende Person ihn abgelenkt hätte.

Aber wer?

Das war die Frage, die Gabriel auf seinem kurzen Weg von der Galerie zum Le Bristol beschäftigte. Von seinem Zimmer aus rief er Chiara an und schilderte ihr das Problem, vor dem er stand. Als Antwort darauf mailte sie ihm das Monatsprogramm des Orchestre de Chambre de Paris.

»Deine Freundin ist übers Wochenende in Paris. Vielleicht hat sie ein paar Minuten Zeit, um dich in die Galerie zu begleiten.«

»Sie wäre perfekt. Aber hast du wirklich nichts dagegen?«

»Dass du ein Wochenende in Paris mit einer Frau verbringst, in die du mal schrecklich verknallt warst?«

»Ich habe sie nie geliebt.«

»Bitte erinnere sie bei erster Gelegenheit daran.«

»Keine Sorge«, sagte Gabriel, bevor Chiara auflegte. »Das tue ich.«

14

LE BRISTOL, PARIS

Sie wohnte im Crillon, in der Leonard-Bernstein-Suite. Einer der wenigen Dirigenten, fügte sie lachend hinzu, mit dem sie nie eine Affäre gehabt habe.

»Bist du jetzt dort?«

»Tatsächlich habe ich eine Probe unterbrochen, um deinen Anruf entgegenzunehmen. Das gesamte Orchestre de Chambre de Paris wartet darauf, dass ich weiterspiele.«

»Wann bist du wieder in deinem Hotel?«

»Nicht vor vier. Danach gebe ich bis sechs Uhr Interviews.«

»Mein Beileid.«

»Ich habe vor, mich unmöglich zu benehmen.«

»Wie wär's mit einem Drink im Les Ambassadeurs, wenn du fertig bist?«

»Lade mich lieber zum Dinner ein.«

»Dinner?«

»Das ist eine Mahlzeit, die die meisten Leute am frühen Abend zu sich nehmen. Außer, man ist Spanier, versteht sich. Ich werde den Portier bitten, uns einen Zweiertisch im romantischsten Restaurant von Paris zu reservieren. Mit etwas Glück entdecken uns dort die Paparazzi, damit es einen Skandal gibt.«

Bevor Gabriel etwas einwenden konnte, brach die Verbindung ab. Er spielte kurz mit dem Gedanken, Chiara von seinem neuen Dilemma zu erzählen, verzichtete dann aber doch darauf. Stattdessen wählte er die Nummer von Valerie Bérrangars verschwundenem Smartphone und erreichte wieder nur die Mailbox.

Er scrollte durch seine Kontakte, bis er auf Juval Gerschon stieß. Juval leitete die Einheit 8200, die elektronische Aufklärung des israelischen Geheimdiensts. Seit Gabriel Israel verlassen hatte, hatte er nicht mehr mit ihm oder irgendeinem seiner ehemaligen Kollegen gesprochen. Dieser Anruf war ein gewagter Schritt, der vielleicht – auch unerwünschte – weitere Kontaktaufnahmen nach sich ziehen würde. Trotzdem hielt Gabriel das Risiko für gerechtfertigt. Wenn irgendjemand Madame Bérrangars Handy orten konnte, dann die Hacker der Einheit 8200.

Juval meldete sich nach dem ersten Klingeln, als habe er Gabriels Anruf erwartet. Angesichts der außergewöhnlichen Fähigkeiten seiner Einheit war das sogar denkbar.

»Du vermisst mich wohl?«

»Fast so sehr wie das Loch in meiner Brust.«

»Warum rufst du also an?«

»Ich habe ein Problem, das nur du lösen kannst.«

Juval atmete geräuschvoll aus. »Okay, gib mir die Nummer.«

Gabriel diktierte sie ihm.

»Und das Problem?«

»Die Besitzerin ist vor ein paar Tagen ermordet worden. Ich glaube, dass die Täter dumm genug waren, ihr Handy mitzunehmen. Ich möchte, dass du es für mich findest.«

»Das dürfte kein Problem sein, wenn das Gerät noch intakt ist. Aber wenn sie's zertrümmert oder in die Seine geworfen haben …«

»Wie kommst du auf die Seine, Juval?«

»Weil du aus Paris anrufst.«

»Dreckskerl.«

»Ich lasse von mir hören, sobald wir etwas haben. Und viel Spaß heute Abend beim Dinner.«

»Woher weißt du davon?«

»Anna Rolfe hat dir eben eine Textnachricht geschickt. Soll ich sie dir vorlesen?«

»Warum nicht?«

»›Der Tisch ist für Viertel nach acht reserviert.‹«

»Wo?«

»Das schreibt sie nicht. Aber es muss in der Nähe des Bristols sein, weil sie dich um acht Uhr abholt.«

»Ich habe nie erwähnt, dass ich im Bristol wohne.«

»Ich denke, dass du im zweiten Stock bist.«

»Im dritten«, sagte Gabriel. »Aber wer zählt schon nach?«

Als Gabriel Anna Rolfe zum ersten Mal sah, stand sie in Brüssel auf einem Podium und spielte mit elektrisierender Verve Tschaikowskis Violinkonzert D-Dur op. 35. Als er an jenem Abend den Konzertsaal verließ, hätte er sich nicht träumen lassen, dass sie sich eines Tages begegnen würden. Einige Jahre später – nach der Ermordung von Annas Vater, dem ungeheuer reichen Schweizer Banker Augustus Rolfe – wurden sie einander jedoch vorgestellt. Damals hatte Anna ihm nur die Hand gegeben. Aber als Gabriel jetzt hinten in ihren Maybach einstieg, schlang sie ihm die Arme um den Hals und küsste ihn auf die Wange.

»Jetzt bist du meine Geisel«, sagte sie, als die Limousine anfuhr. »Diesmal gibt es kein Entkommen.«

»Wohin willst du mich verschleppen?«

»Natürlich in meine Suite im Crillon.«

»Mir ist ein Dinner versprochen worden.«

»Eine Kriegslist meinerseits.« Anna war leger gekleidet: Jeans, Kaschmirpullover, kurzer Ledermantel. Trotzdem blieb sie unverkennbar die berühmteste Geigerin der Welt. »Hat mein Pressesprecher dir meine neue CD geschickt?«

»Die ist vorgestern angekommen.«

»Und?«

»Ein Triumph.«

»In der *Times* hat ein Kritiker geschrieben, sie spiegle eine neu gewonnene Reife wider.« Anna runzelte die Stirn. »Was kann er bloß damit gemeint haben?«

»Damit hat er höflich ausgedrückt, dass du älter geworden bist.«

»Nicht auf dem Foto auf der CD-Hülle. Erstaunlich, was man heutzutage mit ein paar Mausklicks machen kann. Ich sehe jünger aus als Nicola Benedetti.«

»Bestimmt hat sie dich verehrt, als sie noch ein Kind war.«

»Ich will niemands *Idol* sein. Ich möchte wieder dreiunddreißig sein.«

»Wozu das?« Gabriel sah aus dem Fenster und bewunderte die eleganten Gebäude von Haussmann an der Rue du Faubourg Saint-Honoré. »Wohin fahren wir?«

»Das ist eine Überraschung.«

»Die hasse ich.«

»Ja«, sagte Anna distanziert. »Ich erinnere mich.«

15

CHEZ JANOU

Wie sich zeigte, war ihr Ziel das Chez Janou, ein glitzerndes und gut besuchtes Restaurant am Westrand des Marais. Als sie zu ihrem Tisch geleitet wurden, lief ein leises Murmeln durch den Speisesaal. Anna ließ sich viel Zeit, um ihren Mantel abzulegen und auf der roten Lederbank Platz zu nehmen. Eine virtuose Vorstellung, fand Gabriel.

Als das Murmeln abebbte, beugte sie sich über den kleinen Tisch und flüsterte: »Du bist hoffentlich nicht enttäuscht, dass es hier nicht romantischer ist?«

»Tatsächlich bin ich erleichtert.«

»Das war nur ein Scherz, weißt du?«

»Wirklich?«

»Ich bin längst über dich hinweg, Gabriel.«

»Dabei hast du zwei Ehemänner verschlissen.«

»Das war unnötig rachsüchtig.«

»Schon möglich«, sagte Gabriel. »Aber völlig zutreffend.«

Beide Ehen Annas waren kurz und unglücklich gewesen; beide hatten mit spektakulären Scheidungen geendet. Dazu kamen zahlreiche gescheiterte Affären, stets mit reichen und berühmten Männern. Gabriel war die einzige Ausnahme in Annas Beuteschema gewesen. Er hatte ihre Stimmungsschwankungen und leichtsinnigen Eskapaden länger ertragen als die meisten – sechs Monate und vierzehn Tage lang –, und bis auf eine zertrümmerte Vase war ihre Trennung einvernehmlich verlaufen. Auch wenn er sie nicht wirklich geliebt hatte, hatte er sie sehr gern gehabt und war froh, dass ihre Freundschaft zwanzig Jahre nach der Trennung wieder aufgelebt war. Anna hatte gewisse Ähnlichkeit mit Julian Isherwood. Sie machte das Leben entschieden interessanter.

Wie immer überflog sie die Speisekarte nur und wusste sofort, was sie wollte. Dadurch geriet Gabriel in die Defensive, denn er hatte dasselbe bestellen wollen. Sein Kompromiss – Ratatouille, danach Leber mit Kartoffeln – brachte ihm einen leicht tadelnden Blick seiner berühmten Tischgenossin ein.

»Bauer«, zischte sie.

Ihr Ober entkorkte eine Flasche Bordeaux und schenkte Gabriel etwas davon ein, damit er den Wein probieren konnte. Ob die Trauben, aus denen er hergestellt war, aus dem Weinberg nördlich von Saint-Macaire stammten, an dessen Fuß Valerie Bérrangar den Tod gefunden hatte? Gabriel roch daran, kostete einen kleinen Schluck und forderte den Ober mit einem Nicken auf, ihnen einzuschenken.

»Worauf wollen wir trinken?«, fragte Anna.

»Alte Freunde.«

»Wie schrecklich langweilig.« Ihr Lippenstift hinterließ Spuren am Rand ihres Glases. Sie stellte es auf den Tisch zurück, drehte es langsam zwischen Daumen und Zeigefinger und war sich bewusst, dass alle anderen Gäste sie beobachteten. »Fragst du dich manchmal, wie unser Leben verlaufen wäre, wenn du mich nicht verlassen hättest?«

»So würde ich den Sachverhalt nicht beschreiben.«

»Du hast deine wenigen Habseligkeiten in eine Reisetasche geworfen und bist, so schnell du nur konntest, von meiner Villa in Portugal weggefahren. Und ich habe nie auch nur eine einzige …«

»Bitte fang nicht wieder davon an.«

»Warum nicht?«

»Weil ich Vergangenes nicht ungeschehen machen kann. Außerdem hättest du mich früher oder später rausgeworfen, wenn ich dich nicht verlassen hätte.«

»Nicht dich, Gabriel. Dich hätte ich behalten.«

»Und was hätte ich mit mir angefangen, während du auf Tournee warst?«

»Du hättest mich begleiten und von meinen vielen Dummheiten abhalten können.«

»Dir von Stadt zu Stadt folgen, während du dich im Applaus deiner Bewunderer sonnst?«

Sie lächelte. »Ja, so ungefähr.«

»Und wie hättest du mich erklärt? Wer hätte ich sein können?«

»Mario Delvecchio habe ich immer bewundert.«

»Mario war eine Lüge«, wehrte Gabriel ab. »Mario hat es nie gegeben.«

»Aber im Bett war er große Klasse.« Sie seufzte, dann trank sie noch etwas Wein. »Du hast mir nie gesagt, wie deine Frau heißt.«

»Chiara.«

»Wie sieht sie aus?«

»Ähnlich wie Nicola Benedetti, aber schöner.«

»Sie ist Italienerin, ja?«

»Aus Venedig.«

»Was erklären dürfte, wieso du wieder dort lebst.«

Gabriel nickte. »Sie ist Geschäftsführerin der größten Firma Venedigs für Restaurierungen. Ich werde irgendwann anfangen, für sie zu arbeiten.«

»Irgendwann?«

»Vorläufig bin ich noch in Erholungsurlaub.«

»Wegen dieser Sache in Washington?«

»Und verschiedener weiterer Traumata.«

»Für Erholungsbedürftige gibt es schlimmere Orte als Venedig.«

»Viel schlimmere«, bestätigte Gabriel.

»Ich denke, dass ich dort mal wieder ein Konzert geben werde. Einen Abend mit Brahms und Tartini in der Scuola Grande di San Rocco. Ich nehme mir eine Suite in diesem kleinen Hotel in San Marco, dem Luna Baglioni, und bleibe ein bis zwei Monate dort. Du kannst jeden Nachmittag vorbeikommen und …«

»Benimm dich, Anna.«

»Machst du mich wenigstens irgendwann mit deiner Familie bekannt?«

»Fürchtest du nicht, dass das ein bisschen peinlich sein könnte?«

»Oh, durchaus nicht. Ich glaube, dass deine Kinder es genießen würden, etwas Zeit mit mir zu verbringen. Trotz meiner vielen Fehler und Unzulänglichkeiten, die von der Boulevardpresse unbarmherzig registriert werden, finden die meisten Leute mich unendlich faszinierend.«

»Genau deswegen möchte ich dich morgen für ein bis zwei Stunden ausleihen.«

»Was hast du vor?«

Gabriel erklärte es ihr.

»Ist es wirklich ungefährlich, mit dir eine Pariser Galerie zu besuchen?«

»Das liegt ewig lange zurück, Anna.«

»Ein Leben lang«, sagte sie. »Aber warum ich?«

»Ich möchte, dass du den Galeristen ablenkst, während ich mir seinen Gemäldebestand genauer ansehe.«

»Soll ich meine Fiedel mitbringen und ihm eine Partita vorspielen?«

»Das wird nicht nötig sein. Sei einfach so bezaubernd wie immer.«

»Zum Anbeißen?«

»Genau.«

Sie fuhr mit einem Zeigefinger ihren Unterkiefer entlang. »Findest du nicht, dass ich dafür etwas zu alt bin?«

»Du hast dich kein bisschen verändert, seit …«

»… seit dem Morgen, an dem du mich verlassen hast?« Der Ober servierte ihre Vorspeisen und zog sich zurück. Anna senkte den Blick und sagte: *»Bon appétit.«*

16

RUE LA BOÉTIE

Am folgenden Morgen rief Gabriel um zehn Uhr in der Galerie an und wurde nach einem leicht gereizten Wortwechsel mit einem Rezeptionisten namens Bruno mit Georges Fleury persönlich verbunden. Der betrügerische französische Kunsthändler hatte noch nie von einem gewissen Ludwig Ziegler gehört, was nicht verwunderlich war.

»Ich berate eine Klientin mit einer Vorliebe für neoklassizistische Gemälde«, erklärte Gabriel ihm in fließendem Französisch mit deutschem Akzent. »Sie ist übers Wochenende zufällig in Paris und möchte sich in Ihrer Galerie umsehen.«

»Die Galerie Georges Fleury ist kein Touristenziel, Monsieur Ziegler. Möchte Ihre Klientin französische Gemälde sehen, empfehle ich ihr den Besuch des Louvre.«

»Meine Klientin macht hier nicht Urlaub. Sie spielt an diesem Wochenende in der Philharmonie de Paris.«

»Ist Ihre Klientin etwa …«

»Ja.«

Fleurys Tonfall war plötzlich sehr zuvorkommend. »Um welche Zeit möchte Madame Rolfe kommen?«

»Heute um dreizehn Uhr.«

»Da habe ich leider schon einen Termin mit einem anderen Kunden.«

»Sagen Sie ihm ab. Und schicken Sie Bruno in eine lange Mittagspause. Ich finde ihn nervig und weiß, dass Madame Rolfe ähnlich reagieren würde. Falls Sie sich fragen: Sie trinkt ungekühltes Mineralwasser ... *sans gaz*, aber mit einer Scheibe Zitrone. Keinen Keil, Monsieur Fleury. Eine Scheibe.«

»Eine bestimmte Marke?«

»Alles außer Vittel. Und keine Fotos, kein Händedruck. Aus verständlichen Gründen schüttelt Madame Rolfe kurz vor einem Konzert niemandem die Hand.«

Gabriel legte auf und rief als Nächstes Anna an. Ihre Stimme klang verschlafen, als sie sich meldete.

»Wie spät ist's?«, ächzte sie.

»Kurz nach zehn.«

»Morgens?«

»Natürlich, Anna.«

Sie legte leise schimpfend auf. Madame Rolfe, daran erinnerte Gabriel sich jetzt, stand nie vor Mittag auf.

Gabriel verließ das Bristol um halb eins und ging unter einem bleigrauen Pariser Himmel zum Crillon hinüber. Es war Viertel nach eins, als Anna in Jeans und einem gerippten Pullover aus ihrer Suite herunterkam. Draußen stiegen sie in den für die kurze Fahrt zur Galerie Georges Fleury bereitstehenden Maybach mit Chauffeur.

»Irgendwelche letzten Anweisungen?«, fragte sie, während sie ihr Make-up im Spiegel begutachtete.

»Sei charmant, aber zickig.«

»Ich soll mich ganz natürlich benehmen? Wolltest du das sagen?«

Anna legte Lipgloss auf, als ihr Wagen auf die Rue La Boétie abbog. Wenige Augenblicke später erreichten sie die Galerie, deren Besitzer und Namensgeber wie ein Türsteher auf dem Gehsteig wartete. Seine Hände blieben starr an seiner Seite, als Anna hinten aus ihrer Limousine stieg.

»Willkommen in der Galerie Georges Fleury, Madame Rolfe. Es ist mir eine Ehre, Sie begrüßen zu dürfen.«

Anna quittierte seine Worte mit dem huldvollen Nicken einer Königin. Der Galerist wandte sich entnervt an ihren Begleiter. »Und Sie müssen Herr Ziegler sein.«

»Allerdings«, bestätigte Gabriel.

Fleury musterte ihn sekundenlang durch seine randlose Brille. »Sind wir uns vielleicht schon mal begegnet? Vielleicht auf einer Auktion?«

»Die meiden Madame Rolfe und ich.« Gabriel nickte zu der schweren Eingangstür aus Glas hinüber. »Können wir bitte hineingehen? Um Madame Rolfe entsteht sehr rasch ein Menschenauflauf.«

Fleury benutzte seine Fernbedienung, um die Tür zu entriegeln. Im Foyer stand eine lebensgroße Bronzestatue eines jungen Griechen oder Römers auf einem Sockel aus schwarzem Marmor. Daneben stand der unbesetzte Schreibtisch des Rezeptionisten.

»Auf Ihren Wunsch sind wir nur zu dritt, Herr Ziegler.«

»Den nehmen Sie mir hoffentlich nicht übel?«

»Durchaus nicht.« Fleury legte die Fernbedienung auf den Schreibtisch und führte sie in einen großen Raum mit hoher Decke, dunklem Holzboden und granatroten Wänden. »Dies ist mein Ausstellungsraum, aber die besseren Bilder hängen oben. Wenn Sie möchten, können wir dort anfangen.«

»Madame Rolfe hat es nicht eilig.«

»Ich auch nicht.«

Fleury wirkte leicht benommen, als er mit seiner weltberühmten Besucherin eine umständliche Besichtigung begann, während Gabriel alleine einen Rundgang machte. Das erste Werk, das seine Aufmerksamkeit erregte, war ein großes Rokokogemälde, das eine nackte Venus mit drei jungen Mädchen darstellte. Die Signatur rechts unten besagte, es sei 1697 von Nicolas Colombel geschaffen worden. Das bezweifelte Gabriel allerdings.

Er umfasste sein Kinn mit einer Hand und legte den Kopf leicht schief. Kurz darauf sah Fleury, dass er sich für das Gemälde interessierte, und gesellte sich zu ihm.

»Ich habe es erst vor einigen Monaten gekauft.«

»Darf ich fragen, von wem?«

»Aus einer alten Privatsammlung hier in Frankreich.«

»Abmessungen?«

Fleury lächelte. »Was schätzen Sie, Monsieur Ziegler?«

»112 mal 144 Zentimeter.« Gabriel machte eine Pause, dann fügte er mit entwaffnendem Lächeln hinzu: »Plus oder minus ein bis zwei Zentimeter.«

»Sehr gut!«

Dabei hatte Gabriel die exakten Maße des Gemäldes absichtlich ungenau angegeben. Jeder Dummkopf konnte sehen, dass es 114 mal 148 Zentimeter groß war.

»Der Zustand ist bemerkenswert gut.«

»Ich habe es nach dem Ankauf restaurieren lassen.«

»Darf ich den Bericht des Restaurators sehen?«

»Jetzt gleich?«

»Wenn's Ihnen recht ist.«

Als Fleury sich zurückzog, gesellte Anna sich vor dem Gemälde zu Gabriel. »Wundervoll, nicht wahr?«

»Aber zu groß, um sich leicht transportieren zu lassen.«

»Du denkst nicht etwa daran, ein Bild zu kaufen?«

»Nicht ich«, sagte Gabriel. »Aber du vielleicht.«

Bevor Anna etwas einwenden konnte, war Fleury wieder da – jedoch mit leeren Händen. »Tut mir leid, aber Bruno scheint den Bericht falsch abgeheftet zu haben. Aber wenn Madame Rolfe sich für das Gemälde interessiert, maile ich Ihnen den Bericht gern.«

Gabriel zog sein Handy heraus. »Sie haben wohl nichts dagegen, wenn ich sie mit dem Bild fotografiere?«

»Natürlich nicht. Das wäre mir sogar eine Ehre.«

Anna trat etwas näher an das Gemälde heran, drehte sich um und setzte das Lächeln auf, mit dem sie sonst den Applaus ausverkaufter Konzertsäle quittierte. Gabriel machte sein Foto, dann ging er zum nächsten Gemälde weiter.

»Ein Jünger Canalettos«, erläuterte Fleury.

»Ein sehr guter.«

»Das finde ich auch. Dieses Bild habe ich erst letzte Woche gekauft.«

»Vom wem?«

»Aus einer Privatsammlung.« Der Franzose bedachte Anna mit einem unaufrichtigen Lächeln. »In der Schweiz.«

Gabriel inspizierte die Leinwand genauer. »Wie sicher ist die Zuschreibung?«

»Wieso fragen Sie das?«

Weil das Gemälde mit nur 56 mal 78 Zentimetern leicht zu transportieren war. Vor allem ohne seinen Keilrahmen. »Glauben Sie, dass Bruno auch den Zustandsbericht dieses Gemäldes verlegt hat?«

»Bedaure, aber es ist schon reserviert.«

»Könnte Madame Rolfe vielleicht ein Gegenangebot machen?«

»Der Käufer hat schon gezahlt.«

»Ist er ein Händler oder ein Sammler?«

»Wieso fragen Sie das?«

»Ist er ein Händler, könnte ihm ein rascher Weiterverkauf recht sein.«

»Seine Identität kann ich leider nicht preisgeben. Die Details unserer Vereinbarung sind vertraulich.«

»Nicht mehr lange«, kommentierte Gabriel vielsagend.

»Wie meinen Sie das, Monsieur?«

»Ich meine nur, dass ich ein komisches Gefühl habe, wenn ich dieses Bild betrachte.« Er machte ein Foto davon. »Vielleicht sollten Sie uns jetzt die guten Gemälde zeigen, Monsieur Fleury.«

17

GALERIE GEORGES FLEURY

Fleury geleitete sie in den Ausstellungsraum im ersten Stock hinauf. Hier waren die Wände nicht in Rot, sondern in einem nüchternen Grau gehalten, und die Gemälde wirkten auf den ersten Blick entschieden hochwertiger. Es gab mehrere holländische und flämische Porträts, darunter zwei Werke in Anthonis van Dycks Manier. Auffällig war auch eine *Flusslandschaft mit fernen Windmühlen*, Öl auf Leinwand, 36 mal 58 Zentimeter, mit dem unverkennbaren Monogramm von Aelbert Cuyp, einem der bedeutendsten holländischen Landschaftsmaler des 17. Jahrhunderts. Gabriel bezweifelte, dass das Monogramm echt war. Tatsächlich gelangte er nach kurzer Betrachtung ganz ohne technische Analysen zu dem Schluss, das Gemälde sei eine Fälschung.

»Sie haben ein sehr gutes Auge«, sagte Fleury von der anderen Seite des Raums aus. Er ließ eine Zitronenscheibe in Annas Mineralwasser gleiten und fragte: »Etwas für Sie, Monsieur Ziegler?«

»Die Zuschreibung dieses Gemäldes wäre nett.«

»Mehrere Experten stimmen darin überein, dass es von Cuyp selbst stammt.«

»Wie erklären diese Experten das Fehlen einer vollständigen Signatur? Schließlich hat Cuyp von ihm selbst gemalte Bilder im Allgemeinen mit vollem Namen signiert. Sein Monogramm hat er nur auf Bilder gesetzt, die unter seiner Aufsicht entstanden waren.«

»Aber wie Sie wissen, gibt es Ausnahmen.«

Allerdings, dachte Gabriel. »Und wie steht's mit der Provenienz?«

»Legal und akzeptabel.«

»Vorbesitzer?«

»Ein Sammler mit außergewöhnlich gutem Geschmack.«

»Franzose oder Schweizer?«, fragte Gabriel trocken.

»Nein, Amerikaner.«

Fleury gab Anna das Glas mit Mineralwasser und führte sie von einem Bild zum anderen, sodass Gabriel Gelegenheit hatte, sich eingehender mit den ausgestellten Werken zu befassen. Zuletzt trafen sie sich wieder vor der *Flusslandschaft mit fernen Windmühlen*, Öl auf Leinwand, 36 mal 58 Zentimeter, von einem zweifellos hochbegabten Fälscher.

»Darf ich es kurz berühren?«

»Wie bitte?«

»Das Gemälde«, erklärte Gabriel ihm. »Ich möchte es kurz berühren.«

»Vorsichtig«, mahnte Fleury.

Gabriel legte seinen Zeigefinger leicht auf die Leinwand und fuhr über die sichtbaren Pinselstriche. »Hat Ihr Mann die Reinigung vorgenommen?«

»Ich habe das Bild in diesem Zustand erhalten.«

»Hat es Farbverluste gegeben?«

»Keine großflächigen. Allerdings ein paar Abschürfungen, vor allem im Blau des Himmels.«

»Der Zustandsbericht enthält vermutlich auch Fotos?«

»Mehrere, Monsieur.«

Gabriel sah zu Anna hinüber. »Gefällt Ihnen das Bild, Madame Rolfe?«

»Das hängt vom Preis ab.« Sie wandte sich an Fleury. »Woran haben Sie gedacht?«

»Eineinhalb Millionen.«

»Kommen Sie, kommen Sie«, sagte Gabriel. »Wir wollen doch realistisch bleiben.«

»Wie viel würde Madame Rolfe denn dafür ausgeben wollen?«

»Verlangen Sie, dass ich mit mir selbst feilsche?«

»Keineswegs. Ich gebe Ihnen nur Gelegenheit, Ihre Preisvorstellung zu äußern.«

Gabriel betrachtete das wertlose Gemälde schweigend.

»Nun?«, fragte Fleury.

»Madame Rolfe zahlt Ihnen eine Million Euro und keinen Cent mehr.«

Der Kunsthändler lächelte. »Abgemacht.«

Unten in Fleurys Büro las Gabriel den Zustandsbericht und den Nachweis der Provenienz, während Anna mit ihrem Smartphone am Ohr von der Credit Suisse eine Million Euro auf das Konto des Kunsthändlers bei der Société Générale überweisen ließ. Im Endpreis waren der Rahmen und die Versandkosten enthalten, aber Gabriel verzichtete auf beides. Madame Rolfe, sagte er, mache sich nichts aus dem Rahmen. Und um den Versand werde er sich selbst kümmern.

»Die Exportlizenz müsste spätestens Mittwoch da sein«, sagte Fleury. »Dann können Sie das Gemälde jederzeit abholen.«

»Mittwoch ist zu spät, fürchte ich.«

»Wieso?«

»Weil Madame Rolfe und ich das Bild gleich mitnehmen.«

»*C'est impossible!* Ich muss Dokumente einreichen und Unterschriften einholen.«

»Der Papierkram und die Unterschriften sind Ihr Problem. Außerdem vermute ich, dass Sie genau wissen, wie man eine Exportgenehmigung für ein Gemälde bekommt, das Frankreich bereits verlassen hat.«

Der Galerist widersprach dieser Unterstellung nicht. »Aber was ist mit fachgerechter Verpackung?«

»Vertrauen Sie mir, Monsieur Fleury. Ich weiß, wie man mit Ölbildern umgeht.«

»Ich übernehme absolut keine Haftung für irgendwelche Schäden, die auftreten, nachdem ein verkauftes Werk meine Galerie verlassen hat.«

»Aber Sie *garantieren* die Zuschreibung sowie die Richtigkeit des Zustandsberichts und der Provenienz.«

»Aber natürlich.« Fleury übergab ihm ein Exemplar des Echtheitszertifikats, das bestätigte, das Gemälde stamme definitiv von Aelbert Cuyp. »Hier haben Sie's schriftlich.«

Der Galerist legte Anna den Kaufvertrag hin und zeigte ihr, wo sie unterschreiben sollte. Nachdem er den Vertrag ebenfalls unterschrieben hatte, kopierte er ihn und steckte ihn mit Kopien von Zustandsbeschreibung und Provenienz in einen großen braunen Umschlag. Das Gemälde verpackte er mit Seidenpapier und Luftpolsterfolie, was weit mehr Aufwand war, als es verdiente. Um Viertel nach drei stand es auf dem Rücksitz des Maybachs, als die Limousine vor dem Hotel Bristol hielt.

»Ich dachte, ich sollte nur zum Anbeißen aussehen«, sagte Anna.

»Was ist eine Million unter Freunden?«

»Eine Menge Geld.«

»Keine Sorge, spätestens Mitte der Woche ist sie wieder auf deinem Konto.«

»Schade«, seufzte sie. »Ich hatte gehofft, du würdest etwas länger in meiner Schuld stehen.«

»Und wenn's so wäre?«

»Dann würde ich dich zu meinem Konzert heute Abend einladen. Anschließend gibt's einen Galaempfang, zu dem all die Schönen und Reichen kommen.«

»Ich dachte, solche Veranstaltungen seien dir zuwider.«

»Und wie! Aber mit dir an meiner Seite wäre ich vielleicht erträglich.«

»Und wie würdest du mich erklären, Anna? Wer sollte ich sein?«

»Wie wär's mit Herrn Ludwig Ziegler?« Sie betrachtete stirnrunzelnd das eingepackte Gemälde. »Der geschätzte Kunstberater, der gerade eine Million aus meinem Vermögen für eine wertlose Fälschung ausgegeben hat.«

Gabriel fuhr in sein Zimmer hinauf und nahm die Leinwand von dem Keilrahmen ab. Eine Stunde später lag sie zusammengerollt in dem Handgepäckkoffer, den er durch die riesige Halle des Gare du Nord zog. Die Passkontrolle passierte er ohne Schwierigkeiten, und um siebzehn Uhr bestieg er den Eurostar nach London. Während vor seinem Fenster die nördliche Banlieue von Paris vorbeizog, dachte er über die Höhen und Tiefen seiner Karriere nach. Vor nur vier Monaten war er noch Direktor eines der schlagkräftigsten Geheimdienste der Welt gewesen. Jetzt, sagte er sich lächelnd, hatte er eine andere Beschäftigung gefunden.

Kunstschmuggler.

18

JERMYN STREET

Seit dem Ausbruch der Pandemie, als die Kunstwelt in eine Art Herzstillstand abgeglitten war, hatte Sarah Bancroft keine so grauenhafte Woche mehr erlebt. Begonnen hatte sie mit Julians unglücklicher Reise nach Bordeaux; geendet hatte sie an diesem Nachmittag damit, dass ein potenzieller Verkauf geplatzt war, weil der Käufer kalte Füße bekommen hatte und Sarah eisern entschlossen war, das betreffende Gemälde, *Anbetung der Weisen* von Luca Cambiaso, nicht mit Verlust zu verkaufen. Um alles noch schlimmer zu machen, hatte ihr frisch Angetrauter London zu einer Geschäftsreise verlassen. Da er in der Spionagebranche tätig war, durfte er nicht sagen, wohin er wollte oder wie lange er wegbleiben würde. Sarah konnte nur hoffen, dass es nicht bis zur Mittsommerwende dauern würde, bevor sie ihn wieder zu Gesicht bekam.

Das alles erklärte, weshalb sie – nachdem sie die Galerie abgesperrt und die Alarmanlage scharf gestellt hatte – sich sofort ins Wiltons verfügte und ihren gewohnten Platz an einem Ecktisch in der Bar einnahm. Sogleich stand ein perfekter Belvedere-Martini mit drei Oliven, saharatrocken, von einem gut aussehenden jungen Ober in blauem Blazer mit roter Krawatte serviert, vor ihr auf dem Tisch. Vielleicht, dachte sie, als sie das Glas an die Lippen hob, ist doch nicht alles so schlimm, wie's manchmal aussieht.

Im nächsten Augenblick wurde an der Theke schallend laut gelacht. Es war Julian, der diesen Ausbruch verursacht hatte. Er schilderte Oliver Dimbleby und Jeremy Crabbe, bei Bonhams für Altmeister zuständig, warum seine linke Gesichtshälfte purpurrot angeschwollen war. In Julians Version der Ereignisse war es zu der Kollision mit einem Laternenpfahl nicht in Bordeaux, sondern in Kensington gekommen. Ausgelöst worden war sie durch nichts Schlimmeres als den irregeleiteten Versuch, im Gehen eine SMS zu verschicken.

Zum Gaudium der Kunsthändler, Kuratoren und Versteigerer an der Theke spielte Julian mit seinem Smartphone in der Hand den fiktiven Unfall nach. Für seine Vorstellung belohnt wurde er durch einen Kuss von den scharlachroten Lippen eines ehemaligen Models, das jetzt in der King Street eine florierende Galerie für moderne Kunst betrieb. Sarah, die das alles von ihrem Ecktisch aus beobachtete, trank einen kleinen Schluck Martini und flüsterte: *»Bitch.«*

Der Kuss war ein Trostpreis. Sarah wusste recht gut, dass Julian sich wegen seines Aussehens genierte und wegen des verdächtigen Todes der Frau, die ihn gebeten hatte, nach Frankreich zu kommen, verstört war. Auch Sarah war darüber bestürzt. Außerdem machte sie sich Sorgen wegen des Gemäldes, das sie Phillip Somerset verkauft hatte – einem Mann, dessen Bekanntschaft sie in ihrer Zeit als Kuratorin am Museum of Modern Art in New York gemacht hatte. Ihr alter Freund Gabriel Allon hatte sich bereit erklärt, wegen der seltsamen Umstände des Falls zu ermitteln. Aber er hatte sich noch nicht wieder gemeldet, um über Fortschritte bei seinen Ermittlungen zu berichten.

Amelia March von *ARTnews* löste sich aus dem Gedränge an der Theke und kam an Sarahs Tisch. Sie war eine hochgewachsene schlanke Frau mit schwarzem Pixieschnitt und den zu weit auseinanderstehenden Augen eines Emojis von Apple. Es war Amelia gewesen, die mit Sarahs verdeckter Unterstützung die Nachricht über das *Porträt einer Unbekannten* verbreitet hatte. Jetzt bereute Sarah, ihr diese Informationen gegeben zu haben.

Hätte sie den Mund gehalten, wären die Wiederauffindung und der Verkauf des Gemäldes geheim geblieben. Und Madame Bérrangar, sagte sie sich, würde noch leben.

»Ich habe neulich ein hässliches Gerücht über dich gehört«, verkündete Amelia.

»Nur eines?«, fragte Sarah. »Du enttäuschst mich.«

Sie konnte nur mutmaßen, welche Art Gerüchte Amelias immer empfängliche Ohren manchmal auffingen. Schließlich war Sarah eine ehemalige CIA-Geheimagentin, deren Ehemann als Profikiller gearbeitet hatte, bevor er zum britischen Secret Intelligence Service gegangen war. Sie war nicht nur MoMA-Kuratorin, sondern für kurze Zeit auch Kunstberaterin des saudiarabischen Kronprinzen gewesen. Tatsächlich hatte Sarah Seine Königliche Hoheit davon überzeugt, vierhundertfünfzig Millionen Dollar für Leonardo da Vincis *Salvator Mundi* hinzulegen – den höchsten jemals bei einer Versteigerung erzielten Preis für ein Kunstwerk.

Nichts von alledem wollte Sarah jemals gedruckt sehen. Deshalb widersprach sie nicht, als Amelia ungefragt an ihrem Tisch Platz nahm. Sie rechnete sich aus, dass es bestimmt besser war, sich anzuhören, was die Journalistin zu sagen hatte. Vielleicht bot sich sogar Gelegenheit, jemandem einen Streich zu spielen oder ein bisschen Verwirrung zu stiften. Dafür war sie gerade in der richtigen Stimmung.

»Was gibt's diesmal?«, fragte sie Amelia.

»Wie ich aus zuverlässiger Quelle höre …«

»Du lieber Gott, wie abgedroschen!«

»Wie ich aus *sehr* zuverlässiger Quelle höre«, fuhr Amelia fort, »willst du die Galerie Isherwood Fine Arts aus ihrer alten Heimstatt im Mason's Yard an einen, sagen wir, weniger abgeschiedenen Ort verlegen.«

»Stimmt nicht«, widersprach Sarah.

»Du hast letzte Woche zweimal potenzielle Räume in der Cork Street besichtigt.«

Aber nicht aus dem Grund, den Amelia vermutete. Sarah hatte den Ehrgeiz, eine auf moderne Kunst spezialisierte zweite Galerie zu eröffnen, die ihren Namen tragen sollte. Allerdings musste sie darüber noch mit Julian sprechen und legte großen Wert darauf, dass er von ihren Plänen nicht aus den *ARTnews* erfuhr.

»Die Cork Street könnten wir uns nie leisten«, behauptete sie jetzt.

»Du hast eben einen neu entdeckten van Dyck für sechseinhalb Millionen Pfund verkauft.« Amelia senkte ihre Stimme. »Alles sehr geheim. Anonymer Käufer. Mysteriöse Provenienz.«

»Ja«, sagte Sarah. »Ich denke, davon habe ich irgendwo gelesen.«

»Ich habe Julian und dich über Jahre hinweg immer sehr gut behandelt«, sagte Amelia. »Und bei vielen Gelegenheiten. Ich habe bewusst darauf verzichtet, Storys aufzugreifen, die den Ruf eurer Galerie hätten schädigen können.«

»Zum Beispiel?«

»Da wäre zunächst einmal deine genaue Rolle bei der Entdeckung dieses Gemäldes von Artemisia Gentileschi.«

Sarah nahm einen kleinen Schluck von ihrem Drink und sagte nichts.

»Nun?«, bohrte Amelia nach.

»Isherwood Fine Arts wird den Mason's Yard nie verlassen. Wie im Anfang, so auch jetzt und alle Zeit und in Ewigkeit. Amen.«

»Warum bist du dann auf der Suche nach einem langfristig zu mietenden Objekt in der Cork Street?«

Weil sie einen langen Schatten über die Galerie werfen wollte, die dem ehemaligen Model gehörte, das jetzt Simon Mendenhall, dem eleganten Chefauktionator von Christie's, etwas ins Ohr flüsterte.

»Ich schwöre dir«, sagte Sarah, »als Frau und Freundin, dass ich dir alles erzähle, wenn die Zeit reif ist.«

»Ich will's *zuerst* erfahren«, insistierte Amelia. »Und bis dahin erzählst du mir was Pikantes.«

»Sieh mal rasch über deine rechte Schulter.«

Amelia tat wie geheißen. »Die schöne Miss Watson und der schleimige Simon Mendenhall?«

»Glühheiß«, behauptete Sarah.

»Ich dachte, sie hätte was mit diesem Schauspieler?«

»Den schleimigen Simon bumst sie nebenbei.«

Wie auf ein Stichwort hin brandete am anderen Ende der Theke wieder Gelächter auf, weil Julian den angeblichen Vorfall in Kensington erneut nachgespielt hatte – dieses Mal für Nicky Lovegrove, den Kunstberater der Superreichen.

»Ist das wirklich so passiert?«, erkundigte Amelia sich.

»Nein«, sagte Sarah trübselig lächelnd. »Der Laternenpfahl hat *ihn* angefallen.«

Nachdem Sarah ihren Martini getrunken hatte, wischte sie die Lippenstiftspuren von Julians Wange und trat auf die Jermyn Street hinaus. Weil dort kein Taxi zu sehen war, ging sie um die Ecke zum Piccadilly Circus und nahm sich dort eines. Auf der Fahrt in den Westen Londons scrollte sie durchs Angebot von Deliveroo und schwankte zwischen indischer und thailändischer Küche. Stattdessen bestellte sie italienische Pasta, was sie sofort bereute. Während der Pandemie hatte sie fünf Pfund zugenommen – und weitere fünf seit ihrer Heirat mit Christopher Keller. Obwohl sie dreimal in der Woche durch den Hyde Park joggte, wollten die zusätzlichen Pfunde nicht wieder schwinden.

Als das Taxi an der Royal Albert Hall vorbeifuhr, beschloss Sarah, eine weitere Diät zu machen. Aber nicht gleich heute Abend: Sie war hungrig genug, um einen ihrer Pumps von Ferragamo zu essen. Nach dem Abendessen, das sie einnehmen würde, während sie sich im Fernsehen irgendwas Geistloses ansah, würde sie in ihr leeres Ehebett kriechen, fast übers ganze

Wochenende darin bleiben und sich *When Your Lover Has Gone* in einer Endlosschleife anhören. Natürlich Billie Holidays Klassiker von 1956. War Sarah wirklich deprimiert, kam keine andere Aufnahme infrage.

In Gedanken war sie bei ihrer besten Lady-Day-Imitation, als das Taxi auf die Queen's Gate Terrace abbog und vor dem eleganten georgianischen Stadthaus mit der Nummer 18 hielt. Es gehörte allerdings nicht ganz ihnen, nur die luxuriöse Maisonette auf zwei Ebenen im Untergeschoss und Hochparterre. Sarah war entzückt, als sie sah, dass unten in der Küche Licht brannte. Als Umweltschützerin wusste sie genau, dass sie das Licht morgens beim Verlassen des Hauses nicht hatte brennen lassen. Die plausibelste Erklärung dafür war, dass ihr Lover doch nicht fort war.

Sie bezahlte den Fahrer und hastete die Stufen zum unteren Eingang der Maisonette hinunter. Dort stand die Tür bei ausgeschalteter Alarmanlage einen Spalt weit offen. Drinnen lag auf der Kochinsel ein von seinem Keilrahmen abgenommenes Ölgemälde: eine Flusslandschaft mit Windmühlen im Hintergrund, ungefähr 40 mal 60 Zentimeter groß, anscheinend mit dem Monogramm des großen holländischen Landschaftsmalers Aelbert Cuyp.

Neben der Leinwand lag ein Briefumschlag der Galerie Georges Fleury in Paris. Und neben diesem Umschlag stand eine ausgezeichnete Flasche Sancerre, die Gabriel mit schmerzverzerrtem Gesicht zu entkorken versuchte. Sarah schloss die Tür und ließ unwillkürlich lachend ihren Mantel von ihren Schultern gleiten. Dies ist, sagte sie sich, das perfekte Ende einer absolut grässlichen Woche.

19

QUEEN'S GATE TERRACE

Sarah kontrollierte den Status ihrer Bestellung bei Deliveroo und sah, dass sie noch offen war. »Tagliatelle oder Kalbsschnitzel Milanese?«

»Ich möchte dir keine Mühe machen.«

»Christopher ist fort. Ich könnte etwas Gesellschaft brauchen.«

»Gut, dann nehme ich Kalb.«

»Du kriegst Tagliatelle.« Sarah gab die Bestellung auf, dann betrachtete sie das ausgerahmte Gemälde auf ihrer Kochinsel. »Dafür gibt es bestimmt eine absolut glaubwürdige Erklärung. Und auch für deine geschwollene Hand.«

»Wo soll ich anfangen?«

»Warum nicht mit der Hand?«

»Nach meinem Treffen mit Julian in Venedig habe ich einen Carabinieri-Offizier in Zivil angegriffen.«

»Und das Gemälde?«

»Das habe ich heute Nachmittag in der Galerie Georges Fleury gekauft.«

»Das sehe ich.« Sarah tippte auf den Umschlag. »Aber wie um alles in der Welt hast du dafür gezahlt?«

Gabriel zog den Kaufvertrag aus dem Umschlag und deutete auf die flüssige Unterschrift der Käuferin.

»Sehr großzügig von ihr«, meinte Sarah.

»Von Großzügigkeit kann keine Rede sein. Sie rechnet damit, ihr Geld bis auf den letzten Cent zurückzubekommen.«

»Von wem?«

»Natürlich von dir.«

»Dieses Gemälde gehört also mir? Habe ich das richtig verstanden?«

»Das stimmt wohl.«

»Wie viel habe ich dafür ausgegeben?«

»Eine Million Euro.«

»Für so viel Geld sollte es einen Rahmen haben.« Sarah zupfte an einer ausgefransten Ecke der Leinwand. »Und auch einen Keilrahmen.«

»Die Direktion des Hotels Bristol hätte es seltsam finden können, dass ich in meinem Zimmer einen antiken Rahmen zurücklasse.«

»Und der Keilrahmen?«

»Der steckt in einem Abfallbehälter vor dem Gare du Nord.«

»Ja, natürlich.« Sarah seufzte. »Am besten ziehst du die Leinwand gleich morgen früh neu auf, um das Bild zu stabilisieren.«

»Dann passt es nicht in mein Kabinengepäck.«

»Wohin willst du's transportieren?«

»New York«, sagte Gabriel. »Und du kommst mit.«

»Wieso?«

»Weil dieses Gemälde eine Fälschung ist. Und ich habe das komische Gefühl, dass der van Dyck, den du Phillip Somerset für sechseinhalb Millionen Pfund verkauft hast, auch eine ist.«

»Ach, Scheiße!«, sagte Sarah. »Ich habe befürchtet, dass du das sagen würdest.«

Gabriel zog sein Smartphone heraus und rief das Foto des Gemäldes auf, das er in Valerie Bérrangars Villa in Saint-André-du-Bois gesehen hatte. *Porträt einer Unbekannten*, Öl auf Leinwand, 115 mal 92 Zentimeter, einem Jünger des flämischen Barockmalers Anthonis van Dyck zugeschrieben.

»Das sollte den Brief erklären, den sie Julian geschrieben hat.«

»Nur teilweise.«

»Wie das?«

»Als Erstes hat sie Georges Fleury angerufen.«

»Warum?«

»Weil sie wissen wollte, ob ihre Version des Gemäldes auch ein wertvoller van Dyck war.«

»Und was hat Monsieur Fleury ihr erzählt?«

»Obwohl ich ihn nur flüchtig kenne, kann ich dir versichern, dass es mit der Wahrheit nichts zu tun hatte. Jedenfalls hat seine Antwort sie so misstrauisch gemacht, dass sie sich an das Kunstraubdezernat der Police Nationale gewandt hat.«

Sarah stieß einen halblauten Fluch aus, während sie die Flasche Sancerre entkorkte.

»Keine Sorge, ich bin mir ziemlich sicher, dass die Polizei Madame Bérrangar erklärt hat, sie sehe keinen Anlass für Ermittlungen. Deshalb hat sie Julian gebeten, nach Bordeaux zu kommen.« Gabriel machte eine Pause. »Und deshalb ist sie jetzt tot.«

»Ist sie …«

»Ermordet worden?« Gabriel nickte. »Und ihre Mörder haben vorsichtshalber ihr Handy mitgenommen.«

»Wer waren sie?«

»Daran arbeite ich noch. Für mich steht allerdings fest, dass sie Profis waren.«

Sarah schenkte zwei Gläser Wein ein und gab eines davon Gabriel. »Welcher Kunsthändler heuert Profikiller an, um jemanden ermorden zu lassen, nur weil es Streit wegen eines Gemäldes gegeben hat?«

»Ein Mann, der an einem lukrativen kriminellen Unternehmen beteiligt ist.«

Sarah ließ sich sein Handy geben und vergrößerte das Foto. »Ist Madame Bérrangars Gemälde auch eine Fälschung?«

»Wenn du mich fragst«, antwortete Gabriel, »stammt es von einem späteren Jünger van Dycks. Vor achtundvierzig Stunden habe ich Valerie Bérrangars Tochter erklärt, es sei wohl eine Kopie des Gemäldes, das du Phillip Somerset verkauft hast. Aber jetzt glaube ich, dass es genau umgekehrt ist. Das wäre auch die Erklärung dafür, dass das Gemälde nicht in van Dycks Werkverzeichnis steht.«

»Der Fälscher hat den Jünger nachgeahmt?«

»Gewissermaßen, ja. Und dabei hat er auffällige Verbesserungen vorgenommen. Echt erstaunlich! Er malt wirklich wie Anthonis van Dyck. Kein Wunder, dass deine fünf Experten sich haben täuschen lassen.«

»Wie erklärst du die Farbverluste und Retuschen, die erst bei einer UV-Untersuchung der Oberfläche sichtbar geworden sind?«

»Der Fälscher versteht es, seine Werke kunstvoll zu altern und minimal zu beschädigen. Dann restauriert er sie mit modernen Pigmenten und Malmitteln, damit sie umso authentischer wirken.«

Sarah betrachtete die vor ihnen liegende Leinwand. »Dieses Bild auch?«

»Todsicher.«

Gabriel zog den Zustandsbericht des Gemäldes aus dem Umschlag. Beigelegt waren drei Fotos. Das erste zeigte die Leinwand im gegenwärtigen Zustand: gereinigt, retuschiert, frisch gefirnisst. Die unter ultraviolettem Licht gemachte zweite Aufnahme zeigte die Farbverluste als einen Archipel aus kleinen schwarzen Inseln. Das dritte Foto zeigte das Gemälde in seinem wahren Zustand – ohne Firnis, ohne Retuschen. Die Fehlstellen erschienen als weiße Flächen.

»Es sieht exakt so aus, wie ein vierhundert Jahre altes Gemälde aussehen sollte«, sagte Gabriel. »Ich geb's nicht gern zu, aber vielleicht hätte sogar ich mich täuschen lassen.«

»Wieso du nicht?«

»Weil ich die Galerie auf der Suche nach Fälschungen betreten habe. Und weil ich hundert Jahre Berufserfahrung mit Gemälden habe. Die Pinselstriche der Altmeister kenne ich wie die Falten um meine Augen.«

»Bei allem Respekt«, wandte Sarah ein, »reicht das nicht aus, um eine Fälschung zu beweisen.«

»Deshalb bringen wir dieses Bild zu Aiden Gallagher.«

Gallagher war der Gründer von Equus Analytics, einem auf die Entdeckung von Fälschungen spezialisierten Forschungslabor. Er verkaufte seine Dienste an Museen, Kunsthändler, Auktionshäuser und gelegentlich das Art Crime Team des FBI. Es war Aiden Gallagher gewesen, der vor einem Jahrzehnt nachgewiesen hatte, dass eine sehr erfolgreiche New Yorker Galerie für moderne Kunst ahnungslosen Käufern Fälschungen für fast achtzig Millionen Dollar angedreht hatte.

»Sein Labor liegt in Westport, Connecticut«, fuhr Gabriel fort. »Hat der Fälscher irgendeinen technischen Fehler gemacht, findet Gallagher ihn.«

»Und während wir auf das Ergebnis warten?«

»Sorgst du dafür, dass ich mir den van Dyck, den du Phillip Somerset verkauft hast, ansehen kann. Ist er wie erwartet auch eine Fälschung …«

»… dann lacht die ganze Kunstwelt über Julian und mich.«

Nein, dachte Gabriel, als er nach seinem Weinglas griff. Sollte das *Porträt einer Unbekannten* sich als Fälschung erweisen, ist das der Ruin von Isherwood Fine Arts in Mason's Yard, seit 1968 Lieferant von italienischen und holländischen Altmeistern in Museumsqualität.

20

WESTPORT

Die Sicherheitskontrolle auf dem Flughafen Heathrow passierten sie einzeln – Gabriel unter seinem richtigen Namen, mit dem gefälschten Cuyp, zusammengerollt im Handgepäck – und trafen sich in der Abflughalle wieder. Während sie darauf warteten, dass ihr Flug aufgerufen wurde, schrieb Sarah eine E-Mail an Aiden Gallagher. Sie teilte ihm mit, Isherwood Fine Arts in London plane, Equus Analytics mit der Untersuchung eines Gemäldes zu beauftragen. Sie identifizierte das Werk nicht, deutete jedoch an, die Sache sei dringend. Sie werde mittags in New York ankommen und könne, normale Verkehrsverhältnisse vorausgesetzt, spätestens um fünfzehn Uhr in Westport sein. Könne sie ihm das Gemälde dann persönlich übergeben?

An Bord erklärte Sarah der Flugbegleiterin, sie brauche auf dem achtstündigen Flug über den Nordatlantik weder Essen noch Trinken. Dann schloss sie die Augen und öffnete sie erst wieder, als die Maschine auf dem John F. Kennedy International Airport aufsetzte. Mit ihrem US-Reisepass und einer Global Entry Card absolvierte sie das Einreiseritual mühelos, während Gabriel, dessen früherer Status herabgesetzt war, eine Stunde brauchte, um aus dem Labyrinth aus Absperrungen mit Ständern und Nylongurten gegen unerwünschte Ausländer herauszufinden. Zuletzt wurde er in einem fensterlosen Raum von einem wohlgenährten Beamten des Diensts für Customs and Border Protection kurz befragt.

»Was führt Sie in die Vereinigten Staaten, Direktor Allon?«
»Private Nachforschungen.«
»Weiß die Agency, dass Sie im Lande sind?«
»Das weiß sie.«
»Wie fühlt Ihre Brust sich an?«
»Besser als meine Hand.«
»Führen Sie irgendwas mit?«
»Ein paar Schusswaffen und eine Leiche.«
Der Beamte lächelte. »Schönen Tag noch.«
Eine blaue Linie führte Gabriel zur Gepäckausgabe, wo Sarah auf ihr Handy starrte. »Aiden Gallagher«, sagte sie, ohne aufzusehen. »Er fragt sich, ob die Sache nicht Zeit bis Montag hätte. Ich habe Nein gesagt.«
Im nächsten Augenblick signalisierte ihr Smartphone, dass eine E-Mail eingegangen war.
»Nun?«
»Er möchte eine Beschreibung des Gemäldes.«
Gabriel diktierte ihr die Angaben. »*Flusslandschaft mit fernen Windmühlen.* Öl auf Leinwand. 36 mal 58 Zentimeter. Gegenwärtig Aelbert Cuyp zugeschrieben.«
Sarah versendete die E-Mail. Gallaghers Antwort kam zwei Minuten später.
»Er erwartet uns um drei in Westport.«

Die Firma Equus Analytics residierte in einem alten Backsteingebäude an der Riverside Avenue kurz vor der Überführung über den Connecticut Turnpike. Gabriel und Sarah kamen wenige Minuten nach vierzehn Uhr auf dem Rücksitz eines Uber-SUVs an. Sie holten sich einen Kaffee bei Dunkin' Donuts und setzten sich damit auf eine Bank an dem in der Sonne glitzernden Saugatuck. Über den weitgehend blauen Himmel zogen einzelne weiße Kumuluswolken. An einer kleinen Marina dösten Sportboote wie weggeworfene Spielsachen an ihren Liegeplätzen.

»Fast eine Szene, die Aelbert Cuyp hätte malen können«, bemerkte Gabriel nach einiger Zeit.

»Westport hat eindeutig seine Reize. Vor allem an einem Tag wie heute.«

»Bedauerst du irgendwas?«

»Dass ich New York verlassen habe?« Sarah schüttelte den Kopf. »Meine Geschichte ist ziemlich gut ausgegangen, findest du nicht auch?«

»Kommt darauf an.«

»Worauf?«

»Ob du in deiner Ehe mit Christopher wirklich glücklich bist.«

»Absolut. Ich muss allerdings zugeben, dass die Arbeit in der Galerie nicht ganz so interessant ist wie die Jobs, die ich für dich übernommen habe.« Sie hielt ihr Gesicht in die wärmende Sonne. »Erinnerst du dich an unseren Trip nach Saint-Barthélemy mit Zizi al-Bakari?«

»Wie könnte ich den vergessen?«

»Und den Sommer, den wir mit Iwan und Elena Charkow in Saint-Tropez verbracht haben? Oder den Tag, an dem ich in Zürich einen russischen Auftragskiller erschossen habe?« Sarah sah auf ihr Handy. »Viertel vor drei. Ich denke, wir sollten gehen. Ich möchte ihn nicht warten lassen.«

Sie gingen auf der Riverside Avenue weiter und erreichten Equus Analytics, als ein schwarzer 7er-BMW auf den Firmenparkplatz abbog. Sein Fahrer hatte pechschwarzes Haar und leuchtend blaue Augen; er wirkte weit jünger als seine vierundfünfzig Jahre.

Er streckte Sarah die Hand hin. »Miss Bancroft, nehme ich an.«

»Ich freue mich, Sie kennenzulernen, Dr. Gallagher. Danke, dass Sie so spontan Zeit für uns haben. Noch dazu an einem Samstag.«

»Oh, nichts zu danken. Ich wollte heute Nachmittag ohnehin noch etwas arbeiten.« Sein schwacher Akzent ließ auf eine Kindheit in Dublin schließen. Jetzt sah er Gabriel an. »Und Sie sind?«

»Johannes Klemp«, antwortete Gabriel, der einen Namen aus seiner turbulenten Vergangenheit benutzte. »Ich arbeite bei Isherwood Fine Arts mit Sarah zusammen.«

»Hat Ihnen mal jemand gesagt, dass Sie diesem Israeli, auf den während der Amtseinführung geschossen wurde, sehr ähnlich sehen?«

»Das höre ich oft.«

»Kann ich mir denken.« Gallagher lächelte wissend, bevor er sich Sarah zuwandte. »Fehlt nur noch das Gemälde.«

Sie zeigte wortlos auf Gabriels Handgepäckkoffer.

»Ah«, sagte Gallagher. »Nun wird's spannend.«

21

EQUUS ANALYTICS

Die Schlösser der massiven Eingangstür hatten ebenso Museumsqualität wie die Alarmanlage und die Ausstattung von Gallaghers Labor. Zu seinen vielen Hightech-Geräten gehörten ein Elektronenmikroskop, eine Kamera für IR-Reflektografie und ein Bruker-M6-Jetstream, ein hochmodernes 3D-Bildgebungsgerät. Trotzdem begann er seine Analyse ganz altmodisch, indem er das Gemälde mit bloßem Auge bei Tageslicht inspizierte.

»Es scheint den Flug intakt überstanden zu haben, aber ich möchte ihm möglichst rasch einen Keilrahmen zurückgeben.« Sein vorwurfsvoller Blick galt Gabriel. »Wenn Herr Klemp nichts dagegen hat, versteht sich.«

»Vielleicht sollten Sie meinen richtigen Namen benutzen«, sagte Gabriel. »Was den Keilrahmen betrifft, müsste die Standardgröße 14 mal 22 Zoll passen. Die Leinwand würde ich drei achtel Zoll weit umschlagen.«

Gallagher runzelte fragend die Stirn. »Sie sind Maler, Mr. Allon?«

Gabriel gab ihm die gleiche Antwort wie vor zweiundsiebzig Stunden Valerie Bérrangars Tochter in Saint-André-du-Bois. Aiden Gallagher war ähnlich fasziniert, jedoch aus einem anderen Grund.

»Tatsächlich haben wir viel gemeinsam.«

»Bedauerlich für Sie«, scherzte Gabriel.

»Künstlerisch, meine ich. Ich habe am National College of

Art and Design in Dublin studiert, bevor ich nach Amerika gekommen bin und mich an der Columbia University eingeschrieben habe.«

Wo er seinen Master in Restaurierung gemacht und in Kunstgeschichte promoviert hatte. In seiner Zeit als Restaurator im MoMA hatte er sich auf Provenienzforschung und später auf die Entdeckung von Fälschungen spezialisiert. Vor einigen Jahren war er dort ausgeschieden und hatte Equus Analytics gegründet. Das *Art Newspaper* hatte ihn vor Kurzem als konkurrenzlosen »Rockstar« seiner Branche bezeichnet – daher der draußen geparkte neue 7er-BMW.

Sein Blick glitt prüfend über das Gemälde. »Wo ist es gekauft worden?«

»Galerie Georges Fleury in Paris«, antwortete Gabriel.

»Wann?«

»Gestern Nachmittag.«

Gallagher hob ruckartig den Kopf. »Und Sie vermuten bereits ein Problem?«

»Nein«, sagte Gabriel. »Ich *weiß*, dass es ein Problem gibt. Das Gemälde ist eine Fälschung.«

»Und wie sind Sie zu diesem Schluss gelangt?«, fragte Gallagher zweifelnd.

»Instinkt.«

»Instinkt reicht nicht, fürchte ich, Mr. Allon.« Gallagher betrachtete wieder das Gemälde. »Wie sieht die Provenienz aus?«

»Die ist ein Witz.«

»Und der Zustandsbericht?«

»Der ist ein wahres Kunstwerk.«

Gabriel nahm beide Schriftstücke aus seinem Aktenkoffer und legte sie auf den Tisch. Aiden Gallagher begann mit der Provenienz und studierte zuletzt die drei Fotos. Das Gemälde in seinem jetzigen Zustand. Das Gemälde unter UV-Licht. Und das Gemälde mit sichtbaren Fehlstellen.

»Ist's gefälscht, versteht der Fälscher sein Handwerk sehr gut.« Gallagher machte das Licht aus und untersuchte das Gemälde mit einer UV-Lampe. Der Archipel aus schwarzen Flecken entsprach genau dem Foto. »So weit, so gut.« Er machte wieder Licht und sah Gabriel an. »Ich nehme an, dass Sie mit Cuyps Werk vertraut sind?«

»Sehr.«

»Dann wissen Sie, dass sein Œuvre seit Jahrhunderten unter Verwirrungen und Falschzuschreibungen leidet. Er hat viele Anleihen bei Jan van Goyen gemacht und seine Jünger viele bei ihm. Einer davon war Abraham van Calraet, der wie Cuyp aus Dordrecht stammte. Weil ihre Initialen identisch sind, kann es schwierig sein, monogrammierte Gemälde exakt zuzuschreiben.«

»Genau deshalb würde ein Fälscher sich für einen Maler wie Cuyp entscheiden. Gute Fälscher wählen geschickt Künstler aus, deren Werk in der Vergangenheit von falschen Zuschreibungen betroffen war. Taucht dann wie durch ein Wunder ein neues Gemälde aus einer verstaubten europäischen Sammlung auf, neigen die sogenannten Experten umso eher dazu, es als echt zu akzeptieren.«

»Und wenn ich zu dem Schluss gelange, dass dies ein echter Aelbert Cuyp ist?«

»Ich bin zuversichtlich, dass das nicht passiert.«

»Sind Sie bereit, darauf fünfzigtausend Dollar zu setzen?«

»Ich nicht.« Gabriel deutete auf Sarah. »Aber sie.«

»Ich bekomme fünfundzwanzigtausend im Voraus. Der Rest ist bei der Übergabe der Ergebnisse fällig.«

»Wie lange dauert das?«, fragte Sarah.

»Zwischen einigen Wochen und ein paar Monaten.«

»Die Zeit drängt, Dr. Gallagher.«

»Wann fliegen Sie nach London zurück?«

»Das hängt ganz von Ihnen ab.«

»Einen vorläufigen Bericht können Sie am Montagnachmittag haben. Aber für Eilaufträge ist ein Aufschlag fällig.«

»Wie viel?«

»Fünfzig im Voraus«, sagte Gallagher. »Fünfundzwanzig bei Übergabe.«

Sobald der Auftrag unterschrieben und der Scheck ausgestellt war, hasteten Gabriel und Sarah die Riverside Avenue entlang zum Bahnhof der Metro-North und kauften Fahrkarten zur Grand Central Station.

»Der nächste Zug geht um 4.26 Uhr«, sagte Sarah. »Mit etwas Glück können wir um sechs im Mandarin Oriental bei Martinis sitzen.«

»Ich dachte, dir sei das Four Seasons lieber.«

»Es gab kein Zimmer mehr.«

»Nicht mal für dich?«

»Verlass dich drauf, ich habe dem für Reservierungen Zuständigen die Meinung gesagt.«

»Wo, glaubst du, verbringt Somerset sein Wochenende?«

»Wie ich Phillip kenne, könnte er überall sein. Außer seinem Stadthaus in der East Seventy-Fourth Street besitzt er ein Chalet in Aspen, ein Landhaus am East End von Long Island und einen großen Teil des Lake Placid in den Adirondack Mountains. Zwischen diesen Immobilien fliegt er mit seiner Gulfstream hin und her.«

»Nicht schlecht für einen ehemaligen Trader von Lehman Brothers.«

»Wie ich sehe, hast du dich über ihn informiert.«

»Du kennst mich, Sarah. Ich kann im Flieger nicht schlafen.« Gabriel runzelte die Stirn. »Wie ist das Wetter am Lake Placid um diese Jahreszeit?«

»Scheußlich.«

»Wie steht's mit Aspen?«

»Kein Schnee.«

»Also bleiben nur Manhattan und Long Island.«

»Ich rufe ihn gleich am Montag an.«

»Bring's hinter dich. Dann fühlst du dich besser.«

»Außer, der van Dyck erweist sich als Fälschung.« Sarah öffnete die Mail-App auf ihrem Smartphone. »Was schreibe ich als Betreff?«

»Auf dem Laufenden bleiben.«

»Hübscher Touch. Bitte weiter.«

»Schreib Somerset, dass du unerwartet in New York bist. Frag ihn, ob er ein paar Minuten für dich erübrigen kann.«

»Soll ich das Gemälde erwähnen?«

»Auf gar keinen Fall!«

»Wie soll ich dich beschreiben?«

»Du bist eine Galeristin, die früher bei der CIA war. Dir fällt bestimmt was ein.«

Sie schrieb die Mail fertig, als der Zug in den Bahnhof einfuhr. Und als sie um halb sechs vor der Grand Central Station in ein Taxi stiegen, rief Phillip Somerset persönlich an.

»Lindsay und ich haben für morgen Mittag ein paar Freunde zum Lunch in unser Haus auf Long Island eingeladen. Du bist herzlich eingeladen dazuzustoßen. Und bring unbedingt deinen Freund mit«, schlug er vor. »Ich würde ihn sehr gern kennenlernen.«

22

NORTH HAVEN

Sarah lehnte Somersets Angebot, sie von seinem Chauffeur abholen zu lassen, dankend ab und mietete stattdessen eine europäische Luxuslimousine. Am folgenden Morgen holten sie den Wagen um halb elf in Turtle Bay ab und bretterten wenig später auf dem Long Island Expressway durch Suffolk County. Um sich die Zeit zu vertreiben, las Sarah die kuriosen Namen der Kleinstädte und Dörfer auf den verblassten Ausfahrtsschildern laut vor: erst Commack, dann Hauppauge, Ronkonkoma und Patchogue. Ein albernes Spiel, erklärte sie Gabriel, das sie als Kind gespielt hatte, als die Bancrofts ihre Sommer wie andere reiche Familien aus Manhattan in East Hampton verbracht hatten.

»Die neuen Leute sind viel reicher, als wir waren, und sie genieren sich nicht, ihren Reichtum zur Schau zu stellen. Heutzutage ist groteskes Protzertum angesagt.« Sie zupfte am Ärmel ihres dunklen Hosenanzugs, den sie aus London mitgebracht hatte. »Nur schade, dass ich keine Zeit hatte, etwas Passenderes zu kaufen.«

»Du siehst wundervoll aus«, sagte Gabriel, der mit nur einer Hand lenkte.

»Aber für eine Einladung zum Lunch in Somersets Landhaus in North Haven bin ich nicht richtig angezogen.«

»Wie solltest du angezogen sein?«

»So teuer wie möglich.« Sarahs Handy piepste. »Wenn man vom Teufel spricht ...«

»Sind wir ausgeladen worden?«

»Er fragt nur, wo wir gerade sind.«

»Glaubst du, dass er allen Gästen nachtelefoniert? Oder nur dir?«

»Was willst du damit andeuten?«

»Dass Phillip Somerset gestern ungewöhnlich erfreut war, von dir zu hören.«

»Unsere Beziehung ist persönlich und professionell«, gestand Sarah ein.

»Wie persönlich?«

»Ein gemeinsamer Freund hat uns bei einer MoMA-Spendengala miteinander bekannt gemacht. Phillip hatte damals eine hässliche Scheidung am Hals. Wir waren ein paar Monate lang zusammen.«

»Wer hat Schluss gemacht?«

»Er, wenn du's unbedingt wissen willst.«

»Was hat er sich bloß dabei gedacht?«

»Na ja, ich war damals Mitte dreißig, und Phillip war auf der Suche nach einer Jüngeren. Dann hat er die bildhübsche Lindsay Morgan kennengelernt, Model und Yoga-Enthusiastin, und mich fallen lassen wie eine löchrige alte Socke.«

»Und trotzdem hast du weiterhin bei Masterpiece Art investiert.«

»Woher weißt du das?«

»Gut geraten.«

»Einen kleinen Teil meines Vermögens hatte ich schon bei Phillip angelegt, bevor wir ein Paar wurden«, sagte Sarah. »Ich habe keinen Grund gesehen, mein Geld abzuziehen, nur weil unsere Beziehung zerbrochen war.«

»Einen wie kleinen Teil?«

»Zwei Millionen Dollar.«

»Aha.«

»Ich dachte, ich hätte dir bei unserem letzten Treffen in New York erklärt, dass mein Vater mir ein ziemliches Vermögen hinterlassen hat.«

»Das hast du«, sagte Gabriel. »Ich kann nur hoffen, dass Phillip sich gut um deine Anlage gekümmert hat.«

»Mein jetziges Guthaben beträgt 4,8 Millionen.«

»Masel tow.«

»Im Vergleich zu Phillips anderen Investoren nage ich am Hungertuch. Er besitzt definitiv den Midas-Touch. Deshalb investieren so viele Leute aus dem Kunstsektor bei ihm. Sein Fonds schüttet regelmäßig fünfundzwanzig Prozent Jahresdividende aus.«

»Wie ist das möglich?«

»Durch eine magische Kaufstrategie, deren Geheimnis Phillip eifersüchtig hütet. Im Gegensatz zu anderen Kunstfonds gibt Masterpiece nicht bekannt, welche Gemälde seinen Lagerbestand ausmachen. Jedenfalls scheint er ziemlich groß zu sein. Gegenwärtig kontrolliert Phillip Kunstwerke im Wert von 1,2 Milliarden Dollar. Er kauft und verkauft ständig Gemälde und erzielt damit Riesengewinne.«

»Vermute ich richtig, dass der Fonds auf den Cayman Islands registriert ist?«

»Sind sie das nicht alle?« Sarah verdrehte die Augen. »Ich muss zugeben, dass es Spaß macht, mein Guthaben jedes Jahr wachsen zu sehen. Aber ein Teil meines Ichs mag es nicht, wenn Gemälde als Ware betrachtet werden, mit denen wie mit Bohnen oder Erdöl gehandelt wird.«

»Darüber wirst du hinwegkommen müssen, wenn du als Kunsthändlerin Erfolg haben willst. Die meisten auf Auktionen verkauften Kunstwerke sind für die Öffentlichkeit verloren. Sie verschwinden in Banktresoren oder im Genfer Freihafen.«

»Oder in dem klimatisierten Lagerhaus von Chelsea Fine Arts Storage. Dorthin habe ich den van Dyck in Phillips Auftrag geschickt.« Sarah zeigte auf das Schild an der Ausfahrt 66. Yaphank.

Die eiförmige Halbinsel North Haven ragt zwischen Sag Harbor und Shelter Island in die Peconic Bay hinaus. Phillip Somersets Wochenendhaus, eine gut zweieinhalbtausend Quadratmeter große Akropolis aus Zedernholz und Glas, stand an der Ostküste. Seine goldblonde junge Frau begrüßte Gabriel und Sarah in der riesigen Eingangshalle. Sie trug einen ärmellosen Jumpsuit aus Leinen mit einem Gürtel um die schlanke Taille, und ihre Haut war glatt und makellos wie ein bearbeitetes Foto in den sozialen Medien. Als Gabriel sich vorstellte, traf ihn ein leerer Wer-sind-Sie-Blick, aber Sarahs Namen erkannte Lindsay Somerset sofort.

»Sie sind die Londoner Kunsthändlerin, die meinem Mann den van Gogh verkauft hat.«

»Van Dyck.«

»Ich verwechsle sie manchmal.«

»Das tun viele Leute«, versicherte Sarah ihr.

Lindsay Somerset wandte sich ab, um zwei Neuankömmlinge zu begrüßen: einen prominenten Nachrichtensprecher und seinen Ehemann. In der sonnenhellen Wohnhalle tummelten sich Print- und Fernsehjournalisten, Hedgefonds-Manager, Künstlerinnen, Kunsthändler, Modeschöpferinnen, Schauspieler, Drehbuchautoren, ein sehr erfolgreicher Filmregisseur, eine bekannte Musikerin, die das Elend der Arbeiterklasse von Long Island besang, eine progressive Abgeordnete aus der Bronx und ein Schwarm junger Assistentinnen aus einem New Yorker Verlag. Anscheinend fand hier eine Buchparty statt, zu der sie eingeladen waren.

»Carl Bernstein«, flüsterte Sarah. »Er war während des Watergate-Skandals Bob Woodwards Partner bei der *Washington Post.*«

»Anders als du, Sarah, habe ich schon gelebt, als Richard Nixon Präsident war. Ich weiß, wer Carl Bernstein ist.«

»Möchtest du ihn kennenlernen? Er steht dort drüben.« Sarah nahm sich ein Glas Champagner vom Tablett eines vorbeigehenden Obers. »Und da ist Ina Garten. Und dieser Schauspieler, dessen Namen ich mir nie merken kann. Der gerade aus der Reha entlassen wurde.«

»Und ich sehe einen Rothko«, sagte Gabriel halblaut. »Und einen Basquiat. Und einen Pollock. Und einen Lichtenstein, einen Diebenkorn, einen Hirst, einen Adler, einen Prince und einen Warhol.«

»Du solltest sein Haus in der East Seventy-Fourth Street sehen. Dort drinnen sieht's wie im Whitney aus.«

»Nicht ganz«, sagte ein Bariton hinter ihnen. »Aber Sie können es jederzeit mal besichtigen.«

Die Stimme gehörte Phillip Somerset. Er begrüßte erst Sarah – mit einem Kuss auf die Wange und einem Kompliment zu ihrem Aussehen –, bevor er Gabriel eine sonnengebräunte Hand hinstreckte. Er war groß und fit, ein sportlicher Mittfünfziger mit aschblonden Locken und dem selbstbewussten lässigen Lächeln der Schwerreichen. Am Handgelenk trug er einen kolossalen Chronometer von Richard Mille: das Sportmodell für Reiche mit seemännischen Ambitionen. Sein Kaschmirpullover mit Reißverschluss war ebenso vage maritim wie seine helle Baumwollhose und die dunkelblauen Bootsschuhe. Tatsächlich wirkte alles an Phillip Somerset, als komme er eben von Bord einer Jacht.

Gabriel ergriff seine Hand und stellte sich vor.

Der Hausherr sah fragend zu Sarah hinüber.

»Er ist ein alter Freund«, sagte sie.

»Und ich dachte, ich würde den Nachmittag damit verbringen müssen, Fragen nach meiner Anlagestrategie abwehren zu müssen.« Somerset ließ Gabriels Hand los. »Mr. Allon. Wie komme ich zu der Ehre?«

»Ich hatte gehofft, ein Gemälde sehen zu dürfen.«

»Na, dann sind Sie hier richtig. Möchten Sie ein bestimmtes Gemälde sehen?«

»Das *Porträt einer Unbekannten.*«

»Anthonis van Dyck?«

Gabriel lächelte. »Das hoffe ich sehr.«

Phillip Somerset führte Gabriel und Sarah eine Treppe hinauf und in ein großes, helles Büro mit übergroßen PC-Monitoren und weitem Blick über die mit Schaumkronen bedeckte Bucht. Zunächst herrschte längeres Schweigen, während er sie, hinter seinem riesigen Schreibtisch sitzend, nachdenklich musterte. Dann wandte er sich direkt an Sarah: »Vielleicht solltest du mir erklären, worum es hier geht.«

Ihre Antwort war präzise und nüchtern wie die einer Anwältin. »Isherwood Fine Arts hat Mr. Allon damit beauftragt, diskrete Nachforschungen wegen der Umstände der Wiederentdeckung von *Porträt einer Unbekannten* und seines Verkaufs an Masterpiece Art Ventures anzustellen.«

»Warum werden solche Ermittlungen für nötig gehalten?«

»Ende letzter Woche hat die Galerie ein Schreiben erhalten, in dem Bedenken wegen der Transaktion geäußert wurden. Die Absenderin ist wenige Tage später bei einem Verkehrsunfall im Raum Bordeaux ums Leben gekommen.«

»Vermutet die Polizei eine Straftat?«

»Nein«, antwortete Gabriel. »Aber ich.«

»Wieso?«

»Ihr verstorbener Mann hatte bei der Pariser Galerie, von der Julian und Sarah das *Porträt einer Unbekannten* gekauft haben, mehrere Gemälde erworben. Als ich die Galerie am Freitag besucht habe, sind mir drei Gemälde aufgefallen, die anscheinend Fälschungen waren. Ich habe eines davon gekauft und zu Equus Analytics gebracht.«

»Aiden Gallagher ist der Beste. Ich habe ihn auch schon engagiert.«

»Er hofft, bis morgen Nachmittag einen vorläufigen Bericht fertigstellen zu können. Aber bis dahin …«

»… dachten Sie, Sie könnten sich den van Dyck ansehen.«

Gabriel nickte.

»Ich würde ihn Ihnen gern zeigen«, sagte Phillip Somerset. »Aber das geht leider nicht.«

»Darf ich fragen, weshalb nicht?«

»Masterpiece Art Ventures hat das Gemälde vor gut drei Wochen verkauft. Mit hohem Gewinn, möchte ich hinzufügen.«

»An wen?«

»Sorry, Mr. Allon, das war eine private Transaktion.«

»Hat es einen Vermittler gegeben?«

»Eines der großen Auktionshäuser.«

»Hat es die Zuschreibung durch eigene Experten bestätigen lassen?«

»Darauf hat der Käufer bestanden.«

»Und?«

»Das *Porträt einer Unbekannten* stammt von Anthonis van Dyck, der es Ende der Dreißigerjahre des 17. Jahrhunderts gemalt haben dürfte – vermutlich in seinem Atelier in Antwerpen. Was bedeutet, dass der Fall für Isherwood Fine Arts und Masterpiece Art Ventures nun abgeschlossen ist.«

»Das hätte ich gern schriftlich von dir«, warf Sarah ein.

»Schick mir morgen früh einen Entwurf«, antwortete Phillip Somerset. »Dann sehe ich ihn mir an.«

23

GALLERY 617

Früh am folgenden Morgen rief Sarah Bancroft ihren Kundenberater bei der HSBC in London an und beauftragte ihn, eine Million Dollar auf das Konto einer weltberühmten Geigerin bei der Credit Suisse zu überweisen. Als Nächstes telefonierte sie mit Ronald Sumner-Lloyd, Julians Anwalt am Berkeley Square, und setzte mit ihm ein Schreiben auf, das Isherwood Fine Arts von jeglicher Haftung im Zusammenhang mit dem Verkauf von *Porträt einer Unbekannten* des flämischen Barockmalers Anthonis van Dyck freistellte. Kurz nach neun Uhr mailte sie das fertige Dokument Phillip Somerset. Wenige Minuten später rief er sie aus seinem Hubschrauber an, der ihn aus East Hampton nach Manhattan brachte.

»Der Tonfall ist ziemlich aggressiv, findest du nicht auch? Vor allem die Klausel über Vertraulichkeit.«

»Ich muss unsere Interessen wahrnehmen, Phillip. Und falls mit deinem Verkauf etwas schiefgeht, möchte ich den Namen Isherwood Fine Arts nicht in der *New York Times* lesen müssen.«

»Ich dachte, ich hätte klargestellt, dass ihr nichts zu befürchten habt.«

»Du hast mir auch mal versichert, du seist an einer auf Dauer angelegten Beziehung interessiert.«

»Trägst du mir das etwa noch immer nach?«

»Das ist nicht meine Art«, sagte Sarah. »Und jetzt tu mir einen Gefallen und unterschreib den Regressverzicht.«

»Unter einer Bedingung.«

»Welcher?«

»Erzähl mir, woher du Gabriel Allon kennst.«

»Ich habe ihn kennengelernt, als ich in Washington gearbeitet habe.«

»Das ist lange her.«

»Ja«, sagte Sarah. »Lovely Lindsay muss damals in der Grundschule gewesen sein.«

»Sie sagt, dass du gemein zu ihr warst.«

»Sie kann einen van Gogh nicht von einem van Dyck unterscheiden.«

»Das konnte ich früher auch nicht«, sagte Phillip, bevor er auflegte. »Aber sieh mich jetzt an!«

Fünf Minuten später landete das elektronisch unterschriebene und datierte Schreiben in Sarahs Posteingang. Sie setzte ihre eigene Unterschrift darunter und leitete es an Julian und Ronnie in London weiter. Nachdem sie bei British Airways zwei Sitze in der um 19.30 Uhr startenden Abendmaschine nach Heathrow gebucht hatte, rief sie Gabriel an und berichtete ihm, Isherwood Fine Arts sei nun juristisch und ethisch entlastet.

»Was bedeutet, dass Julian und ich unseren guten Ruf behalten – von den sechseinhalb Millionen Pfund ganz zu schweigen. Insgesamt«, sagte sie, »ein recht erfreuliches Ergebnis.«

»Was hast du für den Rest des Vormittags vor?«

»Als Erstes packe ich meinen Koffer. Dann sitze ich da, starre mein Handy an und warte darauf, dass Aiden Gallagher von Equus Analytics mir sagt, dass du eine Million Euro von meinem Geld für eine *Flusslandschaft mit fernen Windmühlen* vergeudet hast.«

»Wie wär's stattdessen mit einem netten langen Spaziergang?«

»Eine viel bessere Idee.«

Dies war ein perfekter Frühlingsmorgen: sonnig und wolkenlos, mit leicht böigem Wind vom Hudson her. Sie gingen auf der West Fifty-Ninth Street zur Fifth Avenue, wo sie in Richtung Uptown abbogen.

»Wohin sind wir unterwegs?«

»Zum Metropolitan Museum of Art.«

»Wozu?«

»In seinen Sammlungen befinden sich mehrere Gemälde von Anthonis van Dyck.« Gabriel lächelte. »Echte.«

Sarah rief einen Freund in der PR-Abteilung des MoMA an und bat um zwei Freikarten. Die Tickets lagen an der Information in der Great Hall für sie bereit. Oben schlenderten sie zur Gallery 617, einem Saal mit Porträts von Barockmalern. Dort hingen vier Werke van Dycks, darunter sein berühmtes Porträt von Henrietta Maria von Frankreich, der Gemahlin von König Karl I. Gabriel machte ein Foto vom Gesicht der Porträtierten und zeigte es Sarah.

»Craquelé«, sagte sie.

»Fällt dir irgendwas daran auf?«

»Nein.«

»Mir auch nicht. Es sieht exakt so aus, wie van Dycks Craquelé aussehen sollte. Aber sieh dir jetzt dieses an.« Auf dem Display erschien das Gesicht einer Unbekannten in der Version, die Julian und Sarah Phillip Somerset verkauft hatten. »Das Craquelé-Muster ist anders.«

»Nur wenig«, sagte Sarah. »Aber tatsächlich ein bisschen anders.«

»Das kommt daher, dass der Fälscher einen chemischen Härter verwendet, um das Gemälde künstlich zu altern. Der produziert ein scheinbar vierhundert Jahre altes Craquelé in wenigen Tagen. Aber es ist nicht das *richtige* Craquelé.«

»Zwei anerkannte Experten haben bestätigt, dass unser *Porträt einer Unbekannten* ein echter van Dyck ist. Rom hat gesprochen, Gabriel. Der Fall ist abgeschlossen.«

»Aber beide Atteste waren aus Erfahrung begründete Meinungen, keine wissenschaftlichen Analysen.«

Sarah seufzte frustriert. »Vielleicht betrachtest du diese Sache aus einer falschen Perspektive.«

»Und was wäre die richtige?«

Sie zeigte auf das Porträt von Henrietta Maria. »Vielleicht ist dieses Porträt eine Fälschung.«

»Es ist keine.«

»Woher willst du das so genau wissen?« Sarah nahm ihn in den nächsten Saal mit. »Und was ist mit dieser Landschaft dort drüben? Bist du dir absolut sicher, dass Claude Lorrain sie gemalt hat? Oder glaubst du das nur, weil es im Metropolitan Museum of Art ausgestellt ist?«

»Worauf willst du hinaus?«

»Worauf ich hinauswill?«, fragte Sarah wie auf der Bühne flüsternd. »Dass niemand genau weiß, ob all die schönen Kunstwerke in den großen Museen der Welt echt oder gefälscht sind. Am wenigsten die gelehrten Kuratoren und Konservatoren in Einrichtungen wie dieser. Das ist ihr schmutziges kleines Geheimnis, über das sie nicht gern reden. Natürlich tun sie ihr Bestes, um die Integrität ihrer Sammlungen zu garantieren. Wahr ist jedoch, dass sie immer wieder getäuscht werden. Einer Schätzung nach sind mindestens zwanzig Prozent der Gemälde in der Londoner National Gallery falsch zugeschriebene Werke oder glatte Fälschungen. Und ich kann dir versichern, dass die Statistiken für den Privatsektor noch weit schlimmer aussehen.«

»Dann sollten wir vielleicht etwas dagegen tun.«

»Indem wir dafür sorgen, dass die Galerie Georges Fleury schließen muss?« Sarah schüttelte den Kopf. »Keine gute Idee, Gabriel.«

»Warum nicht?«

»Aus einem einfachen Grund: Was in Paris beginnt, bleibt nicht auf Paris beschränkt. Es breitet sich wie eine ansteckende Krankheit in der gesamten Kunstwelt aus. Sie infiziert die Auktionshäuser, die Galerien, die Sammler und die Förderer von

Einrichtungen wie das Met. Und niemand, nicht einmal die Tugendhaftesten unter uns, ist dann gegen ihr Wüten gefeit.«

»Und wenn Aiden Gallagher uns mitteilt, dass das Gemälde eine Fälschung ist?«

»Dann geben wir es gegen Erstattung des Kaufpreises diskret zurück und gehen unserer Wege, ohne jemals wieder darüber zu sprechen. Sonst könnten wir die Illusion zerstören, dass alles, was glitzert, tatsächlich Gold ist.«

»Glänzt«, sagte Gabriel.

Sarah sah stirnrunzelnd auf ihre Armbanduhr. »Jetzt ist offiziell Nachmittag.«

Sie kehrten ins Hotel Mandarin Oriental zurück und sicherten sich den letzten freien Tisch in der beliebten Lobby Bar. Um 14.15 Uhr, als sie eben ihren Lunch beendeten, vibrierte Sarahs Smartphone, um einen Anruf von Equus Analytics anzukündigen.

»Vielleicht gehst du lieber ran«, sagte Sarah.

Gabriel wischte über das Anrufsymbol und hob das Mobiltelefon ans Ohr. »Danke«, sagte er, nachdem er kurz zugehört hatte. »Aber das ist nicht nötig. Wir sind gleich unterwegs.«

Sarah nahm ihr Handy wieder an sich. »Was ist nicht nötig?«

»Eine zusätzliche chemische Analyse des Pigments.«

»Wieso nicht?«

»Weil Aiden Gallagher an verschiedenen Stellen des Gemäldes in den Farbauftrag eingebettete dunkelblaue Fleecefasern entdeckt hat – auch an unretuschierten Stellen. Nachdem dieses Gewebe erst 1979 in Massachusetts erfunden wurde, können wir davon ausgehen, dass Aelbert Cuyp im 17. Jahrhundert keine Fleecejacke oder -weste getragen hat. Das bedeutet ...«

»... Georges Fleury schuldet mir eine Million Euro.«

Sarah buchte ihre Flüge um, dann beeilte sie sich, ihr Gepäck aus ihrem Zimmer zu holen. Sie würden die Sache diskret regeln, dachte sie, und niemals wieder darüber sprechen.

24

GALERIE GEORGES FLEURY

Die Navigations-App von Sarahs Smartphone rechnete mit neunzig Minuten für die Fahrt vom Columbus Circle nach Westport, Connecticut. Aber Gabriel, der ihren Mietwagen aus europäischer Produktion fuhr, schaffte die Strecke in etwas mehr als einer Stunde. Aiden Gallaghers luxuriöser 7er-BMW parkte vor Equus Analytics, und im Labor lag die *Flusslandschaft mit fernen Windmühlen* mit einem neuen Keilrahmen auf dem Untersuchungstisch. Neben dem Gemälde lag eine zweiseitige Expertise, die das Gemälde als moderne Fälschung bezeichnete. Drei durchs Mikroskop gemachte Farbfotos rechtfertigten Gallaghers Schlussfolgerung.

»Ich war ehrlich gesagt leicht überrascht, dass der Beweis auf der Hand lag. Wegen der Qualität seiner Arbeit hätte ich mehr von ihm erwartet.« Gallagher zeigte auf eine der dunklen Fleecefasern. »Das ist ein echter Amateurfehler.«

»Gibt es irgendeinen anderen vorstellbaren Grund für die Existenz dieser Fasern?«, fragte Gabriel.

»Absolut keinen. Ich warne allerdings davor, dass Fleury das Ergebnis meiner Untersuchung energisch leugnen wird.« Gallagher wandte sich an Sarah. »Meiner Erfahrung nach reagieren Kunsthändler ziemlich empört, wenn sie eine Million Euro herausrücken sollen.«

»Ich bin zuversichtlich, dass Monsieur Fleury sich unserer Sichtweise anschließen wird. Erst recht, wenn er Ihren Bericht gelesen hat.«

»Wann wollen Sie ihn damit konfrontieren?«

»Wir fliegen heute Abend nach Paris zurück. Tatsächlich«, sagte Sarah mit einem Blick auf ihre Uhr, »haben wir's schon eilig.«

Während sie einen weiteren Honorarscheck über fünfundzwanzigtausend Dollar ausstellte, rahmte Gallagher die *Flusslandschaft mit fernen Windmühlen* aus und verstaute sie zusammengerollt in ihrem Handgepäckkoffer. Das Boarding für ihren Air-France-Flug begann um 18.45 Uhr. Um 20.30 Uhr überflogen sie die Ostspitze von Long Island.

»Dort unten liegt North Haven«, sagte Sarah und zeigte aus ihrem Fenster. »Phillips Haus ist tatsächlich aus der Luft zu erkennen, glaube ich.«

»Man fragt sich, wie Lindsay und er mit kümmerlichen zweieinhalbtausend Quadratmetern zurechtkommen.«

»Du solltest erst sein Haus in den Adirondacks sehen.« Sie senkte ihre Stimme. »Ich war mal über ein langes Wochenende dort.«

»Zum Kajakfahren und Wandern?«

»Unter anderem. Phillip hat viel Männerspielzeug.«

»Den van Dyck hat er jedenfalls nicht lange behalten.«

»Manche Leute wechseln ständig ihre Häuser. Phillip kauft Gemälde.«

Sarah nahm sich ein Glas Champagner vom Tablett der Flugbegleiterin und bestand darauf, dass auch Gabriel sich eines nahm.

»Worauf sollen wir trinken?«, fragte er.

»Auf ein glücklich abgewendetes Desaster.«

»Das will ich hoffen«, sagte Gabriel und ließ sein Glas unberührt.

Es war kurz nach neun am folgenden Morgen, als ihre Maschine unter wolkenlosem Himmel auf dem Flughafen Charles de Gaulle aufsetzte. Nach der Pass- und Zollkontrolle stiegen

Sarah und Gabriel in ein Taxi, das sie ins Zentrum von Paris brachte. Ihr erstes Ziel war die Brasserie L'Alsace an der Avenue des Champs-Élysées, aus der Gabriel um 10.45 Uhr erstmals versuchte, die Galerie Georges Fleury anzurufen. Auch der zweite Anruf endete vergeblich, aber beim dritten Versuch meldete sich Bruno, der junge Rezeptionist. Wieder als Ludwig Ziegler, Kunstberater der berühmten Schweizer Geigerin Anna Rolfe, verlangte Gabriel, sofort mit Monsieur Fleury verbunden zu werden.

»Tut mir leid, aber Monsieur Fleury ist im Gespräch mit einem Kunden.«

»Ich muss ihn unbedingt sofort sprechen.«

»Darf ich fragen, worum es geht?«

»Um eine *Flusslandschaft mit fernen Windmühlen.*«

»Vielleicht kann ich Ihnen weiterhelfen.«

»Das können Sie ganz sicher nicht.«

Der Rezeptionist parkte ihn in der Warteschleife. Einige Minuten vergingen, bevor er sich wieder meldete. »Monsieur Fleury erwartet Sie um zwei Uhr«, sagte er knapp und legte auf.

Damit mussten Sarah und Gabriel sich drei Stunden lang die Zeit vertreiben. Bis Mittag tranken sie Kaffee in der Brasserie L'Alsace, dann gingen sie die Champs-Élysées hinauf zu Fouquet's, um in aller Ruhe zu Mittag zu essen. Danach überquerten sie mit ihren Rollkoffern die Avenue und machten einen Schaufensterbummel in Richtung Rue La Boétie. Es war kurz vor vierzehn Uhr, als sie die Galerie Georges Fleury erreichten. Gabriel wollte mit seiner verletzten Hand klingeln, aber die Eingangstür wurde elektronisch entriegelt, bevor sein Zeigefinger den Klingelknopf berührte. Er zog die schwere Glastür auf und folgte Sarah hinein.

Das Foyer war leer bis auf die lebensgroße Bronzebüste eines griechischen oder römischen Jünglings auf ihrem Sockel aus schwarzem Marmor. Gabriel rief laut Fleurys Namen und ging durch den Ausstellungsraum im Erdgeschoss voraus, als er keine Antwort bekam. Auch dieser Raum war leer. Das große Rokokogemälde einer nackten Venus mit drei jungen Mädchen fehlte ebenso wie die einem Canaletto-Jünger zugeschriebene Szene aus Venedig. An ihrer Stelle hingen keine anderen Gemälde.

»Sieht nach lebhaftem Geschäft aus«, meinte Sarah.

»Die beiden fehlenden Gemälde waren Fälschungen«, antwortete Gabriel, der schon auf dem Weg zu Fleurys Büro war. Dort fand er den Kunsthändler mit in den Nacken gelegtem Kopf und offenem Mund an seinem Schreibtisch sitzend vor. Die Wand hinter ihm war mit noch feuchtem Blut und grauer Gehirnmasse gesprenkelt – das Ergebnis von zwei mit aufgesetzter Waffe abgegebenen Schüssen in die Stirn. Auch der auf dem Fußboden liegende jüngere Mann war aus nächster Nähe getroffen worden – zweimal in die Brust und mindestens einmal in den Kopf. Wie Georges Fleury war er eindeutig tot.

»Großer Gott«, flüsterte Sarah von der offenen Tür aus.

Gabriel, dessen Handy gerade klingelte, sagte nichts. Der Anrufer war Juval Gerschon, der aus der Dienststelle der Einheit 8200 außerhalb von Tel Aviv anrief. Er hielt sich nicht lange mit einer Begrüßung auf.

»Jemand hat das Smartphone der Ermordeten um halb eins Pariser Zeit eingeschaltet. Wir haben es vor ein paar Minuten geknackt.«

»Wo ist es?«

»Im achten Pariser Arrondissement. In der Rue La Boétie.«

»Dort bin ich auch.«

»Ich weiß«, bestätigte Juval. »Anscheinend sogar im selben Raum.«

Gabriel legte auf und suchte in seinen Kontakten die Nummer von Valerie Bérrangars Handy heraus. Er rief an, brach den Vorgang jedoch sofort ab, als sein Kennerblick auf den in einer Ecke stehenden Aluminiumkoffer – 52 mal 77 mal

28 Zentimeter – von Tumi fiel. Denkbar war natürlich, dass Monsieur Fleury zum Zeitpunkt seines Todes hatte verreisen wollen. Aber die näherliegende Erklärung war, dass der Koffer eine Sprengladung enthielt.

Eine Bombe, dachte Gabriel, die gezündet wird, sobald jemand Madame Bérrangars Nummer wählt.

Er machte sich nicht die Mühe, Sarah irgendwas davon zu erklären. Stattdessen packte er sie am Arm und zog sie mit sich durch den Ausstellungsraum ins Foyer der Galerie. Die Glastür war abgesperrt, die Fernbedienung vom Schreibtisch des Rezeptionisten verschwunden. Das war, wie Gabriel sich eingestehen musste, meisterhaft geplant und ausgeführt. Allerdings hatte er nichts anderes erwartet. Schließlich waren diese Leute Profis.

Aber selbst Profis, sagte er sich plötzlich, machen manchmal Fehler. Vor ihnen im Foyer stand die lebensgroße Bronzebüste eines griechischen oder römischen Jünglings auf ihrem Sockel aus schwarzem Marmor. Gabriel hob das schwere Objekt über seinen Kopf, ohne auf den brennenden Schmerz in seiner verletzten Hand zu achten, und warf es durch die Glastür der Galerie Georges Fleury.

TEIL ZWEI

UNTERZEICHNUNG

25

QUAI DES ORFÈVRES

Wenig überraschend ging die Pariser Polizei von dem Schlimmsten aus, als um 14.01 Uhr an einem sonst sehr angenehmen Frühlingstag der Donnerschlag einer schweren Detonation das elegante achte Arrondissement erschütterte. Die nach wenigen Minuten eintreffenden ersten Streifenwagen fanden eine in Flammen gehüllte Altmeistergalerie vor. Trotzdem waren die Beamten erleichtert, weil es offenbar keine für dschihadistische Anschläge typischen hohen Opferzahlen zu beklagen gab. Auf den ersten Blick schien das einzige Opfer die lebensgroße Bronzebüste eines griechischen oder römischen Jünglings zu sein, die inmitten von blaugrünen Scherben aus gehärtetem Glas auf dem Gehsteig lag. Als ein erfahrener Kriminalbeamter hörte, wie das gewichtige Objekt die Galerie verlassen hatte, behauptete er unwidersprochen, in der französischen Kriminalgeschichte sei dies der erste Fall, dass jemand aus einer Kunstgalerie *ausgebrochen* sei.

Die Verursacher dieses höchst ungewöhnlichen Ereignisses – ein Mann mittleren Alters und eine attraktive Blondine Anfang vierzig – stellten sich binnen Minuten nach der Detonation der Polizei. Nach einer Serie von hastigen und ungläubigen Telefonaten zwischen hohen Polizei- und Geheimdienststellen wurden sie um 14.45 Uhr hinten in einen neutralen Peugeot gesetzt und zur Zentrale der Pariser Kriminalpolizei in dem eindrucksvollen Gebäude 36, quai des Orfèvres gefahren.

Dort wurden sie voneinander getrennt und mussten ihr

persönliches Eigentum abgeben. Koffer und Handtasche der Frau enthielten nichts Besonderes, aber ihr Begleiter besaß ein paar bemerkenswerte Dinge. Dazu gehörten ein gefälschter deutscher Reisepass, ein Solaris-Handy aus israelischer Produktion, eine italienische Aufenthaltsgenehmigung, ein Gemälde ohne Rahmen oder Keilrahmen, Schriftstücke aus der Galerie Georges Fleury und von Equus Analytics sowie ein handgeschriebener Brief einer gewissen Valerie Bérrangar an Julian Isherwood, Eigentümer von Isherwood Fine Arts, 7–8 Mason's Yard, St. James's, London.

Um halb vier waren diese Gegenstände auf dem Tisch in dem Vernehmungsraum ausgebreitet, in den der Mann mittleren Alters geführt wurde. Ebenfalls anwesend war ein schlanker, eleganter Fünfziger im Geschäftsanzug eines Bankers. Nachdem er Gabriel mit Handschlag begrüßt hatte, stellte er sich als Jacques Ménard vor, Direktor des *Office central de lutte contre le trafic des biens culturels*, der Zentralstelle für die Bekämpfung des illegalen Handels mit Kulturgütern. Der Mann lächelte, als er Platz nahm. Auf Französisch klang ihr Name entschieden besser.

Jacques Ménard schlug den deutschen Reisepass auf. »Johannes Klemp?«

»Ein cholerischer kleiner Fiesling«, antwortete Gabriel. »Verhasst bei Hoteliers und Restaurantbesitzern von Kopenhagen bis Kairo.«

»Wissen die Deutschen, dass Sie mit einem ihrer Pässe reisen?«

»Aus meiner Sicht ist dies das Mindeste, was sie für mich tun können.«

Der Franzose griff nach dem Solaris-Handy. »Ist es wirklich so sicher, wie behauptet wird?«

»Hoffentlich haben Sie nicht versucht, es zu entsperren. Sonst erwartet mich endlos viel Arbeit, um meine Kontakte wiederherzustellen.«

Ménard blätterte in den Verkaufsunterlagen der Galerie Georges Fleury. »*Die* Anna Rolfe?«

»Sie war am vergangenen Wochenende hier. Ich habe sie gebeten, mir ein paar Stunden zu helfen.«

»Sie hat eine Vorliebe für Aelbert Cuyp?«

»Dies ist kein Cuyp.« Gabriel schob Gallaghers Bericht über den Tisch. »Er ist eine Fälschung. Deshalb habe ich das Gemälde überhaupt gekauft.«

»Sie können eine Fälschung erkennen, wenn Sie ein Gemälde nur ansehen?«

»Sie etwa nicht?«

»Nein«, gestand Ménard ein, »das kann ich nicht. Aber vielleicht sollten wir damit anfangen.« Er tippte auf den handgeschriebenen Brief. »Mit Madame Bérrangar.«

»Gute Idee«, sagte Gabriel. »Die noch leben würde, wenn Sie Ihre Beschwerde wegen des *Porträts einer Unbekannten* ernst genommen hätten.«

»Madame Bérrangar ist bei einem Verkehrsunfall ohne Fremdbeteiligung umgekommen.«

»Das war kein Unfall, Ménard. Sie wurde ermordet.«

»Woher wissen Sie das?«

»Wegen ihres Handys.«

»Was ist damit?«

»Der Bombenbauer hat es dazu benutzt, die Sprengladung zu zünden.«

»Vielleicht sollten wir ganz von vorn anfangen«, schlug Ménard vor.

Ja, stimmte Gabriel zu. Das sollten sie vielleicht.

Gabriels Bericht über seine Ermittlungen wegen der Provenienz und Echtheit von *Porträt einer Unbekannten* war chronologisch aufgebaut und inhaltlich weitgehend zutreffend. Er begann mit Julians unter einem schlechten Stern stehenden Reise nach Bordeaux und schloss mit der Zerstörung der Galerie

Georges Fleury und der brutalen Ermordung ihres Besitzers und seines Assistenten. Unerwähnt blieben jedoch sein Besuch in einem Antiquitätengeschäft in der Rue de Miromesnil und die Unterstützung durch Juval Gerschon und der Einheit 8200. Er verschwieg auch den Namen des amerikanischen Investors, der das *Porträt einer Unbekannten* von Isherwood Fine Arts gekauft hatte, und erwähnte nur, das Gemälde sei bereits weiterverkauft und die Angelegenheit zur Zufriedenheit aller Beteiligten abgeschlossen worden.

»Ist es ein van Dyck oder nicht?«, fragte Ménard.

»Das Auktionshaus, das den Verkauf vermittelt hat, hält ihn für echt.«

»Dann waren Ihre Ermittlungen also Zeitverschwendung? Wollen Sie das sagen?«

»Valerie Bérrangars Tod und die heutigen Ereignisse suggerieren etwas anderes.« Gabriel betrachtete die vor ihnen liegende Fälschung. »Und natürlich dieses Gemälde.«

»Haben Sie wirklich geglaubt, Georges Fleury würde Ihnen den Kaufpreis aufgrund einer einzigen Expertise zurückerstatten?«

»Sie stammt von dem anerkannt weltbesten Experten. Ich war zuversichtlich, Fleury dazu bringen zu können, das Ergebnis anzuerkennen und das Geld zurückzuerstatten.«

»Sie wollten ihm drohen?«

»Ich? Niemals.«

Ménard musste unwillkürlich lächeln. »Und Sie wissen bestimmt, dass Fleury tot war, als Madame Bancroft und Sie die Galerie betreten haben?«

»Ganz sicher«, antwortete Gabriel. »Bruno Gilbert auch.«

»Wer hat Sie dann eingelassen?«

»Natürlich der Mörder. Er hat die Tür mit der Fernbedienung vom Schreibtisch des Rezeptionisten entriegelt. Zu unserem Glück hat er eine halbe Minute zu lange damit gewartet, Valerie Bérrangars Handy anzurufen.«

»Woher wissen Sie, dass …«

»Woher ich das weiß, ist irrelevant«, unterbrach Gabriel ihn. »Wichtig ist nur, dass Sie jetzt einen Beweis dafür haben, dass ihr Tod und der Bombenanschlag auf die Galerie zusammenhängen.«

»Seriennummer und SIM-Karte ihres Smartphones?«

Gabriel nickte.

»Nur wenn sie die Detonation überstanden haben. Trotzdem war das ziemlich leichtsinnig von ihm, finden Sie nicht auch?«

»Fast so unbesonnen wie die Tatsache, dass er diese Bronzebüste im Foyer zurückgelassen hat. Vermutlich hat sein Auftraggeber befürchtet, ich würde misstrauisch werden, wenn sie nicht da war. Schließlich habe ich drei Fälschungen binnen weniger Minuten entdeckt.« Gabriel senkte die Stimme. »Deshalb sollte ich sterben.«

»Weil Sie eine Gefahr für einen Fälscherring darstellen?«, fragte Ménard skeptisch.

»Dies ist kein herkömmlicher Fälscherring, sondern ein straff geführtes Unternehmen, das den Markt mit hochwertigen Fälschungen überflutet. Und der Mann, der es führt, verdient genug Geld, um jeden, der ihm gefährlich werden könnte, von Profikillern beseitigen zu lassen.«

Ménard dachte angelegentlich nach. »Eine interessante Theorie, Allon. Aber Sie haben keine Beweise.«

»Hätten Sie auf Valerie Bérrangar gehört, hätten Sie alle Beweise, die Sie brauchen.«

»Ich habe ihr zugehört«, beteuerte Ménard. »Aber Fleury hat mir versichert, mit dem Gemälde, das er Monsieur Isherwood verkauft hatte, sei alles in Ordnung. Es handle sich nur um zwei Exemplare desselben Porträts.«

»Und Sie haben ihm das abgenommen?«

»Georges Fleury war ein hoch angesehener Akteur des Pariser Kunsthandels. Bei uns ist niemals eine Beschwerde über ihn eingegangen.«

»Aber nur deshalb, weil die Fälschungen, die er verkauft hat, gut genug waren, um die weltweit besten Experten zu täuschen. Nach allem, was wir bisher gesehen haben, hätte er erfolgreich mit den alten Meistern konkurrieren können.«

»Nach allem, was man hört, sind Sie selbst nicht schlecht, Allon. Einer der besten Restauratoren der Welt. So heißt's jedenfalls.«

»Aber ich gebrauche mein Talent dazu, existierende Gemälde auszubessern.« Gabriel tippte auf die Fälschung. »Dieser Mann schafft völlig neue Werke, die aussehen, als stammten sie von einigen der größten Maler, die jemals gelebt haben.«

»Haben Sie einen Verdacht, wer er sein könnte?«

»Sie sind der Ermittler, Ménard. Ich wette, dass Sie ihn aufspüren können, wenn Sie sich richtig Mühe geben.«

»Und was sind Sie heutzutage, Allon?«

»Ich leite die Abteilung Restaurierung der Tiepolo Restoration Company. Und jetzt möchte ich nach Hause.«

Ménard bestand darauf, das gefälschte Gemälde und die Originale aller Schriftstücke, auch Valerie Bérrangars Brief, einzubehalten. Gabriel, der seinerseits nicht in der Lage war, Forderungen zu stellen, bat sich nur Anonymität aus – für sich selbst und für Isherwood Fine Arts.

Der französische Kriminalbeamte rieb sich unschlüssig das Kinn. »Sie wissen ja, wie solche Dinge laufen, Allon. Polizeiliche Ermittlungen sind oft schwierig zu steuern. Aber machen Sie sich keine Sorgen wegen Ihres deutschen Passes. Der bleibt unser kleines Geheimnis.«

Inzwischen war es halb acht Uhr abends. Ménard geleitete Gabriel auf den Hof hinunter, auf dem Sarah auf dem Rücksitz des neutralen Peugeots wartete. Der Fahrer lieferte sie so rechtzeitig am Gare du Nord ab, dass sie den letzten Eurostar um 20.13 Uhr nach London erreichten.

»Alles in allem«, meinte Sarah, »eine ziemlich katastrophale Wende der Ereignisse.«

»Die Sache hätte schlimmer ausgehen können.«

»Viel schlimmer«, bestätigte sie. »Aber wie kommt es, dass immer irgendwas in die Luft fliegt, wenn ich mit dir zusammen bin?«

»Ich scheine ein Talent dafür zu haben, bei vielen Leuten anzuecken.«

»Aber nicht bei Jacques Ménard?«

»Nein«, sagte Gabriel. »Wir sind sehr gut miteinander ausgekommen.«

»So viel zu der Idee, diese Sache diskret zu behandeln. Aber ich vermute, dass du letztlich bekommen hast, was du schon immer wolltest.«

»Nämlich?«

»Offizielle Ermittlungen der französischen Polizei.«

»Die keinen verschonen?«

»Keinen«, sagte Sarah, bevor sie die Augen schloss. »Nicht einmal dich.«

26

SAN POLO

Während die Kunstwelt erschrocken den Atem anhielt, durchsuchten die französische Polizei und die Staatsanwaltschaft für den Rest dieses sonnigen Aprils die Trümmer der Galerie Georges Fleury. Alle, die Fleury gekannt hatten, hielten sich privat und besonders den Medien gegenüber mit Kommentaren zurück. Und wer geschäftlich mit ihm zu tun gehabt hatte, sagte wenig bis gar nichts. Der Direktor des Musée d'Orsay bezeichnete diesen April als den unruhigsten Monat für den französischen Kunstsektor seit dem Einmarsch der Deutschen im Juni 1940.

Weil es bei der Affäre Fleury um einen Bombenanschlag mit zwei Toten ging, kontrollierte die für Schwerverbrechen zuständige Abteilung der Police Nationale – die Hauptverwaltung Police Judiciaire – die Ermittlungen, bei denen Jacques Ménards Kunstdetektive nur eine Nebenrolle spielten. Erfahrene Kriminalreporter witterten sofort, dass hier etwas nicht stimmte, weil ihre Quellen am Quai des Orfèvres außerstande zu sein schienen, selbst die einfachsten Fragen nach dem Stand der Ermittlungen zu beantworten.

Hatte die Police Judiciaire Hinweise auf den Aufenthaltsort des Bombenlegers?

Hätten wir welche, lautete die gereizte Antwort aus dem Quai des Orfèvres, hätten wir ihn längst verhaftet.

War es richtig, dass Fleury und sein Assistent ermordet worden waren, bevor die Bombe detoniert war?

Darüber durfte der Quai des Orfèvres keine Auskunft geben.

Welches Tatmotiv lag vor?

Der Quai des Orfèvres ermittelte in mehrere Richtungen.

Waren weitere Personen beteiligt?

Der Quai des Orfèvres wollte nichts ausschließen.

Und was war mit dem Mann mittleren Alters und der attraktiven Blondine, die gesehen worden waren, als sie gewaltsam aus der Galerie ausgebrochen waren, kurz bevor die Bombe detoniert war? Auch hier antwortete der Quai des Orfèvres nur sehr ausweichend. Ja, die Polizei kannte die Augenzeugenberichte und befasste sich mit ihnen. Vorerst könne sie sich zu dieser Frage nicht näher äußern, weil sie laufende Entwicklungen betreffe.

Die Medien waren allmählich frustriert und wandten sich anderen Themen zu. Der Strom von Pressemitteilungen wurde zu einem Rinnsal, das zuletzt ganz austrocknete. Die Bewohner der Kunstwelt stießen heimlich einen kollektiven Seufzer der Erleichterung aus. Ohne dass ihr Ansehen oder ihre Karrieren Schaden erlitten hätten, machten sie weiter, als sei nichts passiert.

Ganz ähnlich erging es dem Mann mittleren Alters. Nach seiner Rückkehr nach Venedig versuchte er mehrere Tage lang, seiner Frau die näheren Umstände seiner nur knapp überstandenen Lebensgefahr zu verschweigen. Die Wahrheit gab er preis, während er sich mit begrenztem Erfolg bemühte, das goldgefleckte Haselnussbraun von Chiaras Augen auf die Leinwand zu bringen. Seine Konzentration litt unter einem Streifen Sonnenlicht, der auf die Unterseite ihrer linken Brust fiel.

»Du hast gegen praktisch alle professionellen Regeln verstoßen«, schalt sie ihn. »Der Agent im Einsatz behält immer die Kontrolle über seine Umgebung. Und er lässt nie zu, dass die Zielperson den Zeitpunkt eines Treffs festlegt.«

»Ich hatte nicht vor, mich auf einer finsteren Gasse in Beirut-West mit einem Agenten zu treffen. Ich wollte nur einem betrügerischen Kunsthändler im achten Pariser Arrondissement ein gefälschtes Gemälde zurückbringen.«

»Werden sie's noch mal versuchen?«

»Mich zu liquidieren? Schwer vorstellbar.«

»Warum nicht?«

»Weil ich der französischen Polizei alles gesagt habe, was ich weiß. Was wäre damit erreicht?«

»Wieso solltest du überhaupt zum Schweigen gebracht werden?«

»Er hat Angst vor mir.«

»Wer?«

»Du darfst wirklich nicht mehr reden.« Er nahm mit dem Pinsel Farbe auf und berührte mit der Spitze die Leinwand. »Sobald du den Mund aufmachst, verändert sich die Form deiner Augen.«

Sie schien nicht gehört zu haben, was er sagte. »Irene hat von deinem Tod geträumt, als du verreist warst. Ein grässlicher Albtraum. Und ziemlich prophetisch, wie sich jetzt herausstellt.«

»Wie das?«

»Du bist auf einem Gehsteig liegend gestorben.«

»Sie muss von Washington geträumt haben.«

»Dieser Traum war anders.«

»In welcher Beziehung?«

»Du hattest weder Arme noch Beine.«

In der folgenden Nacht hatte Gabriel den gleichen Traum, der so lebhaft war, dass er sich davor fürchtete, die Augen zu schließen, weil er zurückkommen könnte. Schließlich zog er sich in sein Atelier zurück, in dem er Chiaras Porträt in einigen ungestörten Nachtstunden fieberhaft arbeitend fertigstellte. Bei Tageslicht bezeichnete sie dieses Gemälde als seine beste Arbeit seit Jahren.

»Sie erinnert mich an Modigliani.«

»Das nehme ich als Kompliment.«
»Hast du dich von ihm inspirieren lassen?«
»Es wäre schwierig, das nicht zu tun.«
»Könntest du einen malen?«
»Einen Modigliani? Ja, natürlich.«
»Mir gefällt der, der vor ein paar Jahren bei Sotheby's für hundertsiebenundfünfzig Millionen Dollar versteigert wurde.«
Das Gemälde war der *Liegende Akt* von Amedeo Modigliani. Gabriel begann, daran zu arbeiten, nachdem er die Kinder in die Schule gebracht hatte, und stellte es in nur zwei Tagen fertig, wobei er sich Anna Rolfes neue CD anhörte. Dann malte er eine zweite Version dieses Motivs – aus einem anderen Blickwinkel und mit kleinen Veränderungen in der Haltung der Liegenden. Dieses Gemälde versah er mit Modiglianis unverwechselbarer Signatur in der oberen rechten Ecke.
»Deine Hand scheint zum Glück nicht dauerhaft geschädigt zu sein«, meinte Chiara.
»Ich hab's mit der linken gemalt.«
»Fantastisch! Es sieht genau wie ein Modigliani aus.«
»Es *ist* ein Modigliani. Er hat es nur nicht gemalt.«
»Würde sich jemand davon täuschen lassen?«
»Nicht mit moderner Leinwand und einem heutigen Keilrahmen. Aber wenn ich Leinwand von der Art auftreiben könnte, die Modigliani 1917 benutzt hat, und mir die Mühe machen würde, eine glaubwürdige Provenienz zu erfinden …«
»Dann könntest du diesen Akt als neu entdeckten Modigliani auf den Markt bringen?«
»Genau.«
»Wie viel würdest du dafür bekommen?«
»Ein paar Hundert Millionen, denke ich.« Gabriel umfasste sein Kinn nachdenklich mit einer Hand. »Die Frage ist nur: Was soll ich damit machen?«
»Verbrennen«, sagte Chiara impulsiv. »Und niemals mehr eines malen.«

Statt Chiaras Rat zu befolgen, hängte Gabriel die beiden Modiglianis in ihr Schlafzimmer und zog sich dann wieder in sein stilles, unaufgeregtes Leben als Halbpensionär zurück. Er brachte die Zwillinge um acht Uhr morgens in die Schule und holte sie pünktlich um 15.30 Uhr wieder ab. Er ging täglich auf den Rialtomarkt, um fürs Abendessen der Familie einzukaufen. Er las anspruchsvolle Romane und hörte Musik auf seinem neuen britischen Audiosystem. Und wenn er Lust hatte, malte er. Heute einen Monet, morgen einen Cézanne, anschließend eine verblüffende Neuinterpretation von Vincent van Goghs *Selbstbildnis mit verbundenem Ohr*, das die Kunstwelt in Aufruhr versetzt hätte, wäre es nicht mit modernen Farben auf einer neuen Leinwand gemalt gewesen.

Die Nachrichten aus Paris verfolgte er mit gemischten Gefühlen. Er war erleichtert, dass der Quai des Orfèvres es für richtig gehalten hatte, seinen Namen aus der Affäre herauszuhalten, und dass der Ruf seiner alten Freunde Sarah Bancroft und Julian Isherwood nicht gelitten hatte. Aber als drei weitere Wochen ohne Verhaftungen vergingen – und ohne eine Pressemitteilung, dass Georges Fleury den Markt mit Fälschungen aus dem Atelier eines der größten Fälscher der Kunstgeschichte überschwemmt hatte –, gelangte Gabriel zu dem beunruhigenden Schluss, die französischen Ermittler seien durch das Machtwort eines Ministers in ihrem Fahndungseifer gebremst worden.

Das Eintreffen seiner Bavaria C42 bildete eine willkommene Abwechslung. Gabriel erprobte sein neues Boot auf einigen Törns in den ruhigen Gewässern der Lagune. Am ersten Samstag im Mai segelte die Familie Allon dann zum Abendessen nach Triest. Auf ihrer nächtlichen Rückfahrt nach Venedig erzählte Gabriel, dass Sarah Bancroft ihm einen kleinen, aber lukrativen Auftrag angeboten hatte. Chiara schlug vor, er solle stattdessen etwas Originelles schaffen. Er begann an einem Stillleben in Picassos Manier zu arbeiten und übermalte es dann mit einer neuen Version von Tizians *Porträt von Vincenzo Mosti*. Francesco Tiepolo lobte es als Meisterwerk und riet Gabriel dringend, keine weiteren Bilder dieser Art zu malen.

Gabriel war mit Francescos positivem Urteil über sein Werk nicht einverstanden – es war kein Meisterwerk, nicht nach den Maßstäben des Giganten Tizian –, deshalb schnitt er die Leinwand aus dem Keilrahmen und verbrannte sie. Nachdem er am folgenden Morgen die Kinder in die Schule gebracht hatte, zog er sich in die Bar Dogale zurück, um zu überlegen, womit er sich den Rest des Tages am besten vertreiben könnte. Während er langsam *un'ombra* – ein kleines Glas Rotwein – trank, fiel ein Schatten über seinen Tisch. Er gehörte keinem anderen als Luca Rossetti vom Kunstdezernat. Auf seinem Gesicht waren keine Spuren der Verletzungen mehr zu erkennen, die er vor sechs Wochen erlitten hatte. Er hatte eine Nachricht von Jacques Ménard von der Police Nationale zu überbringen.

»Er fragt sich, ob Sie Zeit hätten, ihn in Paris aufzusuchen.«

»Wann?«

»Sie sind für den Air-France-Flug um 12.40 Uhr gebucht.«

»Heute?«

»Steht in Ihrem Terminkalender etwas Wichtigeres, Allon?«

»Das hängt davon ab, ob Ménard mich verhaften lassen will, sobald ich französischen Boden betrete.«

»Das hat er leider nicht vor.«

»Wozu will er mich sonst sprechen?«

»Er möchte Ihnen etwas zeigen.«

»Hat er gesagt, was?«

»Nein«, sagte Rossetti. »Aber er schlägt vor, dass Sie eine Pistole mitnehmen.«

27

MUSÉE DU LOUVRE

Auf dem Flughafen Charles de Gaulle wartete Jacques Ménard im Ankunftsgebäude, als Gabriel, dessen 9-mm-Beretta hinten in seinem Hosenbund steckte, mit einer Reisetasche über der Schulter aus der Fluggastbrücke kam. Nach sehr flüchtiger Passkontrolle bestiegen die beiden eine neutrale Limousine mit Chauffeur und fuhren nach Paris hinein. Ménard weigerte sich vorläufig, ihr Ziel preiszugeben.

»Als mich letztes Mal jemand in Paris überrascht hat, war das nicht sehr erfreulich.«

»Keine Sorge, Allon. Ich denke, Sie werden sogar Spaß daran haben.«

Sie fuhren auf der A1 am Stade de France vorbei, dann auf dem Boulevard Périphérique, der Pariser Ringautobahn, nach Westen weiter. Fünf Minuten später erschien vor ihnen der Élysée-Palast.

»Sie hätten mich warnen sollen«, sagte Gabriel. »Dann hätte ich etwas Passenderes angezogen.«

Ménard lächelte nur, während sein Fahrer am Präsidentenpalast vorbeiraste und nach links auf die Avenue des Champs-Élysées abbog. Bevor sie den Triumphbogen erreichten, tauchten sie in einen Tunnel ein und folgten dem Quai des Tuileries zum Pont du Carrousel. Wären sie über die Seine nach rechts abgebogen, hätten sie das Quartier Latin erreicht. Sie bogen jedoch links ab, fuhren durch einen reich verzierten Torbogen und hielten auf dem riesigen zentralen Innenhof des berühmtesten Museums der Welt an.

»Der Louvre?«

»Ja, natürlich. Welches andere Ziel hatten Sie erwartet?«

»Ein etwas gefährlicheres Ziel.«

»Wenn Sie Gefahr wollen«, sagte Ménard, »sind wir hier genau richtig.«

Eine junge Frau mit den langen Gliedern einer Tänzerin von Degas empfing Gabriel und Ménard vor I. M. Peis legendärer Pyramide aus Stahl und Glas. Sie geleitete die Besucher wortlos über den riesigen Cour Napoléon zu einem Personaleingang. Hinter der Tür wurden sie von zwei uniformierten Wachleuten erwartet. Keiner der beiden achtete darauf, dass Gabriel den Alarm der Sicherheitsschleuse auslöste.

»Folgen Sie mir bitte«, sagte ihre Führerin und ging durch einen mit Leuchtstoffröhren erhellten Korridor voraus. Nach einigen Hundert Metern erreichten sie den Eingang des Nationalen Zentrums für Forschung und Restaurierung, die weltweit am besten ausgestattete Einrichtung für die Konservierung und Verifizierung von Kunstwerken. Zu seinem Inventar an hochmodernen Geräten gehörte ein elektrostatischer Partikelbeschleuniger, mit dem Forscher die chemische Zusammensetzung eines Objekts bestimmen konnten, ohne eine potenziell zerstörerische Probe entnehmen zu müssen.

Die junge Frau gab auf dem Tastenfeld am Türrahmen einen Zahlencode ein, und Ménard geleitete Gabriel in das Labor. Als Erstes fiel ihm auf, dass sie hier völlig allein zu sein schienen.

»Ich habe den Direktor gebeten, heute früher zu schließen, damit wir ungestört sind.«

»Um was zu tun?«

»Um ein Gemälde zu begutachten, Allon. Was sonst?«

Es stand mit schwarzem Tuch bedeckt auf einer Staffelei. Ménard zog das Tuch weg. Darunter kam ein Ganzporträt einer nackten Lucrezia zum Vorschein, die sich einen Dolch in die Brust stößt.

»Lucas Cranach der Ältere?«, fragte Gabriel.

»So steht's in der Beschreibung.«

»Woher stammt sie?«

»Was glauben Sie?«

»Galerie Georges Fleury?«

»Ich habe schon immer gehört, dass Sie gut sind, Allon.«

»Und wo hat Monsieur Fleury diese Lucrezia gefunden?«

»In einer sehr alten, prominenten französischen Privatsammlung«, antwortete Ménard zweifelnd. »Als Fleury das Gemälde einem Kurator des Louvre gezeigt hat, hat er gesagt, es stamme vermutlich von einem Cranach-Jünger. Der Kurator war anderer Meinung und hat es hierhergebracht, um es bewerten zu lassen. Was dann passiert ist, können Sie sich vermutlich denken.«

»Die weltweit modernste Einrichtung für die Restaurierung und Verifizierung von Gemälden hat die Lucrezia keinem späteren Cranach-Jünger, sondern Lucas Cranach dem Älteren zugeschrieben.«

Ménard nickte. »Aber warten Sie, es kommt noch besser!«

»Wie soll das möglich sein?«

»Der Direktor des Louvre hat das Gemälde zum nationalen Kulturgut gehörig bezeichnet und neuneinhalb Millionen Euro dafür gezahlt, dass es permanent in Frankreich bleibt.«

»Und nun fragt er sich, ob dies wirklich ein echter Cranach ist?«

»So ungefähr.« Ménard schaltete eine Halogen-Stehlampe ein. »Sind Sie so freundlich, sich das Bild anzusehen?«

Gabriel trat an den nächsten Gerätewagen aus Edelstahl und fand nach kurzer Suche, was er brauchte: eine professionelle Leuchtlupe. Damit begutachtete er Pinselführung, Farbauftrag und Craquelé. Dann trat er von der Staffelei zurück und umfasste nachdenklich sein Kinn mit einer Hand.

»Nun?«, fragte Ménard.

»Das ist der beste Lucas Cranach der Ältere, den ich je gesehen habe.«

»Dann bin ich erleichtert.«

»Lieber nicht«, sagte Gabriel.

»Warum nicht?«

»Weil Lucas Cranach der Ältere dieses Bild nicht gemalt hat.«

»Wie viele davon gibt es?«

»Drei«, antwortete Ménard. »Alle aus der Galerie Georges Fleury mit ähnlicher Provenienz und ähnlich unsicherer Zuschreibung. Und die Experten des Nationalen Zentrums für Forschung und Restaurierung haben alle drei nach sorgfältiger Begutachtung zu neu entdeckten Werken der jeweiligen Meister erklärt.«

»Gute Arbeiten?«

»Ein Frans Hals, ein Gentileschi und der entzückendste van der Weyden, den Sie sich vorstellen können.«

»Sie sind ein Bewunderer Rogiers?«

»Wer ist das nicht?«

»Vielleicht mehr, als Sie denken.«

Sie saßen an einem Tisch im Café Marly, dem eleganten Restaurant des Louvre. Die tief stehende Sonne hatte die Glaspaneele der Pyramide in Brand gesetzt. Das Licht blendete Gabriel.

»Haben Sie eine formelle Ausbildung?«, fragte er.

»Als Kunsthistoriker?« Ménard schüttelte den Kopf. »Aber vier meiner Leute sind Absolventen der Sorbonne. Ich war ursprünglich auf Betrug und Geldwäsche spezialisiert.«

»Dem Himmel sei Dank, dass es die im Kunsthandel nicht gibt!«

Ménard zog lächelnd drei Fotos aus einem festen braunen Umschlag – einen Frans Hals, einen Gentileschi und ein exquisites Porträt von Rogier van der Weyden. »Diese Gemälde hat der Louvre über zehn Jahre hinweg angekauft. Der Cranach und der van der Weyden wurden in der Amtszeit des jetzigen

Direktors erworben. Der Frans Hals und der Gentileschi wurden auf seine Empfehlung gekauft, als er noch Leiter der Gemäldesammlung war.«

»Was bedeutet, dass seine Fingerabdrücke auf allen vier Gemälden zu finden wären.«

»Genau. Monsieur Fleury und er waren eng befreundet.« Ménard senkte die Stimme. »Eng genug, um Anlass zu allen möglichen Gerüchten zu geben.«

»Bestechung?«

Der Franzose zuckte mit den Schultern, ohne etwas zu sagen.

»Treffen die Vermutungen zu?«

»Keine Ahnung. Sehen Sie, die Zentralstelle für den Kampf gegen den illegalen Handel mit Kulturgütern ist angewiesen worden, sich nicht mit dieser Sache zu befassen.«

»Was passiert, wenn die vier Gemälde sich als Fälschungen erweisen?«

»Die weltweit angesehenste Einrichtung für die Konservierung und Authentifizierung von Kunstwerken hat festgestellt, dass diese Werke echt sind. Daher wird der Louvre auf den Untersuchungsergebnissen beharren, solange es kein auf Video aufgezeichnetes Geständnis des Fälschers gibt.«

»Wieso haben Sie mich dann gebeten, nach Paris zu kommen?«

Ménard zog ein weiteres Foto aus dem Umschlag und legte es Gabriel hin.

28

CAFÉ MARLY

Nichts an dem Mann auf dem Foto suggerierte, dass er auch nur in die Nähe einer Altmeistergalerie im eleganten achten Pariser Arrondissement gehörte. Nicht seine tief in die Stirn gezogene Baseballmütze ohne Logo. Oder die Panoramasonnenbrille, die seine Augen verbarg. Und bestimmt nicht der Aluminiumkoffer von Tumi, 52 mal 77 mal 28 Zentimeter, den er über den Gehsteig der Rue La Boétie schob. Er war untersetzt, von stämmiger Statur und wirkte selbstbewusst. Früher ein Kraftsportler, vielleicht ein ehemaliger Soldat. An diesem ziemlich kühlen Frühlingstag trug er einen schlammfarbenen Mantel und Lederhandschuhe – vor allem wohl auch, um auf dem Koffer und in dem Taxi, das hinter ihm wegfuhr, keine Fingerabdrücke zu hinterlassen.

Der Zeitstempel auf dem Foto lautete 13:39:35. Jacques Ménard legte Gabriel eine weitere gleichzeitig gemachte Aufnahme hin. »Das erste Foto stammt von der Kamera eines Geschäfts auf der anderen Straßenseite. Dieses zweite von der eines Geschäfts im übernächsten Gebäude.«

»Nichts von Ihren eigenen Überwachungskameras?«

»Wir sind hier in Paris, Allon. Nicht in London. Wir haben ungefähr zweitausend Kameras an Verkehrsbrennpunkten und im Umfeld von Regierungsgebäuden. Aber damit gibt es keine lückenlose Abdeckung. Das hat dieser Mann ausgenutzt.«

»Wo ist er ins Taxi gestiegen?«

»In einem Nest östlich von Paris, im Departement Seineet-Marne. Meine Kollegen am Quai des Orfèvres haben noch nicht feststellen können, wie er dort hingekommen ist.«

»Haben sie den Fahrer ausfindig gemacht?«

»Er ist ein Immigrant von der Elfenbeinküste. Seiner Aussage nach hat der Fahrgast wie ein Einheimischer gesprochen und die Fahrt bar bezahlt.«

Gabriel betrachtete die zweite Aufnahme. Der Zeitstempel war gleich, aber der Aufnahmewinkel leicht verändert. Ein bisschen wie meine Version von Modiglianis *Liegendem Akt*, dachte er. »Wie lange ist er drinnen geblieben?«

Ménard zog zwei weitere Fotos aus dem Umschlag. Auf dem ersten war zu sehen, dass der Mann die Galerie um 13:43:34 verließ. Das zweite zeigte ihn an einem Tisch, vor der Brasserie Baroche sitzend. Das Lokal lag ungefähr vierzig Meter von der Galerie entfernt an der Ecke Rue La Boétie und Rue de Ponthieu. Der Zeitstempel lautete 13:59:46. Der Täter blickte auf etwas in seiner Hand hinab: die Fernbedienung für die Eingangstür, die er von Bruno Gilberts Schreibtisch mitgenommen hatte.

»Madame Bancroft und Sie sind aus entgegengesetzter Richtung gekommen.« Wie um seine Aussage zu untermauern, legte Ménard ein Foto von Gabriel und Sarah auf den Tisch. »Sonst wären Sie direkt an ihm vorbeigegangen.«

»Was hat er als Nächstes getan?«

»Er ist mit einem Taxi ins Sechzehnte gefahren. Hat einen netten langen Spaziergang im Bois de Boulogne gemacht. Und dabei hat er sich in Luft aufgelöst.«

»Sehr professionell.«

»Die Sprengstoffexperten waren von seiner Bombe ziemlich beeindruckt.«

»Konnten sie bestätigen, dass er das Handy benutzt hat, um sie zu zünden?«

»Darauf wollen sie sich nicht festlegen.«

»Ich weiß bestimmt, dass Madame Bérrangars Handy in der Galerie war.«

»In dieser Hinsicht haben meine Kollegen am Quai des Orfèvres ihre Zweifel. Außerdem tendieren sie dazu, das Ermittlungsergebnis der örtlichen Gendarmerie, Valerie Bérrangar sei bei einem Verkehrsunfall ohne Fremdeinwirkung umgekommen, zu akzeptieren.«

»Freut mich, dass wir diesen Punkt abhaken können. Zu welcher Schlussfolgerung sind Ihre Kollegen gelangt?«

»Dass die beiden Männer, die versucht haben, Monsieur Isherwoods Aktentasche zu stehlen, wahrscheinlich gewöhnliche Diebe waren.«

»Was ist mit den Männern, die sein Zimmer im InterContinental durchsucht haben?«

»Der Chef des Sicherheitsdiensts des Hotels bezeichnet sie als nicht existent.«

»Hat jemand sich die Mühe gemacht, die Aufnahmen der Hotelkameras auszuwerten?«

»Die waren offenbar gelöscht worden.«

»Von wem?«

»Das kann der Quai des Orfèvres nicht sagen.«

»Was kann er überhaupt sagen?«

Ménard holte tief Luft, bevor er antwortete. »Die Kollegen sind zu dem Schluss gelangt, der Mord an Georges Fleury und der Bombenanschlag auf seine Galerie seien das Ergebnis eines Unterschlagungsversuchs von Bruno Gilbert und dem Mann mit der Kofferbombe.«

»Gibt es irgendeinen Beweis, der für diesen Unsinn spricht?«

»Wenige Stunden bevor Madame Bancroft und Sie in der Galerie eingetroffen sind, hat jemand das gesamte Guthaben der Galerie bei der Société Generale auf das Konto einer anonymen Briefkastenfirma auf den Cayman Islands überwiesen. Diese Firma hat es sofort an eine Briefkastenfirma auf den Bermudas überwiesen, die es ihrerseits an eine weitere Briefkastenfirma auf den Cayman Islands überwiesen hat. Und dann …«

»Dann war's auf einmal weg?«

Ménard nickte.

»Von wie viel Geld reden wir überhaupt?«

»Gut zwölf Millionen Euro. Der Quai des Orfèvres geht davon aus, der Bombenbauer habe das Geld für sich allein behalten wollen.«

»Schlicht und einfach«, sagte Gabriel. »Und viel besser vermittelbar als ein Skandal wegen millionenschwerer Fälschungen, die an den Wänden des berühmtesten Museums der Welt hängen.«

»Im Wert von vierunddreißig Millionen, um es genau zu sagen. Eine Menge Geld, das nur durch Sponsoren aufgebracht werden konnte. Würde dieser Fall bekannt, wäre der Ruf des berühmtesten französischen Museums schwer beschädigt.«

»Und das wollen wir nicht«, sagte Gabriel.

»Non«, bestätigte Ménard.

»Aber wie passen Sarah und ich in diese Theorie?«

»Madame Bancroft und Sie waren niemals dort, erinnern Sie sich?«

Gabriel tippte auf das Foto von ihrem Eintreffen in der Galerie. »Und was passiert, wenn diese Aufnahme bekannt wird?«

»Keine Sorge, Allon, das passiert nie.«

Gabriel schob die Fotos zusammen. »Wie weit reicht dies alles hinauf?«

»Dies alles was?«

»Diese Vertuschung.«

»Vertuschung ist ein hässliches Wort, Allon. So *américain.*«

»La conspiration du silence.«

»Viel besser.«

»Der Direktor der Police Nationale? Der Präfekt?«

»O nein«, sagte Ménard. »Viel höher. Der Innen- und der Kultusminister sind eingeweiht. Vielleicht sogar der Präsidentenpalast.«

»Und Sie missbilligen das?«

»Ich bin ein treuer Diener der Französischen Republik. Aber ich habe auch ein Gewissen.«

»An Ihrer Stelle würde ich auf mein Gewissen hören.«

»Sie haben Ihres nie ignoriert?«

»Ich war Geheimagent«, antwortete Gabriel ohne nähere Erläuterungen.

»Und ich bin ein leitender Beamter der Police Nationale, der verpflichtet ist, die Anweisungen seiner Vorgesetzten genauestens auszuführen.«

»Und wenn Sie ungehorsam wären?«

»Dann würde ich hingerichtet. *Avec la guillotine.*« Ménard deutete nach Westen. *»À la Place de Concorde.«*

»Wie wär's mit einem Hinweis an einen freundlich gesinnten Journalisten von *Le Monde*?«

»Ein Hinweis worauf? Auf eine Story über einen Londoner Kunsthändler, der sich von einer Pariser Galerie einen gefälschten van Dyck hat andrehen lassen und ihn an einen amerikanischen Investor weiterverkauft hat?«

»Vielleicht sollte der Tipp etwas enger gefasst sein.«

»Wie eng?«

»Sodass er nur einen Cranach, einen Hals, einen Gentileschi und den entzückendsten van der Weyden betrifft, den Sie sich vorstellen können.«

»Der Skandal wäre gewaltig.« Ménard machte eine Pause. »Und er würde unser gemeinsames Ziel verfehlen.«

»Welches denn?«, fragte Gabriel wachsam.

»Dem Fälscher das Handwerk zu legen.« Ménard schob die Fotos etwas weiter zu Gabriel hinüber. »Und wenn Sie schon dabei sind, könnten Sie auch den Mann aufspüren, der versucht hat, Madame Bancroft und Sie zu ermorden.«

»Wie soll ich das schaffen?«

Ménard lächelte. »Sie waren Geheimagent, Allon. Ihnen fällt bestimmt etwas ein, wenn Sie sich Mühe geben.«

Als Nächstes schlug der Franzose *une petite collaboration* vor, deren Regeln er Gabriel bei einem Spaziergang durch den

Jardin des Tuileries auseinandersetzte. Ihre absolut geheime Zusammenarbeit sah vor, dass Ménard die Rolle eines Führungsoffiziers übernahm, während Gabriel als Informant und Agent fungieren sollte. Allein Ménard – und nur er! – würde entscheiden, was auf Grundlage ihrer Ermittlungsergebnisse zu tun war. Falls möglich, würde er die Situation dezent lösen, ohne den Ruf der Beteiligten, die sich hatten täuschen lassen, allzu sehr zu beschädigen.

»Aber wenn ein paar Eier zerschlagen werden müssen, dann muss es eben sein.«

Gabriel stellte nur eine einzige Forderung: Ménard sollte nicht versuchen, seine Aktivitäten zu überwachen. Der Franzose erklärte sich gern bereit, ihm nicht nachzuspionieren. Er bat sich nur aus, dass Gabriel auf unnötige Gewalt verzichtete vor allem auf französischem Boden.

»Was ist, wenn ich den Mann aufspüre, der uns ermorden wollte?«

Ménard zuckte mit typisch gallischer Indifferenz mit den Schultern. »Machen Sie mit ihm, was Sie wollen. Ich werde nicht wegen etwas verschütteter Milch weinen. Sorgen Sie nur dafür, dass ich keinen Spritzer abbekomme.«

Damit gingen die neuen Partner ihrer Wege – Ménard zum Quai des Orfèvres, Gabriel zum Gare de Lyon. Als sein Zug kurz nach siebzehn Uhr den Bahnhof verließ, führte er zwei Telefongespräche: erst mit seiner Frau in Venedig, dann mit Sarah. Keine der beiden war von seinen Neuigkeiten und seinen Reiseplänen begeistert. Vor allem Sarah nicht. Trotzdem erklärte sie sich – nachdem sie kurz mit ihrem Mann telefoniert hatte – widerstrebend bereit, Gabriels Wunsch nachzukommen.

»Wie setzt du über?«, fragte sie.

»Mit der Morgenfähre aus Marseille.«

»Bauer«, zischte sie und legte auf.

29

AJACCIO, KORSIKA

Es war 19.15 Uhr am folgenden Abend. Christopher Keller saß in der korsischen Hafenstadt Ajaccio in einem Café am Kai – mit einem leeren Weinglas vor sich auf dem Tisch und einer frisch angezündeten Marlboro zwischen Zeige- und Mittelfinger seiner rechten Pranke. Er trug einen hellgrauen Anzug von Richard Anderson in der Savile Row, dazu ein weißes Hemd ohne Krawatte und nach Maß gearbeitete Oxford-Schuhe. Sein Haar war von der Sonne gebleicht, seine Haut straff und gebräunt, seine Augen leuchtend blau. Das Grübchen in seinem energischen Kinn sah aus wie mit einem Meißel herausgehauen. Sein Mund schien permanent zu einem schwachen ironischen Lächeln verzogen zu sein.

Die Bedienung hatte ihn für einen gewöhnlichen Touristen gehalten und entsprechend begrüßt: mit an Verachtung grenzender Apathie. Als er sie jedoch in fließendem *Corsu* ansprach, noch dazu in einem Dialekt aus dem Nordwesten der Insel, schloss sie ihn sofort ins Herz. Sie unterhielten sich nach korsischer Art – über Angehörige und Fremde, über die Schäden durch Frühlingsstürme –, und als er sein erstes Glas Wein geleert hatte, stellte sie ihm unaufgefordert ein weiteres hin.

Es hatte ihm nicht gutgetan, dieses zweite Glas Wein, und die Zigarette – die vierte seit seiner Ankunft in dem Café – ebenfalls nicht. Das Rauchen hatte er sich angewöhnt, als er auf dem Höhepunkt der Unruhen in Nordirland als Undercover-Agent im katholischen West Belfast gelebt hatte. Jetzt diente er als Geheimagent im MI6, dem britischen Secret Intelligence Service. Sein Korsikabesuch hatte jedoch rein private Gründe. Ein Freund hatte einen Auftrag für einen Mann, für den Christopher einst gearbeitet hatte: Don Antonio Orsati, Patriarch einer der berüchtigtsten Familien der Insel. Weil zur Situation seines Freundes ein Anschlag auf das Leben von Christophers Frau gehörte, war er sehr gern bereit, ihm diesen Gefallen zu tun.

Im nächsten Augenblick schob sich der gelbe Bug einer Fähre von Corsica Ferries an den Wällen der alten Zitadelle vorbei in den inneren Hafen. Christopher legte einen Zwanziger unter das leere Weinglas und überquerte den Quai de la République, um zu dem Parkplatz gegenüber dem modernen Terminal zu gelangen. Am Steuer seines klapprigen Renault-Kombis sitzend, beobachtete er die Ausschiffung der Passagiere. Mit Gepäck beladene Touristen. Heimkehrende Korsen. Franzosen vom Festland. Und ein mittelgroßer Mann mittleren Alters, der zu einem gut sitzenden italienischen Sportsakko eine Gabardinehose trug.

Er warf seine Reisetasche in den Laderaum des Kombis und stieg vorn rechts ein. Seine smaragdgrünen Augen starrten die im Aschenbecher glimmende Zigarette vorwurfsvoll an.

»Musst du?«, fragte er resigniert.

»Ja«, sagte Christopher, als er den Motor anließ. »Ich muss leider.«

Sie überquerten den felsigen Höhenzug nördlich von Ajaccio und folgten der kurvenreichen Straße zum Golf von Liscia hinunter. In der kleinen halbmondförmigen Bucht waren die schaumgekrönten Wogen ungewöhnlich hoch, weil einsetzender *Maestral* sie vor sich hertrieb. So nannten die Korsen den unwillkommenen Sturmwind, der im Winter und Frühjahr aus dem Rhonetal übers Meer blies.

»Du bist gerade noch rechtzeitig angekommen«, sagte Christopher, dessen linker Ellbogen aus dem offenen Fenster ragte. »Nur einen Tag später hättest du eine teuflische Überfahrt erlebt.«

»Sie war auch so schlimm genug.«

»Wieso bist du nicht von Paris aus geflogen?«

Gabriel zog seine Beretta hinten aus dem Hosenbund und legte sie auf die Mittelkonsole.

»Schön, dass manche Dinge sich nie ändern.« Christopher sah kurz zu Gabriel hinüber. »Du musst zum Friseur. Ansonsten siehst du für einen Mann in deinem fortgeschrittenen Alter recht gut aus.«

»Das ist mein neues Ich.«

»Was war an dem alten auszusetzen?«

»Ich hatte etwas Übergepäck, das ich loswerden musste.«

»Genau wie ich.« Christopher beobachtete kurz die von Westen heranrollenden Wogen. »Aber in diesem Augenblick werde ich plötzlich an den Mann erinnert, der ich mal war.«

»Du meinst den Verkaufsleiter Nordeuropa der Orsati Olive Oil Company?«

»Oder so ähnlich.«

»Weiß der große Zampano, dass du wieder hier bist?«

»Er erwartet uns zum Abendessen. Wie du dir denken kannst, ist die Aufregung groß.«

»Vielleicht solltest du allein hingehen.«

»Der Letzte, der eine Einladung Don Antonios zum Abendessen ausgeschlagen hat, liegt irgendwo dort draußen.« Christopher deutete aufs Mittelmeer. »In einem Betonsarg.«

»Hat er mir verziehen, dass ich dich ihm abspenstig gemacht habe?«

»Er gibt den Briten die Schuld. Im Übrigen gehört Verzeihung nicht zu Orsatis Wortschatz.«

»Ich bin selbst nicht in der richtigen Stimmung, um Verzeihung zu üben«, sagte Gabriel ruhig.

»Und ich erst recht nicht!«

»Möchtest du ein Foto des Mannes sehen, der versucht hat, deine Frau zu ermorden?«

»Nicht solange ich fahre«, wehrte Christopher ab. »Sonst bringe ich uns beide vor Wut um.«

Als sie die Stadt Porto erreichten, war die Sonne eine orangerote Kugel, die eben die Kimm des dunklen Meeres berührte. Christopher fuhr auf einer von Lariciokiefern gesäumten Straße landeinwärts und begann den langen Aufstieg in die Berge. Die Luft duftete nach der *Macchia*, dem dichten Buschwald aus Steineiche, Ginster, Brombeeren, Steinlinden, Rosmarin und Lavendel, der weite Teile des Inselinneren bedeckte. Die Korsen würzten ihre Speisen mit der *Macchia*, heizten im Winter ihre Häuser mit ihr und nutzten sie als Zuflucht vor Krieg und Blutrache. Die Macchia hat keine Augen, sagten sie oft, aber sie sieht alles.

Sie fuhren durch die Weiler Chidazzu und Marignana und erreichten wenige Minuten nach zweiundzwanzig Uhr das Dorf der Orsatis. Es existierte angeblich seit der Zeit der Vandalen, als Küstenbewohner vor ihren Überfällen in die Berge geflüchtet waren. Etwas außerhalb, in einem kleinen Tal, aus dem das beste Olivenöl der Insel kam, residierte Don Antonio auf seinem Landsitz. An der Einfahrt hielten zwei schwer bewaffnete Männer Wache. Sie berührten respektvoll ihre typischen korsischen Mützen, als Christopher durchs Tor rollte.

Mehrere Leibwächter standen wie Statuen auf dem von Scheinwerfern erhellten Vorplatz der palastartigen Villa. Gabriel ließ seine Beretta in dem Renault und folgte Christopher eine Steintreppe hinauf und in Don Antonios Büro. Der Hausherr saß an einem schweren Eichentisch vor seinem aufgeschlagenen Hauptbuch. Wie immer trug er ein weißes Leinenhemd, eine bequeme Baumwollhose und staubige Ledersandalen, die von einem hiesigen Markt zu stammen schienen. Auf einem Tischchen neben ihm stand eine dekorative Flasche seines Olivenöls, das er produzierte und verkaufte, um seine Gewinne aus Auftragsmorden zu waschen.

Orsati erhob sich schwerfällig. Nach korsischen Begriffen war er ein Hüne, gut einen Meter achtzig groß, mit breiten Schultern, rabenschwarzem Haar, einem dichten Schnurrbart und haselnussbraunen Augen. Sie musterten Christopher unfreundlich, als er ihn auf *Corsu* ansprach.

»Ich nehme deine Entschuldigung an.«

»Wofür?«

»Deine Hochzeit«, sagte Don Antonio. »Nie bin ich so beleidigt worden. Und ausgerechnet von dir!«

»Meine neuen Arbeitgeber hätten sich vielleicht gewundert, wenn du aufgekreuzt wärst.«

»Und wie erklärst du ihnen dein Apartment für acht Millionen Pfund in Kensington?«

»Tatsächlich ist's eine Maisonette. Und ich habe achteinhalb Millionen dafür gezahlt.«

»Die du mit Arbeit für mich verdient hast.« Don Antonio runzelte die Stirn. »Hast du wenigstens mein Hochzeitsgeschenk bekommen?«

»Baccarat-Kristallglas im Wert von fünfzigtausend Pfund? Ich habe dir einen längeren Dankesbrief geschrieben.«

Orsati wandte sich an Gabriel und sagte auf Französisch: »*Sie* waren dabei, nehme ich an.«

»Nur weil jemand die Braut zum Altar führen musste.«

»Ist sie wirklich Amerikanerin?«

»Mit knapper Not.«

»Was soll das heißen?«

»Sie hat ihre Kindheit größtenteils in England und Frankreich verbracht.«

»Soll mir das ein Trost sein?«

»Wenigstens ist sie keine Italienerin«, sagte Gabriel verständnisvoll.

»Am Ende vieler Katastrophen«, sagte Don Antonio, der damit eine korsische Redensart zitierte, »steht immer ein Italiener. Aber Ihre schöne Frau ist definitiv eine Ausnahme von dieser Regel.«

»Ich bin zuversichtlich, dass Sie Sarah ebenso beurteilen werden.«

»Sie ist intelligent?«

»Sie hat in Harvard promoviert.«

»Attraktiv?«

»Bildschön.«

»Ist sie gut zu ihrer Mutter?«

»Wenn sie gerade mal wieder miteinander reden.«

Orsati starrte Christopher entgeistert an. »Welche Art Frau spricht nicht mit ihrer Mutter?«

»Ihre Beziehung hat Höhen und Tiefen erlebt.«

»Darüber möchte ich möglichst bald mit ihr reden.«

»Wir hoffen, im Sommer ein bis zwei Wochen auf der Insel verbringen zu können.«

»Wer von Hoffnung lebt, stirbt an Scheiße.«

»Wie eloquent, Don Antonio.«

»Unsere Sprichwörter«, sagte er ernst, »sind heilig und korrekt.«

»Und es gibt für jeden Anlass eines.«

Der Hausherr tätschelte Christophers Wange. »Nur der Löffel kennt den Kummer des Topfes.«

»Sogar Priester am Altar machen Fehler.«

»Besser wenig haben als nichts.«

»Aber wer nichts hat, hat auch nichts zu essen.«

»Wollen wir?«, fragte Don Antonio.

»Vielleicht sollten wir erst das Problem unseres gemeinsamen Freundes besprechen«, schlug Christopher vor.

»Die Sache mit der Pariser Galerie?«

»Genau.«

»Stimmt es, dass deine schöne amerikanische Frau daran beteiligt war?«

»Ja, leider.«

»Dann hast auch du ein Problem«, stellte Orsati fest.

30

VILLA ORSATI

Gabriel legte Don Antonio zwei Fotos von Überwachungskameras hin. Zu demselben Zeitpunkt, aber aus leicht unterschiedlichem Blickwinkel aufgenommen. Orsati studierte sie wie Aufnahmen von Altmeistergemälden. Er kannte sich mit Männern aus, die ihren Lebensunterhalt mit Morden bestritten.

»Erkennen Sie ihn?«

»Ich weiß nicht, ob seine eigene Mutter ihn in dieser lachhaften Verkleidung erkennen würde.« Er sah zu Christopher auf. »Du hättest dich niemals in solcher Aufmachung sehen lassen.«

»Niemals«, bestätigte Keller. »Man muss gewisse Standards einhalten.«

Der Hausherr lächelte, als er sich wieder den Fotos zuwandte. »Ist sonst noch was über ihn bekannt?«

»Der Taxifahrer hat ausgesagt, er habe Französisch wie ein Einheimischer gesprochen«, antwortete Gabriel.

»Das hätte er von Christopher auch gesagt.« Orsati kniff die Augen zusammen. »Ich finde, er sieht wie ein ehemaliger Soldat aus.«

»Den Eindruck hatte ich auch. Jedenfalls kennt er sich mit Sprengsätzen aus.«

»Außer, er hat sich die Bombe bauen lassen. In unserer Branche gibt es viele ausgezeichnete Bombenbauer.« Orsati sah wieder zu Christopher auf. »Findest du nicht auch?«

»Nicht mehr so viele wie früher. Aber wir wollen nicht über die Vergangenheit reden.«

»Vielleicht doch«, warf Gabriel ein. Dann fügte er ruhig hinzu: »Nur für ein paar Minuten.«

Don Antonio stützte sein Kinn auf seine gefalteten Hände. »Möchten Sie mich vielleicht etwas fragen?«

»Vor ungefähr zwanzig Jahren ist in Paris ein ganz ähnlicher Anschlag verübt worden. Die Galerie gehörte einem Schweizer Kunsthändler, der auf von den Nazis während des Krieges geraubte Gemälde spezialisiert war. Platziert wurde die Bombe von einem ehemaligen britischen Elitesoldaten, der …«

»Ich entsinne mich gut«, warf Orsati ein.

»Genau wie ich.«

»Und jetzt fragen Sie sich, ob dieser Bombenleger für meine Organisation arbeitet.«

»Das tue ich wohl.«

Don Antonios Miene verfinsterte sich. »Seien Sie versichert, alter Freund, dass kein Mann, der bei mir Ihre Ermordung in Auftrag geben wollte, diese Insel lebend verließe.«

»Vielleicht bin ich mit jemand anderem verwechselt worden.«

»Mit Verlaub, das bezweifle ich. Für einen Mann der geheimen Welt haben Sie ein ziemlich berühmtes Gesicht.« Don Antonio sah zu Christopher hinüber und atmete geräuschvoll aus. »Was den ehemaligen britischen Elitesoldaten angeht, konnte er mit blondem Haar, blauen Augen, perfektem Englisch und militärischer Spezialausbildung Aufträge übernehmen, die weit über den Möglichkeiten meiner korsischen *Taddunaghiu* lagen. Da versteht es sich von selbst, dass mein Geschäft unter seiner Entscheidung, nach England heimzukehren, gelitten hat.«

»Weil Sie Aufträge ablehnen mussten, bei denen das Risiko, enttarnt zu werden, zu hoch war?«

»Mehr, als ich zählen kann.« Orsati klopfte mit einem Fingerknöchel auf sein in Leder gebundenes Hauptbuch. »Und als Folge sind meine Gewinne drastisch zurückgegangen. Oh, verstehen Sie mich nicht falsch. Ich bekomme weiter viele Aufträge mit kriminellem Hintergrund oder für Rachemorde. Aber die anspruchsvollen Klienten, die richtig Geld bringen, sind abgewandert.«

»Lässt sich sagen, wohin?«

»Zu einer exklusiven neuen Organisation, die Männern, die mit Privatjets reisen und sich wie Christopher kleiden, einen Rundum-Service anbietet.«

»Reichen Geschäftsleuten?«

»So heißt's gerüchteweise. Diese Organisation ist auf Unfälle und scheinbare Selbstmorde spezialisiert – beides Dinge, mit denen die Orsati Olive Oil Company sich nie abgegeben hat. Wie man hört, leistet sie bei der Inszenierung angeblicher Verbrechen recht gute Arbeit, was daran liegen dürfte, dass sie mehrere ehemalige Polizeibeamten beschäftigt. Und auch ihre technischen Möglichkeiten sollen bemerkenswert gut sein.«

»Sie kann Mobiltelefone und Computer hacken?«

Don Antonio zuckte mit seinen massiven Schultern. »Das ist Ihr Fachgebiet. Nicht meines.«

»Hat diese Organisation einen Namen?«

»Falls sie einen hat, ist er mir nicht zu Ohren gekommen.« Der Hausherr betrachtete wieder die Fotos. »Die wichtigste Frage ist wohl: Wer könnte diese Organisation damit beauftragt haben, Sie zu liquidieren?«

»Der Kopf eines raffinierten Kunstfälscherrings.«

»Gemälde?«

Gabriel nickte.

»Damit lässt sich sicher gutes Geld verdienen.«

»Allein vierunddreißig Millionen Euro vom Louvre.«

»Vielleicht bin ich in der falschen Branche.«

»Das habe ich mich selbst auch schon oft gefragt, Don Antonio.«

»Was machen Sie heutzutage beruflich?«

»Ich leite die Abteilung Restaurierung der Tiepolo Restoration Company.« Gabriel machte eine Pause. »Gegenwärtig bin ich an die Police Nationale ausgeliehen.«

»Das macht die Sache um einiges komplizierter.« Orsati verzog missmutig das Gesicht. »Aber erzählen Sie mir bitte, wie ich Ihnen und Ihren Freunden bei der französischen Polizei behilflich sein kann.«

»Ich möchte, dass Sie den Mann auf den Fotos aufspüren.«

»Und wenn ich's schaffe?«

»Dann möchte ich ihm eine einfache Frage stellen.«

»Nach dem Namen seines Auftraggebers?«

»Sie wissen, was man über Auftragsmorde sagt, Don Antonio. Es kommt nicht darauf an, den Schützen zu finden, sondern den Mann, der die Patrone bezahlt hat.«

»Wer hat das gesagt?«, fragte der Hausherr interessiert.

»Eric Ambler.«

»In der Tat eine kluge Einsicht. Aber der Mann, der versucht hat, Sie in Paris zu ermorden, weiß den Namen des Klienten vermutlich nicht.«

»Vielleicht nicht, aber er kann mir bestimmt sagen, in welche Richtung ich weiterermitteln muss. Und er kann wichtige Informationen über Ihren Konkurrenten preisgeben.« Gabriel senkte die Stimme. »Ich denke, die wären für Sie interessant, Don Antonio.«

»Eine Hand wäscht die andere und beide das Gesicht.«

»Ein uraltes jüdisches Sprichwort.«

Orsati winkte mit einer gewaltigen Pranke ab. »Ich verbreite dieses Foto gleich morgen früh als Erstes. In der Zwischenzeit können Christopher und Sie sich ein paar Tage hier auf der Insel entspannen.«

»Nichts Schöneres als ein Urlaub mit einem Mann, der einmal versucht hat, einen umzubringen.«

»Hätte Christopher wirklich *versucht*, Sie zu ermorden, wären Sie jetzt tot.«

»Genau wie der Mann, der die Patrone bezahlt hat«, bemerkte Gabriel.

»Hat Ambler das wirklich über Auftragsmorde gesagt?«

»In seinem Roman *Die Maske des Dimitrios.*«

»Interessant«, meinte Don Antonio. »Ich wusste gar nicht, dass Ambler ein Korse war.«

Der charakteristische Duft der Macchia stieg von der üppig gedeckten Tafel auf, die in Don Antonios Garten auf sie wartete. Sie saßen jedoch nicht lange dort. Tatsächlich waren noch keine fünf Minuten vergangen, als die erste Sturmbö den heraufziehenden Mistral ankündigte. Mit tatkräftiger Hilfe von Orsatis Leibwächtern zogen sie sich rasch ins Speisezimmer zurück, wo das Mahl weiterging – nun allerdings vom Heulen des verhassten Eindringlings von jenseits des Meeres begleitet.

Es war nach Mitternacht, als Don Antonio endlich seine Serviette auf den Tisch warf, um zu signalisieren, der Abend sei zu Ende. Gabriel erhob sich, dankte ihm für seine Gastfreundschaft und legte ihm nochmals Diskretion ans Herz. Orsati versicherte ihm, er werde nur seine besten Leute einsetzen, und äußerte sich zuversichtlich über den Erfolg der Suche.

»Wenn Sie möchten, kann ich ihn von meinen Leuten herbringen lassen. Dann brauchen Sie sich nicht die Hände schmutzig zu machen.«

»Das hat mich nie gestört. Außerdem«, sagte Gabriel mit einem Blick zu Christopher hinüber, »habe ich ihn.«

»Christopher ist jetzt ein ehrbarer britischer Spion. Ein angesehener Mann, der in einer der besten Lagen Londons residiert. Er kann sich unmöglich mit einer hässlichen Sache wie dieser abgeben.«

Damit traten Christopher und Gabriel in die stürmische Nacht hinaus und stiegen in den Renault. Ihre Fahrt ging nach Osten, ins nächste Tal. Christophers einsames Landhaus stand am Ende einer unbefestigten Zufahrt, die auf beiden Seiten von wallartig hoher Macchia gesäumt war. Als im Scheinwerferlicht drei alte Olivenbäume auftauchten, nahm er den Fuß vom Gas und starrte besorgt nach vorn.

»Er ist bestimmt längst tot«, sagte Gabriel.

»Das wird sich gleich erweisen.«

»Warum hast du Orsati nicht gefragt?«

»Hätte ich mir den Abend verderben sollen?«

Im nächsten Augenblick kam ein prächtig gehörnter Ziegenbock, der mindestens hundert Kilo wog, aus der Macchia und baute sich mitten auf dem Weg auf. Er hatte einen roten Bart und eine graubraune Decke mit den Narben vieler Kämpfe. Im Scheinwerferlicht glänzten seine Augen trotzig.

»Das muss ein anderer Ziegenbock sein.«

»Nein«, antwortete Christopher, während er bremste. »Das ist derselbe alte Scheißkerl.«

»Vorsicht«, sagte Gabriel. »Er hört dich, denke ich.«

Wie die drei alten Olivenbäume gehörte der riesige Ziegenbock Don Ettore Casabianca. Er betrachtete die Zufahrt als seinen Privatbesitz und forderte Wegzoll von jedem, der sie benutzte. Besonders abgesehen hatte er es auf Christopher, einen Engländer ohne korsisches Blut in den Adern.

»Vielleicht könntest du dich bei ihm für mich verwenden«, schlug Christopher vor.

»Unser letztes Gespräch ist nicht besonders gut verlaufen.«

»Was hast du zu ihm gesagt?«

»Ich fürchte, ich habe seine Vorfahren beleidigt.«

»Auf Korsika? Wie unbedacht von dir!« Christopher ließ den Wagen weiterkriechen, aber der Ziegenbock senkte den Kopf und behauptete seine Stellung. Auch ein kurzes Hupen nützte nichts. »Du erzählst Sarah nichts davon, ja?«

»Das fiele mir nicht im Traum ein«, sagte Gabriel.

Christopher stellte den Wahlhebel auf P und atmete geräuschvoll aus. Dann stieß er die Fahrertür auf und stürmte laut schreiend und wie ein Verrückter die Arme schwenkend in seinem Maßanzug von Richard Anderson auf den Ziegenbock los. Diese Taktik führte im Allgemeinen zu sofortiger Kapitulation. In dieser Nacht, der ersten eines Maestrals, setzte das Tier sich jedoch ein, zwei Minuten lang tapfer zur Wehr, bevor es in die Macchia flüchtete. Zum Glück konnte Gabriel den gesamten Ablauf bei Scheinwerferlicht in einem Video festhalten, das er sofort Sarah in London schickte. Insgesamt, fand er, war dies ein prachtvoller Start für ihren Urlaub auf Korsika.

31

HAUTE-CORSE

Das Landhaus hatte ein rotes Ziegeldach, einen großen blauen Swimmingpool und eine breite Terrasse, die morgens Sonne bekam und nachmittags im Schatten von Lariciokiefern lag. Als Gabriel am folgenden Morgen aufstand, war die Terrasse mit abgerissenen Zweigen und anderen Pflanzenteilen übersät. In der modern eingerichteten Küche traf er seinen Gastgeber in Trekkingstiefeln und einem wasserdichten Anorak an. Während Christopher auf einem Campingkocher Kaffee zubereitete, kamen Lokalnachrichten aus dem batteriebetriebenen Radio.

»Zu ersten Stromausfällen kam es gegen drei Uhr morgens … gemessen wurden Windgeschwindigkeiten von bis zu hundertdreißig Stundenkilometern … angeblich der stärkste Maestral seit Menschengedenken …«

»Ist ein Vorfall mit einem Engländer und einem alten Ziegenbock gemeldet worden?«

»Bisher nicht. Aber dir ist zu verdanken, dass ganz London darüber lacht.« Christopher stellte Gabriel eine Schale Kaffee hin. »Hast du schlafen können?«

»Ich habe kein Auge zugetan. Du?«

»Ich bin ein alter Soldat. Ich kann überall schlafen.«

»Wie lange hält der Mistral an?«

»Drei Tage. Vielleicht vier.«

»Surfen kann man dabei wohl nicht?«

»Aber auf den Monte Rotondo wandern. Hast du Lust mitzukommen?«

»Klingt verlockend«, antwortete Gabriel. »Aber ich denke, ich werde den Vormittag mit einem guten Buch am Kamin verbringen.«

Er nahm seinen Kaffee in das behaglich eingerichtete Wohnzimmer mit. In wandhohen Regalen standen einige Hundert Romane und zeitgeschichtliche Werke; an den Wänden hing eine bescheidene Sammlung moderner und impressionistischer Gemälde. Das wertvollste Bild war eine provenzalische Landschaft von Monet, die Christopher über einen Mittelsmann bei Christie's in Paris ersteigert hatte. An diesem Morgen interessierte Gabriel jedoch das daneben hängende Gemälde: eine weitere Landschaft, diese von Paul Cézanne.

Er hängte das Bild ab und nahm es aus dem Rahmen. Keilrahmen und Leinwand schienen zu denen zu passen, die Cézanne Mitte der Achtzigerjahre des 19. Jahrhunderts verwendet hatte. Das Gemälde war nicht signiert – nicht ungewöhnlich, weil Cézanne nur Arbeiten signiert hatte, die er für wirklich fertig hielt –, und der Firnis war leicht gelblich. Ansonsten war das Bild sehr gut erhalten.

Und dennoch ...

Gabriel stellte das Gemälde in die durch die Terrassentüren einfallende helle Morgensonne und fotografierte ein Detail mit seinem Smartphone. Dann vergrößerte er es mit Daumen und Zeigefinger und studierte die Pinselführung. Er war so konzentriert, dass er überhörte, wie Christopher, ein begabter Überwachungskünstler, leise hereinkam.

»Darf ich fragen, was du da machst?«

»Bin auf der Suche nach geeigneter Lektüre«, sagte Gabriel geistesabwesend.

Christopher nahm Ben Macintyres Biografie von Kim Philby aus einem Regal. »Die könnte dich interessieren.«

»Obwohl sie weiß Gott vieles auslässt.« Gabriel betrachtete wieder den Cézanne.

»Gibt's ein Problem?«

»Wo hast du dieses Bild gekauft?«

»In einer Galerie in Nizza.«

»Hat die einen Namen?«

»Galerie Edmond Toussaint.«

»Hast du die Meinung eines Experten eingeholt?«

»Monsieur Toussaint hat ein Echtheitszertifikat mitgeliefert.«

»Darf ich's mal sehen? Die Provenienz bitte auch.«

Christopher ging nach oben in sein Arbeitszimmer. Bei seiner Rückkehr übergab er Gabriel einen großen braunen Umschlag, bevor er selbst einen Nylonrucksack über die Schulter nahm. »Letzte Gelegenheit.«

»Viel Spaß«, sagte Gabriel, als eine Bö die Terrassentüren erzittern ließ. »Und grüß mir die kleine Ziege.«

Christopher nahm die Schultern zurück, dann ging er hinaus und stieg in den Renault. Wenig später hörte Gabriel lautes Hupen, dann einen Schwall wütender Flüche. Er lachte, als er die Schriftstücke aus dem Umschlag zog.

»Idiot«, sagte er im nächsten Augenblick zu niemandem als sich selbst.

Gegen elf Uhr flaute der Maestral leicht ab, aber am Spätnachmittag blies er wieder so heftig, dass die Dachziegel klapperten. Christopher kehrte in der Abenddämmerung zurück und zeigte Gabriel stolz, dass er an der Nordflanke des Monte Rotondo eine Bö mit hundertsechsunddreißig Stundenkilometern gemessen hatte. Gabriel revanchierte sich damit, dass er seine Zweifel an der Echtheit des Cézanne erläuterte, den Christopher unter falschem Namen gekauft hatte, als er noch für Orsati gearbeitet hatte.

»Sodass du keinen legalen Anspruch auf Schadenersatz hast. Übrigens auch keinen moralischen.«

»Vielleicht sollten zwei der gruseligsten Männer Don Antonios diesem Toussaint in meinem Namen einen Besuch abstatten.«

»Vielleicht«, schlug Gabriel vor, »solltest du vergessen, dass ich jemals etwas gesagt habe, und die Sache auf sich beruhen lassen.«

Die folgenden Tage hielt der Sturm unvermindert an. Während Gabriel sich im Haus einigelte, trotzte Christopher den Naturgewalten und bestieg zwei weitere Berge – erst den Renoso, dann den Monte d'Oro, auf dem sein Taschen-Anemometer Windgeschwindigkeiten von bis zu hunderteinundvierzig Stundenkilometern registrierte. An diesem Abend dinierten sie in der Villa Orsati. Beim Kaffee gestand Don Antonio ein, dass es seinen Leuten nicht gelungen war, Hinweise auf die Identität oder den Aufenthaltsort des Mannes zu finden, der den Bombenanschlag auf die Galerie Georges Fleury verübt hatte. Anschließend tadelte er Christopher wegen Wortwahl und Lautstärke bei seiner letzten Konfrontation mit Don Ettores Ziegenbock.

»Er hat mich heute Morgen angerufen. Er ist sehr verärgert.«

»Don Ettore oder der Ziegenbock?«

»Hier gibt's nichts zu lachen, Christopher.«

»Woher weiß Don Ettore auch nur, dass unser Verhältnis sich verschlechtert hat?«

»Die Nachricht hat sich wie ein Lauffeuer verbreitet.«

»*Ich* habe mit keinem Menschen darüber gesprochen.«

»Dann muss es die Macchia gewesen sein«, sagte Gabriel und wiederholte das alte Sprichwort über die Fähigkeit der duftenden Vegetation, alles zu hören und zu sehen. Orsati quittierte das ernst mit zustimmendem Nicken, als sei dies die einzig mögliche Erklärung.

Der Sturm heulte die Nacht hindurch weiter, aber bei Tagesanbruch war er Geschichte. Gabriel verbrachte den Vormittag damit, Christopher zu helfen, kleinere Reparaturen am Dach auszuführen und Pool und Terrasse zu säubern. Am Spätnachmittag fuhr er dann ins Dorf, dessen sandsteinfarbene Häuser sich um die Kirche herum zusammendrängten, vor der ein weiter staubiger Platz lag. Mehrere Männer in frisch gebügelten weißen Hemden spielten eine hart umkämpfte Partie Pétanque. Früher hätten sie Gabriel misstrauisch beobachtet oder sogar nach korsischer Art mit Zeigefinger und kleinem Finger einer

Hand auf ihn gezeigt, um den *Occhju*, den bösen Blick, abzuwehren. Jetzt begrüßten sie ihn herzlich, denn das ganze Dorf wusste, dass er ein Freund Don Antonios und des Engländers namens Christopher war, der nach langer Abwesenheit Gott sei Dank auf die Insel zurückgekehrt war.

»Ist's wahr, dass er verheiratet ist?«, fragte einer der Männer.

»Das hört man gerüchteweise.«

»Hat er den Ziegenbock schon erledigt?«

»Noch nicht. Aber das ist nur eine Frage der Zeit.«

»Kannst du nicht versuchen, ihn zur Vernunft zu bringen?«

»Ich hab's versucht. Aber da gibt's kein Zurück mehr, fürchte ich.«

Weil ihnen ein Spieler fehlte, bestanden die Männer darauf, Gabriel solle mitspielen. Er lehnte jedoch dankend ab und setzte sich vor das Café in der entferntesten Ecke des Platzes, um ein Glas korsischen Rosé zu trinken. Als die Kirchenglocke fünf Uhr schlug, klopfte ein Kind, ein Mädchen von sieben oder acht Jahren, an die Tür des schiefen Häuschens neben dem Pfarrhaus. Die Tür wurde einen Spalt weit geöffnet, und eine blasse schmale Hand erschien mit einem zusammengefalteten blauen Zettel. Den trug die Kleine über den Platz zu dem Café und legte ihn auf Gabriels Tisch. Das Mädchen sah Irene fast unheimlich ähnlich.

»Wie heißt du?«, fragte er.

»Danielle.«

Natürlich heißt sie so, dachte er. »Möchtest du ein Eis?«

Die Kleine setzte sich und schob den blauen Zettel über den Tisch. »Willst du nicht lesen, was draufsteht?«

»Das brauche ich nicht zu tun.«

»Warum nicht?«

»Ich weiß, was draufsteht.«

»Woher?«

»Auch ich besitze Fähigkeiten.«

»Nicht wie ihre«, sagte das Kind.

Nein, dachte Gabriel. Nicht wie ihre.

32

HAUTE-CORSE

Die Hand der alten Frau, die sie Gabriel zur Begrüßung hinstreckte, war warm und gewichtslos. Er hielt sie zart umfasst wie einen gefangenen Vogel.

»Du hast dich vor mir versteckt«, sagte sie.

»Nicht vor dir«, antwortete er. »Vor dem Maestral.«

»Ich habe den Wind immer gemocht.« Vertraulich fügte sie hinzu: »Er ist gut fürs Geschäft.«

Die alte Frau war eine *Signadora*. Die Korsen glaubten, sie könne Menschen heilen, die vom Occhju, dem bösen Blick, befallen waren. Früher hatte Gabriel geglaubt, sie sei nur eine Taschenspielerin und eine clevere Wahrsagerin, aber davon war er längst abgekommen.

Sie legte eine Hand an seine Wange. »Du brennst wie im Fieber.«

»Das sagst du immer.«

»Weil du dich immer anfühlst, als stündest du in Flammen.« Ihre Hand berührte jetzt seinen Brustkorb. Die linke Seite, knapp über dem Herzen. »Hier hat der Schuss dieser Verrückten dich getroffen.«

»Hat Christopher dir das erzählt?«

»Seit Christophers Rückkehr habe ich noch nicht wieder mit ihm gesprochen.« Sie schob Gabriels Hemd vorn hoch und begutachtete die Narbe. »Du warst mehrere Minuten lang tot, nicht wahr?«

»Zwei oder drei.«

Sie runzelte die Stirn. »Warum versuchst du, mich zu belügen?«

»Weil ich nicht daran denken mag, dass ich zehn Minuten lang tot war.« Gabriel hielt den blauen Zettel hoch. »Wo hast du das Kind gefunden?«

»Danielle? Wieso fragst du das?«

»Sie erinnert mich an jemanden.«

»Deine Tochter?«

»Wie kannst du wissen, wie sie aussieht?«

»Vielleicht siehst du nur, was du sehen möchtest.«

»Sprich nicht in Rätseln zu mir.«

»Du hast deine Tochter zur Erinnerung an deine Mutter Irene genannt. Sieht sie dich an, hast du das Gesicht deiner Mutter und die auf ihrem Arm stehende Nummer aus dem nach Bäumen benannten Lager vor Augen.«

»Irgendwann musst du mir zeigen, wie du das machst.«

»Es ist eine Gabe Gottes.« Die Alte ließ sein Hemd los und betrachtete ihn mit unergründlichen pechschwarzen Augen, die in einem kreidebleichen Gesicht saßen. »Du leidest unter dem Occhju. Das ist sonnenklar.«

»Den muss ich mir von Don Ettores Ziegenbock geholt haben.«

»Der ist ein Dämon.«

»Wem sagst du das?«

»Das ist mein Ernst. Dieses Tier ist besessen. Halte dich von ihm fern.«

Die Signadora zog ihn mit sich ins Wohnzimmer ihres Häuschens. Auf dem runden Tisch standen eine Kerze im Leuchter, eine flache Schale mit Wasser und ein kleiner Glaskrug Olivenöl. Das war ihr Handwerkszeug. Sie zündete die Kerze an und setzte sich auf ihren gewohnten Platz. Nach kurzem Zögern setzte Gabriel sich ihr gegenüber.

»Den bösen Blick gibt es nicht wirklich, weißt du?«, wandte Gabriel ein. »Das ist nur ein Aberglaube, der besonders bei den alten Völkern im Mittelmeerraum verbreitet war.«

»Auch du bist ein alter Mann aus dem Mittelmeerraum.«

»Älter geht's kaum«, gab er zu.

»Du bist in Galiläa geboren, nicht weit von der Stadt entfernt, in der Jesus gelebt hat. Die meisten deiner Vorfahren sind bei der Belagerung Jerusalems im Kampf gegen die Römer gefallen, aber einige wenige haben überlebt und sind nach Europa gelangt.« Sie schob ihm den kleinen Ölkrug hin. »Fang an.«

Gabriel schob den Glaskrug wieder über den Tisch. »Nein, du zuerst.«

»Ich soll dir beweisen, dass dies kein Trick ist?«

»Ja.«

Die Alte tauchte ihren Zeigefinger in das Öl. Dann hielt sie ihn über die Schale und ließ drei Tropfen ins Wasser fallen. Sie vereinigten sich zu einem einzigen Klumpen.

»Jetzt du.«

Gabriel vollzog dasselbe Ritual. Bei ihm zerstob das Öl in tausend Tröpfchen, die wenig später spurlos verschwanden.

»Occhju«, flüsterte die Alte.

»Magie und Täuschung«, war Gabriels Antwort.

Sie fragte lächelnd: »Wie geht's deiner Hand?«

»Welcher?«

»Der, die du dir bei dem Angriff auf den Mann, der für den Einäugigen arbeitet, verletzt hast.«

»Er hätte mich nicht beschatten sollen.«

»Mach deinen Frieden mit ihm«, sagte die Signadora. »Er wird dir helfen, die Frau zu finden.«

»Welche Frau?«

»Die Spanierin.«

»Ich suche einen Mann.«

»Den Mann, der dich in der Galerie zu ermorden versucht hat?«

»Ja.«

»Don Antonio hat ihn nicht finden können. Aber keine Sorge, die Spanierin wird dich zu dem führen, den du suchst. Orsati weiß von ihr.«

»Woher?«

»Das darf ich dir nicht sagen.«

Ohne ein weiteres Wort ergriff die Signadora Gabriels rechte Hand und begann das vertraute Ritual. Sie murmelte ein altes korsisches Gebet. Sie weinte, als das Böse aus seinem Körper in ihren überging. Sie schloss die Augen und verfiel in einen Tiefschlaf. Als sie endlich wieder erwachte, wies sie Gabriel an, das Ritual mit dem Olivenöl zu wiederholen. Dieses Mal vereinigten sich die drei Öltropfen zu einem einzigen Klumpen.

»Jetzt du«, sagte er.

Die Alte tat seufzend, was er verlangte. Bei ihr zerstoben die Tropfen.

»Genau wie die Tür der Galerie«, sagte sie. »Sei unbesorgt, der Occhju bleibt nicht lange in mir.«

Gabriel legte mehrere Geldscheine auf den Tisch. »Kannst du mir sonst noch etwas sagen?«

»Male vier Bilder«, sagte die Alte. »Dann kommt sie zu dir.«

»Ist das alles?«

»Nein«, sagte sie. »Den bösen Blick hat dir nicht Don Ettores Ziegenbock angehängt.«

Nach seiner Rückkehr in das Landhaus teilte Gabriel Christopher mit, Don Antonios Suche werde ergebnislos bleiben und Don Ettores Ziegenbock sei der Teufel in Person. Christopher zweifelte beide Behauptungen schon deshalb an, weil sie aus dem Mund der Signadora kamen. Trotzdem sprach er sich dagegen aus, Orsati aufzufordern, seine Fahndung vorzeitig abzubrechen. Es sei besser, sagte er, den Roulettekessel sich drehen zu lassen, bis die Kugel gefallen sei.

»Außer, er dreht sich noch ein bis zwei Wochen.«

»Das tut er nicht, verlass dich drauf.«

»Es gibt noch mehr, fürchte ich.«

Gabriel wiederholte die Prophezeiung der Alten in Bezug auf eine Spanierin.

»Hat sie gesagt, woher Don Antonio sie kennt?«

»Sie hat geantwortet, das dürfe sie mir nicht sagen.«

»Oder sie hat es nur behauptet. Das war ihre Version von ›Kein Kommentar‹.«

»Bist du bei der Arbeit für Orsati jemals einer Spanierin begegnet?«

»Nicht bloß einer«, sagte Christopher halblaut.

»Wie können wir das Thema bei ihm anschneiden?«

»Äußerst vorsichtig. Der große Zampano mag es nicht, wenn jemand in seiner Vergangenheit herumschnüffelt. Vor allem die Signadora.«

Und so kam es, dass Gabriel ungläubiges Erstaunen heuchelte, als er zwei Abende später unter einem von Wolken umrahmten Mond im Garten der Villa Orsati erfuhr, Don Antonios Leuten sei es leider nicht gelungen, den Mann aufzuspüren, der die von einem Fachmann gebaute Bombe in der Galerie Georges Fleury deponiert hatte. Nach einigen Augenblicken geselligen Schweigens fragte er Orsati vorsichtig, ob er jemals eine Spanierin mit möglichen Verbindungen zur kriminellen Kunstwelt gekannt habe.

Don Antonio kniff misstrauisch die Augen zusammen. »Wann haben Sie mit ihr gesprochen?«

»Mit der Spanierin?«

»Mit der Signadora.«

»Ich dachte, die Macchia sähe alles.«

»Wollen Sie von der Spanierin hören oder nicht?«

»Ich war vorgestern bei ihr«, gestand Gabriel ein.

»Sie wusste vermutlich auch, dass ich den Mann, den Sie suchen, nicht würde finden können?«

»Davon wollte ich Ihnen erzählen, aber Christopher dachte, das sei ein Fehler.«

»Tatsächlich?« Orsati funkelte Christopher an, bevor er sich wieder an Gabriel wandte. »Vor einiger Zeit, vor fünf oder sechs Jahren, hat mich eine Frau hier aufgesucht. Sie war aus

Roussillon droben im Lubéron. Ende dreißig, sehr selbstsicher. Man hatte den Eindruck, sie fühle sich unter Kriminellen wohl.«

»Name?«

»Françoise Vionnet.«

»Echt?«

Don Antonio nickte.

»Was hat sie zu Ihnen geführt?«

»Der Mann, mit dem sie zusammenlebte, ist eines Tages auf einem Spaziergang in der Umgebung von Aix-en-Provence verschwunden. Die Polizei hat seine Leiche einige Wochen später am Fuß des Mont Ventoux aufgefunden. Er war mit zwei Schüssen in den Hinterkopf ermordet worden.«

»Sie wollte seinen Tod rächen?«

Don Antonio nickte.

»Und Sie haben den Auftrag angenommen?«

»Geld verdient man nicht mit Singen, mein Freund.« Das war eines seiner liebsten korsischen Sprichwörter und der inoffizielle Slogan der Orsati Olive Oil Company. »Geld verdient man, indem man Aufträge annimmt und ausführt.«

»Wer war die Zielperson?«

»Eine gewisse Miranda Álvarez. Die Vionnet war sich sicher, dass das ein Alias war. Sie konnte sie beschreiben und ihren Beruf angeben, aber das war alles.«

»Fangen wir mit der Personenbeschreibung an.«

»Groß, schwarzhaarig, eine Schönheit.«

»Alter?«

»Damals war sie Mitte dreißig.«

»Und ihr Beruf?«

»Sie war Kunsthändlerin.«

»In welcher Stadt?«

»Vielleicht in Barcelona.« Orsati zuckte mit seinen massiven Schultern. »Vielleicht in Madrid.«

»Damit ist nicht viel anzufangen.«

»Ich habe schon Aufträge angenommen, bei denen es noch weniger Hinweise gab. Voraussetzung ist allerdings, dass der Klient bereit ist, die Zielperson zu identifizieren, sobald wir sie aufgespürt haben.«

»Um unnötiges Blutvergießen zu vermeiden.«

»In einer Branche wie meiner«, sagte Don Antonio, »sind Fehler permanent.«

»Vermute ich richtig, dass Sie sie nie gefunden haben?«

Orsati schüttelte den Kopf. »Françoise Vionnet hat mich gebeten weiterzusuchen, aber ich habe ihr erklärt, das sei zwecklos. Sie hat ihr Geld zurückbekommen – minus die Anzahlung und die Kosten der Suche –, und wir sind unserer Wege gegangen.«

»Hat sie Ihnen jemals erzählt, weshalb ihr Partner ermordet wurde?«

»Anscheinend wegen eines geschäftlichen Streits.«

»Er war auch Kunsthändler?«

»Nein, er war Maler. Nicht sehr erfolgreich, denke ich. Aber sie hat seine Arbeiten gelobt.«

»Können Sie sich zufällig an seinen Namen erinnern?«

»Lucien Marchand.«

»Und wo können Christopher und ich Madame Vionnet finden?«

»In Roussillon. Wenn Sie möchten, kann ich Ihnen die Adresse geben.«

»Wenn's nicht zu viel Mühe macht.«

»Oh, keineswegs.«

Er habe sie oben in seinem Büro, sagte Don Antonio. In seinem in Leder gebundenen Totenbuch.

33

LE LUBÉRON

Die nächste Autofähre zum Festland verließ Ajaccio am folgenden Abend um 20.30 Uhr und erreichte Marseille kurz nach Tagesanbruch. Gabriel und Christopher, die in benachbarten Kabinen geschlafen hatten, rollten mit ihrem gemieteten Peugeot von Bord und weiter zur Autoroute A7. Über Salon-de-Provence fuhren sie bis Cavaillon nach Norden und folgten ab dort einem Konvoi aus vier Touristenbussen in den Lubéron. Die honigfarbenen Häuser von Gordes, das auf einem Hügel aus Kalkstein über dem Tal thronte, leuchteten in der kristallklaren Morgenluft.

»Dort hat Marc Chagall mal gelebt«, sagte Christopher.

»In der alten Mädchenschule an der Rue de la Fontaine Basse. Nach dem Einmarsch der Deutschen haben seine Frau Bella und er lange gezögert, Frankreich zu verlassen. Letztlich sind sie 1941 mithilfe des Journalisten und Akademiemitglieds Varian Fry und dem Emergency Rescue Committee in die Vereinigten Staaten geflüchtet.«

»Ich wollte nur Konversation machen.«

»Vielleicht sollten wir lieber die Aussicht genießen.«

Christopher zündete sich eine Marlboro an. »Hast du dir schon überlegt, wie du die Sache angehen willst?«

»Mit Françoise Vionnet? Ich dachte, ich würde mit *Bonjour* anfangen und aufs Beste hoffen.«

»Wie clever!«

»Vielleicht erzähle ich ihr, dass mich eine mystische Korsin, die mich auch von dem Occhju kuriert hat, zu ihr geschickt hat. Oder noch besser: Ich sage, dass ich ein Freund des korsischen Gangsterbosses bin, den sie vor Jahren engagieren wollte, um eine spanische Kunsthändlerin ermorden zu lassen.«

»Das müsste sie für dich einnehmen.«

»Was glaubst du, wie viel hat Don Antonio verlangt?«, fragte Gabriel.

»Für einen Job wie den? Nicht viel.«

»Was soll das heißen?«

»Vielleicht hunderttausend.«

»Was hat der Kontrakt für meine Ermordung gekostet?«

»Siebenstellig.«

»Ich fühle mich geschmeichelt. Und Anna?«

»Ihr wart Bestandteile eines Komplettpakets.«

»Gibt es bei solchen Aufträgen Rabatte?«

»Dieses Wort kennt Don Antonio auch nicht. Aber es wärmt mir das Herz, dass ihr beiden nach all diesen Jahren eure Beziehung erneuert habt.«

»Von Erneuerung kann keine Rede sein. Und wir haben keine Beziehung.«

»Hast du dir eine Million Euro von ihr geliehen, um diese Flusslandschaft, die von Cuyp sein sollte, zu kaufen oder nicht?«

»Das Geld hat sie drei Tage später zurückbekommen.«

»Von meiner Frau«, sagte Christopher. »Was deine Annäherung an die bewusste Françoise betrifft, schlage ich vor, dass du unter falscher Flagge segelst. Meiner Erfahrung nach übergeben ehrbare Einwohner des Lubéron Leuten wie Don Antonio Orsati keine Aktenkoffer voller Geld.«

»Willst du etwa andeuten, Françoise Vionnet und Lucien Marchand, ein unbekannter Maler, der anscheinend nie etwas verkauft hat, könnten in kriminelle Machenschaften verstrickt sein?«

»Darauf würde ich meinen Cézanne verwetten.«

»Du besitzt keinen Cézanne.«

Noch eine Straßenkurve, dann zeigte sich das Lubéron-Tal als Flickenteppich aus Weinbergen und Obstgärten und Feldrainen voller bunter Wildblumen. Am Südrand erhoben sich die ziegelroten Gebäude des alten Zentrums von Roussillon auf einem Höhenzug aus ockerfarbener Tonerde. Christopher näherte sich dem Dorf auf dem schmalen Chemin de Joucas und hielt an der Stelle, wo der Hang in den Talboden überging, auf dem mit Gras bewachsenen Bankett. Auf einer Seite der Straße lagen frisch gepflügte Äcker. Auf der anderen stand ein zum Teil zugewucherter kleiner Bungalow. Von dort hallte gedämpft das tiefe Bellen eines großen Hundes herüber.

»Aber natürlich«, murmelte Gabriel.

»Lieber ein Hund als eine Ziege.«

»Ziegen beißen nicht.«

»Wie kommst du auf diese Idee?«, fragte Christopher und bog in die Einfahrt ab. Sofort kam ein fassförmiger Hund mit dem Gebiss eines Rottweilers aus der Haustür geschossen. Hinter ihm erschien eine träge wirkende barfüßige junge Frau Anfang zwanzig. Sie trug Leggings und einen verknitterten Baumwollpullover. Ihr schulterlanges hellbraunes Haar, das sie offen trug, glänzte im provenzalischen Licht.

»Sie ist zu jung«, sagte Gabriel.

»Was ist mit dieser?«, fragte Christopher, als eine ältere Version der jungen Frau aus dem Haus kam.

»Sie sieht wie eine Françoise aus, finde ich.«

»Stimmt. Aber wie willst du die Sache anfangen?«

»Erst mal warte ich, bis eine der beiden den Köter am Halsband nimmt.«

»Und dann?«

»Ich dachte, ich würde mit *Bonjour* anfangen und aufs Beste hoffen.«

»Brillant«, sagte Christopher.

Als Gabriel die Beifahrertür öffnete und seine Hand ausstreckte, war er im Auftreten und seinem Akzent nach wieder Ludwig Ziegler aus Berlin. Diese Version von Herrn Ziegler war jedoch nicht der Kunstberater einer einzelnen berühmten Klientin. Er war ein »Runner« – ein Händler ohne eigene Galerie oder Lagerbestand –, der sich darauf spezialisiert hatte, unterbewertete zeitgenössische Werke aufzuspüren und auf den Markt zu bringen. Er behauptete, von einem Kollegen von Lucien Marchand gehört zu haben, und war von seinem tragischen Ende, seinem Verschwinden und seiner Ermordung fasziniert. Christopher stellte er als seinen Londoner Vertreter Benjamin Reckless vor.

»Reckless?«, fragte Françoise Vionnet skeptisch.

»Ein alter englischer Name«, behauptete Christopher.

»Sie sprechen sehr gut Französisch.«

»Meine Mutter war Französin.«

Sie saßen zu viert in der Landhausküche des Bungalows um eine Kanne Kaffee und einen Krug mit Vollmilch. Madame Vionnet und die barfüßige junge Frau zündeten sich Gitanes aus einer blauen Packung an. Beide hatten schwere Lider, die einen leicht schläfrigen Blick erzeugten. Die junge Frau hatte Tränensäcke mit faltenloser Haut unter den Augen.

»Sie heißt Chloé«, sagte die Mutter, als sei ihre Tochter stumm. »Ihr Vater war ein aufstrebender junger Bildhauer aus Lacoste, der uns bald nach ihrer Geburt verlassen hat. Zum Glück war Lucien bereit, uns bei sich aufzunehmen. Wir waren weiß Gott keine herkömmliche Familie, aber wir waren glücklich. Chloé war 17, als Lucien ermordet wurde. Sein Tod hat sie sehr schwer getroffen. Er war immer wie ein Vater zu ihr.«

Die junge Frau gähnte, rekelte sich umständlich und verschwand dann. Wenig später war zu hören, wie ein schlanker Frauenkörper ins Wasser eines Swimmingpools sprang. Françoise Vionnet drückte stirnrunzelnd ihre Zigarette aus.

»Sie müssen das Benehmen meiner Tochter entschuldigen. Nach Luciens Tod wollte ich nach Paris ziehen, aber Chloé hat sich strikt geweigert, den Lubéron zu verlassen. Es war ein schrecklicher Fehler, sie hier aufzuziehen.«

»Hier ist's sehr schön«, sagte Gabriel auf Französisch mit deutschem Akzent.

»Oui«, sagte Madame Vionnet. »Touristen und reiche Ausländer bewundern die Provence. Vor allem die Engländer«, fügte sie mit einem Blick zu Christopher hinüber an. »Aber für Mädchen ohne Studium, ohne großen Ehrgeiz wie Chloé, kann der Lubéron eine Sackgasse sein. Im Sommer bedient sie in einem Restaurant im Dorf; im Winter arbeitet sie in einem Hotel in Chamonix.«

»Und Sie?«, fragte Gabriel.

Sie zuckte mit den Schultern. »Ich muss mit dem bescheidenen Vermögen auskommen, das Lucien mir hinterlassen hat.«

»Sie waren verheiratet?«

»Wir haben in einer eingetragenen Partnerschaft gelebt. Nach Luciens Ermordung haben Chloé und ich das Haus geerbt. Und natürlich seine Gemälde.« Sie stand ruckartig auf. »Möchten Sie ein paar davon sehen?«

»Nichts lieber als das.«

Sie gingen zu dritt ins Wohnzimmer hinüber. Dort hingen mehrere ungerahmte Gemälde – surrealistisch, kubistisch, abstrakt expressiv – an den Wänden. Ihnen fehlte Originalität, aber sie waren ausgezeichnet gemalt.

»Wo hat er seine Ausbildung bekommen?«, fragte Gabriel.

»Beaux-Arts de Paris.«

»Das sieht man.«

»Lucien war ein hervorragender Künstler«, sagte Françoise Vionnet. »Nur war er leider nie sehr erfolgreich. Um leben zu können, hat er deshalb Kopien gemalt.«

»Wie bitte?«

»Lucien hat Impressionisten kopiert und die Bilder in Andenkenläden im Lubéron verkauft. Und er hat für eine Firma gearbeitet, die handgemalte Kopien online verkauft hat. Das

Honorar war lächerlich niedrig – fünfzig Euro oder so –, aber er hat sehr schnell gearbeitet. Für einen Monet hat er nur fünfzehn bis zwanzig Minuten gebraucht.«

»Haben Sie zufällig noch eine dieser Kopien?«

»Nein. Lucien hat sich wegen dieser Arbeit geniert. Sobald ein Gemälde trocken war, hat er es seinen Auftraggebern geschickt.«

Draußen stieg die junge Frau aus dem Pool und streckte sich auf einer Sonnenliege aus. Ob sie nackt gebadet hatte, hätte Gabriel nicht sagen können, denn er betrachtete das eindeutig beste Bild im Raum. Die Ähnlichkeit mit dem Gemälde *Les Amoureux aux coquelicots* des franko-russischen Malers, der einige Zeit in der Rue de la Fontaine Basse in Gordes gelebt hatte, war unverkennbar. Keine exakte Kopie, mehr ein Pastiche. Im Gegensatz zu dem unten rechts signierten Original war Lucien Marchands Version unsigniert.

»Er war ein großer Chagall-Verehrer«, sagte Madame Vionnet.

»Das bin ich auch. Und wenn ich's nicht besser wüsste, würde ich glauben, dies sei ein echter Chagall.« Gabriel machte eine Pause. »Oder vielleicht war das die Absicht dahinter.«

»Seine Chagalls hat Lucien nur zum Vergnügen gemalt. Deshalb fehlt die Signatur.«

»Ich bin bereit, Ihnen ein großzügiges Angebot für dieses Bild zu machen.«

»Tut mir leid, aber es ist nicht zu verkaufen, Monsieur Ziegler.«

»Darf ich fragen, warum nicht?«

»Aus sentimentalen Gründen. Dies war Luciens letztes Gemälde.«

»Entschuldigen Sie, Madame Vionnet, aber mir ist sein Todestag gerade nicht geläufig.«

»Der 17. September.«

»Vor fünf Jahren?«

»*Oui.*«

»Das ist merkwürdig.«

»Was denn, Monsieur?«

»Weil dieses Gemälde viel älter aussieht. Ich finde sogar, dass es aussieht, als sei es Ende der Vierzigerjahre des vorigen Jahrhunderts gemalt.«

»Lucien hat spezielle Verfahren angewandt, um seine Gemälde künstlich zu altern.«

Bevor die Hausherrin ihn daran hindern konnte, nahm Gabriel das Bild von der Wand. Und drehte es um. Die Leinwand war mindestens ein halbes Jahrhundert alt, der Keilrahmen ebenfalls. Das obere Querstück war mit einer *6* und einem *F* gestempelt. Am Mittelteil klebten noch Reste eines alten Etiketts.

»Und hatte Lucien auch spezielle Verfahren, um seine Leinwände und Keilrahmen zu altern? Oder hatte er einen Lieferanten, der ihm jede Menge wertloser alter Gemälde geliefert hat?«

Françoise Vionnet musterte Gabriel gelassen unter schweren Lidern hervor. »Hinaus mit Ihnen!«, sagte sie mit zusammengebissenen Zähnen. »Oder ich hetze den Hund auf Sie.«

»Kommt der Hund auch nur in meine Nähe, erschieße ich ihn. Und dann rufe ich die französische Polizei an und erzähle ihr, dass Ihre Tochter und Sie von dem Geld leben, das Lucien Marchand als Kunstfälscher verdient hat.«

Die vollen Lippen verzogen sich zu einem schwachen Lächeln. Offenbar war sie nicht leicht einzuschüchtern. »Wer sind Sie?«

»Sie würden's mir nicht glauben, wenn ich's sagte.«

Sie nickte zu Christopher hinüber. »Und er?«

»Ein alter Freund.«

»Was wollen Sie?«

»Ich möchte, dass Sie mir helfen, die Frau zu finden, die sich Miranda Álvarez genannt hat. Außerdem möchte ich, dass Sie mir alle Fälschungen übergeben, die Sie vielleicht noch herumliegen haben – und eine vollständige Liste aller Bilder, die Lucien verkauft hat.«

»Das ist unmöglich.«

»Wieso?«

»Es waren viel zu viele.«

»Wer hat sie übernommen?«

»Lucien hat die meisten seiner Fälschungen einem Händler in Nizza verkauft.«

»Hat dieser Händler einen Namen?«

»Edmond Toussaint.«

Gabriel sah zu Christopher hinüber. »Das dürfte genügen, denke ich.«

34

ROUSSILLON

»Wieso haben Sie mir nicht einfach von Anfang an die Wahrheit gesagt, Monsieur Allon?«

»Ich habe befürchtet, Sie würden auf höfliches Geplänkel verzichten und gleich den Hund auf mich hetzen.«

»Hätten Sie ihn wirklich erschossen?«

»Nein«, sagte Gabriel. »Das hätte Mr. Reckless für mich erledigt.«

Françoise Vionnet musterte Christopher über ihre frisch angezündete Gitane hinweg, dann nickte sie langsam. Sie saßen wieder am Tisch der Landhausküche, nun allerdings um eine gut gekühlte Flasche Bandol Rosé versammelt.

»Wie viel von Ihrer ursprünglichen Story war wahr?«, fragte Gabriel.

»Der größte Teil.«

»Wann hat die Fiktion begonnen?«

»Chloé verbringt den Winter nicht in Chamonix.«

»Wo sonst?«

»Auf Saint-Barthélemy.«

»Arbeitet sie dort?«

»Chloé?« Sie verzog das Gesicht. »Noch keinen Tag in ihrem Leben. Wir haben eine Villa in Lorient.«

»Lucien muss eine Menge Fünfzig-Euro-Kopien gemalt haben, um sie sich leisten zu können.«

»Er hat nie aufgehört, welche zu malen, wissen Sie? Er brauchte sie, um ein legitimes Einkommen nachweisen zu können.«

»Wann hat die Sache mit den Fälschungen angefangen?«

»Ein paar Jahre nachdem Chloé und ich bei ihm eingezogen waren.«

»Das war Ihre Idee?«

»Mehr oder weniger.«

»Wie sind Sie darauf gekommen?«

»Dass Luciens Kopien ausgezeichnet waren, konnte jeder sehen«, antwortete sie. »Eines Tages habe ich ihn gefragt, ob er glaube, jedermann täuschen zu können. Eine Woche später hat er mir seine erste Fälschung gezeigt. Eine Neufassung von *Place de village* des französischen Kubisten Georges Valmier.«

»Was haben Sie damit gemacht?«

Sie war nach Paris gefahren und hatte es im schicken Apartment einer Freundin im Sechsten an die Wand gehängt. Dann hatte sie ein Auktionshaus angerufen – welches, wollte sie nicht sagen –, das einen sogenannten Experten vorbeigeschickt hatte, um es beurteilen zu lassen. Der Experte hatte ein paar Fragen nach der Provenienz des Gemäldes gestellt, es für echt erklärt und ihr einen Scheck über vierzigtausend Euro dagelassen. Davon bekam die Freundin mit dem schicken Apartment zweitausend, der Rest ging an Lucien. Einen Teil des Geldes hatten sie dafür verwendet, den Pool zu vergrößern und Luciens kleinen Atelieranbau zu renovieren. Den Rest bunkerten sie auf einem Konto bei der Credit Suisse in Genf.

»Was die Neufassung von Valmiers *Place du village* betrifft, ist sie dann in New York für hundertdreißigtausend Dollar versteigert worden. Also hat das Auktionshaus mit Aufgeld und Gebühren mehr verdient, als Lucien für sein Originalgemälde bekommen hat. Wer ist da kriminell, Monsieur Allon? Hat das Auktionshaus wirklich nicht erkannt, dass es eine Fälschung versteigert hat? Wie ist das möglich?«

Demselben Pariser Auktionshaus verkaufte Françoise noch mehrere Fälschungen – alles weniger bekannte Kubisten und Surrealisten, alle für fünfstellige Beträge –, und im Winter 2004 verkaufte sie der Galerie Edmond Toussaint einen Matisse. Wenige Monate später kaufte der Galerist ihr einen zweiten Matisse ab, dem in kurzen Abständen ein Gauguin, ein Monet und eine Cézanne-Landschaft mit dem Mont Sainte-Victoire folgten. Danach konfrontierte Toussaint Françoise mit der Tatsache, dass alle fünf Gemälde, die sie ihm gebracht hatte, Fälschungen waren.

»Deshalb hatte er sie überhaupt erst gekauft«, stellte Gabriel fest.

»*Oui.* Monsieur Toussaint wollte einen Exklusivvertrag. Keine selbstständigen Verkäufe an Pariser Auktionshäuser oder andere Kunsthändler mehr. Er sagte, das sei viel zu riskant. Und er versprach, finanziell sehr gut für Lucien zu sorgen.«

»Hat er's getan?«

»Lucien hat sich nie beschwert.«

»Wie viel Geld hat er verdient?«

»Während der Laufzeit des Vertrags?« Françoise zuckte mit den Schultern. »Sechs bis sieben Millionen Euro.«

»Im Ernst?«, fragte Gabriel skeptisch.

»Vielleicht waren es eher um die dreißig Millionen.«

»Darunter oder darüber?«

»Darüber«, sagte Françoise Vionnet. »Eindeutig darüber.«

»Und Monsieur Toussaint? Wie hoch war sein Anteil?«

»Mindestens zweihundert Millionen.«

»Also ist Lucien beschissen worden.«

»Genau das hat die Spanierin ihm gesagt.«

»Miranda Álvarez?«

»So hat sie sich genannt.«

»Wo haben Sie sich mit ihr getroffen?«

»Hier in Roussillon. Sie hat auf demselben Stuhl gesessen wie Sie jetzt.«

»Sie ist Kunsthändlerin?«

»Etwas in der Art. Sie hat darauf geachtet, nicht allzu viel von sich preiszugeben.«

»Und was wollte sie?«

»Lucien sollte für sie statt für Toussaint arbeiten.«

»Woher wusste sie, dass Lucien Gemälde fälscht?«

»Das wollte sie nicht verraten. Aber sie war offensichtlich mit der dunkleren Seite des Geschäfts vertraut. Sie hat gesagt, Toussaint verkaufe weit mehr Fälschungen, als der Markt aufnehmen könne, sodass es nur noch eine Frage der Zeit sei, wann Lucien und ich verhaftet würden. Sie hat behauptet, Teil eines raffinierten Netzwerks zu sein und zu wissen, wie man Fälschungen verkauft, ohne geschnappt zu werden. Sie hat uns versprochen, Toussaints Honorar zu verdoppeln.«

»Wie hat Lucien darauf reagiert?«

»Er war interessiert.«

»Und Sie?«

»Eher weniger.«

»Aber Sie haben eingewilligt, sich ihr Angebot durch den Kopf gehen zu lassen?«

»Ich habe sie gebeten, in drei Tagen zurückzukommen.«

»Und als sie gekommen ist?«

»Da habe ich ihr erklärt, dass wir einverstanden sind. Sie hat uns eine Million Euro in bar dagelassen und versprochen, sich bald wieder zu melden.«

»Wann ist der Deal in die Brüche gegangen?«

»Als ich Toussaint mitgeteilt habe, dass wir die Zusammenarbeit beenden würden.«

»Wie viel hat er Ihnen gezahlt, damit Sie bleiben?«

»Zwei Millionen.«

»Ich nehme an, dass Sie die Million der Spanierin auf einem Bankkonto geparkt haben.«

»*Oui.* Und ein halbes Jahr später war Lucien tot. Als er ermordet wurde, hat er an einem weiteren Cézanne gearbeitet. Den hat die Polizei nie gefunden.«

»Bestimmt haben Sie der Polizei nicht erzählt, Lucien sei ein Kunstfälscher oder dass er von einer geheimnisvollen Spanierin, die sich Miranda Álvarez nannte, besucht worden sei.«

»Damit hätte ich mich selbst belastet.«

»Wie haben Sie die dreißig Millionen Euro bei der Credit Suisse in Genf erklärt?«

»Damals waren es vierunddreißig Millionen«, gab Françoise Vionnet zu. »Und die Polizei hat sie nie entdeckt.«

»Was war mit der Villa auf Saint-Barthélemy?«

»Die gehört einer Briefkastenfirma auf den Bahamas. Chloé und ich leben hier im Lubéron recht unauffällig. Aber auf der Insel ...«

»Offenbar leben Sie recht gut von den Erträgen von Luciens Fälschungen.«

Sie zündete sich die nächste Gitane an und schwieg.

»Wie viele sind noch da?«, fragte Gabriel.

»Fälschungen?« Sie blies eine Rauchfahne in Richtung Decke. »Nur noch der Chagall. Alle anderen sind weg.«

Gabriel legte sein Smartphone auf den Tisch. »Wie viele, Françoise?«

Draußen lag Chloé wie ein Akt von Modigliani auf einer Sonnenliege am Pool hingegossen. »Wenn's dafür Geld gäbe«, sagte ihre Mutter leicht vorwurfsvoll, »wäre Chloé die reichste Frau Frankreichs.«

»Sie waren die Komplizin eines Kunstfälschers«, sagte Gabriel. »Sie haben nicht gerade ein gutes Beispiel abgegeben.«

Sie führte die beiden auf einem Kiesweg zu Luciens Atelier. Das kleine Gebäude war ockergelb gestrichen und hatte ein Ziegeldach. Die wie die Fensterläden mit einem Vorhängeschloss gesicherte Holztür wies tiefe Schrammen auf.

»Kurz nach Luciens Verschwinden hat jemand hier einzubrechen versucht. Damals habe ich den Hund angeschafft.«

Sie sperrte auf und führte Gabriel und Christopher hinein. Die feuchte Luft roch nach Leinwand und Staub und Leinsamenöl. Unter dem Oberlicht standen eine alte Atelierstaffelei und ein übervoller kleiner Tisch mit Fächern und Schubladen für Malmaterial. Die Gemälde, ungefähr ein Dutzend Bilder, lehnten in kleinen Gruppen an den Wänden.

»Sind das alle?«, fragte Gabriel.

Françoise Vionnet nickte.

»Kein Lagerraum anderswo?«

»*Non.* Alles ist hier.«

Sie trat an die erste Gruppe von Gemälden und blätterte darin wie in einem Album mit alten Schallplatten. Dann zog sie widerstrebend eines heraus und zeigte es Gabriel.

»Fernand Léger.«

»Sie haben ein gutes Auge, Monsieur Allon.«

Sie ging zur nächsten Gruppe weiter, aus der sie ein Pastiche von Georges Braques *Häuser in L'Estaque* zog. In der nächsten Reihe standen ein Picasso und ein weiterer Léger.

»Nach dem Mord hat die Polizei doch bestimmt alles durchsucht?«, fragte Gabriel.

»Ja, natürlich. Aber zum Glück hat sie Inspektor Clouseau hergeschickt.« Sie hielt ein weiteres Gemälde hoch, eine neue Version von Roger Bissières *Komposition in Blau.* »Für dieses hatte ich immer eine Vorliebe. Muss ich mich wirklich von ihm trennen?«

»Bitte weiter.«

Das nächste Gemälde war ein Matisse. Ihm folgten ein Monet, ein Cézanne, ein Dufy und zuletzt ein zweiter Chagall.

»Sind das alle?«

Sie nickte.

»Sie wissen, was passiert, wenn ich weitere Bilder finde?«

Seufzend präsentierte sie zwei weitere Gemälde: einen zweiten Matisse und einen umwerfenden André Derain. Insgesamt zwölf Werke mit einem Marktwert von schätzungsweise über zweihundert Millionen Euro. Gabriel fotografierte sie und den Chagall im Wohnzimmer mit seinem Handy. Dann schnitt er alle dreizehn Leinwände aus ihren Keilrahmen und stapelte sie in dem offenen Kamin auf. Christopher lieh ihm sein goldenes Dunhill-Feuerzeug.

»Bitte nicht«, sagte Françoise Vionnet.

»Soll ich sie lieber der Polizei übergeben?« Gabriel hielt die Flamme des Feuerzeugs an die Leinwände. »Ich glaube, Sie werden mit den vierunddreißig Millionen zurechtkommen müssen.«

»Von denen sind nur noch fünfundzwanzig übrig.«

»Und die dürfen Sie behalten, wenn Sie niemandem von meinem Besuch erzählen.«

Françoise Vionnet begleitete Gabriel und Christopher zur Einfahrt und wartete, bis sie sicher in dem Peugeot saßen, bevor sie ihren Hund von der Leine ließ.

»Eines würde mich interessieren«, sagte Christopher, während er durch das malerische Tal raste. »Wann hast du beschlossen, wieder Herr Ziegler zu sein?«

»Auf die Idee bin ich gekommen, als du endlos darüber spekuliert hast, Françoise Vionnet könnte Luciens Komplizin gewesen sein.«

»Das war eine deiner besseren Vorstellungen, muss ich sagen. Aber du hast einen schweren taktischen Fehler gemacht.«

»Welchen denn?«

»Du hast alle Beweise verbrannt.«

»Nicht alle.«

»Du meinst den Cézanne?«

»Idiot«, murmelte Gabriel.

35

LE TRAIN BLEU

Sie gaben den gemieteten Peugeot in Marseille zurück und erreichten den TGV, der um 14.10 Uhr den Gare Saint-Charles verließ. Eine Stunde vor ihrer Ankunft wählte Gabriel die Nummer von Antiquités Scientifiques in der Rue de Miromesnil. Als dort niemand abhob, rief er das benachbarte Geschäft für alte Gläser und Porzellanfiguren an. Seine Besitzerin Angélique Brossard schien leicht außer Atem zu sein, als sie sich meldete. Sie äußerte keine Überraschung und machte keine Ausflüchte, als Gabriel bat, Maurice Durand sprechen zu dürfen. Ihre seit Langem bestehende Liaison gehörte zu den am schlechtesten gehüteten Geheimnissen des achten Arrondissements.

»Ich störe wohl?«, fragte Gabriel, als Durand sich meldete.

»Allerdings«, bestätigte der Franzose. »Hoffentlich ist Ihr Anliegen wichtig.«

»Ich wollte Sie einladen, sich um, sagen wir, halb sechs auf einen Drink mit mir zu treffen.«

»Wahrscheinlich bin ich verhindert. Ich müsste erst in meinem Terminkalender nachsehen.«

»Wir treffen uns im Le Train Bleu.«

»Wenn Sie darauf bestehen.«

Das berühmte Pariser Gourmetrestaurant mit seinen Deckengemälden und protzig vergoldeten Spiegelwänden lag in der ersten Etage des Gare de Lyon. Um 17.30 Uhr saß Maurice Durand in der großen Salonbar in einem dunkelblauen Plüschsessel vor einer offenen Flasche Champagner. Jetzt stand er auf, um Christopher zögernd die Hand zu schütteln.

»Na, wenn das nicht mein alter Freund Bartholomew ist! Noch immer im Einsatz für Witwen und Waisen? Oder haben Sie ehrliche Arbeit gefunden?« Durand wandte sich an Gabriel. »Und was führt Sie nach Paris, Monsieur Allon? Ein weiterer Bombenanschlag?« Er lächelte. »Das ist jedenfalls *eine* Methode, um eine betrügerische Galerie zu schließen.«

Gabriel setzte sich und legte Durand sein Handy hin. Der kleine Franzose setzte eine halbmondförmige Lesebrille mit goldenem Gestell auf und betrachtete die Abbildung. »Eine recht interessante Interpretation von Braques *Häuser in L'Estaque*.«

»Es geht noch weiter.«

Durand wischte übers Display. »Roger Bissière.«

»Nur weiter.«

Durand wischte erneut, dann lächelte er. »Für Fernand Léger hatte ich immer eine Schwäche. Er war einer meiner Ersten.«

»Was halten Sie von dem Nächsten?«

»Mein alter Freund Picasso. Sogar ein ziemlich guter.«

»Die Chagalls sind noch besser. Der Monet, der Cézanne und die beiden Matisses sind auch nicht schlecht.«

»Wo haben Sie die alle entdeckt?«

»In Roussillon«, antwortete Gabriel. »Im Atelier eines erfolglosen Malers namens …«

… Lucien Marchand?«

»Sie haben ihn gekannt?«

»Nicht persönlich, aber ich wusste von seiner Arbeit.«

»Wodurch?«

»Wir hatten beide geschäftlich mit einer Galerie in Nizza zu tun.«

»Galerie Edmond Toussaint?«

»*Oui.* Vermutlich die betrügerischste Galerie Frankreichs,

vielleicht sogar der westlichen Welt. Nur ein Vollidiot würde dort ein Gemälde kaufen.«

Gabriel wechselte einen Blick mit Christopher, bevor er wieder Durand ansah. »Ich dachte, Sie hätten direkte Kontakte zu Sammlern?«

»Meistens. Aber manchmal übernehme ich Spezialaufträge für Monsieur Toussaint. Er macht gute Geschäfte mit gestohlenen Kunstwerken, aber Lucien Marchand war sein Goldesel.«

»Deshalb hat Toussaint sich reingehängt, um Lucien an sich zu binden, als eine geheimnisvolle Spanierin versucht hat, ihn für einen anderen Fälscherring abzuwerben.«

Durand lächelte Gabriel über sein Champagnerglas hinweg an. »Sie lernen rasch dazu, Monsieur Allon. Bald werden Sie ganz ohne meine Hilfe auskommen.«

»Wer ist sie, Maurice?«

»Miranda Álvarez? Das hängt davon ab, wen man fragt. Offenbar ist sie eine Art Chamäleon. Sie soll in einem abgelegenen Dorf in den Pyrenäen leben. Wie man hört, sind der Fälscher und sie ein Liebespaar, vielleicht sogar Mann und Frau. Aber das ist nur ein Gerücht.«

»Wer *sind* sie?«

»Leute, die das untere Ende des Kunsthandels beackern.«

»Leute wie Sie, meinen Sie?«

Durand äußerte sich nicht dazu.

»Ist der Fälscher auch Spanier?«

»Das wird allgemein vermutet. Aber das ist auch nur Spekulation. Im Gegensatz zu manchen Fälschern, die berühmt werden wollen, hütet dieser Mann seine Privatsphäre sehr sorgfältig. Außer der Frau kennt angeblich nur eine weitere Person seine Identität.«

»Wer ist das?«

»Der für den Vertrieb zuständige Mann. Eine unheilige Dreifaltigkeit, wenn Sie mich fragen.«

»Welche Rolle spielt die Spanierin?«

»Sie organisiert die Lieferung der Gemälde an die Galerien, in denen sie verkauft werden. Die meisten gehören ins mittlere Preissegment und werfen unauffällig riesige Gewinne ab. Aber alle paar Monate taucht auf geheimnisvolle Weise ein neues ›verschollenes‹ Werk eines Großmeisters auf.«

»Wie viele Galerien sind daran beteiligt?«

»Das kann ich nicht sagen.«

»Versuchen Sie's.«

»Man hört von einer Galerie in Berlin und einer weiteren in Brüssel. Weiter ist die Rede von forcierten Verkäufen nach Afrika und dem Nahen Osten.«

»Man fragt sich«, sagte Gabriel nachdrücklich, »warum Sie alle diese Informationen bei unserem letzten Gespräch für sich behalten haben.«

»Vielleicht wäre ich gesprächiger gewesen, wenn Sie erzählt hätten, dass Sie der Galerie Fleury ein Bild abkaufen wollten.« Durand lächelte ironisch. *»Flusslandschaft mit fernen Windmühlen.* Definitiv *nicht* von dem holländischen Altmeister Aelbert Cuyp.«

»Woher wissen Sie von diesem Verkauf?«

»Fleury war in manchen Dingen diskret, in anderen weniger. Er hat mehreren Konkurrenten gegenüber mit dem Verkauf geprahlt, aber vorsichtshalber verschwiegen, dass er zugelassen hat, dass Madame Rolfes Kunstberater das Gemälde ohne Exportgenehmigung außer Landes gebracht hat.«

»Er hat mich also nicht verdächtigt?«

»Anscheinend nicht.«

»Wieso sollte ich dann ermordet werden, als ich vier Tage später in die Galerie zurückgekommen bin?«

»Vielleicht sollten Sie das den Bombenleger fragen.«

Gabriel gab dem Franzosen erneut sein Handy. »Erkennen Sie ihn?«

»Zum Glück nicht.«

»Ich glaube, dass er vor Kurzem in Bordeaux eine Frau ermordet hat.«

»Valerie Bérrangar?«

Gabriel atmete geräuschvoll aus. »Gibt es irgendwas, das Sie *nicht* wissen, Maurice?«

»Informationen sind der Schlüssel zu meinem Überleben, Monsieur Allon. Und zu Ihrem, vermute ich.« Durand sah auf das Handy hinunter. »Wie ließe sich sonst erklären, dass Sie im Besitz dieses Fotos sind?«

»Das habe ich vom Leiter der Zentralstelle für den Kampf gegen den illegalen Handel mit Kulturgütern.«

»Jacques Ménard?«

Gabriel nickte.

»Und welcher Natur ist Ihre Beziehung genau?«

»Sie ist wie unsere.«

»Erpresserisch und auf Zwang basierend?«

»Diskret und inoffiziell.«

»Weiß er von unserer früheren Zusammenarbeit?«

»Non.«

»Das freut mich.« Durand gab das Handy zurück. »Nachdem das geklärt ist, sollte dies auf absehbare Zeit unser letztes Treffen sein.«

»Das geht leider nicht.«

»Warum nicht?«

»Weil ich einen Auftrag für Sie habe.«

»Die Namen der Galerien in Berlin und Brüssel?«

»Wenn's Ihnen nichts ausmacht.«

Durand nahm seine Brille ab und stand auf. »Noch eine Frage, Monsieur Allon. Was ist aus den Bildern geworden, die Sie in Luciens Atelier gefunden haben?«

»In Rauch aufgegangen.«

»Auch der Picasso?«

»Ohne Ausnahme.«

»Schade«, sagte Durand seufzend. »Ich hätte ein gutes Zuhause für sie finden können.«

Am folgenden Morgen um 10.30 Uhr erstattete Gabriel im Louvre, an einem Tisch im Café Marly sitzend, Jacques Ménard seinen ersten Bericht. Sein Briefing war gründlich und umfassend, aber bemerkenswert unpräzise, wenn es um Quellen und Methoden ging. Oder um Personen wie Christopher Keller, der an einem der Nachbartische saß. Mit Gabriels Entscheidung, die in Lucien Marchands Atelier aufgefundenen Fälschungen zu verbrennen, war Ménard nicht einverstanden. Trotzdem war der französische Kunstfahnder von den Ermittlungsergebnissen beeindruckt, die sein Informant vorlegen konnte.

»Ich muss zugeben, dass das alles sehr logisch klingt.« Ménard deutete auf die glänzende Struktur aus Stahl und Glas auf dem Cour Napoléon. »Die kriminelle Kunstwelt hat Ähnlichkeit mit der Pyramide. Auf dem illegalen Markt tummeln sich Zehntausende von Leuten, aber kontrolliert wird er von einigen wenigen Hauptakteuren ganz oben.« Er machte eine Pause. »Und ich vermute stark, dass Sie mit einigen von ihnen bekannt sind.«

»Sie etwa nicht?«

»Doch, doch – aber anscheinend nicht mit den richtigen. Ihre Fähigkeit, so rasch so viele Informationen zusammenzutragen, ist nachgerade beschämend.«

»Sie hatten Edmond Toussaint nie auf dem Schirm?«

Ménard schüttelte den Kopf. »Und Lucien Marchand auch nicht. Was Sie der Vionnet versprochen haben, ist mir egal. Ich eröffne ein Ermittlungsverfahren gegen sie und beschlagnahme ihren Besitz, auch den Bungalow im Lubéron.«

»Das Wichtigste zuerst, Ménard.«

»Da hat sich nichts getan, fürchte ich«, sagte der Franzose. »Mir sind die Hände gebunden.«

»Dann werde ich die Sache wohl forcieren müssen.«

»Wie?«

»Indem ich meine Erkenntnisse mit einem Ihrer europäischen Partner teile.«

»Mit welchem?«

»Da wir eine Spanierin suchen, die vielleicht in einem abgelegenen Dorf in den Pyrenäen lebt oder auch nicht, dürfte die Guardia Civil die logische Wahl sein.«

»Der traue ich nicht.«

»Ich wette, dass dieses Misstrauen auf Gegenseitigkeit beruht.«

»Allerdings.«

»Wie wär's mit den Briten?«

»Scotland Yard hat sein Dezernat für Kunst und Antiquitäten vor ein paar Jahren aufgelöst. Es behandelt Kunstdiebstahl und -fälschung wie jedes andere Eigentumsdelikt oder simplen Betrug.«

»Dann bleiben wohl nur die Italiener übrig.«

»Die sind die Besten der Branche«, gab Ménard zu. »Aber wo ist der italienische Bezug?«

»Vorläufig gibt es noch keinen. Aber ich bin überzeugt, dass General Ferrari und ich einen konstruieren können.«

»Er spricht sehr lobend über Sie, der General.«

»Mit gutem Grund. Vor einigen Jahren habe ich ihm geholfen, einen Ring aus Grabräubern und Antikenschmugglern zu zerschlagen. Und ich habe ihm geholfen, ein gestohlenes Altarbild aufzuspüren.«

»Etwa den Caravaggio?«

Gabriel nickte.

»Den weißen Wal«, sagte Ménard fast andächtig. »Wie haben Sie ihn gefunden?«

»Ich habe eine Bande von französischen Kunstdieben die *Sonnenblumen* aus dem Amsterdamer Van-Gogh-Museum stehlen lassen. Dann habe ich in einer sicheren Wohnung mit Blick auf den Pont Marie eine Kopie davon gemalt und sie in einem Lagerhaus außerhalb von Paris einem Syrer namens Sam für fünfundzwanzig Millionen Euro verkauft.« Gabriel senkte die Stimme. »Alles ohne Ihr Wissen.«

Jacques Ménard lief zunächst rot an, beherrschte sich jedoch. »Diesmal haben Sie hoffentlich nicht vor, Bilder stehlen zu lassen.«

»*Non.* Aber vielleicht fälsche ich ein paar.«

»Wie viele?«

Gabriel lächelte. »Vier, denke ich.«

36

MASON'S YARD

Oliver Dimbleby war in letzter Zeit klar geworden, dass er tatsächlich ein ausgesprochener Glückspilz war. Ja, seine Galerie hatte Höhen und Tiefen erlebt – in der großen Rezession war sie nur knapp an der Pleite vorbeigeschrammt –, aber irgendwie hatte das Schicksal jeweils eingegriffen, um ihn vor dem Ruin zu bewahren. Das galt auch für sein Privatleben, das nach allgemeiner Überzeugung das chaotischste der Londoner Kunstwelt war. Obwohl er älter und ständig dicker wurde, konnte Oliver sich nicht über einen Mangel an Partnerinnen beklagen. Schließlich war er ein Verkaufsgenie, ein Mann von großem Charme und Charisma, der – wie er selbst gern sagte – einem Araber Sand verkaufen konnte. Aber er war kein Don Juan. Wenigstens sagte er sich das, wenn er wieder einmal neben einer Fremden aufwachte. Oliver liebte Frauen. *Alle* Frauen. Und genau das war sein Problem.

An diesem Abend hatte er nichts auf dem Zettel als ein paar wohlverdiente Drinks – und vielleicht einige Lacher auf Julian Isherwoods Kosten – im Wiltons. Um hinzukommen, brauchte er sich von der Galerie aus nur links zu halten und auf dem makellos sauberen Gehsteig der Bury Street hundertvierzehn Schritte zu machen. Unterwegs kam er an mehreren Konkurrenten vorbei, darunter dem großen Haus P. & D. Colnaghi & Co., dem ältesten Kunsthandel der Welt. Gleich daneben lag der Herrenausstatter Turnbull & Assen, bei dem Oliver oft mehr ausgab, als er sich eigentlich leisten konnte.

Als er das Wiltons betrat, freute er sich, Sarah Bancroft allein an ihrem gewohnten Tisch sitzen zu sehen. Er holte sich ein Glas Pouilly-Fumé von der Bar und ging damit zu ihr hinüber. Ihr unerwartet freundliches Lächeln ließ sein Herz höherschlagen.

»Oliver«, schnurrte sie. »Welch nette Überraschung.«

»Ist das dein Ernst?«

»Wieso nicht?«

»Weil ich immer den Eindruck hatte, dass du mich unausstehlich findest.«

»Unsinn! Ich habe seit je eine Schwäche für dich.«

»Ich darf also noch hoffen?«

Sie hob die linke Hand mit einem Dreikaräter als Verlobungsring und einem schmalen Ehering. »Noch immer verheiratet, fürchte ich.«

»Keine Scheidung geplant?«

»Nicht im Augenblick.«

»In diesem Fall«, sagte Oliver dramatisch seufzend, »muss ich mich wohl damit zufriedengeben, dein Sexspielzeug zu sein.«

»Von denen hast du schon reichlich. Außerdem wäre mein Mann vermutlich dagegen.«

»Peter Marlowe? Der Berufskiller?«

»Er ist Unternehmensberater«, sagte Sarah.

»Ich glaube, er hat mir besser gefallen, als er noch Auftragsmörder war.«

»Mir auch.«

In diesem Augenblick ging die Tür auf, und Simon Mendenhall kam mit Olivia Watson herein.

»Hast du das Gerücht über die beiden schon gehört?«, flüsterte Sarah.

»Dass sie eine heiße Affäre haben? Das könnte Jeremy Crabbe erwähnt haben. Oder vielleicht war's Nicky Lovegrove. Es ist in aller Munde.«

»Echt peinlich.«

»Ich wollte, die Leute würden so über uns reden.« Oliver trank lüstern grinsend aus seinem Weinglas. »Hast du in letzter Zeit was verkauft?«

»Ein paar Leonardos und einen Giorgione. Du?«

»Ich stecke ehrlich gesagt in einer Art Flaute.«

»Doch nicht du, Ollie?«

»Schwer zu glauben, ich weiß.«

»Wie steht's mit deinem Cashflow?«

»Wie ein tropfender Wasserhahn.«

»Was ist mit den fünf Millionen, die ich dir bei dem Artemisia-Deal heimlich zugesteckt habe?«

»Meinst du das neu entdeckte Gemälde, das ich zu einem Rekordpreis einem Schweizer Investor verkauft habe, nur um zu merken, dass ich in einen Skandal um die Finanzen des russischen Präsidenten verwickelt bin?«

»Aber das hat Spaß gemacht, nicht wahr?«

»Die fünf Millionen haben Spaß gemacht. Auf den Rest hätte ich gern verzichtet.«

»Unsinn, Oliver. Du liebst nichts mehr, als im Mittelpunkt der Aufmerksamkeit zu stehen. Vor allem wenn schöne Frauen beteiligt sind.« Sarah machte eine Pause. »Vor allem Spanierinnen.«

»Wo hast du das wieder gehört?«

»Ich weiß zufällig, dass du Penélope Cruz seit vielen Jahren verehrst.«

»Nicky«, murmelte Oliver.

»Nein, das habe ich von Jeremy gehört.«

Oliver betrachtete Sarah stirnrunzelnd. »Wieso habe ich das Gefühl, für etwas angeworben zu werden?«

»Vielleicht, weil das stimmt.«

»Ist die Sache anrüchig?«

»Sogar sehr.«

»In diesem Fall«, sagte Oliver, »bin ich ganz Ohr.«

»Nicht hier.«

»Bei dir oder bei mir?«

Sarah lächelte. »Bei mir, Ollie.«

Sie verließen das Wiltons unauffällig und gingen die Duke Street entlang zu dem Durchgang zum Mason's Yard. Isherwood Fine Arts lag in der Nordostecke des quadratischen Hofs: in drei Geschossen eines leicht baufälligen Lagerhauses, das einmal Fortnum & Mason gehört hatte. Davor parkte ein Bentley Continental in Silbermetallic, dessen glänzende Motorhaube noch warm war, als Oliver sie im Vorbeigehen berührte.

»Ist das nicht der Wagen deines Mannes?«, fragte er, aber Sarah lächelte nur und schloss die Eingangstür der Galerie auf.

Drinnen gingen sie eine mit einem Kokosläufer belegte halbe Treppe hinauf, um mit dem engen Aufzug in Julians Ausstellungsraum hinaufzufahren. Im Halbdunkel konnte Dimbleby zunächst nur zwei Silhouetten ausmachen. Ein Mann betrachtete *Die Taufe Christi* von Paris Bordone. Der andere begutachtete Oliver. Er trug einen dunklen Einreiher, Savile Row, vielleicht Richard Anderson. Sein Haar war von der Sonne gebleicht. Er hatte auffällig blaue Augen.

»Hallo, Oliver«, sagte er gedehnt. Dann ergänzte er: »Ich bin Peter Marlowe.«

»Der Auftragskiller?«

»Der ehemalige Auftragskiller«, sagte der Mann ironisch lächelnd. »Jetzt bin ich ein sehr erfolgreicher Unternehmensberater. Deshalb fahre ich einen Bentley und habe eine Frau, die wie Sarah aussieht.«

»Ich habe sie nie auch nur mit einem Finger angerührt.«

»Natürlich nicht.«

Er legte Oliver eine Hand auf die Schulter und dirigierte ihn zu dem Bordone hinüber. Der vor dem Gemälde stehende Mann drehte sich langsam um. Seine grünen Augen schienen im Halbdunkel zu leuchten.

»Mario Delvecchio!«, rief Oliver aus. »So wahr ich hier stehe! Oder ist das Gabriel Allon? Ich kann die beiden oft nicht auseinanderhalten.« Als er keine Antwort bekam, betrachtete er den Mann, den er als Peter Marlowe kannte, und dann Sarah Bancroft. Zumindest glaubte er, sie heiße so. Im Augenblick schien sogar der Boden unter seinen Füßen zu schwanken. »Der pensionierte israelische Geheimdienstchef, ein früherer Auftragskiller und eine schöne Amerikanerin, die vermutlich mal bei der CIA gearbeitet hat ... Was könnten die von dem dicken kleinen Oliver Dimbleby wollen?«

Die Antwort kam von dem ehemaligen Spionagechef. »Ihr unerschöpfliches Reservoir an Charme, Ihre Fähigkeit, sich aus fast allem rauszureden, und Ihren Ruf, gelegentlich zu schummeln.«

»Ich?« Oliver spielte den tugendhaft Entrüsteten. »Ich verwahre mich gegen diese Unterstellung. Suchen Sie einen Kunsthändler, der nicht ganz koscher ist, sind Sie bei Roddy Hutchinson definitiv richtig.«

»Roddy fehlt Ihre Ausstrahlung. Ich brauche einen richtigen Powerseller.«

»Für was?«

»Ich möchte, dass Sie ein paar Bilder für mich verkaufen.«

»Gute Sachen?«

»Ein Tizian, ein Tintoretto und ein Veronese.«

»Wo stammen sie her?«

»Aus einer alten europäischen Sammlung.«

»Und die Themen?«

»Die erfahren Sie, sobald ich die Bilder gemalt habe.«

Die erste Herausforderung für jeden Fälscher besteht darin, Leinwände und Keilrahmen zu beschaffen, die das richtige Alter haben, von der Größe her passen und in entsprechendem Zustand sind. Um seine Kopie von Vincent van Goghs *Sonnenblumen* zu malen, hatte Gabriel in einer kleinen Galerie am Jardin du Luxembourg die Straßenszene eines drittklassigen Impressionisten gekauft. Auf diese Methode musste er jetzt nicht zurückgreifen. Er brauchte nur mit dem Aufzug in Julians Lager hinunterzufahren, das Unmengen von unverkäuflichen Altmeistern enthielt. Er suchte sechs unbedeutende Gemälde aus der venezianischen Schule des 16. Jahrhunderts aus – ein Jünger von Soundso, in der Manier von Soundso, aus der Werkstatt von Soundso – und bat Sarah, sie ihm per Express nach Venedig zu schicken.

»Wieso sechs statt drei?«

»Ich brauche zwei als Reserve für Katastrophenfälle.«

»Und das andere?«

»Ich möchte bei meinem Strohmann in Florenz einen Gentileschi zurücklassen.«

»Hätte ich mir denken können«, sagte Sarah. »Aber wie erklären wir die verschwundenen Gemälde Julian?«

»Mit etwas Glück merkt er gar nichts.«

Sarah wies die Kunstspedition an, die Gemälde am kommenden Morgen spätestens ab neun Uhr versandfertig zu machen, und drängte Julian, sich den Tag freizunehmen. Trotzdem erschien er zur gewohnten Zeit – kurz nach zwölf Uhr – auf dem Mason's Yard, als eben die letzte Bilderkiste in einen Ford Transit geschoben wurde. In der daraus entstehenden Tragikkomödie kam es zu einer weiteren Kollision mit einem unbelebten Gegenstand. Julian stolperte, als er den Ford am Wegfahren hindern wollte, und holte sich an der Frontscheibe eine blutige Nase.

Gabriel erlebte diesen Vorfall nicht mit, denn er saß hinten in einem Taxi, das ihn vom römischen Flughafen Fiumicino zur Piazza di Sant'Ignazio brachte. Dort sicherte er sich einen Tisch im Le Cave, einem seiner Lieblingsrestaurants im *centro storico*. Es lag nur wenige Schritte von dem reich verzierten gelb-weißen Palazzo mit der Zentrale des Kunstdezernats entfernt.

Um 13.15 Uhr öffnete sich das Portal des Palazzos, und General Cesare Ferrari erschien in seinem schwarzen Dienstanzug mit bunten Ordensbändern auf der linken Brust. Er kam über den grau gepflasterten Platz und setzte sich ohne ein Wort der Begrüßung an Gabriels Tisch. Der Ober servierte ihm sofort eine eisgekühlte Flasche Frascati und einen Teller frittierte *Arancini*.

»Wieso werde ich in keinem Restaurant so bedient?«, fragte Gabriel.

»Das liegt bestimmt nur an der Uniform.« Der General nahm sich ein Reisbällchen. »Sollten Sie nicht bei Frau und Kindern in Venedig sein?«

»Vermutlich. Aber ich muss erst noch mit Ihnen reden.«

»Worüber?«

»Ich spiele mit dem Gedanken, eine Verbrecherlaufbahn einzuschlagen, und wollte fragen, ob Sie interessiert wären, dabei mitzumachen.«

»An welche Straftat denken Sie diesmal?«

»Kunstfälschung.«

»Nun, dafür haben Sie natürlich Talent«, sagte der General. »Aber mit welchem Ergebnis?«

»Ein Skandal, der die Kunstwelt bis ins Mark erschüttern und dafür sorgen wird, dass das Kunstdezernat über viele Jahre hinweg mit Haushaltsmitteln und Personal erstklassig ausgestattet bleibt.«

»Ist auf italienischem Boden ein Verbrechen verübt worden?«

»Noch nicht«, sagte Gabriel lächelnd. »Aber bald.«

37

SEUFZERBRÜCKE

Umberto Conti, allgemein als größter Restaurator des 20. Jahrhunderts anerkannt, hatte Francesco Tiepolo einen Ring mit Zauberschlüsseln hinterlassen, die jede Tür in Venedig öffnen konnten. Bei Drinks in Harry's Bar vertraute Francesco sie Gabriel an. Spät nachts schlüpfte er in die Scuola Grande di San Rocco und verbrachte zwei Stunden in stummer Kommunikation mit einigen der größten Werke Tintorettos. Dann war die benachbarte Basilica dei Frari an der Reihe, in der er wie gebannt vor Tizians Geniestreich *Mariä Himmelfahrt* stand. In der Stille des gewaltigen Kirchenschiffs erinnerte er sich daran, was Umberto zu ihm gesagt hatte, als er ein gebrochener, grau melierter Junge von fünfundzwanzig gewesen war.

Nur ein Mann, dessen eigene Leinwand beschädigt ist, kann ein wahrhaft großer Restaurator sein …

Mit dem jetzigen Vorhaben seines begabten Schülers wäre Umberto nicht einverstanden gewesen. Und das galt auch für Francesco. Trotzdem hatte er zugestimmt, bei diesem Projekt als Berater zu fungieren. Schließlich gehörte er, was Maler der Venezianischen Schule betraf, zu den ersten Autoritäten weltweit. Konnte Gabriel Francesco Tiepolo täuschen, konnte er jedermann hinters Licht führen.

Francesco erklärte sich auch bereit, ihn auf seinen nächtlichen Streifzügen zu begleiten, schon um weitere Vorfälle wie den mit dem armen Capitano Rossetti zu vermeiden. Sie stahlen sich in zwei weitere Kirchen und *Scuole*, streiften durch die

Akademie und das Museo Correr und stürmten sogar den Dogenpalast. An einem der mit Stein vergitterten Fenster der Seufzerbrücke stehend fasste Francesco die Schwierigkeiten der vor Gabriel liegenden Aufgabe zusammen.

»Vier verschiedene Werke von vier der größten Maler aller Zeiten. Darauf kann sich nur ein Verrückter einlassen.«

»Wenn *er* das kann, kann ich's auch.«

»Der Fälscher?«

Gabriel nickte.

»Dies ist kein Wettbewerb, weißt du?«

»Natürlich ist es einer. Ich muss ihnen beweisen, dass ich eine wertvolle Ergänzung ihres Netzwerks wäre. Sonst versuchen sie nicht, mich anzuwerben.«

»Hast du dich deshalb in diese Sache reinziehen lassen? Um eine Herausforderung anzunehmen?«

»Wie kommst du darauf, dass dies für mich eine Herausforderung ist?«

»An Selbstbewusstsein fehlt's dir nicht, was?«

»Ihm aber auch nicht.«

»Ihr seid alle gleich, ihr Kunstfälscher. Ihr wollt alle etwas beweisen. Er ist wahrscheinlich ein erfolgloser Maler, der sich an der Kunstwelt rächt, indem er Kenner und Sammler reinlegt.«

»Die Kenner und Sammler«, sagte Gabriel, »haben noch nichts gesehen.«

Er verbrachte seine Tage in seinem Atelier mit Monografien, Werkverzeichnissen und Fotos berühmter Restaurierungen, von denen er mehrere für Tiepolo ausgeführt hatte. Nach langen, teils mit erhobenen Stimmen geführten Diskussionen legten sie gemeinsam das Thema und die Ikonografie der vier Fälschungen fest. Gabriel zeichnete eine Serie von Skizzen, die er dann in vier rasch hingeworfene Probebilder umsetzte. Francesco bezeichnete den Gentileschi, eine leicht abgewandelte Version von *Danaë*, als die beste Arbeit, nach der Veroneses *Susanna im Bade* den zweiten Platz belegte. Gabriel war mit seinem Urteil über die *Danaë* einverstanden, auch wenn ihm seine Reinterpretation von Tintorettos *Bacchus, Venus und Ariadne* fast besser gefiel. Auch sein Tizian, ein Pastiche von *Die Liebenden*, war nicht schlecht, obwohl er fand, die Pinselführung sei noch etwas zu zögerlich.

»Wie kann man nicht zögerlich sein, wenn man einen Tizian fälscht?«

»So wäre sie verräterisch, Francesco. Ich muss Tizian werden. Sonst sind wir erledigt.«

»Was hast du mit dem hier vor?«

»Einäschern. Die drei anderen auch.«

»Bist du übergeschnappt?«

»Offenbar.«

Früh am folgenden Abend packte Gabriel eines der Gemälde aus Julians Lagerraum aus: Dutzendware, ein künstlerisch nicht sehr wertvolles Heiligenbild aus der Venezianischen Schule des frühen 16. Jahrhunderts. Trotzdem hatte er ein schlechtes Gewissen, als er das Werk des unbekannten Malers von der Leinwand schabte, bevor er sie mit Gesso und einem Untergrund aus Bleiweiß mit Spuren von Lampenruß und gelbem Ocker überzog. Als Nächstes kam die Unterzeichnung – mit einem Pinsel, wie *er* es gemacht hätte –, dann bereitete er methodisch seine Palette vor. Bleiweiß, Lapislazuli, Gebrannter Ocker, Purpur, Gelber Ocker, Auripigment, Gebranntes Siena, Tierknochenkohle und Malachit. Bevor er zu malen begann, dachte er nochmals über seine wechselhafte Karriere nach. Er war nicht mehr Direktor eines schlagkräftigen Geheimdiensts oder auch nur einer der besten Restauratoren der Welt.

Er war die Sonne inmitten kleiner Sterne.

Er war Tizian.

An den meisten Tagen der folgenden Woche sahen Chiara und die Kinder ihn nur selten. Kam er doch mal aus seinem Atelier, war er nervös und geistesabwesend, überhaupt nicht er selbst.

Nur einmal nahm er Chiaras Einladung zum »Lunch« an. Seine Hände ließen schwache Farbspuren an ihrem Körper zurück.

»Mir kommt's vor, als hätte ich einen anderen Mann geliebt.«

»Das hast du.«

»Wer bist du?«

»Komm, ich zeig's dir.«

In ein Badetuch gewickelt, folgte Chiara ihm in sein Atelier und blieb vor der Staffelei stehen. Zuletzt flüsterte sie: »Du bist ein Freak.«

»Gefällt es dir?«

»Es ist absolut ...«

»... erstaunlich, denke ich.«

»Ich sehe darin eine Spur Giorgione.«

»Weil ich noch unter seinem Einfluss gestanden habe, als ich dieses Bild 1510 gemalt habe.«

»Wer bist du als Nächster?«

Jacopo Robusti, der als Tintoretto bekannte Künstler, war ein gelehrter, ernster Mann, der Venedig kaum verließ und nur wenige Atelierbesucher empfing. Andererseits gehörte er zu den schnellsten Malern der Republik. Seine Version von *Bacchus, Venus und Ariadne* malte Gabriel in der Hälfte der Zeit, die er für *Die Liebenden* gebraucht hatte. Trotzdem fand Chiara es in jeder Beziehung besser als den Tizian, und Francesco stimmte ihr zu.

»Deine Frau hat leider recht. Du bist ein Freak.«

Als Nächstes nahm Gabriel die Persönlichkeit und die bemerkenswerte Palette von Paolo Veronese an. Für *Susanna im Bade* brauchte er die größte der sechs Leinwände von Isherwood Fine Arts und einige Tage zusätzlich, weil er das Gemälde absichtlich beschädigte, um es anschließend restaurieren zu können.

Während das Gemälde entstand, besuchte Luca Rossetti ihn dreimal im Atelier. Mit einem Pinsel in der Hand hielt Gabriel dem jungen Offizier Vorträge über den künstlerischen Wert und die Provenienz seiner vier gefälschten Meisterwerke. Rossetti wiederum berichtete über die Vorbereitungen für das geplante Unternehmen. Dazu gehörte die Bereitstellung zweier Objekte: eine abgelegene Villa für den einsiedlerischen Fälscher und eine große Wohnung in Florenz für seinen Strohmann.

»Sie liegt südlich des Arno am Lungarno Torrigiani. Wir haben sie mit beschlagnahmten Bildern und Antiquitäten aufgemotzt. Jetzt sieht sie definitiv wie die Wohnung eines Kunsthändlers aus.«

»Und die Villa?«

»Ihr Freund, der Heilige Vater, hat den Grafen Gasparri angerufen. Alles ist arrangiert.«

»Wie bald können Sie in die Wohnung einziehen und Ihre neue Identität annehmen?«

»Sobald Sie sagen, dass ich bereit bin.«

»Sind Sie das?«

»Ich kenne meinen Text«, antwortete Rossetti. »Und ich weiß mehr über Maler der Venezianischen Schule, als ich jemals für möglich gehalten hätte.«

»Wie hat Veronese in jungen Jahren geheißen?«, fragte Gabriel ihn.

»Paolo Spezapreda.«

»Wieso das?«

»Sein Vater war Steinmetz. Kinder wurden traditionell nach dem Beruf des Vaters benannt.«

»Warum hat er angefangen, sich Paolo Caliari zu nennen?«

»Seine Mutter war das uneheliche Kind des Adeligen Antonio Caliari. Der junge Paolo wollte lieber den Namen eines Adeligen als den eines Steinmetzen tragen.«

»Nicht schlecht.« Gabriel zog seine Beretta hinten aus dem Hosenbund. »Aber können Sie Ihren Text so selbstbewusst aufsagen, wenn jemand Sie hiermit bedroht?«

»Ich bin in Neapel aufgewachsen«, sagte Rossetti. »Die meisten meiner Jugendfreunde waren in der Camorra. Ich verliere nicht gleich den Kopf, wenn jemand mit einer Pistole herumfuchtelt.«

»Ich habe gerüchteweise gehört, dass ein ältlicher Maler der Venezianischen Schule Sie neulich Nacht in San Polo übel zugerichtet hat.«

»Der ältliche Maler hat mich ohne Vorwarnung angefallen.«

»So funktioniert die Sache im richtigen Leben. Kriminelle warnen selten davor, dass sie Gewalt anwenden werden.« Gabriel steckte seine Beretta wieder weg und betrachtete das riesige Gemälde. »Was halten Sie davon, Signor Calvi?«

»Die Gewänder der beiden Ältesten müssen etwas dunkler werden. Sonst kann ich Oliver Dimbleby nie davon überzeugen, dass dies ein Gemälde aus der Zeit um 1560 ist.«

»Glauben Sie mir«, sagte Gabriel, »Dimbleby ist unser geringstes Problem.«

Als er mit der Arbeit an dem Gentileschi begann, war er so erschöpft, dass er kaum noch einen Pinsel halten konnte. Zum Glück war Chiara bereit, ihm Modell zu stehen, denn wie der Künstler, der er zu sein versuchte, bevorzugte er Caravaggios Manier, nach der Natur zu malen. Seiner Version von *Danaë und der Goldregen* gab er Chiaras Gesicht und Körper, aber sie war tizianrot statt kastanienbraun mit roten Lichtern, und ihr dunkler Teint leuchtete alabasterweiß. Zu einigen Sitzungen gehörte notwendigerweise ein Intermezzo im Schlafzimmer – ein kurzes, denn Gabriel stand unter Zeitdruck. Das Ergebnis ihrer Zusammenarbeit war ein zum Staunen schönes und verdeckt erotisches Gemälde, nach beider Überzeugung das beste seiner vier Werke.

Wie den anderen Bildern fehlte ihm jegliches Craquelé – ein sicheres Zeichen dafür, dass es kein Altmeistergemälde, sondern eine moderne Fälschung war. Die Lösung war ein großer Industriebackofen. General Ferrari beschaffte einen aus dem beschlagnahmten Inventar eines der Mafia gehörenden Großküchenausstatters und ließ ihn im Lagerhaus der Tiepolo

Restoration Company auf dem Festland aufstellen. Gabriel backte die vier Gemälde ohne Keilrahmen drei Stunden lang bei hundert Grad. Danach zog er die Leinwände mit Francescos Hilfe über die Kante eines Arbeitstischs, erst senkrecht, dann waagrecht. Das Ergebnis war ein Netzwerk täuschend echter venezianischer Haarrisse.

An diesem Abend firnisste Gabriel, allein im Atelier arbeitend, die Gemälde. Als der Firnis am folgenden Morgen trocken war, fotografierte er sie mit einer Nikon auf einem Stativ. Er hängte den Tizian und den Tintoretto in sein Wohnzimmer, übergab den Gentileschi General Ferrari und schickte den Veronese Sarah Bancroft in London. Die Fotos mailte er direkt Oliver Dimbleby, dem Besitzer von Dimbleby Fine Arts in der Bury Street, auf dessen runden Schultern jetzt die Verantwortung für das ganze Unternehmen ruhte. Kurz vor Mitternacht erschien eines der Fotos mit einem Artikel von Amelia March auf der Website der *ARTnews*. Gabriel las den Exklusivbericht seiner Danaë mit dunklem Haar und dunklem Teint vor. Sie liebte ihn dafür in einem Goldregen.

38

KURFÜRSTENDAMM

Der Artikel basierte absichtlich auf einer einzelnen Quelle, die anonym bleiben wollte. Selbst das war irreführend, denn Sarah Bancroft steckte hinter dem ursprünglichen Tipp, und Oliver Dimbleby hatte die inoffizielle Bestätigung und das dazugehörige Foto geliefert, sodass man sehr wohl von Informationen aus zwei Quellen sprechen konnte.

Das Bild, von dem die Rede war, sollte 92 mal 74 Zentimeter groß sein. Zumindest diese Abmessungen waren korrekt. Das Gemälde war jedoch kein bisher unbekanntes Werk des Malers Tizian aus der Spätrenaissance, und es hatte keinen diskreten Verkauf an einen prominenten Sammler gegeben, der nicht genannt werden wollte. In Wirklichkeit gab es keinen Käufer, prominent oder sonst wie, sodass nichts bezahlt worden war. Was das Gemälde betraf, hing es jetzt in Venedig in einem Luxusapartment mit Blick auf den Canal Grande – zum großen Entzücken der Frau und der beiden kleinen Kinder des neu in Erscheinung getretenen Fälschers, der es gemalt hatte.

Die Händler, Kuratoren und Versteigerer der Londoner Kunstszene begrüßten die Nachricht mit Staunen und beträchtlichem Neid. Schließlich sonnte Oliver sich noch im Licht seines letzten Coups. In den Bars und Galerien von St. James's und Mayfair wurden Fragen gestellt, meist in verschwörerischem Flüsterton. Hatte dieser neue Tizian eine erstklassige Provenienz oder war er von einem Lastwagen gefallen? War der dicke Ollie sich absolut sicher, was die Zuschreibung anging?

Hatten andere Leute mit mehr Sachkenntnis sich seinem Urteil angeschlossen? Und welche Rolle hatte er bei dieser Transaktion genau gespielt? Hatte er das Gemälde tatsächlich an den ungenannten Sammler *verkauft*? Oder hatte er nur als Vermittler agiert und dafür eine lukrative Provision eingestrichen?

Drei endlose Tage lang weigerte Oliver Dimbleby sich zu bestätigen, dass er das betreffende Werk tatsächlich selbst verkauft hatte. Zuletzt veröffentlichte er ein kurzes Statement, das jedoch kaum erhellender war als Amelia Marchs ursprüngliche Story. Sie enthielt nur zwei Informationen: Das Gemälde kam aus einer alten europäischen Sammlung und war von nicht weniger als vier der führenden Experten für die Venezianische Schule begutachtet worden. Die vier stimmten vorbehaltlos darin überein, das Gemälde stamme von Tizian selbst, nicht aus seiner Werkstatt oder von einem späteren Jünger.

An diesem Abend machte Oliver die hundertvierzehn Schritte von seiner Galerie zur Bar im Wiltons, wo er nach alter Tradition sechs Flaschen Champagner bestellte. Viel kommentiert wurde die Tatsache, dass er Taittinger Comte de Champagne Blanc de Blancs orderte – den teuersten auf der Weinkarte. Andererseits bemerkten viele Kollegen später, für einen Mann, dem gerade einer der größten Coups der Kunstwelt seit Jahren geglückt war, habe Oliver merkwürdig zurückhaltend gewirkt. Er weigerte sich, den Preis zu nennen, den der Tizian erzielt hatte, und stellte sich taub, als Jeremy Crabbe versuchte, mehr über die Provenienz in Erfahrung zu bringen. Irgendwann gegen acht Uhr nahm er Nicky Lovegrove zu einem Gespräch unter vier Augen beiseite, woraufhin sofort spekuliert wurde, Olivers unbekannter Käufer sei einer von Nickys superreichen Klienten. Nicky schwor, das sei nicht der Fall, aber Oliver verweigerte ausweichend jeglichen Kommentar. Nachdem er sich mit einem Kuss auf Sarah Bancrofts hingehaltene Wange verabschiedet hatte, watschelte er auf die Jermyn Street hinaus und war verschwunden.

Am folgenden Tag berichtete das *Art Newspaper* in einem längeren Artikel, der nicht identifizierte Käufer habe bei einer exklusiven Besichtigung in Dimblebys Galerie ein Mitnahmeangebot gemacht. Der *Independent* meldete, er habe fünfundzwanzig Millionen Pfund geboten. Niles Dunham, in der National Gallery auf Altmeister spezialisiert, dementierte das Gerücht, er habe den Tizian für Oliver authentifiziert. Seltsamerweise taten das auch alle übrigen Kenner der Venezianischen Schule im Vereinigten Königreich.

Aber es war das Foto des Gemäldes, das die meisten Fragen aufwarf, zumindest in der eifersüchtigen Welt von St. James's. Oliver vertraute seit vielen Jahren auf dieselbe Fotografin: die bekannte Prudence Cuming in der Dover Street. Nicht jedoch, wie sich herausstellte, für seinen neu entdeckten Tizian. Vielleicht noch verdächtiger war seine Behauptung, er habe dieses Foto selbst gemacht. Alle waren sich darüber einig, Oliver könne ein Whiskyglas oder eine Frauenhand halten, nicht jedoch eine Kamera.

Und trotzdem äußerte niemand, auch nicht der skrupellose Roddy Hutchinson, den Verdacht, Oliver könnte etwas Unrechtes getan haben. Stattdessen konnte man ihm nach allgemeiner Überzeugung nichts Schlimmeres vorwerfen, als die Identität seiner Quelle zu schützen, wie es viele Kunsthändler taten. Die logische Schlussfolgerung lautete, es werde vermutlich wohl nicht lange dauern, bis aus derselben europäischen Sammlung ein weiteres bis dato unbekanntes Altmeistergemälde auftauche.

Als sich der unvermeidliche Fund ereignete, war es wieder Amelia March von den *ARTnews*, die exklusiv darüber berichtete. Diesmal handelte es sich um *Bacchus, Venus und Ariadne* des venezianischen Malers Tintoretto – streng geheimer Privatverkauf, Preis auch auf Nachfrage nicht genannt. Nur zehn Tage später stellte Dimbleby Fine Arts seine neueste Entdeckung vor, was absolut niemanden überraschte: *Susanna im*

Bade, Öl auf Leinwand, 146 mal 194 Zentimeter, von Paolo Veronese. Die Galerie beauftragte Prudence Cuming aus der Dover Street damit, das Werk zu fotografieren. Die Kunstwelt taumelte vor Entzücken.

Das heißt, mit Ausnahme des einflussreichen Direktors der Galleria degli Uffizi in Florenz, der das plötzliche Auftauchen dreier italienischer Altmeistergemälde verdächtig fand, um das Mindeste zu sagen. Er rief General Ferrari vom Kunstdezernat an und verlangte sofortige Ermittlungen. Bestimmt, schrie er in die Leitung nach Rom, seien die Gemälde außer Landes geschmuggelt worden – ein Verstoß gegen das Gesetz zum Schutz kulturellen Erbes, das drakonische Strafen vorsehe. Der General versprach ihm, sich um den Fall zu kümmern, was er keineswegs vorhatte. Er erzählte dem Direktor auch nicht, dass diese Gemälde moderne Fälschungen waren und er selbst eng mit dem Fälscher zusammenarbeitete.

Der Phantom-Strohmann des Fälschers – ein Sammler und gelegentlicher Händler, der sich Alessandro Calvi nannte – bewohnte gegenwärtig am Lungarno Torrigiani ein mit Kunstwerken vollgestopftes Apartment in Sichtweite der Uffizien. Zwei Tage später hatte General Ferrari zufällig Gelegenheit, diesen zwielichtigen Typen wegen einer anderen Sache anzurufen. Sie betraf eine Information, die der Fälscher von einer zuverlässigen Quelle in Paris erhalten hatte: dem Kunstdieb und Antiquitätenhändler Maurice Durand.

»Galerie Konrad Hassler. Sie liegt in Berlin am Kurfürstendamm. Gegenüber ist ein Café, ihr Partner erwartet Sie dort morgen Nachmittag um drei.«

Und so kam es, dass der Phantom-Strohmann, der in Wirklichkeit Capitano Luca Rossetti hieß, am Morgen darauf sein Luxusapartment am Arno verließ und mit einem Taxi zum Flughafen Amerigo Vespucci hinausfuhr. Sein italienischer Maßanzug war ebenso neu und teuer wie seine handgenähten

Schuhe und seine lederne Aktentasche. Am linken Handgelenk trug er eine Patek Philippe. Wie die Gemälde und Antiquitäten in seinem Apartment stammte sie aus der Asservatenkammer der Carabinieri.

Rossettis Reiseplan sah einen Zwischenstopp in Zürich vor, sodass es fast fünfzehn Uhr war, als er sich dem Café am Kurfürstendamm näherte. Gabriel saß im Schatten einer Platane an einem Tisch auf dem Gehsteig. Nachdem er auf Deutsch mit Berliner Akzent zwei Kaffee bestellt hatte, legte er Rossetti einen festen braunen Umschlag hin.

Der Umschlag enthielt zwei Fotos. Das erste zeigte drei ungerahmte Gemälde, die nebeneinander an der Wand eines Ateliers standen – ein Tizian, ein Tintoretto und ein Veronese. Das zweite gab in hoher Auflösung *Danaë und der Goldregen* wieder, angeblich von Orazio Gentileschi. Dieses Bild kannte Rossetti gut. Im Augenblick hing es in seinem Apartment in Florenz.

»Wann erwartet er mich?«

»Um halb vier. Er glaubt, dass Sie Giovanni Rinaldi heißen und aus Mailand sind.«

»Was soll ich ihm erzählen?«

»Ich möchte, dass Sie Herrn Hassler die einzigartige Chance bieten, ein bisher unbekanntes Meisterwerk zu erwerben. Und er soll erfahren, dass die drei vor Kurzem in London aufgetauchten Gemälde ebenfalls von Ihnen stammen.«

»Erzähle ich ihm, dass sie Fälschungen sind?«

»Nicht nötig. Das erkennt er selbst, wenn er diese beiden Fotos sieht.«

»Wieso wende ich mich an ihn?«

»Weil Sie einen weiteren Vertriebsweg für Ihre Ware suchen und gehört haben, er nehme es mit der Wahrheit nicht immer ganz genau.«

»Wie reagiert er voraussichtlich?«

»Er macht Ihnen ein Angebot oder wirft Sie aus seiner

Galerie. Ich setze auf Letzteres. Vergessen Sie nicht, das Foto der *Danaë* zurückzulassen, wenn Sie gehen.«

»Was passiert, wenn er die Polizei ruft?«

»Kriminelle rufen nicht die Polizei, Rossetti. Sie tun im Gegenteil ihr Bestes, um sie zu meiden.«

Der Carabinieri-Offizier betrachtete wieder die vor ihm liegenden Fotos.

»Wann ist er geboren?«, fragte Gabriel halblaut.

»1563.«

»Sein Name?«

»Orazio Lomi.«

»Der Beruf seines Vaters?«

»Goldschmied in Florenz.«

»Wer war Gentileschi?«

»Ein Onkel, bei dem er in Rom gelebt hat.«

»Wo hat er *Danaë und der Goldregen* gemalt?«

»Vermutlich in Genua.«

»Wo habe ich meine Version gemalt?«

»Das geht Sie einen Dreck an, Herr Hassler.«

Capitano Luca Rossetti verließ das Café um 15.27 Uhr und überquerte den eleganten, mit Bäumen bestandenen Boulevard. Gabriel hielt unwillkürlich den Atem an, als der junge Offizier die Klingel der Gegensprechanlage der Galerie Hassler drückte. Fünfzehn Sekunden vergingen, in denen der Kunsthändler Zeit hatte, den Besucher zu taxieren. Dann zog Rossetti die Tür auf und verschwand in der Galerie.

Fünf Minuten später vibrierte Gabriels Handy. Der Anrufer war General Ferrari.

»Detoniert ist wohl nichts?«

»Noch nicht.«

»Rufen Sie mich an, sobald er dort rauskommt«, sagte der General und beendete das Gespräch.

Gabriel legte sein Solaris auf den Tisch zurück und sah wieder zu der Galerie hinüber. Nachdem der Kunsthändler den Besucher begrüßt hatte, hatten die beiden sich in sein Büro zurückgezogen, um ungestört zu sein. Dort war ein Foto auf den Schreibtisch gelegt worden. Vielleicht auch zwei. Nebeneinander gelegt zeigten die Aufnahmen deutlich, dass ein hochbegabter neuer Fälscher die Bühne des illegalen Kunsthandels betreten hatte. Genau diese Botschaft hatte Gabriel übermitteln wollen.

Dann vibrierte sein Smartphone erneut. »Was geht dort drinnen vor?«, fragte General Ferrari.

»Augenblick, ich sehe mal nach.«

Diesmal beendete Gabriel das Gespräch. Zwei Minuten später ging die Tür der Galerie auf, und Rossetti trat auf den Bürgersteig. Hinter ihm erschien ein gut gekleideter Mann mit grauem Haar und hochrotem Gesicht. Die beiden wechselten noch einige Worte, wobei der Galerist seinem Besucher mit dem Finger drohte. Dann hielt Rossetti ein Taxi an, stieg rasch ein und ließ den empörten Kunsthändler einfach stehen. Hassler sah ratlos nach rechts und links den Kurfürstendamm entlang, bevor er sich in seine Galerie zurückzog.

Die Botschaft ist angekommen, dachte Gabriel.

Er wählte Rossettis Nummer.

»Sieht so aus, als hätten Hassler und Sie nicht besonders harmoniert.«

»Alles ist exakt so abgelaufen, wie Sie's vorhergesagt haben.«

»Was ist mit dem Foto?«

»Das ist in der Eile auf seinem Schreibtisch liegen geblieben, fürchte ich.«

»Wie lange wird's dauern, bis er's unserer Spanierin schickt?«

»Nicht lange«, sagte Rossetti.

39

QUEEN'S GATE TERRACE

Für den Rest der Woche klingelte das Telefon von Dimbleby Fine Arts fast unaufhörlich. Cordelia Blake, Olivers langmütige Rezeptionistin, fungierte als erste Verteidigungslinie. Anrufer, deren Namen sie kannte – Stammkunden oder Kuratoren bedeutender Museen –, stellte sie direkt zu Oliver durch. Weniger prominente Anrufer wurden gebeten, eine detaillierte Mitteilung zu hinterlassen – jedoch ohne Garantie, dass sie eine Antwort bekommen würden. Mr. Dimbleby habe sich vorgenommen, erläuterte Cordelia, ein gutes Heim für den Veronese zu finden. Er habe nicht die Absicht, das Gemälde an den Nächstbesten zu verkaufen.

Ohne dass Cordelia etwas davon ahnte, lieferte Oliver alle ihre rosa Telefonnotizen bei Sarah Bancroft im Mason's Yard ab, und Sarah gab die Namen und Telefonnummern wiederum an Gabriel in Venedig weiter. Bei Geschäftsschluss an diesem Freitag hatte Dimbleby Fine Arts über zweihundert Anfragen von Leuten erhalten, die den gefälschten Veronese besichtigen wollten – von Direktoren der berühmtesten Museen, von Kunstberatern prominenter Sammler und von einer Vielzahl von Journalisten, Kunsthändlern und gelehrten Kennern italienischer Altmeister. Mit Ausnahme eines Kurators des J. Paul Getty Museums in Los Angeles war kein Name auf der Liste spanischen Ursprungs, und keine der Rückrufnummern begann mit der Vorwahl für Spanien. Zweiundvierzig Frauen wollten den Veronese besichtigen, aber sie waren alle bekannte Persönlichkeiten aus der Kunstwelt.

Eine dieser Frauen war eine Journalistin der Londoner Redaktion der *New York Times*. Mit Gabriels Einverständnis ließ Oliver sie am folgenden Montag das Gemälde besichtigen, und am Mittwochabend sprach die Kunstwelt nur noch über ihren Artikel und das dazugehörige Foto. Das Ergebnis war eine weitere Lawine von Anfragen, die über Dimbleby Fine Arts hereinbrach. Keine ihrer Namen oder Nummern verwiesen auf Spanien. Zweiundzwanzig der neuen Anrufe kamen von Frauen. Und laut Cordelia Blake hatte keine mit spanischem Akzent gesprochen.

Gabriel begann, das Schlimmste zu fürchten. Vielleicht dachte die Frontfrau des Fälscherrings gar nicht daran, zu einer Party zu kommen, die so offensichtlich für sie arrangiert worden war. Trotzdem wies er Oliver an, einen Zeitplan für Besichtigungen aufzustellen. Sie sollten nur eine Woche lang möglich sein. Um die Spreu vom Weizen zu trennen, würde die Preisspanne fünfzehn bis zwanzig Millionen Pfund betragen. Oliver sollte weiterhin betonen, er behalte sich vor, nicht an den Höchstbietenden zu verkaufen.

»Und sorgen Sie dafür, dass es in Ihrem Ausstellungsraum nicht zu hell ist«, wies Gabriel ihn an. »Nicht dass irgendein Kunde mit Adlerblick erkennt, dass der neu entdeckte Veronese eine Fälschung ist.«

»Ausgeschlossen! Rein äußerlich sieht es wie ein im 16. Jahrhundert gemalter Veronese aus.«

»Er hat das Bild gemalt, Oliver. Ich habe dabei nur zufällig den Pinsel gehalten.«

Gabriel verbrachte den Samstag mit Chiara und den Kindern auf einem Segeltörn auf der Adria, bevor er am Sonntag – einen Tag bevor die Besichtigungen angesetzt waren – nach London flog. Nach seiner Ankunft fuhr er zu Christopher und Sarahs Maisonette an der Queen's Gate Terrace. Dort erwartete ihn auf der Granitplatte der Kochinsel ein Arrangement aus einem Überwachungsfoto vom Flughafen Heathrow, einem Scan eines spanischen Reisepasses und einem Ausdruck einer Gästeregistrierung im Hotel Lanesborough.

Sarah stellte ihm lächelnd ein Glas Bollinger Special Cuvée hin. »Tagliatelle mit Ragout oder Kalbsschnitzel Milanese?«

Sie war groß und schlank mit den breiten Schultern einer Schwimmerin, schmalen Hüften und langen Beinen. Ihr dunkler Hosenanzug war seriös und geschäftsmäßig, aber der gewagte Ausschnitt ihrer weißen Bluse ließ den Ansatz ihrer fein modellierten Brüste sehen. Ihr rabenschwarzes Haar hing lang und glatt tief über den Rücken herab. Sogar im unvorteilhaften Licht von Heathrows Terminal 5 glänzte es wie ein frisch gefirnisstes Gemälde.

Ihrem Reisepass nach hieß sie Magdalena Navarro. Sie war neununddreißig und lebte in Madrid. Sie war mit dem Iberia-Flug 7459 angekommen und hatte Dimbleby Fine Arts um 15.07 Uhr mit ihrem Zimmertelefon im Hotel Lanesborough angerufen. Der Anruf war automatisch zu Olivers Handy weitergeleitet worden. Sobald er die Nachricht abgehört hatte, rief er Sarah an, die ihren Mann, einen Offizier in His Majesty's Secret Intelligence Service, gebeten hatte, einen inoffiziellen Blick auf die über die Spanierin gespeicherten Erkenntnisse zu werfen. Das hatte er mit Einverständnis seines Generaldirektors getan.

»Unsere Kollegen von MI5 haben volle zwanzig Minuten gebraucht, um ihre Akte zusammenzustellen.«

»Haben sie sich auch ihre letzten Reisen angesehen?«

»Sie ist offenbar regelmäßig in Frankreich, Belgien und Deutschland unterwegs. Und sie verbringt einen beträchtlichen Teil ihrer Zeit in Hongkong und Tokio.«

Christopher zündete sich eine Marlboro an und blies eine Rauchfahne gegen die Decke des elegant eingerichteten Wohnzimmers. Zu verblichenen Chinos trug er einen teuren Kaschmirpullover. Mit Stretchjeans und einem Harvard-Sweatshirt war Sarah lässiger gekleidet. Sie zog eine Zigarette aus Christophers Packung und zündete sie an, bevor Gabriel Einspruch erheben konnte.

»Sonstige interessante Reisen?«, fragte er.

»Sie fliegt ungefähr einmal im Monat nach New York. Mitte der Nullerjahre scheint sie länger dort gelebt zu haben.«

»Kreditkarte?«

»Eine Firmenkarte von American Express. Die Firma ist über drei Ecken in Liechtenstein registriert. Diese Karte benutzt sie anscheinend nur für Auslandsreisen.«

»Um ihren spanischen Wohnort zu verschleiern.« Gabriel wandte sich an Sarah. »Wie stellt sie sich in der Nachricht vor?«

»Sie sagt, sie sei Maklerin. Aber sie hat keine Website und ist auch nicht bei LinkedIn. Weder Julian noch Oliver haben je von ihr gehört.«

»Das klingt sehr nach unserer Frau.«

»Ja«, bestätigte Sarah. »Die Frage ist nun: Wie lange lassen wir sie warten?«

»Lange genug, um ihr begreiflich zu machen, dass sie absolut unwichtig ist.«

»Und dann?«

»Sie wird Oliver dazu überreden müssen, das Bild sehen zu dürfen.«

»Könnte gefährlich sein«, meinte Sarah.

»Oh, ihm passiert nichts.«

»Sorgen mache ich mir nicht um Oliver.«

Gabriel lächelte. »In der Liebe und der Fälscherei ist alles erlaubt.«

40

DIMBLEBY FINE ARTS

Am Montagmorgen erschien der Direktor der National Gallery um zehn Uhr als Erster bei Dimbleby Fine Arts. Er brachte den unfehlbaren Niles Dunham und drei weitere auf italienische Altmeister spezialisierte Kuratoren mit. Die fünf begutachteten den Veronese, nahmen das Bild gründlich unter die Lupe und untersuchten es auch unter UV-Licht. Keiner bezweifelte die Echtheit das Gemäldes, nur seine Provenienz warf Fragen auf.

»Aus einer alten europäischen Sammlung? Das ist ein bisschen dünn, Oliver. Trotzdem muss ich ihn haben.«

»Dann schlage ich vor, dass Sie ein Angebot abgeben.«

»Ich lasse mich auf keinen Bieterwettstreit ein.«

»Natürlich tun Sie das.«

»Wer ist als Nächster dran?«

»Das Getty.«

»Sie wollen doch nicht etwa …«

»Klar doch, wenn der Preis stimmt.«

»Schuft!«

»Mit Schmeichelei kommen Sie bei mir nicht weiter.«

»Sehen wir uns heute Abend im Wiltons?«

»Wenn ich kein besseres Angebot bekomme.«

Die Abgesandten aus dem J. Paul Getty Museum trafen um elf Uhr ein. Sie waren jung und sonnengebräunt und hatten die Taschen voller Geld. Sie machten ein Mitnahmeangebot: fünfundzwanzig Millionen Pfund, fünf Millionen mehr als die ursprünglich genannte Preisspanne. Oliver lehnte glatt ab.

»Wir kommen nicht zurück«, drohten sie.

»Mein Gefühl sagt mir etwas anderes.«

»Woher wollen Sie das wissen?«

»Weil ich diesen Ausdruck in Ihren Augen sehe.«

Es war Mittag, als Oliver die Getty-Leute auf die Bury Street hinausgeleitete. Auf ihrem Weg zum Lunch drückte Cordelia ihm einen Stapel Telefonnotizen in die Hand. Er blätterte sie rasch durch, bevor er Sarah anrief.

»Sie hat heute Vormittag zweimal angerufen.«

»Wundervoll!«

»Vielleicht sollten wir sie nicht länger zappeln lassen.«

»Im Gegenteil, wir möchten, dass du sie noch etwas länger hinhältst.«

»Schwer rumzukriegen ist nicht mein gewöhnlicher Modus Operandi.«

»Ja, ich weiß, Ollie.«

Der Nachmittag war eine Reprise des Vormittags. Die Delegation aus dem Metropolitan Museum of Art war hingerissen, ihre Kollegen aus Boston desgleichen. Der Direktor der Art Gallery of Ontario, selbst ein Veronese-Kenner, war praktisch sprachlos.

»Wie viel wollen Sie dafür?«, brachte er schließlich heraus.

»Die Getty-Leute bieten fünfundzwanzig.«

»Das sind Heiden.«

»Aber reich.«

»Zwanzig kann ich vielleicht auftreiben.«

»Eine neuartige Verhandlungstaktik.«

»Bitte, Oliver. Ich will nicht betteln müssen.«

»Bieten Sie, was das Getty bietet, dann gehört es Ihnen.«

»Versprochen?«

»Ich gebe Ihnen mein Wort.«

So endete der erste Besichtigungstag mit einer letzten Unwahrheit. Oliver geleitete die Delegation aus Ontario hinaus, dann holte er sich bei Cordelia die letzten Telefonnotizen.

Magdalena Navarro hatte um 16.15 Uhr angerufen.

»Sie war echt sauer«, sagte Cordelia.

»Aus gutem Grund.«

»Wen vertritt sie wohl?«

»Jemanden, der reich genug ist, um sie im Lanesborough einzuquartieren.«

Cordelia nahm ihre Sachen mit und ging. Sobald Oliver allein war, rief er Sarah an.

»Wie war dein Nachmittag?«, fragte Sarah.

»Ich erlebe ein Bietergefecht um ein Gemälde, das ich nicht verkaufen kann. Ansonsten ist nicht viel passiert.«

»Wie oft hat sie angerufen?«

»Nur einmal.«

»Vielleicht verliert sie das Interesse.«

»Umso dringender sollte ich sie anrufen und die Sache zu Ende bringen.«

»Darüber können wir im Wiltons reden. Mir ist nach einem Martini zumute.«

Oliver legte auf und begann das vertraute Ritual, mit dem er seine Galerie für die Nacht vorbereitete. Er ließ die inneren Sicherheitsgitter an den Fenstern herab. Er stellte die Alarmanlage scharf. Er breitete ein dünnes Filztuch über *Susanna im Bade*, Öl auf Leinwand, 146 mal 194 Zentimeter, von Gabriel Allon.

Draußen sperrte Oliver seine Tür dreifach ab und ging die Bury Street entlang. Dies hätte ein Triumphmarsch sein müssen. Schließlich lag die Kunstwelt zu Füßen des Mannes, der eine lange unbekannte Altmeistersammlung entdeckt hatte. Dass alle Gemälde Fälschungen waren, spielte keine Rolle. Oliver tröstete sich mit dem Bewusstsein, im Dienst einer guten Sache zu handeln. Unabhängig davon, wie diese Sache ausging, würde sie eines Tages eine gute Story abgeben.

Als er die Ryder Street überquerte, wurde ihm bewusst, dass jemand hinter ihm herging. Eine Frau in gut gearbeiteten

Pumps, dachte er, mit Stilettos. Er blieb vor der Galerie Colnaghi stehen, sah den Gehsteig entlang nach links.

Groß, schlank, teuer gekleidet, mit glänzend schwarzem Haar, das lang über eine Schulter herabhing.

Gefährlich attraktiv.

Zu Olivers großer Überraschung gesellte die Frau sich zu ihm und betrachtete mit ihren großen dunklen Augen das Altmeistergemälde im Schaufenster. »Bartolomeo Cavarozzi«, sagte sie in leicht akzentgefärbtem Englisch. »Er war ein früher Jünger Caravaggios und hat zwei Jahre in Spanien gelebt, wo er sehr bewundert wurde. Wenn ich mich nicht irre, hat er dieses Bild nach seiner Rückkehr nach Rom im Jahr 1619 gemalt.«

»Wer um Himmels willen sind Sie?«, fragte Oliver.

Die Frau wandte sich ihm zu und lächelte. »Ich bin Magdalena Navarro, Mr. Dimbleby. Und ich habe den ganzen Tag versucht, Sie zu erreichen.«

Im Wiltons drängten sich amerikanische und kanadische Museumskuratoren, alle in ihren jeweiligen Lagern. Sarah schüttelte dem aus Österreich stammenden Direktor des Met die Hand, dann bahnte sie sich einen Weg zur Bar, an der sie zehn Minuten auf ihren Martini warten musste. Der Partylärm war so ohrenbetäubend, dass sie nicht gleich merkte, dass ihr Smartphone klingelte. Der Anrufer war Oliver.

»Bist du irgendwo in diesem Irrenhaus?«, fragte sie.

»Kleine Planänderung, fürchte ich. Wir müssen uns ein andermal treffen.«

»Wovon redest du überhaupt?«

»Ja, morgen Abend wäre gut. Cordelia ruft dich vormittags an und bespricht die Einzelheiten.«

Damit riss die Verbindung ab.

Sarah rief rasch Gabriel an. »Vielleicht irre ich mich«, sagte sie, »aber ich glaube, dass unsere Spanierin gerade den nächsten Zug gemacht hat.«

41

PICCADILLY

»Wohin nehmen Sie mich mit?«

»An einen Ort, wo ich Sie ganz für mich allein habe.«

»Doch nicht ins Lanesborough?«

»Nein, Mr. Dimbleby.« Ihr Blick war übertrieben tadelnd. »Nicht bei unserem ersten Date.«

Sie waren in blendend heller Abendsonne auf dem Piccadilly unterwegs. Dies war einer jener perfekten Londoner Frühsommerabende: mild, mit einer leichten Brise. Das schwere Parfüm seiner Begleiterin erinnerte Oliver an den Süden Spaniens. Orangenblüten und Jasmin und ein Hauch von Manzanilla. Beim Gehen hatte ihn ihr Handrücken schon zweimal gestreift. Eine elektrisierende Berührung!

Sie blieb vor dem Hide stehen. Das war eines der teuersten Restaurants von London, ein raffiniert luxuriöser Gourmettempel, der bei russischen Oligarchen, Scheichs aus den Emiraten und offenbar auch bei schönen spanischen Kunstfälscherinnen sehr beliebt war.

»Für diesen Laden bin ich nicht schick genug«, protestierte Oliver.

»Heute Abend liegt Ihnen die Kunstwelt zu Füßen, Mr. Dimbleby. Sie sind ohne Zweifel der schickste Mann von ganz London.«

Sie hatten einen großen Auftritt: der korpulente Kunsthändler mit rosigem Gesicht und die große, elegante Schönheit mit glänzend schwarzem Haar. Sie führte ihn eine breite Wendeltreppe in die nur schwach beleuchtete Bar hinunter. Dort wartete ein von Kerzen erhellter Ecktisch auf sie.

»Sehr eindrucksvoll«, sagte Oliver.

»Das hat mein Butler im Lanesborough arrangiert.«

»Wohnen Sie oft dort?«

»Nur wenn ein bestimmter Klient die Spesen übernimmt.«

»Ein Klient, der daran interessiert ist, den Veronese zu kaufen?«

»Wir wollen nichts überstürzen, Mr. Dimbleby.« Sie beugte sich im warmen Kerzenlicht etwas nach vorn. »Wir Spanier lassen uns gern Zeit.«

Ihre tief aufgeknöpfte Bluse hatte sich geöffnet und ließ den Ansatz einer üppigen Brust sehen. »Ist's wirklich so schön, wie die Leute sagen?«, stieß Oliver hervor.

»Was denn, Mr. Dimbleby?«

»Das Lanesborough.«

»Sie kennen es nicht?«

»Nur das Restaurant.«

»Ich habe eine Suite mit Blick auf den Hyde Park. Die Aussicht ist wundervoll.«

Das galt auch für Oliver. Trotzdem zwang er sich dazu, die Cocktailkarte zu studieren. »Was empfehlen Sie?«

»Der Cocktail, den sie Current Affairs nennen, kann Ihr Leben verändern.«

Oliver las die Zutaten vor. »Champagner Bruno Paillard mit Wodka Ketel One, Johannisbeeren und Guave?«

»Darüber spotten dürfen Sie erst, wenn Sie ihn probiert haben.«

»Im Allgemeinen trinke ich meinen Champagner und meinen Wodka separat.«

»Hier haben Sie auch die Wahl zwischen ausgezeichneten Sherrys.«

»Eine viel bessere Idee.«

Eine hochgezogene Augenbraue genügte, damit der Ober

an ihren Tisch kam. Sie bestellte eine Flasche Cuatro Palmas Amontillado.

»Waren Sie schon mal in Spanien, Mr. Dimbleby?«

»Oh, schon oft.«

»Geschäftlich oder zum Vergnügen?«

»Teils, teils.«

»Ich stamme aus Sevilla«, teilte sie ihm mit. »Aber derzeit lebe ich vor allem in Madrid.«

»Sie sprechen ausgezeichnetes Englisch.«

»Ich habe ein Jahr lang in Oxford Kunstgeschichte studiert.« Bevor sie weiterreden konnte, erschien ihr Ober wieder. Nach umständlicher Weinverkostung schenkte er zwei Gläser ein und zog sich zurück. Sie hob ihr Glas. »Cheers, Mr. Dimbleby. Ich hoffe, es gefällt Ihnen hier.«

»Sie müssen mich Oliver nennen.«

»Das kann ich nicht.«

»Ich bestehe darauf«, sagte er und trank einen Schluck Sherry. »Was halten Sie davon?«

»Ein Göttertrank! Ich will nur hoffen, dass Ihr Klient auch dafür zahlt.«

»Das tut er.«

»Hat er auch einen Namen?«

»Sogar mehrere.«

»Er ist ein Spion, Ihr Klient?«

»Er gehört einer Adelsfamilie an. Sein Name ist ziemlich umständlich, um das Mindeste zu sagen.«

»Stammt er aus Spanien wie Sie?«

»Vielleicht.«

Oliver seufzte schwer, bevor er sein Glas abstellte.

»Sie müssen entschuldigen, Mr. Dimbleby, aber mein Klient ist ein schwerreicher Mann, der nicht will, dass die Welt erfährt, wie groß seine Kunstsammlung wirklich ist. Seine Identität darf ich nicht preisgeben.«

»Dann sollten wir vielleicht über Ihre sprechen.«

»Wie ich Ihrer Assistentin erklärt habe, bin ich Maklerin.«

»Wieso habe ich dann noch nie von Ihnen gehört?«

»Ich ziehe es vor, im Schatten zu arbeiten.« Sie machte eine Pause. »Wie Sie anscheinend auch.«

»Die Bury Street liegt nicht im Schatten.«

»Aber Sie haben sich, wie sollen wir sagen, nicht sehr bereitwillig über die Provenienz des Veronese geäußert. Von dem Tizian und dem Tintoretto ganz zu schweigen.«

»Sie verstehen nicht viel vom Kunsthandel, was?«

»Tatsächlich verstehe ich sehr viel davon. Mein Klient übrigens auch. Er ist ein wählerischer, erfahrener Sammler. Außer, er verliebt sich in ein Gemälde. Passiert das, spielt Geld keine Rolle mehr.«

»Vermute ich richtig, dass er sich in meinen Veronese verguckt hat?«

»Es war Liebe auf den ersten Blick.«

»Ich habe bereits zwei Angebote über fünfundzwanzig Millionen.«

»Mein Klient ist bereit, jedes Angebot zu überbieten. Sobald ich das Gemälde gründlich untersucht und seine Provenienz geprüft habe, versteht sich.«

»Und wenn ich ihm das Bild verkaufen würde? Was würde er damit machen?«

»Es bekäme einen prominenten Platz in einer seiner vielen Wohnungen und Häuser.«

»Wäre er bereit, es für Ausstellungen zu verleihen?«

»Niemals.«

»Ich bewundere Ihre Ehrlichkeit.«

Sie lächelte, ohne etwas zu sagen.

»Wie lange werden Sie in London bleiben?«

»Mein Rückflug nach Madrid ist für morgen Abend gebucht.«

»Schade.«

»Wieso?«

»Weil ich bis Mittwochnachmittag einen freien Termin haben müsste. Spätestens am Donnerstag.«

»Wie wär's mit jetzt?«

»Sorry, aber meine Galerie ist für die Nacht gesichert. Außerdem habe ich einen langen Tag hinter mir und bin erledigt.«

»Wirklich schade«, sagte sie neckend. »Ich hatte gehofft, Sie würden mit mir im Lanesborough zu Abend essen.«

»Verlockend«, sagte Oliver. »Aber nicht bei unserem ersten Date.«

Auf dem Gehsteig vor dem Restaurant Hide streckte Oliver der Spanierin zum Abschied die Hand hin, bekam aber stattdessen einen Kuss. Keine zwei iberischen Wangenküsse, sondern ein einzelnes warmes, leicht atemloses Zeichen von Zuneigung, das neben seinem rechten Ohr aufkam und noch lange zu spüren war, als die Frau in Richtung Hyde Park und Lanesborough davongegangen war. Komplettiert wurde der Abend durch den verführerischen letzten Blick, den sie ihm über eine Schulter zuwarf. *Dummer Junge*, sagte er. *Dummer, dummer Junge*.

Er schlenderte in Gegenrichtung davon und fühlte sich leicht beschwipst, als er sein Handy aus der Innentasche seines Sakkos angelte. Seit er zuletzt nachgesehen hatte, hatte er einige Anrufe und SMS bekommen, aber keine von Sarah. Seltsamerweise waren ihr Name und ihre Handynummer aus seiner Liste kürzlicher Anrufe verschwunden. Auch unter Kontakte gab es keine Sarah Bancroft mehr. Das Gleiche galt für Julian und die Galerie Isherwood Fine Arts.

Im nächsten Augenblick vibrierte sein Smartphone, weil ein Anruf von einer unbekannten Nummer einging. Er wischte über das Telefonsymbol und hob das Handy ans Ohr.

»Ihr Wagen mit Fahrer wartet in der Bolton Street auf Sie«, sagte eine Stimme, dann wurde aufgelegt.

Oliver steckte sein Handy wieder ein und ging nach Osten weiter. Schon nach wenigen Schritten zweigte die Bolton Street nach links ab. Als er um die Ecke bog, parkte dort im Leerlauf ein silberner Bentley Continental. Am Steuer saß Sarahs Ehemann. Oliver ließ seinen rundlichen Körper auf den Beifahrersitz plumpsen. Sekunden später waren sie auf dem Piccadilly nach Westen unterwegs.

»Heißen Sie wirklich Peter Marlowe?«

»Warum sollte ich nicht so heißen?«

»Klingt erfunden.«

»Oliver Dimbleby auch.« Er zeigte lächelnd auf die hochgewachsene Frau mit dem glänzenden schwarzen Haar, die eben am Athenaeum vorbeiging. »Da ist Ihre Spanierin.«

»Ich habe sie nie auch nur mit einem Finger berührt.«

»Wahrscheinlich ist's besser, Arbeit und Vergnügen nicht zu vermengen, finden Sie nicht auch?«

»Ja«, sagte Oliver, als die schöne Spanierin außer Sicht kam. »Darauf habe ich schon immer geachtet.«

42

QUEEN'S GATE TERRACE

Beim Ausscheiden aus dem Dienst hatte Gabriel als Bestandteil seines Ruhestandspakets ein persönliches Exemplar der israelischen Malware Proteus erhalten, die Mobiltelefone hacken konnte. Die perfideste Eigenschaft dieses Programms war, dass es keinen Fehler der Zielperson erforderte – kein unkluges Software-Update, kein Klicken auf ein Foto oder scheinbar harmlose Werbung. Gabriel brauchte nur die Rufnummer des Handys der Zielperson auf seinem Laptop einzugeben, um das andere Gerät binnen Minuten völlig unter seiner Kontrolle zu haben. Er konnte alle SMS und E-Mails lesen, die Internetchronik der Zielperson und ihre Telefonmetadaten auslesen und ihre Bewegungen mit der GPS-Funktion ihres Smartphones verfolgen. Am wichtigsten war vielleicht, dass er Kamera und Mikrofon des Handys aktivieren und das Gerät so zu einem vollwertigen Überwachungsinstrument machen konnte.

Nach Oliver Dimblebys Anwerbung hatte Gabriel vorsichtshalber Proteus auf seinem Galaxy installiert, aber erst an diesem Nachmittag um 17.42 Uhr aktiviert. Er hatte nur das Touchpad seines Laptops berühren müssen – was er getan hatte, während er in Sarahs und Christophers Küche an der Queen's Gate Terrace Tee trank –, um zu erfahren, dass ihr verschollener Agent in diesem Augenblick auf dem Piccadilly unterwegs war. In Begleitung einer Frau mit lasziver Stimme, die fließend Englisch mit spanischem Akzent sprach. Sarah kam gerade noch rechtzeitig vom Wiltons heim, um die letzten Minuten ihrer Unterhaltung in der schicken Bar des Hide mitzubekommen.

»Sie ist eine würdige Gegnerin, unsere Magdalena. Und nicht zu unterschätzen.«

»Umso mehr Grund, den molligen Ollie an einer sehr kurzen Leine zu halten.«

Zu diesem Zweck hatte Gabriel Christopher nach Mayfair entsandt, um ihren verschollenen Agenten einfangen zu lassen. Es war fast 19.30 Uhr, als die beiden in der Maisonette eintrafen. Die Nachbesprechung, wenn man sie so nennen wollte, begann mit einem leicht verlegenen Eingeständnis von Gabriels Seite.

Oliver runzelte die Stirn. »Das würde erklären, warum Sarah und Julian aus meinen Kontakten verschwunden sind.«

»Ich habe sie vorsichtshalber gelöscht, als Sie sich auf einen Drink mit der Frau eingelassen haben, ohne uns irgendwie zu warnen.«

»Leider hatte ich praktisch keine andere Wahl.«

»Wie das?«

»Weil sie fast eins achtzig groß und schockierend schön ist. Außerdem scheint sie aus Madrid angereist zu sein, ohne einen BH einzupacken.« Oliver sah zu Sarah hinüber. »Dürfte ich jetzt um den Drink bitten?«

»Current Affairs oder Tropic Thunder?«

»Whisky, wenn ihr welchen habt.«

Christopher öffnete einen Schrank und nahm eine Flasche Johnnie Walker Black Label und ein Kristallglas heraus. Er schenkte zwei Fingerbreit ein und ließ das Glas über die Kochinsel bis vor Olivers Platz gleiten.

»Baccarat«, sagte der Galerist anerkennend. »Vielleicht sind Sie doch ein erfolgreicher Unternehmensberater.« Er wandte sich an Gabriel. »Ist Proteus nicht die Software, mit der der saudische Kronprinz diesen Journalisten überwacht hat, bevor er ihn ermordet hat?«

»Der Journalist hat Omar Nawwaf geheißen. Und ja, der israelische Ministerpräsident hat den Verkauf von Proteus an die Saudis trotz meiner lautstark geäußerten Bedenken genehmigt. In den Händen einer repressiven Staatsführung kann Proteus ein gefährliches Werkzeug für Überwachung und Erpressung sein. Stellen Sie sich vor, wie leicht man damit einen lästigen Journalisten oder Menschenrechtler zum Schweigen bringen könnte.«

Gabriel drückte auf PLAY.

»Weil sie fast eins achtzig groß und schockierend schön ist. Außerdem scheint sie aus Madrid abgereist zu sein, ohne einen BH einzupacken.«

Er hielt die Aufnahme an.

»Großer Gott«, murmelte Oliver.

»Oder wie wär's damit?« Gabriel drückte erneut auf PLAY.

»Wieso habe ich dann noch nie von Ihnen gehört?«

»Ich ziehe es vor, im Schatten zu arbeiten. Wie Sie anscheinend auch.«

»Die Bury Street liegt nicht im Schatten.«

Gabriel hielt die Aufnahme an.

»Wollen Sie nicht auch die Stelle abspielen, wo ich eine Nacht mit unglaublichem Sex in einer Suite im Lanesborough ablehne?«

»Angeboten wurde ein Abendessen, glaube ich.«

»Sie müssen mehr unter Leute gehen, Mr. Allon.«

Er klappte seinen Laptop zu.

»Wie geht's jetzt weiter?«, fragte Oliver.

»Morgen am späten Nachmittag laden Sie sie ein, das Gemälde am Mittwochabend um achtzehn Uhr zu besichtigen. Außerdem bitten Sie sie um ihre Handynummer. Sie wird sich natürlich weigern, sie Ihnen zu geben.«

»Und wenn sie am Mittwochabend in meine Galerie kommt?«

»Das tut sie nicht.«

»Warum nicht?«

»Weil Sie sie am Mittwochnachmittag anrufen und den Termin auf Donnerstagabend acht Uhr verlegen.«

»Wieso sollte ich das tun?«

»Um sie wissen zu lassen, dass Sie keinen Gedanken an sie verschwenden.«

»Wollte Gott, das wäre wahr«, sagte Oliver. »Aber warum so spät?«

»Ich möchte nicht, dass Cordelia Blake anwesend ist, wenn Sie ihr das Gemälde zeigen.« Gabriel senkte die Stimme. »Das könnte die Stimmung verderben.«

»Ist sie wirklich daran interessiert, es zu kaufen?«

»Nicht im Geringsten. Sie will es nur besichtigen, bevor es in einer Privatsammlung verschwindet.«

»Und wenn ihr gefällt, was sie sieht?«

»Nachdem sie sich mit der Provenienz beschäftigt hat, wird sie den Namen des Mannes verlangen, von dem Sie das Bild gekauft haben. Das lehnen Sie natürlich ab, sodass ihr nichts anderes übrig bleibt, als sich diese Information auf andere Weise zu verschaffen.«

»Musik für meine Ohren.«

»Vielleicht versucht sie tatsächlich, Sie zu verführen«, sagte Gabriel. »Aber seien Sie nicht enttäuscht, wenn sie stattdessen droht, Sie zu vernichten.«

»Glauben Sie mir, da wäre sie nicht die Erste.«

Gabriel klappte seinen Laptop wieder auf und ließ die Tasten klappern. »Ich habe eben einen Namen zu Ihren Kontakten hinzugefügt. Alessandro Calvi. Nur mit einer Handynummer.«

»Wer ist er?«

»Mein Strohmann in Florenz. Rufen Sie ihn in Anwesenheit der Spanierin unter dieser Nummer an. Signor Calvi übernimmt alles Weitere.«

Der Strohmann, der in Wirklichkeit Luca Rossetti hieß, verließ Florenz am folgenden Morgen um zehn Uhr und fuhr auf der

Autostrada E35 nach Süden. Sein Wagen war eine elegante Limousine, ein Maserati Quattroporte. Wie die teure Patek Philippe an seinem Handgelenk gehörte sie den Arma dei Carabinieri, Rossettis Arbeitgeber.

Sein Ziel, den römischen Flughafen Fiumicino, erreichte er gegen 13.30 Uhr. Eine weitere Stunde verging, bevor Gabriel endlich aus dem Terminal 3 kam. Er warf seine Reisetasche in den Kofferraum und stieg vorn rechts ein.

»Ich hab mir schon Sorgen um Sie gemacht«, sagte Rossetti, als er anfuhr.

»Die Passkontrolle hat fast so lange gedauert wie der Flug aus London.« Gabriel sah sich in dem Luxuswagen um. »Klasse Schlitten.«

»Er hat einem Heroindealer aus der Camorra gehört.«

»Ein Jugendfreund von Ihnen?«

»Ich habe seinen jüngeren Bruder gekannt. Beide sind jetzt in Palermo, sitzen im Gefängnis Pagliarelli ein.«

Rossetti bog auf die A90 ab und fuhr auf dem römischen Autobahnring nach Norden. Er warf einen kurzen Blick auf das Überwachungsfoto, das Gabriel ihm in die Hand gedrückt hatte.

»Wie heißt sie?«

»Laut Reisepass und Kreditkarten Magdalena Navarro. Gestern Abend hat sie sich an Oliver Dimbleby rangemacht.«

»Wie hat er sich gehalten?«

»Ungefähr so gut, wie man erwarten durfte.« Gabriel nahm das Foto wieder an sich. »Sie sind als Nächster dran.«

»Wann?«

»Donnerstagabend. Nur ein kurzes Telefongespräch. Ich möchte, dass Sie ihr Ort und Zeit nennen und dann auflegen, bevor sie Fragen stellen kann.«

»Welche Zeit?«

»Freitagabend neun Uhr.«

»Und der Ort?«

»Unter dem Triumphbogen auf der Piazza della Repubblica. Sie werden keine Mühe haben, sie zu erkennen.« Gabriel legte das Foto in seinen Aktenkoffer. »In welchem Jahr ist er nach England gegangen?«

»Wer?«

»Orazio Gentileschi.«

»Er ist im Herbst 1626 von Paris nach London gegangen.«

»Hat Artemisia ihn begleitet?«

»Nein. Nur drei seiner fünf Söhne.«

»Wann ist er nach Italien zurückgekehrt?«

»Niemals. Er ist im Februar 1639 in London gestorben.«

»Wo ist er beigesetzt?«

Rossetti zögerte.

»In der Queen's Chapel im Somerset House.« Gabriel runzelte die Stirn. »Geht Ihre Kiste nicht schneller? Ich möchte Umbrien noch bei Tageslicht erreichen.«

Rossetti gab mehr Gas.

»Schon besser«, sagte Gabriel. »Sie sind jetzt ein Krimineller, Signor Calvi. Fahren Sie nicht wie ein Cop.«

43

VILLA DEI FIORI

Die Villa dei Fiori, ein vierhundert Hektar großes Landgut zwischen den Flüssen Tiber und Nera, befand sich seit der Zeit, als in Umbrien noch die Päpste herrschten, im Besitz der Familie Gasparri. Dort gab es eine große und lukrative Rinderzucht, ein Reitzentrum, aus dem einige der besten Springpferde Italiens kamen, und eine Herde verspielter Ziegen, die nur wegen ihres Unterhaltungswerts gehalten wurde. Seine Olivenhaine lieferten mit das beste Olivenöl Umbriens, sein kleiner Weinberg produzierte jedes Jahr einige Tausend Kilo Trauben für die lokale Winzergenossenschaft. Auf seinen Feldern leuchteten Sonnenblumen.

Die Villa selbst stand am Ende einer staubigen Zufahrt im Schatten riesiger Pinien. Im 11. Jahrhundert war sie ein Kloster gewesen. Aus dieser Zeit gab es noch eine kleine Kapelle und auf dem Innenhof die Überreste eines Backofens, in dem die Mönche ihr täglich Brot gebacken hatten. An das Haupthaus schloss sich ein großer blauer Swimmingpool an, der in einen Terrassengarten überging, in dem zwischen alten Stützmauern Rosmarin und Lavendel wuchsen.

Der jetzige Graf Gasparri, ein schon weißhaariger römischer Adeliger mit engen Verbindungen zum Heiligen Stuhl, vermietete die Villa dei Fiori nicht und bot auch Freunden und Verwandten nicht an, dort Urlaub zu machen. Tatsächlich waren die letzten unbegleiteten Gäste der mürrische Restaurator aus dem Vatikanmuseum und seine schöne, in Venedig geborene

Frau gewesen – ein Erlebnis, das die vier Dienstboten nicht so schnell vergessen würden. Sie waren überrascht, als sie erfuhren, dass Graf Gasparri seine Villa einem namenlosen Bekannten für unbegrenzte Zeit zur Verfügung gestellt hatte. Ja, sagte der Graf, sein Bekannter werde voraussichtlich eigene Gäste empfangen. Nein, er werde die Dienste des Personals nicht in Anspruch nehmen, weil er seine Privatsphäre schützen und nicht gestört werden wolle.

Daher verließen am Dienstagmorgen zwei Angehörige des Hauspersonals – Anna, die fabelhafte Köchin, und Magdalena, die launische Haushälterin – die Villa dei Fiori, um einen unerwarteten Kurzurlaub anzutreten. Zwei ihrer Kollegen blieben jedoch auf ihren Posten: Isabella, die energische Halbschwedin, die das Reitzentrum leitete, und Carlos, der argentinische Cowboy, der für Rinderzucht und Landwirtschaft zuständig war. Beide registrierten den neutralen dunkelblauen Fiat Ducato, der kurz vor Mittag die Zufahrt heraufgeholpert kam. Die beiden Insassen luden seine Fracht schnell wie Gauner aus, die Diebesgut verstecken. Dazu gehörten zwei große Alukisten, wie Rockmusiker sie auf Tour benutzten, genügend Lebensmittel, um eine kleine Armee zu ernähren, und seltsamerweise eine Atelierstaffelei und eine große leere Leinwand.

Nein, dachte Isabella. Das ist nicht möglich. Nicht nach all diesen Jahren.

Der Kastenwagen fuhr bald wieder weg, und über die Villa sank wieder Stille herab. Sie wurde um 15.42 Uhr durch das Röhren eines Maseratimotors unterbrochen. Im nächsten Augenblick raste der Wagen, eine Staubwolke hinter sich herziehend, am Reitzentrum vorbei. Trotzdem gelang es Isabella, einen Blick auf den Beifahrer zu erhaschen. Sein Profil mit den ergrauten Schläfen kam ihr eigenartig bekannt vor.

Ein Zufall, redete Isabella sich ein. Das kann unmöglich derselbe Mann sein.

Das Motorengeräusch wurde zu einem entfernten Brummen, als die Limousine auf der Pinienallee zu der Villa weiterfuhr. Sie hielt vor den Wällen des alten Innenhofs, und der Mann mit den ergrauten Schläfen stieg aus. Mittelgroß, stellte Isabella zunehmend erschrocken fest. Drahtig wie ein Radrennfahrer.

Er hob eine Reisetasche aus dem Kofferraum, sprach noch ein paar Worte mit dem Fahrer. Dann nahm er die Tasche über die Schulter – wie ein Soldat, dachte Isabella – und ging die wenigen Schritte bis zum Eingang der Villa. Mit denselben leicht nach vorn gezogenen Schultern. Mit derselben Andeutung von O-Beinen.

»Großer Gott«, flüsterte Isabella, als der Maserati wieder an ihr vorbeiröhrte. Es stimmte also doch.

Der Restaurator war in die Villa dei Fiori zurückgekehrt.

Am folgenden Morgen führte er wieder die vertraute Routine ein. Er lief eine halbe Stunde lang durch die Felder. Er schwamm seine Bahnen in dem großen Pool. Er blätterte auf einer Gartenterrasse, im Schatten sitzend, eine Monografie über den flämischen Barockmaler Anthonis van Dyck durch. Carlos und Isabella wachten aus der Ferne über ihn. Seine Stimmung schien sich gebessert zu haben, als sei eine große Last von seinen Schultern genommen worden. Carlos fand, er habe sich verändert, aber Isabella ging noch einen Schritt weiter. Er habe sich nicht bloß verändert, sagte sie. Er sei ein ganz neuer Mann.

Seine Arbeitsgewohnheiten waren jedoch unverändert diszipliniert. Am Mittwoch begann die Arbeit nach einem frugalen Lunch und dauerte bis tief in die Nacht hinein. In seiner früheren Inkarnation hatte er bei der Arbeit klassische Musik gehört, aber nun bevorzugte er irgendein schrecklich realistisches Hörspiel, das kein Mensch verstehen konnte. Die Hauptpersonen waren ein gerissener, charmanter Londoner Kunsthändler namens Oliver und seine resolute Assistentin Cordelia. Zumindest das wusste Isabella bestimmt. Der Rest bestand aus einer Kakofonie aus Verkehrslärm, Wasserrauschen auf Toiletten, einseitigen Telefongesprächen und Lachsalven in Bars.

In der am Donnerstagmorgen gesendeten Episode sprachen Oliver und Cordelia über eine trivial klingende Terminverschiebung, der den Galeriebesuch einer Frau namens Magdalena Navarro betraf. Sobald ihre Kontroverse beendet war, verließ der Restaurator die Villa, um joggen zu gehen. Obwohl Graf Gasparri das streng verboten hatte, machte Isabella sich sofort auf den Weg. Sie betrat das Haus durch die Küche und ging gleich in den großen Salon, den der Restaurator wieder in ein Atelier verwandelt hatte.

Die auf der Staffelei stehende Leinwand glänzte an einigen Stellen von einem noch frischen Farbauftrag. Das Sujet war ein Dreiviertelporträt einer Frau in einem Gewand aus Goldseide mit weißem Spitzenbesatz. Isabella, die Kunst studiert hatte, bevor sie ihre Liebe zu Pferden zum Beruf gemacht hatte, erkannte van Dycks Manier. Das Gesicht der Frau war noch nicht ausgeführt, nur ihr volles, fast schwarzes Haar. Rußschwarz, dachte Isabella, mit wundervollen Lichtern aus Bleiweiß und Spuren von Lapislazuli und Zinnoberrot.

Seine Öle und Pigmente waren auf einem kleinen Beistelltisch arrangiert. Isabella hütete sich davor, irgendetwas anzufassen, weil jede noch so kleine Veränderung ihm zeigen würde, dass jemand hier eingedrungen war. Sein Zobelhaarpinsel Winsor & Newton Serie 7 lag auf seiner Palette. Wie das Gemälde war er noch feucht. Auf einem weiteren Beistelltisch stand ein jetzt ausgeschalteter Laptop, der mit zwei Bose-Lautsprechern verbunden war. Damit er Oliver und Cordelia besser hören kann, dachte Isabella.

Sie betrachtete nochmals das unfertige Porträt. In so kurzer Zeit war er beachtlich weit gekommen. Aber wieso *malte* er ein Gemälde, statt eines zu restaurieren? Und wo war sein Modell? Offenbar braucht er keines, dachte Isabella. Sie erinnerte sich an das eindrucksvolle Gemälde, das er gemalt hatte, während er sich von einer schrecklichen Augenverletzung erholte: *Zwei Kinder am Strand* in Mary Cassatts Manier. Er hatte in einigen Marathonsitzungen rein aus dem Gedächtnis gemalt.

»Was hältst du bisher davon?«, fragte er ruhig.

Isabella fuhr herum und fasste sich ans Herz. Irgendwie gelang es ihr, einen Aufschrei zu unterdrücken.

Er trat einen Schritt vor. »Was machst du hier?«

»Graf Gasparri hat uns angewiesen, dich im Auge zu behalten.«

»Warum bist du dann hergekommen, als du wusstest, dass ich außer Haus bin?« Er begutachtete seine Öle und Pigmente. »Du hast nichts angefasst, nicht wahr?«

»Natürlich nicht. Ich war nur neugierig, woran du gerade arbeitest.«

»Ist das alles? Oder hast du dich auch gefragt, weshalb ich nach so langer Zeit zurückgekommen bin?«

»Auch das«, gestand Isabella ein.

Er kam einen weiteren Schritt näher. »Weißt du, wer ich bin?«

»Bis vorhin habe ich geglaubt, du seist ein Restaurator, der manchmal in den Vatikanischen Museen arbeitet.«

»Aber das glaubst du nicht mehr?«

»Nein«, sagte sie nach kurzer Pause. »Jetzt nicht mehr.«

Danach herrschte Schweigen zwischen ihnen.

»Entschuldigung«, murmelte Isabella und machte sich auf den Weg zur Tür.

»Warte!«, rief er ihr nach.

Sie blieb stehen, drehte sich langsam um. Das Grün seiner Augen war beunruhigend. »Ja, Signor Allon?«

»Du hast mir nicht gesagt, was du von dem Bild hältst.«

»Ich finde es wundervoll. Aber wer ist sie?«

»Das weiß ich noch nicht sicher.«

»Wann wirst du's wissen?«

»Bald, hoffe ich.« Er klappte den Laptop auf und nahm Pinsel und Palette in die Hand.

»Wie heißt es?«, fragte Isabella.

»Porträt einer Unbekannten.«

»Nicht das Gemälde. Das Hörspiel mit Oliver und Cordelia.«

Er hob ruckartig den Kopf.

»Du hörst es dir ziemlich laut an. Auf dem Land tragen Geräusche weit.«

»Hoffentlich hat es dich nicht gestört.«

»Keineswegs«, sagte Isabella und wollte gehen.

»Dein Handy«, sagte er plötzlich.

Sie blieb stehen. »Was ist damit?«

»Lass es bitte hier. Und bring mir deinen Laptop und deine Autoschlüssel. Sag Carlo, dass er mir seine Geräte auch bringen soll. Bis auf Weiteres keine E-Mails, keine Telefongespräche. Und niemand verlässt das Gut.«

Isabella schaltete ihr Smartphone aus und ließ es auf dem Tischchen neben dem aufgeklappten Laptop zurück. Als sie die Villa verließ, hörte sie, wie der spitzbübische Oliver einem gewissen Nicky erklärte, sein Klient werde sein Angebot auf dreißig Millionen erhöhen müssen, wenn er den Veronese wolle. Nicky nannte Oliver einen Dieb und fragte dann, ob er abends Zeit für einen Drink habe. Oliver lehnte bedauernd ab.

»Wie heißt sie?«

»Magdalena Navarro.«

»Spanierin?«

»Erraten!«

»Wie sieht sie aus?«

»Ein bisschen wie Penélope Cruz, aber schöner.«

44

DIMBLEBY FINE ARTS

Es war Sarah Bancroft an ihrem Tisch im Franco's, einem Italiener in der Jermyn Street, die sie als Erste entdeckte – die große, schlanke Frau mit glänzend schwarzen langen Haaren, die zu einem ziemlich kurzen Rock ein eng anliegendes weißes Top trug. Als sie um die Ecke auf die Bury Street abbog, wurde Simon Mendenhall, der Christie's nach einer endlos langen Besprechung verließ, auf sie aufmerksam. In seiner typischen Art blieb Simon stehen, um der Frau nachzustarren, und war entsetzt, als er sah, dass sie geradewegs auf Dimbleby Fine Arts zuhielt. Simon verfügte sich seinerseits ins Wiltons, an dessen Bar er allen – auch der Frau mit der Galerie für moderne Kunst, mit der er angeblich eine heiße Affäre hatte – erzählte, Olivers Glückssträhne halte offenbar an.

Punkt zwanzig Uhr klingelte die Schwarzhaarige an der Tür der Galerie. Oliver wartete, bis sie erneut klingelte, bevor er aus seinem Eames-Sessel aufstand, um die Tür aufzusperren. Sobald sie über die Schwelle trat, bedachte sie ihn mit einem suggestiven Wangenkuss. Während ihres einwöchigen Katz-und-Maus-Spiels hatte Oliver zwei Einladungen zum Abendessen und einmal ziemlich deutliche sexuelle Avancen abgelehnt. Der Himmel mochte wissen, was die nächsten Minuten bringen würden.

Er schloss die Tür und sperrte doppelt ab. »Möchten Sie einen Drink?«

»Liebend gern.«

»Whisky oder Whisky?«

»Whisky wäre perfekt.«

Oliver führte sie durch die nur schwach beleuchtete Galerie in sein Büro und schenkte ihnen zwei Scotch ein.

»Blue Label«, stellte sie fest.

»Den bewahre ich für besondere Anlässe auf.«

»Was feiern wir?«

»Dass ich *Susanna im Bade* von Paolo Veronese demnächst zu einem Rekordpreis verkaufen werde.«

»Wo stehen die Gebote?«

»Stand heute Abend habe ich zwei fixe Gebote für dreißig.«

»Museen?«

»Ein Museum«, antwortete Oliver. »Ein Sammler.«

»Ich habe das Gefühl, dass Ihren beiden Bietern eine Enttäuschung bevorsteht.«

»Das Museum hat sein Höchstgebot abgegeben. Der Sammler gehört zu den Gewinnern der Pandemie und hat Geld wie Heu.«

»Mein Klient ebenso. Er wartet gespannt auf eine Nachricht von mir.«

»Dann sollten wir Ihren Klienten vielleicht nicht länger warten lassen.«

Sie nahmen ihre Gläser in den rückwärtigen Ausstellungsraum der Galerie mit. Der großformatige Veronese stand auf zwei mit dünnem Filztuch verhängten Staffeleien. Im Halbdunkel war das Gemälde kaum zu erkennen.

Oliver tastete nach dem Dimmer. Als Susanna und die beiden Ältesten ans Licht traten, bedeckte die Frau ihren Mund mit einer Hand und murmelte etwas auf Spanisch.

»Übersetzung?«, fragte Oliver.

»Nicht übersetzbar.« Sie trat langsam auf das Gemälde zu, als wolle sie die drei Gestalten nicht erschrecken. »Kein Wunder, dass Ihnen die gesamte Kunstwelt zu Füßen liegt, Mr. Dimbleby. Dies ist ein Meisterwerk, das ein Künstler auf dem Höhepunkt seines Schaffens gemalt hat.«

»So habe ich's in meiner Pressemitteilung ausgedrückt, glaube ich.«

»Tatsächlich?« Sie griff in ihre Handtasche.

»Bitte keine Fotos.«

Sie holte eine kleine UV-Lampe heraus. »Schalten Sie bitte einen Augenblick das Licht aus?«

Oliver griff erneut nach dem Dimmer und tauchte den Raum in tiefes Dunkel. Die Frau ließ den purpurblauen Lichtstrahl über die Leinwand gleiten.

»Die Verluste sind ziemlich großflächig.«

»Die Verluste«, antwortete Oliver, »entsprechen exakt dem, was man bei einem vierhundertfünfzig Jahre alten Gemälde der Venezianischen Schule erwarten würde.«

»Von wem haben Sie das Bild restaurieren lassen?«

»Ich habe es in diesem Zustand bekommen.«

»Schön für Sie«, sagte sie und schaltete die UV-Lampe wieder aus.

Oliver ließ die Dunkelheit noch einen Augenblick andauern, bevor er langsam Licht machte. Die Spanierin hielt jetzt eine rechteckige LED-Lupe in der Hand. Damit untersuchte sie erst die nackte Haut von Susannas Hals und Schulter, danach das zinnoberrote Gewand, das sie an ihren Busen drückte.

»Die Pinselstriche sind recht deutlich sichtbar«, stellte sie fest. »Nicht nur in dem Gewand, sondern auch auf ihrer Haut.«

»Veronese hat in seiner späteren Karriere auf gefällig glatte Pinselführung verzichtet«, erklärte Oliver ihr. »Dieses Werk ist charakteristisch für die Abkehr von seinem früheren Stil.«

Sie steckte die Lupe wieder in ihre Tasche und trat von dem Gemälde auf den Staffeleien zurück. Eine Minute verging. Und noch eine.

Oliver räusperte sich dezent.

»Ich habe gehört, was Sie gesagt haben«, sagte sie.

»Ich will Sie nicht drängen, aber es ist schon ziemlich spät.«

»Haben Sie noch einen Augenblick Zeit, um mir die Provenienz zu zeigen?«

Oliver geleitete sie in sein Büro zurück. Dort nahm er ein Exemplar der Provenienz aus einem verschließbaren Aktenschrank und legte es auf den Schreibtisch. Die Frau studierte die Angaben verständlicherweise skeptisch.

»Eine alte europäische Sammlung?«

»Sehr alt«, antwortete Oliver. »Und sehr privat.«

Die Frau schob das Exemplar über den Schreibtisch. »Ich muss den Namen des letzten Besitzers wissen, Mr. Dimbleby.«

»Der letzte Besitzer besteht wie Ihr Klient darauf, anonym zu bleiben.«

»Stehen Sie in direktem Kontakt mit ihm?«

»Mit *ihr*«, sagte Oliver. »Und die Antwort lautet nein. Ich verhandle nur mit ihrem Bevollmächtigten.«

»Ein Anwalt? Ein Händler?«

»Sorry, aber ich kann den Namen des Bevollmächtigten nicht nennen oder seine Aufgaben charakterisieren. Vor allem nicht gegenüber einer Konkurrentin.« Oliver senkte seine Stimme. »Nicht mal, wenn sie so attraktiv ist wie Sie.«

Sie machte einen koketten Schmollmund. »Kann ich wirklich nichts tun, um Sie doch umzustimmen?«

»Nein, leider nicht.«

Die Spanierin seufzte. »Und wenn ich Ihnen, sagen wir, fünfunddreißig Millionen Pfund für Ihren Veronese bieten würde?«

»Meine Antwort bliebe gleich.«

Sie tippte mit dem Zeigefingernagel auf die Provenienz. »Ist keiner Ihrer anderen potenziellen Käufer besorgt wegen der lückenhaften Reihe von Vorbesitzern?«

»Kein einziger.«

»Wie kann das sein?«

»Weil die Herkunft keine Rolle spielt. Das Werk spricht für sich selbst.«

»Zu mir hat es jedenfalls gesprochen. Es war sogar ziemlich gesprächig.«

»Und was hat es gesagt?«

Sie beugte sich über den Schreibtisch und sah ihm direkt in die Augen. »Es hat mir gesagt, dass Paolo Veronese es nicht gemalt hat.«

»Unsinn!«

»Wirklich, Mr. Dimbleby?«

»Ich habe die letzten vier Tage damit verbracht, dieses Gemälde den besten Altmeister-Experten der weltweit wichtigsten Museen zu zeigen. Und kein einziger hat Zweifel an der Echtheit des Werks geäußert.«

»Das kommt daher, dass keiner dieser Experten von dem Mann weiß, der wenige Tage nach Ihrer ›Entdeckung‹ des angeblichen Veronese in der Berliner Galerie Konrad Hassler war. Er hat Herrn Hassler ein Foto gezeigt, auf dem der angebliche Veronese neben einem angeblichen Tizian und einem angeblichen Tintoretto steht. Die Aufnahme stammte aus dem Atelier des Fälschers, der diese Bilder gemalt hat.«

»Unmöglich!«

»Aber leider wahr.«

»Er hat mir versichert, die Bilder seien echt.«

»Signor Rinaldi?«

»Nie von ihm gehört«, sagte Oliver wahrheitsgemäß.

»Unter diesem Namen hat er die Galerie Hassler besucht. Giovanni Rinaldi.«

»Ich kenne ihn unter einem anderen Namen.«

»Und der wäre?«

Oliver gab keine Antwort.

»Er hat Sie getäuscht, Mr. Dimbleby. Oder vielleicht *wollten* Sie sich täuschen lassen. Jedenfalls sind Sie jetzt in einer höchst misslichen Lage. Aber keine Sorge, das bleibt unser kleines Geheimnis.« Sie machte eine Pause. »Gegen eine mäßige Gebühr, versteht sich.«

»Wie mäßig?«

»Die Hälfte des Endpreises, für den Sie den Veronese verkaufen.«

Oliver gab sich uncharakteristisch tugendhaft. »Nach allem, was Sie mir erzählt haben, kann ich das Bild unmöglich verkaufen.«

»Ziehen Sie das Gemälde jetzt zurück, müssen Sie die Millionen erstatten, die Sie für den Tizian und den Tintoretto kassiert haben. Und dann …«

»… dann bin ich ruiniert.«

Die Spanierin legte ihm eine Briefkarte aus dem Lanesborough mit einer handschriftlich notierten Kontonummer hin. »Ich möchte, dass Sie morgen früh als Erstes fünfzehn Millionen Pfund auf dieses Konto überweisen. Ist das Geld bis Geschäftsschluss nicht eingetroffen, rufe ich die Journalistin von der *New York Times* an und erzähle ihr die Wahrheit über Ihren angeblichen Veronese.«

»Sie sind eine billige Erpresserin.«

»Und Sie, Mr. Dimbleby, verstehen nicht so viel vom Kunstmarkt, wie Sie glauben.«

Er begutachtete die Kontonummer. »Das Geld bekommen Sie, *nachdem* der Veronese verkauft ist. Der keine Fälschung ist, wie ich betonen möchte.«

»Ich bestehe auf sofortiger Zahlung.«

»Die können Sie nicht bekommen.«

»In diesem Fall«, sagte die Spanierin, »verlange ich als Sicherheit eine Anzahlung.«

»Wie viel?«

»Kein Geld, Mr. Dimbleby. Einen Namen.«

Oliver zögerte, dann sagte er: »Alessandro Calvi.«

»Und wo lebt Signor Calvi?«

»Florenz.«

»Bitte rufen Sie Signor Calvi mit Ihrem Handy an. Ich möchte ihm einen Besuch abstatten.«

Es war halb neun, als Oliver sie auf die Bury Street hinausgeleitete. Sie streckte ihm zum Abschied die Hand hin. Als er sie nicht ergriff, brachte sie ihre Lippen dicht an sein Ohr und warnte ihn vor beruflicher Demütigung für den Fall, dass er das Geld nicht wie versprochen überwies.

»Dinner im Lanesborough?«, fragte er, als sie auf der Jermyn Street davongehen wollte.

»Ein andermal«, sagte sie über die Schulter hinweg und war fort.

Oliver kehrte nachdenklich in sein Büro zurück. Ihr Duft von Orangenblüten und Jasmin hing noch in der Luft. Vor sich auf dem Schreibtisch hatte er zwei nicht ausgetrunkene Gläser Blue Label, eine fiktive Provenienz für einen gefälschten Veronese und eine Briefkarte aus dem Hotel Lanesborough. Die Provenienz schloss er wieder weg, die Kontonummer fotografierte er mit seinem Handy.

Es klingelte Sekunden später. »Bravo!«, sagte der Anrufer. »Ich hätte's nicht besser gekonnt.«

45

FLORENZ

General Ferrari traf um vierzehn Uhr am folgenden Nachmittag in der Villa dei Fiori ein. Begleitet wurde er von vier bewaffneten Offizieren und zwei Technikern. Während die Offiziere die Villa und ihre unmittelbare Umgebung durchsuchten, verwandelten die Techniker das Esszimmer in eine Einsatzzentrale. Der General – heute im Anzug mit weißem Oberhemd ohne Krawatte – saß in dem großen Salon und sah zu, wie Gabriel malte.

»Die Spanierin ist gestern kurz vor Mittag in Florenz angekommen.«

»Wie hat sie das geschafft?«

»Mit einer gecharterten Dassault Falcon vom London City Airport. Das Four Seasons hat einen Wagen geschickt, um sie abzuholen. Sie ist jetzt dort.«

»Und macht was?«

»Unsere Überwachungsmöglichkeiten im Inneren des Hotels sind begrenzt. Aber wir behalten sie im Auge, falls sie Lust auf etwas Sightseeing hat. Und um einundzwanzig Uhr haben wir natürlich mehrere Teams auf der Piazza della Repubblica.«

»Entdeckt sie Ihre Leute, sind wir erledigt.«

»Das mag Sie überraschen, mein Freund, aber die Arma dei Carabinieri haben so was schon öfter gemacht. Ganz ohne Ihre Hilfe«, fügte der General hinzu. »Sobald sie dieses Gemälde kauft, haben wir einen Grund, um sie wegen Kunstfälschung und Betrugs in mehreren Fällen zu verhaften. Sie kann sich darauf gefasst machen, etliche Jahre in einem italienischen

Frauengefängnis einzusitzen. Keine schöne Aussicht für einen häufigen Gast des Hotels Lanesborough.«

»Ich will sie in keiner Haftzelle haben«, sagte Gabriel. »Sie soll auf der anderen Seite eines Vernehmungstischs sitzen und uns alles erzählen, was sie weiß.«

»Das will ich auch. Aber ich bin gesetzlich verpflichtet, ihr einen Anwalt zu stellen, wenn sie einen verlangt. Tue ich das nicht, ist keine ihrer Aussagen vor Gericht verwertbar.«

»Was sagt das italienische Gesetz über Restauratoren, die an Vernehmungen teilnehmen?«

»Zu diesem Punkt sagt es nichts, was keine Überraschung ist. Wäre sie allerdings mit der Anwesenheit des Restaurators einverstanden, könnte sie wohl geduldet werden.«

Gabriel trat von der Leinwand zurück und begutachtete sein Werk. »Vielleicht kann dieses Porträt ihr Denken beeinflussen.«

»Darauf würde ich mich nicht verlassen. Tatsächlich wäre es eine gute Idee, ihr Handschellen anzulegen, bevor sie es sehen darf.«

»Bitte nicht«, sagte Gabriel, während er mit dem Pinsel Farbe aufnahm. »Ich möchte ihr die Überraschung nicht verderben.«

Sie verbrachte den Nachmittag am Pool und fuhr gegen achtzehn Uhr nach oben, um sich etwas auszuruhen, zu duschen und sich umzuziehen. Ihre Kleidung wählte sie mit Bedacht aus. Blassblaue Stretchjeans. Eine locker sitzende weiße Bluse. Bequeme Wildledermokassins. Ihr von der toskanischen Sonne gebräuntes Gesicht brauchte kein Make-up. Ihr rabenschwarzes Haar fasste sie zu einem Nackenknoten mit einigen wie zufällig herabhängenden Strähnen zusammen. Attraktiv, dachte sie, als sie ihre Erscheinung im Garderobenspiegel musterte, aber seriös. An diesem Abend würde es keinen Flirt geben. Keine Spiele und Spaß wie mit dem kleinen Kunsthändler in London. Der Mann, mit dem sie sich auf der Piazza della Repubblica treffen wollte, würde sich nicht dazu verführen oder erpressen lassen, ihr zu

Willen zu sein. Sie hatte ein Video von seinem Besuch in der Galerie Hassler in Berlin gesehen. Er war jung, sah gut aus, war sportlich schlank. Ein gefährlicher Mann, sagte sie sich. Ein Profi.

Unten durchquerte sie die Hotelhalle, verließ das Four Seasons durch seinen bescheidenen Hauptausgang und trat auf den Borgo Pinti hinaus. Das Gedränge, das hier tagsüber geherrscht hatte, war ebenso zurückgegangen wie die Tageshitze. Sie trank noch einen Espresso im Café Michelangelo, dann ging sie in der kühlen Abenddämmerung zur Piazza della Repubblica weiter, die von dem gewaltigen Triumphbogen auf der Westseite des Platzes beherrscht wurde. Dort traf sie wie angewiesen um Punkt einundzwanzig Uhr ein. Keine Minute später hielt eine Vespa neben ihr.

Sie erkannte den Fahrer.

Jung, gut aussehend, sportlich schlank.

Er rutschte wortlos auf der Sitzbank nach hinten. Magdalena nahm seinen vorigen Platz ein und fragte: »Wohin?«

»Lungarno Torrigiani. Er verläuft ...«

»Ich weiß, wo er liegt«, sagte sie und wendete auf der engen Straße. Auf der Fahrt den Arno entlang glitten seine starken Hände über ihren Rücken, ihre Hüften, ihre Schenkel, ihre Brüste. Seine Berührung hatte nichts Sexuelles an sich. Er tastete sie nur nach Waffen ab.

Ein Profi, sagte sie sich. Zum Glück war sie auch einer.

Der Anruf ging um 21.03 Uhr in der Villa dei Fiori ein. Er kam von einem von Ferraris Überwachungskünstlern auf der Piazza della Repubblica. Die Frau war wie angewiesen zu dem Treff gekommen. Jetzt war sie mit Rossetti zu dem Apartment unterwegs. Diese Informationen leitete General Ferrari rasch an Gabriel weiter, der noch immer an seiner Staffelei stand. Er wusch sorgfältig seine Pinsel aus, dann ging er in die provisorische Einsatzzentrale hinüber. Die Oliver-Dimbleby-Show war ein rauschender Erfolg gewesen. Jetzt stand Alessandro Calvi im Rampenlicht. Ein einziger Fehler, dachte Gabriel, und wir sind erledigt.

46

LUNGARNO TORRIGIANI

Das Gebäude war rotbraun wie gebranntes Siena und hatte im ersten Stock eine umlaufende Balustrade. Das Apartment lag im zweiten Stock. In der nur schwach beleuchteten Diele nahm Rossetti der Frau ihre Birkin Bag von Hermès ab und kippte den Inhalt auf die Arbeitsfläche in der Küche. Ihre Habseligkeiten bestanden aus einem spanischen Reisepass, einem Portemonnaie von Cartier, einer UV-Lampe, einer LED-Lupe in Profiqualität und einem Wegwerfhandy von Samsung. Das Gerät war ausgeschaltet, die SIM-Karte herausgenommen.

Rossetti schlug ihren Pass auf. »Heißen Sie wirklich Magdalena Navarro?«

»Und Sie wirklich Alessandro Calvi?«

Er öffnete ihre Geldbörse von Cartier und kontrollierte die Kreditkarten und den spanischen Führerschein. Alle waren auf den Namen Magdalena Navarro ausgestellt. Die Scheinfächer enthielten ungefähr dreitausend Euro und hundert britische Pfund. In dem Reißverschlussfach steckten einige Quittungen, die mit ihrem Aufenthalt in London zusammenhingen. Ansonsten enthielten Portemonnaie und Handtasche nichts Überflüssiges, was ungewöhnlich war.

Er warf alles in die Tasche zurück und ließ nur einen Gegenstand auf der Arbeitsfläche liegen: ein Foto von *Danaë und der Goldregen* von Gabriel Allon. »Wo haben Sie das her?«, fragte er.

»Vor nicht allzu langer Zeit war ich in Berlin und habe mit einem alten Freund zu Mittag gegessen. Er hat mir eine interessante Geschichte von einem Besucher erzählt, der neulich in seiner Galerie war. Der Mann wollte meinem Freund offenbar das Gemälde auf diesem Foto verkaufen. Er hat behauptet, es stamme aus derselben Privatsammlung wie die Bilder, die vor Kurzem in London solches Aufsehen erregt haben. Und er hat meinem Freund auch ein Foto dieser anderen Gemälde gezeigt. Drei Gemälde, ein Foto. Mein Freund hat das seltsam gefunden, um das Mindeste zu sagen.«

»Das Foto hat mein Restaurator gemacht.«

»Meiner Erfahrung nach sind Restauratoren die besten Fälscher. Finden Sie das nicht auch?«

»Das klingt wie eine Frage, die ein Kriminalbeamter stellen würde.«

»Ich bin keine verdeckte Ermittlerin, Signor Calvi. Ich bin eine Kunstmaklerin, die Käufer mit Verkäufern zusammenbringt und von dem lebt, was dabei abfällt.«

»Sogar recht gut, wie ich höre.«

Er geleitete sie ins große Wohnzimmer des Apartments. Durch drei abends offene Flügelfenster hatte man einen herrlichen Blick auf die Kuppeln und Türme von Florenz. Die Frau hatte jedoch nur Augen für die Gemälde an den Wänden.

»Sie haben sehr viel Geschmack.«

»Das Apartment ist zugleich mein Verkaufsraum.«

Sie deutete auf eine exquisite etruskische Amphore. »Wie ich sehe, handeln Sie auch mit Antiquitäten.«

»Sie sind eine wichtige Sparte meines Geschäfts. Chinesische Milliardäre lieben griechische und etruskische Keramik.«

Sie fuhr mit dem Zeigefinger den eleganten Schwung des Gefäßes nach. »Wirklich ein Prachtstück. Aber sagen Sie mir, Signor Calvi, ist es gefälscht wie die drei Gemälde, die Sie Mr. Dimbleby verkauft haben? Oder nur Raubkunst?«

»Die Gemälde, die ich Mr. Dimbleby verkauft habe, sind von den prominentesten Altmeisterkennern Londons begutachtet worden. Und kein einziger hat die Zuschreibung angezweifelt.«

»Das liegt daran, dass Ihr Fälscher der größte lebende altmeisterliche Maler der Welt ist.«

»Einen *lebenden* Altmeister kann es nicht geben.«

»Natürlich gibt es welche. Ich muss es wissen, denn ich arbeite für einen. Auch er kann alle Experten täuschen. Aber Ihr Fälscher ist viel begabter als meiner. Sein Veronese ist ein Meisterwerk. Bei seinem Anblick bin ich fast in Ohnmacht gefallen.«

»Ich dachte, Sie seien Kunstmaklerin.«

»Ich *bin* Maklerin. Aber die Gemälde, die ich vermittle, sind schlicht und einfach Fälschungen.«

»Sie sind also ein Strohmann? Habe ich das richtig verstanden?«

»*Sie* sind ein Strohmann, Signor Calvi. Wie Sie recht gut wissen, bin ich eine Frau.«

»Was führt Sie nach Florenz?«

»Ich möchte Ihnen und Ihrem Fälscher ein Angebot machen.«

»Was für eine Art Angebot?«

»Zeigen Sie mir den Gentileschi«, verlangte die Frau. »Dann erkläre ich Ihnen alles.«

Rossetti führte sie ins Zimmer nebenan und machte Licht. Sie starrte *Danaë und der Goldregen* schweigend an, als habe der Anblick des Gemäldes ihr die Sprache verschlagen.

»Soll ich Ihnen die Lupe und die UV-Lampe bringen?«, fragte Rossetti.

»Danke, nicht nötig. Das Gemälde ist …«

»Es leuchtet?«

»Es ist weiß glühend«, flüsterte die Frau. »Aber auch brandgefährlich.«

»Wie das?«

»Oliver Dimbleby hat sehr leichtsinnig gehandelt, als er gleich drei Gemälde aus Ihrer angeblich alten europäischen Sammlung auf den Markt geworfen hat. In bestimmten Kreisen der Kunstwelt wird bereits spekuliert, die Gemälde könnten Fälschungen sein. Und dann haben Sie den Fehler gemacht, in der Galerie Hassler aufzukreuzen. Es ist nur noch eine Frage der Zeit, wann Ihr Unternehmen auffliegt. Und dann wird's Kollateralschäden geben.«

»Sie?«

Die Spanierin nickte. »Der Markt für Altmeister in Museumsqualität ist klein, Signor Calvi. Die Zahl der guten Gemälde und der Sammler oder Museen, die bereit sind, Millionen für sie auszugeben, ist überschaubar. Zwei auf Altmeister spezialisierte Fälscherringe können nicht konkurrieren und überleben. Einer der beiden stürzt unweigerlich ab – und reißt den anderen dabei mit.«

»Wie sähe die Alternative aus?«

»Ich bin bereit, Ihnen und Ihrem Partner den Schutz einer bewährten Vertriebsorganisation anzubieten, die Ihnen über viele Jahre hinweg regelmäßige Millioneneinnahmen sichern kann.«

»Ich brauche Ihren Vertrieb nicht.«

»Ihr Auftritt in Berlin beweist eher das Gegenteil. Fängt man's richtig an, kann dieses Gemälde dreißig Millionen Euro bringen. Und trotzdem waren Sie bereit, es Herrn Hassler für lächerliche zwei Millionen zu verkaufen.«

»Und wenn ich's Ihnen überließe?«

»Ich würde es nach der Maxime verkaufen, dass langfristige Sicherheit über kurzfristigen Gewinn geht.«

»Ich habe noch keinen Preis gehört.«

»Fünf Millionen«, sagte die Frau. »Aber bevor ich zahle, würde ich darauf bestehen, Ihren Fälscher in seinem Atelier kennenzulernen.«

»Zehn Millionen«, verlangte Rossetti. »Und Sie überweisen den Betrag auf mein Konto, bevor Sie meinen Fälscher kennenlernen.«

»Wann könnte ein Treffen stattfinden?«

Rossetti sah auf seine Patek Philippe. »Kurz nach Mitternacht, denke ich. Natürlich unter der Voraussetzung, dass Sie mehr Geld haben als die dreitausend Euro in Ihrem Portemonnaie von Cartier.«

»Bei welcher Bank haben Sie ein Konto, Signor Calvi?«

»Banca Monte dei Paschi in Siena.«

»Dann brauche ich BIC und IBAN.«

»Ich bringe Ihnen Ihr Handy.«

Sie gab die Nummer aus dem Gedächtnis ein. Als sich beim ersten Versuch niemand meldete, beendete sie das Gespräch, ohne eine Nachricht zu hinterlassen. Der zweite Versuch hatte dasselbe Ergebnis. Erst beim dritten Mal kam eine Verbindung zustande.

Sie gab ihre Anweisungen in ausgezeichnetem Englisch. Es gab keinen Austausch von Höflichkeiten, sondern nur die prompte Ausführung einer Sofortüberweisung von zehn Millionen Euro auf ein Konto bei der ältesten Bank der Welt. Bestätigt wurde die Transaktion durch eine wenige Minuten später eingehende E-Mail, die sie Rossetti zeigte, wobei sie den Absender mit einem Daumen verdeckte. Danach trat sie ans nächste offene Fenster und warf das Handy schwungvoll ins schwarze Wasser des Arno.

»Wohin fahren wir?«, fragte sie.

»In eine Kleinstadt im Norden Umbriens.«

»Nicht mit dem Motorroller, hoffe ich.«

Der Maserati stand vor dem Gebäude geparkt. In der Stadt hielt Rossetti sich zurück, aber auf der Autostrada gab er Vollgas. Er wartete bis Orvieto, bevor er seinen Fälscher über die Freisprechanlage der Limousine anrief, um ihm mitzuteilen, er sei wegen einer wichtigen Sache zu ihm unterwegs. Sein Partner äußerte sich unzufrieden über diese Störung seiner Arbeitsabläufe, denn er hatte gehofft, an diesem Abend ein Gemälde fertigstellen zu können.

»Hat das nicht Zeit bis morgen?«, fragte er irritiert.

»Nein, leider nicht. Außerdem habe ich gute Nachrichten.«

»Weil wir gerade bei Nachrichten sind – hast du die Meldung in der *Times* gesehen? Oliver Dimbleby will den Veronese an einen Privatsammler verkauft haben. Angeblich für fünfunddreißig Millionen.«

Und damit beendete er das Gespräch.

»Das hat nicht sehr begeistert geklungen«, stellte die Spanierin fest.

»Aus gutem Grund.«

»Das war kein Verkauf auf Provisionsbasis?«

»Nein, Dimbleby hat das Bild angekauft.«

»Wie viel hat er dafür gezahlt?«

»Drei Millionen.«

»Und das neue Gemälde?«, fragte die Frau.

»Ein van Dyck.«

»Wirklich? Mit welchem Sujet?«

»Das soll eine Überraschung sein«, sagte Rossetti und trat das Gaspedal durch.

Kurz vor Mitternacht wurde Isabella durch das wilde Kläffen der Hunde aus einem schönen Traum geweckt. Im Allgemeinen war daran ein Wildschwein aus den umliegenden Wäldern schuld. In dieser Nacht waren die Schuldigen jedoch zwei Männer, die über die im Mondschein liegende Pferdekoppel schlenderten. Die beiden gehörten zu den ausschließlich männlichen Gästen, die an diesem Nachmittag eingetroffen waren. Isabella vermutete jedoch, diese *Gäste* seien in Wirklichkeit keine Gäste, sondern Polizeibeamte. Wie sollte man sonst die Tatsache erklären, dass zwei von ihnen nachts mit Maschinenpistolen bewaffnet auf dem Gelände patrouillierten?

Nach einiger Zeit hörten die Hunde zu kläffen auf, und Isabella ging wieder ins Bett – und wurde um 0.37 Uhr erneut aufgeschreckt. Dieses Mal durch den vermaledeiten Maserati.

Derselbe Wagen, dachte sie, der den Restaurator Anfang der Woche zur Villa dei Fiori gebracht hatte. Er röhrte an ihrem Fenster vorbei, raste die von Pinien gesäumte Zufahrt entlang. Im Mondschein waren zwei aussteigende Personen zu sehen. Die eine war ein sportlich schlanker Mann, vielleicht ein weiterer Polizeibeamter. Die andere war eine große Frau mit rabenschwarzem Haar.

Mit dem Mann hinter sich betrat sie die Villa als Erste. Das Kreischen begann Sekunden später: ein grausig schmerzliches Wehklagen wie von einem verwundeten Tier. Bestimmt hing es mit dem Gemälde, dem *Porträt einer Unbekannten*, zusammen … Vielleicht habe ich mich getäuscht, dachte Isabella, während sie sich die Ohren zuhielt. Vielleicht hat Signor Allon sich doch nicht verändert.

TEIL DREI

PENTIMENTO

47

VILLA DEI FIORI

Sie ergab sich nicht kampflos, aber das hatte auch niemand erwartet. Luca Rossetti, der als Erster versuchte, ihr Handschellen anzulegen, wurde das Ziel eines so wütenden Gegenangriffs, dass Gabriel sich nicht mehr nur schützend vor das Gemälde stellen konnte, sondern seinem neuen Freund zu Hilfe kommen musste. Verstärkung bekam er einige Sekunden später von zwei Carabinieri, die wie in einer Slapstick-Szene aus einem Stummfilm mit schussbereiten Pistolen hereingestürmt kamen. Dann griffen auch noch die Techniker ein, und Gabriel zog sich klugerweise zurück, um den Ausgang dieses ungleichen Kampfs zu beobachten. Zuletzt war es Rossetti, der trotz Nasenblutens die Handschellen zuschnappen ließ. Gabriel fand das metallische Klicken des Schließmechanismus äußerst befriedigend.

Erst dann betrat General Ferrari ohne Hast die Bühne. Nachdem er sich davon überzeugt hatte, dass die Verdächtige unverletzt war, begann er die gegen sie vorliegenden Beweise aufzuzählen. Dazu gehörte die Überweisung von zehn Millionen Euro auf ein Konto bei der Banca Monte dei Paschi ebenso wie das auf Video aufgenommene Eingeständnis der Beschuldigten, sie spiele eine wichtige Rolle in einem internationalen Kunstfälscherring. Im Augenblick waren die Carabinieri noch dabei, die Überweisung zurückzuverfolgen. Und sie arbeiteten daran, die Telefonnummern zu ermitteln, die mit dem Handy, das jetzt auf dem Grund des Arno lag, angerufen worden waren. Beides keine sehr schwierigen Aufgaben, sagte der General voraus.

Aber auch ohne diese Informationen, fuhr er fort, besitze er genügend Beweise, um die Verdächtige in Italien vor Gericht stellen lassen zu können. Schließlich sei sie in flagranti bei dem Versuch ertappt worden, ein gefälschtes Gemälde zu kaufen und mit Geld aus dubioser Quelle zu bezahlen. Dafür drohe ihr eine längere Haftstrafe in einem der italienischen Frauengefängnisse, die bedauerlicherweise zu den schlimmsten Westeuropas gehörten.

»Nach Verbüßung Ihrer Strafe werden Sie nach Frankreich ausgeliefert, wo Sie sich wegen Ihrer Beteiligung an der Ermordung von Valerie Bérrangar, Georges Fleury und Bruno Gilbert verantworten müssen. Und die spanischen Strafverfolgungsbehörden finden bestimmt auch etwas gegen Sie. In der Praxis heißt das, dass Sie alt und grau sein werden, bevor Sie wieder auf freien Fuß kommen. Außer, Sie ergreifen die Rettungsleine, die ich Ihnen zuwerfe.«

Der Deal sah vor, die Verdächtige von jeglicher Strafe für ihre Rolle bei den Unternehmungen dieses Abends freizustellen. Als Gegenleistung erwartete General Ferrari die Namen aller Mitglieder ihrer Fälscherbande, ein vollständiges Verzeichnis aller gefälschten Gemälde und natürlich die Identität des Fälschers selbst. Jeder Täuschungs- oder Betrugsversuch der Verdächtigen würde die Aufkündigung des Deals und sofortige Verhaftung nach sich ziehen. Ein zweites Angebot, das ihr Immunität vor Strafverfolgung garantierte, würde es nicht geben.

Alle hatten erwartet, sie werde ihre Unschuld beteuern, aber das tat sie nicht. Sie verlangte auch keinen Rechtsanwalt und wollte nicht einmal, dass General Ferrari die Klauseln seines Kooperationsvertrags schriftlich festhielt. Stattdessen stellte sie Gabriel eine einzige Frage.

»Wie haben Sie mich gefunden, Mr. Allon?«

»Ich habe vier Gemälde gemalt«, antwortete er. »Und Sie sind mir in die Arme gelaufen.«

Damit war die Auseinandersetzung beendet. Capitano Luca Rossetti blieb ihr einziges Opfer.

Die Spanierin begann damit, dass sie die noch vorhandenen Zweifel an ihrer Identität ausräumte. Ja, versicherte sie ihnen, sie heiße tatsächlich Magdalena Navarro. Und ja, sie sei in der andalusischen Stadt Sevilla geboren und aufgewachsen. Ihr Vater handelte als Galerist mit spanischen Altmeistern und antiken Möbeln. Seine Galerie lag in der Nähe der Plaza Virgen de los Reyes, nur wenige Schritte vom Eingang des Hotels Doña María entfernt. Zu ihren Kunden zählten traditionellerweise der Adel und der Geldadel der Stadt. Die Familie Navarro gehörte nicht zu dieser Elite, aber die Galerie hatte Magdalena einen Blick in das Leben von Menschen ermöglicht, für die Geld keine Rolle spielte.

Die Galerie hatte sie auch Kunst lieben gelehrt – vor allem spanische Kunst. Sie verehrte Diego Velázquez und Francisco de Goya, aber von Picasso war sie besessen. Schon als Kind zeichnete sie seine Grafiken ab und produzierte als Zwölfjährige eine fast perfekte Kopie von *Zwei lesende Mädchen*. Wenig später begann sie ihre Ausbildung an einer privaten Kunstschule in Sevilla, bevor sie als Absolventin der Sekundarschule an die Escuela de Bellas Artes de Barcelona ging. Von allen Kommilitonen glühend beneidet, verkaufte sie schon als Erstsemester ihr erstes Bild. Ein wichtiger Autor eines in Barcelona erscheinenden Kunstmagazins sagte voraus, Magdalena Navarro werde eines Tages die berühmteste spanische Malerin sein.

»Als ich im Jahr 2004 mein Diplom bekommen habe, wollten zwei prominente Galerien meine Arbeiten ausstellen. Eine in Barcelona, die andere in Madrid. Natürlich waren sie beide ziemlich überrascht, als ich ihr Angebot dankend abgelehnt habe.«

Navarro saß auf einem Stuhl, ihre Füße standen flach auf dem Terrakottaboden, ihre Hände waren hinter ihrem Rücken mit Handschellen gefesselt. General Ferrari, der ihr gegenübersaß, hatte Rossetti neben sich, während eine Videokamera auf einem Stativ ihm über die Schulter sah. Gabriel betrachtete den L-förmigen Riss, 15 mal 23 Zentimeter, in der unteren linken Ecke des *Porträts einer Unbekannten*.

»Wieso haben Sie das gemacht?«, fragte er.

»Die Chance abzulehnen, im zarten Alter von einundzwanzig Jahren meine Arbeiten zu zeigen? Weil ich nicht daran interessiert war, die berühmteste spanische Malerin zu werden.«

»Spanien war für ein Talent wie Ihres zu klein?«

»Das habe ich damals geglaubt.«

»Wohin sind Sie gegangen?«

Im Herbst 2005 traf sie in New York ein und bezog in der Alphabet City von Lower Manhattan eine Einzimmerwohnung in der Avenue C. Das Apartment war bald voller neu geschaffener Gemälde, von denen sie keines verkaufen konnte. Ihr aus Spanien mitgebrachtes Geld war rasch aufgebraucht. Ihr Vater schickte ihr, was er erübrigen konnte, aber das war nie genug.

Ein Jahr nach ihrer Ankunft in New York konnte sie sich kein Malmaterial mehr leisten und hatte eine Räumungsklage am Hals. Sie fand Arbeit als Bedienung im El Pote Español in Murray Hill und in Katz's Delicatessen in der East Houston Street. Schon bald arbeitete sie sechzig Stunden in der Woche und konnte vor Erschöpfung nicht mehr malen.

Deprimiert trank sie zu viel und entdeckte ihren Appetit auf Kokain. Sie begann ein Verhältnis mit ihrem Dealer, einem gut aussehenden Dominikaner spanischer Abstammung namens Hector Martínez, und fungierte bald als Kurierin und Ausfahrerin für sein Netzwerk. Viele seiner Stammkunden waren Wall-Street-Banker, die Vermögen mit dem Vertrieb von Derivaten und mit Hypotheken besicherten Wertpapieren machten – genau den komplexen Finanzprodukten, die drei Jahre später eine globale Finanzkrise auslösen sollten.

»Und dazu kamen natürlich die Rockmusiker, Drehbuchautoren, Broadwayproduzenten, Maler, Bildhauer und Galeristen. So seltsam das klingen mag: Eine New Yorker Dealerin zu sein, war für meine Karriere nützlich. Alle wichtigen Leute koksten. Und alle kannten meinen Namen.«

Dank ihrer Einnahmen aus dem Drogenhandel brauchte Magdalena nicht mehr zu kellnern und konnte wieder malen. Eines ihrer Gemälde schenkte sie einem Kunsthändler in Chelsea, der in der Woche tausend Dollar für Kokain ausgab. Statt es zu behalten, verkaufte der Galerist es für fünfzigtausend Dollar. Er beteiligte Magdalena mit fünfzig Prozent, weigerte sich jedoch, den Namen des Kunden preiszugeben.

»Hat er einen Grund dafür genannt?«, fragte Gabriel.

»Sein Kunde und er hatten Vertraulichkeit vereinbart. Aber er hat auch befürchtet, ich würde meine Bilder direkt verkaufen.«

»Wieso sollte er das befürchten?«

»Ich bin die Tochter eines Kunsthändlers. Ich weiß, wie das Geschäft funktioniert.«

Der Galerist in Chelsea kaufte Magdalena zwei weitere Bilder ab, die er sofort an denselben anonymen Sammler weitergab. Dann teilte er ihr mit, sein Kunde sei ein reicher Investor, der ihre Arbeit sehr bewunderte und daran dachte, ihr Mäzen zu werden.

»Aber nur wenn ich aufhöre, mit Kokain zu dealen.«

»Ich vermute, dass Sie einverstanden waren.«

»Ich habe meinen Pager in einen Gully der West Twenty-Fifth Street geworfen und kein Gramm Kokain mehr ausgeliefert.«

Und ihr neuer Mäzen, berichtete sie weiter, hielt tatsächlich Wort. Allein im Sommer 2008 kaufte er über die Galerie in Chelsea weitere vier Gemälde von ihr. Diese Verkäufe brachten Magdalena über hunderttausend Dollar ein. Weil sie die Unterstützung ihres Gönners auf keinen Fall verlieren wollte, versuchte sie nie, seine Identität herauszubekommen. Aber an einem eisigen Dezembermorgen erhielt sie einen Anruf von einer Frau, die sich als Sekretärin ihres Mäzens vorstellte.

»Sie wollte wissen, ob ich an diesem Abend zum Dinner frei sei. Als ich Ja gesagt habe, hat sie angekündigt, eine Limousine werde mich um sechzehn Uhr abholen.«

»Warum so früh?«

»Mein anonymer Gönner wollte mich ins Le Cirque ausführen. Er wollte sicherstellen, dass meine Garderobe dem Anlass entsprach.«

Die Limousine fuhr pünktlich vor und brachte Magdalena zu Bergdorf Goodman, wo eine Einkaufsberaterin namens Clarissa Kleidung und Schmuck – darunter eine goldene Cartier – für zwanzigtausend Dollar auswählte. Danach geleitete sie Magdalena in den exklusiven Frisiersalon des Hauses.

Das Restaurant Le Cirque lag nur wenige Blocks entfernt im Palace Hotel. Magdalena traf um zwanzig Uhr ein und wurde sofort an einen Tisch mitten in dem berühmten Speisesaal geleitet. Vor ihrem inneren Auge stand ein Bild ihres Mäzens: ein distinguierter, Blazer tragender Siebziger aus der Park Avenue. Aber der Mann, der sie erwartete, war groß und blond und höchstens Mitte vierzig. Als er aufstand, um Magdalena die Hand zu geben, stellte er sich endlich vor.

Er heiße, sagte er, Phillip Somerset.

48

VILLA DEI FIORI

Tatsächlich war das der letzte Name, den Gabriel von Magdalena Navarro zu hören erwartet hatte. Als erfahrener Vernehmer ließ er sich jedoch weder Überraschung noch Ungläubigkeit anmerken. Stattdessen wandte er sich an General Ferrari und Luca Rossetti, denen dieser Name offenbar nichts sagte, und fasste Phillip Somersets Lebenslauf in einigen kurzen Sätzen für sie zusammen. Ehemaliger Bond-Trader bei Lehman Brothers. Gründer und Direktor von Masterpiece Art Ventures, einem kunstbasierten Hedgefonds, der an seine Investoren routinemäßig fünfundzwanzig Prozent Jahresdividende ausschüttete. Der General hatte offenbar den Verdacht, dahinter stecke mehr. Trotzdem ließ er Gabriel die Vernehmung fortsetzen. Das tat er, indem er Magdalena aufforderte, ihren Abend in dem einst berühmtesten Restaurant von Manhattan zu schildern.

»Das Essen war schlecht. Und die Einrichtung!« Sie verdrehte ihre schönen dunklen Augen.

»Und Ihr Gastgeber?«

»Unser Gespräch war herzlich und geschäftsmäßig. Der Abend hatte nichts Romantisches an sich.«

»Wozu die teure Garderobe und die goldene Cartier?«

»Die waren eine Demonstration seiner Fähigkeit, mein Leben zu verändern. Der ganze Abend war eine meisterhafte Performance.«

»Sie waren von ihm beeindruckt?«

»Nein, ganz im Gegenteil. Ich dachte, er sei eine Kreuzung zwischen Jay Gatsby und Bud Fox. Er hat vorgegeben, etwas zu sein, das er nicht war.«

»Nämlich?«

»Ein ungeheuer reicher und gebildeter Mann. Ein den Medicis ähnlicher Förderer der Künste.«

»Aber Phillip *war* reich.«

»Nicht so reich, wie er behauptet hat. Und er hat nichts von Kunst verstanden. Phillip hat sich zur Kunstwelt hingezogen gefühlt, weil dort das große Geld lockte.«

»Wieso hat er sich zu Ihnen hingezogen gefühlt?«

»Ich war jung und schön und begabt, hatte einen exotischen Namen und ein hispanisches Erbe. Er wollte mich zu einer weltweit bekannten Marke mit Milliardenumsätzen machen. Er hat versprochen, mich reicher zu machen, als ich mir jemals hätte träumen lassen.«

»War irgendwas davon wahr?«

»Nur sein Versprechen, mich reich zu machen.«

Phillip kaufte Magdalenas Gemälde fast so schnell, wie sie sie malen konnte, und zahlte den Kaufpreis auf ihr Konto bei Masterpiece Art Ventures ein. Bald betrug ihr Guthaben über zwei Millionen Dollar. Sie zog aus ihrer Einzimmerwohnung in Alphabet City in ein Brownstone in der West Eleventh Street um. Phillip blieb der Hausbesitzer, ließ sie aber mietfrei wohnen. Er kam oft auf Besuch.

»Um Ihre neuesten Bilder zu sehen?«

»Nein, um mich zu sehen.«

»Sie waren ein Liebespaar?«

»Liebe hatte mit dem, was zwischen uns gelaufen ist, sehr wenig zu tun, Mr. Allon. Es war ein bisschen wie unser Dinner im Le Cirque.«

»Schlimm?«

»Herzlich und geschäftsmäßig.«

Ab und zu nahm Somerset sie zu einer Broadwayshow oder

zur Eröffnung einer Galerie mit. Aber die meiste Zeit hielt er sie in dem alten Haus versteckt, wo sie ihre Tage vor der Staffelei verbrachte wie die Müllerstocher in dem Märchen Rumpelstilzchen am Spinnrad. Er versicherte ihr, er organisiere eine sensationelle Ausstellung ihrer Arbeiten, die sie augenblicklich zur heißesten Künstlerin New Yorks machen würde. Aber als die versprochene Ausstellung nie zustande kam, warf sie Phillip vor, er betrüge sie.

»Wie hat er darauf reagiert?«

»Er hat mich eines Abends in ein Loft in Hell's Kitchen, gleich nördlich der Ninth Avenue, mitgenommen.«

»Was gab es dort zu sehen?«

»Gemälde.«

»Auch echte?«

»Nein«, sagte Magdalena. »Echt war kein einziges.«

Die Gemälde waren jedoch atemberaubend schön und qualitätsvoll: Arbeiten eines unglaublich talentierten und technisch versierten Fälschers. Er hatte nicht etwa bekannte Gemälde kopiert. Stattdessen hatte er den Stil verschiedener Altmeister clever imitiert, um Bilder zu erschaffen, die als neu entdeckt auf den Markt gebracht werden konnten. Alle Leinwände, Keilrahmen und Rahmen stammten ebenso aus der damaligen Zeit wie die verwendeten Pigmente. Damit war garantiert, dass die Bilder durch keine wissenschaftliche Untersuchung als Fälschungen enttarnt werden konnten.

»Hat Somerset Ihnen an jenem Abend den Namen des Fälschers gesagt?«

»Natürlich nicht. Phillip hat mir seinen Namen nie verraten.«

»Das sollen wir Ihnen glauben?«

»Wozu sollte er mir seinen Namen nennen? Außerdem hatte er nichts mit der Aufgabe zu tun, die Phillip für mich vorsah.«

»Und die war?«

»Natürlich sollte ich die Gemälde verkaufen.«

»Aber warum Sie?«

»Warum nicht? Ich habe Kunstgeschichte studiert und als Kokainkurierin Erfahrung gesammelt. Ich weiß, wie man einen Raum mit einer Lieferung betritt und mit dem Geld wieder verlässt. Außerdem bin ich die Tochter eines Galeristen in Sevilla.«

»Das perfekte Einfallstor zum europäischen Markt.«

»Und die perfekte Umgebung für einen Probelauf mit ein paar gefälschten Gemälden«, fügte sie hinzu.

»Aber wieso sollte ein ungeheuer erfolgreicher Geschäftsmann wie Phillip Somerset sich mit Fälschungen abgeben?«

»Was denken Sie, Mr. Allon?«

»Weil der Geschäftsmann doch nicht so ungeheuer erfolgreich war.«

Magdalena nickte. »Masterpiece Art Ventures war von Anfang an eine Pleite. Selbst als die Preise auf dem Kunstmarkt explodiert sind, hat Phillip nie die richtige Formel gefunden. Er brauchte ein paar sichere Einnahmen, um für seine Investoren Gewinne ausweisen zu können.«

»Und Sie waren mit seinem Plan einverstanden?«

»Nicht gleich anfangs.«

»Was hat Ihren Sinneswandel bewirkt?«

»Weitere zwei Millionen Dollar auf mein Konto bei Masterpiece Art Ventures.«

Vier Wochen später kehrte Magdalena nach Sevilla zurück und nahm die ersten sechs Gemälde aus New York in Empfang. Die Versandpapiere bezeichneten sie als fast wertlose Bilder, die Jünger oder Imitatoren Alter Meister gemalt hatten. Als Magdalena sie in der väterlichen Galerie anbot, machte sie aus diesen Zuschreibungen jedoch »Schule von« oder »Werkstatt von«, was ihren Wert erheblich steigerte. Binnen weniger Wochen wurden alle sechs Gemälde von der reichen Klientel ihres Vaters in Sevilla gekauft. Magdalena beteiligte ihn mit zehn Prozent am Gewinn und überwies den Löwenanteil über ein Bankkonto in Liechtenstein an Masterpiece Art Ventures.

»Wie viel?«

»Eineinhalb Millionen.« Magdalena zuckte mit den Schultern. »Peanuts.«

Nach diesem erfolgreichen Probelauf trafen in regelmäßiger Folge gefälschte Bilder aus New York ein. Weil die Galerie nicht solche Mengen verkaufen konnte, etablierte Magdalena sich als Kunstvermittlerin in Madrid. Eines der Gemälde – eine biblische Szene, angeblich von dem Venezianer Andrea Celesti – verkaufte sie dem prominentesten spanischen Altmeisterhändler, der es seinerseits an ein Museum im amerikanischen Mittleren Westen weiterreichte.

»Wo es bis heute hängt.«

Phillip Somerset entdeckte jedoch bald, dass es einfacher war, Magdalena die Fälschungen an Masterpiece Art Ventures *verkaufen* zu lassen – zu weit überhöhten Preisen, ohne dass tatsächlich Geld überwiesen werden musste. Anschließend sorgte er durch eigene Phantomverkäufe über Briefkastenfirmen dafür, dass die Gemälde aus dem Portfolio von Masterpiece verkauft und wieder zurückgekauft wurden. Mit jedem dieser angeblichen Verkäufe stieg natürlich ihr Wert.

»Ende 2010 behauptete Masterpiece Art Ventures, Kunstwerke im Wert von über vierhundert Millionen Dollar zu besitzen. Ein Großteil dieser Gemälde waren jedoch wertlose Fälschungen, deren Wert durch Scheinverkäufe künstlich in die Höhe getrieben worden war.«

Aber Phillip sei mit dem Umfang seines Unternehmens nicht zufrieden gewesen, fuhr sie fort. Der Wert des Masterpiece-Portfolios sollte explosiv ansteigen, um höhere Ausschüttungen an seine Investoren zu ermöglichen. Dieses Ziel war nur zu erreichen, indem noch mehr Fälschungen auf den Markt gebracht wurden. Bisher waren sie im mittleren Preissegment angesiedelt gewesen, aber jetzt strebte Phillip danach, den Einsatz zu erhöhen. Das bisherige Vertriebssystem genügte ihm nicht mehr; er wollte eine angesehene Galerie in einer der

Kunsthauptstädte der Welt. Eine etablierte Galerie, die seinen Ansprüchen genügte, fand Magdalena in Paris, in der Rue La Boétie.

»Die Galerie Georges Fleury.«

Sie nickte.

»Woher wussten Sie, dass Monsieur Fleury daran interessiert sein könnte, mit Ihnen ins Geschäft zu kommen?«

»Er hatte meinem Vater ein Gemälde abgekauft und praktischerweise vergessen, dafür zu zahlen. Selbst nach den reduzierten Moralbegriffen der Kunstwelt war Georges Fleury ein skrupelloses Reptil.«

»Wie haben Sie ihn angesprochen?«

»Geradeheraus.«

»Er hatte keine Bedenken, als Sie ihm vorgeschlagen haben, Fälschungen zu verkaufen?«

»Überhaupt keine. Aber bevor er bereit war, den Vertrieb zu übernehmen, hat er darauf bestanden, eines unserer Gemälde von einem Fachlabor untersuchen zu lassen.«

»Welches haben Sie ihm gegeben?«

»Ein von Frans Hals gemaltes Porträt. Und wissen Sie, was Monsieur Fleury damit gemacht hat?«

»Er hat es dem zukünftigen Präsidenten des Louvre gezeigt. Und der hat es dem Nationalen Zentrum für Forschung und Restaurierung übergeben, das seine Echtheit bestätigt hat. Und heute gehört das von Frans Hals gemalte Porträt zum Sammlungsbestand des Louvre – genau wie ein Gentileschi, ein Cranach und der entzückendste kleine van der Weyden, den Sie sich vorstellen können.«

»Damit hatte Phillip nicht gerechnet, aber das war natürlich ein toller Erfolg.«

»Wie viele Fälschungen haben Sie und er über die Galerie Fleury verkauft?«

»Zwei- bis dreihundert.«

»Was hat Fleury dafür bekommen?«

»Für die ersten Verkäufe hat er eine Provision kassiert.«

»Und danach?«

»Phillip hat die Galerie im Jahr 2014 durch eine anonyme Briefkastenfirma aufkaufen lassen. Ab dann war Monsieur Fleury praktisch ein Angestellter von Masterpiece Art Ventures.«

»Wann hat er die Berliner Galerie Hassler unter seine Kontrolle gebracht?«

»Im Jahr darauf.«

»Wie ich höre, haben Sie auch eine Vertriebsstelle in Brüssel.«

»Die Galerie Gilles Raymond in der Rue de la Concorde.«

»Habe ich welche übersehen?«

»Hongkong, Tokio und Dubai. Und alle führen ihre Gewinne an Masterpiece Art Ventures ab.«

»Der größte Schwindel in der Geschichte des Kunsthandels«, sagte Gabriel. »Und es hätte ewig weitergehen können, wenn Somerset nicht von Isherwood Fine Arts in London das *Porträt einer Unbekannten* gekauft hätte.«

»Daran war Ihre Freundin Sarah Bancroft schuld«, sagte Magdalena. »Hätte sie der Journalistin von *ARTnews* nicht triumphierend von dem Verkauf erzählt, hätte diese Französin nie davon erfahren.«

Womit sie um halb drei Uhr morgens bei Madame Valerie Bérrangar angelangt waren.

49

VILLA DEI FIORI

Als Magdalena den Namen Valerie Bérrangar zum ersten Mal hörte, war sie in ihrer gewohnten Suite im New Yorker Hotel Pierre. Das war an einem kalten, regnerischen Nachmittag Mitte März. Phillip lag frustriert neben ihr und ärgerte sich darüber, dass sie ihr Vorspiel unterbrochen hatte, um einen Anruf entgegenzunehmen. Der Anrufer war Georges Fleury in Paris.

»Weshalb waren Sie in New York?«, fragte Gabriel.

»Ich fliege mindestens einmal im Monat rüber, um Dinge zu besprechen, die selbst für verschlüsselte E-Mails oder SMS zu vertraulich sind.«

»Landen Phillip und Sie danach immer im Bett?«

»Dieser Aspekt unserer Beziehung hat sich nie verändert. Sogar während seiner kurzen Affäre mit Ihrer Freundin Sarah Bancroft hat Phillip heimlich mit mir geschlafen.«

»Weiß seine Frau von Ihnen beiden?«

»Lindsay hat keine Ahnung. Wie von so vielen Dingen.«

Mit General Ferraris Erlaubnis hatte Rossetti ihr die Handschellen abgenommen. Sie saß mit übergeschlagenen Beinen da, ließ ihre gefalteten schmalen Hände auf dem rechten Oberschenkel ruhen. Ihre dunklen Augen verfolgten Gabriel, der in dem großen Raum auf und ab ging.

»Ich vermute, dass Monsieur Fleury an diesem Nachmittag Mitte März ziemlich nervös war«, sagte er.

»Geradezu in Panik. Ein französischer Kriminalbeamter namens Jacques Ménard war in seiner Galerie aufgekreuzt, um

Fleury nach dem *Porträt einer Unbekannten* zu befragen. Nun hatte er Angst, das ganze Kartenhaus könnte einstürzen.«

»Wieso hat er Sie angerufen und nicht Somerset?«

»Für Verkauf und Vertrieb bin ich zuständig. Phillip gehören die Galerien, aber er hält die Galeristen auf Abstand. Außer, es gibt ein Problem, versteht sich.«

»Wie Valerie Bérrangar?«

»Ja.«

»Was hat Somerset gemacht?«

»Er hat jemanden angerufen.«

»Wen?«

»Einen Mann, der Probleme verschwinden lässt.«

»Hat dieser Mann einen Namen?«

»Bestimmt, aber ich weiß ihn nicht.«

»Ist er Amerikaner?«

»Keine Ahnung.«

»Was wissen Sie über ihn?«

»Dass er ein ehemaliger Geheimdienstmann ist, der eine Gruppe bewährter Profis zur Verfügung hat. Sie haben Madame Bérrangars Handy und Laptop gehackt und sind in ihre Villa in Saint-André-du-Bois eingebrochen. Dabei haben sie den Eintrag in ihrem Terminkalender entdeckt. Und natürlich das Gemälde.«

»*Porträt einer Unbekannten*, Öl auf Leinwand, 115 mal 92 Zentimeter, einem Jünger des flämischen Barockmalers Anthonis van Dyck zugeschrieben.«

»Das war ein katastrophaler Fehler Fleurys«, sagte Magdalena. »Er hätte mir sagen müssen, dass das Original des Gemäldes durch seine Hände gegangen war. Tatsächlich lag das so lange zurück, dass es ihm entfallen war.«

»Wie hat der Fälscher seine Kopie gemalt?«

»Anscheinend nach einem Foto, das er in einem alten Ausstellungskatalog gefunden hat. Das Original ist ein wenig bedeutendes Werk eines unbekannten Künstlers, der in van

Dycks Manier gearbeitet hat. Der Fälscher hat nur eine künstlerisch weit bessere Version davon gemalt – und voilà, plötzlich ist ein jahrhundertelang verschollener van Dyck aufgetaucht.«

»In derselben Pariser Galerie, in der Valerie Bérrangars Ehemann vierunddreißig Jahre zuvor das Original gekauft hatte.«

»Dieses Szenario war zwar nicht ganz unmöglich, aber mindestens verdächtig. Hätte das Pariser Kunstdezernat Ermittlungen eingeleitet …«

»Sie wären verhaftet worden. Und Phillip Somersets Betrugs-und-Fälschungs-Imperium wäre auf spektakuläre Weise aufgeflogen.«

»Mit katastrophalen Folgen für die gesamte Kunstwelt. Vermögen wären verloren gegangen, der Ruf vieler Experten wäre ruiniert gewesen. Also mussten zur Schadensbegrenzung Notfallmaßnahmen ergriffen werden.«

»Valerie Bérrangar liquidieren«, sagte Gabriel. »Und herausbekommen, was sie Julian Isherwood und seiner Partnerin Sarah Bancroft erzählt hatte.«

»Mit dem Tod von Madame Bérrangar hatte ich nichts zu tun«, beteuerte Magdalena. »Das hat alles Phillip arrangiert.«

»Ein Verkehrsunfall ohne Fremdbeteiligung auf einer einsamen Straße.« Gabriel machte eine Pause. »Problem gelöst.«

»Das glaubten wir zumindest. Aber keine Woche nach ihrem Tod sind Sarah und Sie in Phillips Landhaus auf Long Island aufgekreuzt.«

»Er hat uns erklärt, er habe das *Porträt einer Unbekannten* weiterverkauft. Und er hat behauptet, eine nochmalige Prüfung der Zuschreibung habe das Gemälde als echten van Dyck bestätigt.«

»Was beides nicht stimmte.«

»Aber weshalb hat er seine eigene Fälschung überhaupt gekauft?«

»Das habe ich Ihnen schon vorhin erklärt.«

»Bitte erklären Sie's mir noch mal.«

»Erstens«, sagte Magdalena, »hat Masterpiece Art Ventures nicht wirklich sechseinhalb Millionen Pfund für das *Porträt einer Unbekannten* gezahlt.«

»Weil Isherwood Fine Arts es nichts ahnend Masterpiece Art Ventures für drei Millionen Euro abgekauft hat.«

»Korrekt.«

»Trotzdem hat Somerset eine Menge Geld für ein wertloses Gemälde hingeblättert.«

»Aber das war anderer Leute Geld. Und für einen Mann wie Phillip war das Gemälde keineswegs wertlos. Er konnte es als Sicherheit für weitere Kredite benutzen und später zu einem viel höheren Preis an einen anderen Investor verkaufen.«

»Und durch den Zwischenverkauf an Isherwood Fine Arts«, fügte Gabriel hinzu, »hätte Somerset den Ahnungslosen spielen können, falls das Porträt als Fälschung enttarnt worden wäre. Schließlich hatte Sarah *ihm* eine Fälschung verkauft. Und es war Julian, ein anerkannter Fachmann für flämische und holländische Altmeister, der es Anthonis van Dyck persönlich zugeschrieben hat.«

»Julian Isherwoods positives Gutachten hat den Wert des Gemäldes erheblich gesteigert.«

»Wo ist es jetzt?«

»Chelsea Fine Arts Storage.«

»Dieses Kunstlager gehört vermutlich auch Somerset?«

»Phillip kontrolliert die gesamte Infrastruktur des Netzwerks, auch Chelsea. Und er hat befürchtet, Sarah und Sie würden alles auffliegen lassen.«

»Was hat er gemacht?«

»Er hat jemanden angerufen.«

»Wen?«

»Mich.«

Mit einem kleinen Teil des Geldes, das Magdalena durch ihre Arbeit für Phillip Somerset und bei Masterpiece Art Ventures verdient hatte, hatte sie sich im Madrider Stadtteil Salamanca in der Calle de Castelló ein Luxusapartment gekauft. Zu ihrem Freundeskreis gehörten Künstler, Schriftsteller, Musiker und Modeschöpfer, die alle nicht ahnten, womit sie ihr Geld wirklich verdiente. Wie die meisten jungen Spanier aßen sie gegen zweiundzwanzig Uhr zu Abend, bevor sie in die Klubs aufbrachen. Daher schlief Magdalena noch, als Phillip sie an einem Montag kurz nach dreizehn Uhr anrief und sie anwies, den Schlamassel in der Galerie Georges Fleury in Ordnung zu bringen.

»Wie hat er sich das vorgestellt? Welchen Auftrag hatten Sie genau?«

»Alle Fälschungen im Lagerbestand der Galerie vernichten und notfalls die Million Dollar erstatten, die die Geigerin und Sie für die *Flusslandschaft mit fernen Windmühlen* gezahlt hatten.«

»Ich hatte also recht, das Bild war eine Fälschung?«

Magdalena nickte. »Sie haben Phillip erzählt, dass Sie es Aiden Gallagher zur Untersuchung übergeben haben. Phillip war sich sicher, dass Aiden es als Fälschung erkennen würde.«

»Weil Aiden der beste Mann der Branche ist.«

»Sein Urteil gilt«, bestätigte Magdalena.

»Und als Sie gehört haben, dass auf die Galerie ein Bombenanschlag verübt worden war?«

»Da wusste ich, dass Phillip mich wieder einmal in die Irre geführt hatte.« Sie machte eine Pause. »Und dass er einen schrecklichen Fehler gemacht hatte.«

Drei Wochen lang, berichtete sie weiter, blieb sie wie eine Gefangene in ihrer Madrider Wohnung. Sie verfolgte zwanghaft die Nachrichten aus Paris, kaute ihre Fingernägel ab, malte ein Selbstporträt in Picassos Manier und trank viel zu viel. Ihre gepackten Koffer standen in der Diele. Einer davon enthielt eine Million Euro in bar.

»Wohin wollten Sie flüchten?«

»Marrakesch.«

»Sie hätten Ihren Vater für Ihre Straftaten büßen lassen?«

»Mein Vater hat nichts Unrechtes getan.«

»Ich bezweifle, dass die spanische Justiz das auch so gesehen hätte«, sagte Gabriel. »Aber bitte weiter.«

Sie sorgte dafür, dass die noch verbliebenen Galerien des Netzwerks keine gefälschten Gemälde mehr verkauften, und beschränkte ihre Telefon- und SMS-Kontakte zu Somerset auf ein Minimum. Ende April beorderte er sie jedoch zu sich nach New York und wies sie an, den Hahn wieder aufzudrehen.

So wurde der Markt mit Fälschungen überflutet, und die Gewinne flossen auf Phillips Konten auf den Cayman Islands. Im Juni war der Bombenanschlag auf die Galerie Fleury aus den Schlagzeilen verschwunden, und die Augen der Kunstwelt waren auf London gerichtet, wo Dimbleby Fine Arts sich darauf vorbereitete, eine neu entdeckte Version von *Susanna im Bade* von Paolo Veronese auszustellen. Dieses Gemälde kam angeblich aus derselben nicht identifizierten europäischen Sammlung, die zuvor schon einen Tizian und einen Tintoretto abgegeben hatte. Magdalena wusste jedoch, was der Rest der Kunstwelt nicht wusste: dass alle drei Gemälde Fälschungen waren.

»Weil der Strohmann des Fälschers in der Berliner Galerie Hassler eine ziemliche Szene gemacht hat«, stellte Gabriel fest.

Magdalena sah zu Rossetti hinüber. »Ich war wegen dieser Gemälde schon misstrauisch, bevor Ihr Strohmann versucht hat, Herrn Hassler den Gentileschi zu verkaufen.«

»Weshalb?«

»Ich habe einen Blick für gefälschte Provenienzen, Mr. Allon. Ihre war weder besonders raffiniert noch originell. Trotzdem hat mich die Reaktion der Kunstwelt nicht überrascht. Sie ist das Geheimnis unseres Erfolgs.«

»Was meinen Sie speziell?«

»Die Leichtgläubigkeit von Sammlern und sogenannten Kennern und Experten. Die Kunstwelt will unbedingt glauben, es gäbe verschollene Meisterwerke, die auf ihre Wiederentdeckung warten. Phillip und ich machen Träume wahr.« Sie rang sich ein Lächeln ab. »Genau wie Sie, Mr. Allon. Ihr Veronese hat mir den Atem verschlagen, aber der Gentileschi hat ihn noch übertroffen.«

»Sie mussten ihn haben?«

»Nein«, antwortete sie. »Ich musste *Sie* haben.«

»Weil der Markt für Altmeister in Museumsqualität beschränkt ist? Weil er nicht genug Platz für zwei konkurrierende Fälscherringe bietet?«

»Und weil Phillips Fälscher nicht genügend Bilder malen kann, um die Bedürfnisse meiner Vertriebsorganisation zu befriedigen«, sagte Magdalena. »Und weil er Ihnen trotz seiner großen Begabung nicht das Wasser reichen kann.«

»Dann nehme ich Ihr Angebot an.«

»Welches Angebot?«

»Ins Team von Masterpiece Art Ventures einzutreten.« Gabriel schaltete die Videokamera aus. »Kommen Sie, wir machen einen kleinen Spaziergang, Magdalena. Wir müssen noch ein paar Details klären, bevor wir Phillip anrufen und ihm die erfreuliche Mitteilung machen.«

50

VILLA DEI FIORI

Sie schlenderten zwischen Pinien die sanft abfallende Zufahrt hinunter. Über den Hügeln im Osten war ein rosiger Schimmer zu ahnen, aber am wolkenlosen Himmel über ihnen funkelten noch Sterne. Die Luft war kühl und still, ohne den geringsten Windhauch. Sie duftete nach Orangenblüten und Jasmin und der Zigarette, die Magdalena Navarro von Rossetti geschnorrt hatte.

»Wo haben Sie nur so malen gelernt?«, fragte sie.

»Im Mutterleib.«

»Ihre Mutter war Künstlerin?«

»Und mein Großvater. Er war ein Schüler Max Beckmanns.«

»Wie hat er geheißen?«

»Viktor Fränkel.«

»Ich kenne die Arbeiten Ihres Großvaters«, sagte Magdalena. »Aber gute Gene allein können ein Talent wie Ihres nicht erklären. Wüsste ich's nicht besser, hätte ich vermutet, Sie seien bei Tizian in die Lehre gegangen.«

»Tatsächlich habe ich eine Lehre in Venedig gemacht – aber bei dem berühmten Restaurator Umberto Cotti.«

»Und Sie waren bestimmt Signor Cottis Meisterschüler.«

»Ich habe eine gewisse Begabung, denke ich.«

»Für die Restaurierung von Bildern?«

»Nicht nur von Bildern. Auch von Menschen. Ich versuche zu entscheiden, ob Sie die Mühe wert sind.« Er musterte sie forschend. »Ich habe den schrecklichen Verdacht, dass Sie irreparabel sind.«

»Die Beschädigungen habe ich mir selbst zugefügt, fürchte ich.«

»Nicht alle. Phillip hat Sie ganz gezielt angeworben. Er hat Sie herangezogen. Hat Ihre Schwächen ausgenutzt. Hat Sie manipuliert und süchtig gemacht. Ich kenne diese Methode. Ich habe sie selbst schon einige Male angewandt.«

»Auch jetzt, in diesem Augenblick?«

»Ein bisschen«, gab er zu.

Sie wandte sich ab und blies eine Rauchfahne gen Himmel. »Und was wäre, wenn ich Ihnen erzählen würde, dass ich bereitwillig in Phillips Falle gegangen bin?«

»Weil Sie das Geld wollten?«

»Bestimmt nicht wegen der heißen Nächte.«

»Wie viel haben Sie denn?«

»Außer der Million Euro in einem Koffer in meinem Apartment?« Sie sah zum Nachthimmel auf. »Weitere vier oder fünf Millionen liegen auf Konten bei verschiedenen europäischen Banken. Aber der größte Teil meines Geldes ist in Masterpiece Art Ventures investiert.«

»Stand heute?«

»Ungefähr fünfundfünfzig.«

»Millionen?«

»Ein Bruchteil von dem, was ich hätte bekommen sollen. Ohne mich gäbe es Masterpiece Art Ventures nicht.«

»Nicht gerade ein Pluspunkt in Ihrem Lebenslauf, Magdalena.«

»Wie viele Leute können von sich sagen, dass sie einen global agierenden Fälscherring aufgebaut haben?«

»Oder einen zerschlagen haben«, sagte Gabriel ruhig.

Sie runzelte die Stirn. »Wie sind Sie auf mich gestoßen, Mr. Allon? Diesmal bitte die Wahrheit.«

»Ihr Versuch, Lucien Marchand anzuwerben, hat mir wertvolle Hinweise auf die Struktur Ihrer Organisation gegeben.«

Magdalena nahm einen letzten Zug von ihrer Zigarette, dann schnippte sie die Kippe, die einen glühenden Bogen beschrieb, in die Dunkelheit. »Und wie geht es Françoise? Wohnt sie noch immer in Roussillon? Oder ist sie in Luciens Villa auf Saint-Barthélemy umgezogen?«

»Wieso haben Sie versucht, ihn anzuwerben?«

»Phillip wollte unseren Bestand um Impressionisten und wichtige Künstler aus der Nachkriegszeit erweitern. Unser Fälscher hatte dafür kein Talent, daher sollte ich einen geeigneten Künstler finden. Ich habe Lucien ein großzügiges Angebot gemacht, das er angenommen hat.«

»Mitsamt einer Million Euro in bar.«

Sie gab keine Antwort.

»Haben Sie ihn deshalb ermorden lassen? Wegen einer lumpigen Million Euro?«

»Ich bin für den Vertrieb zuständig, Mr. Allon. Um Probleme kümmert sich Phillip.«

»Wieso war Lucien ein Problem?«

»Muss ich Ihnen das wirklich auseinandersetzen?«

»Nachdem Lucien und Françoise das Geld genommen, aber den Deal bald aufgekündigt hatten, hatte Phillip die Sorge, sie könnten Masterpiece Art Ventures und Sie gefährden.«

Magdalena nickte. »Françoise kann von Glück sagen, dass Phillip nicht auch sie hat liquidieren lassen. Sie war der eigentliche Kopf des Unternehmens. Lucien war der Pinsel und Toussaint die Registrierkasse, aber Françoise war der Leim, der alles zusammengehalten hat.« Sie blieb vor einer kleinen Marienstatue stehen – einer von mehreren, die in dem weitläufigen Park verteilt waren. »Um Himmels willen, wo sind wir überhaupt?«

»Diese Villa war früher ein Kloster. Ihr Besitzer hat sehr enge Beziehungen zum Vatikan.«

»Genau wie Sie. Zumindest hört man das.« Magdalena schlug ein Kreuz, bevor sie weiterging.

»Sie sind eine gläubige Christin?«

»Wie neunzig Prozent meiner spanischen Mitbürger. Ich gehe nicht mehr zur Messe und habe seit über zwanzig Jahren nicht mehr gebeichtet. Aber ja, Señor Allon, ich bleibe eine gläubige Christin.«

»Glauben Sie auch an Absolution?«

»Das hängt davon ab, wie viele Ave-Maria Sie mich aufsagen lassen wollen.«

»Helfen Sie mir, Phillip Somerset zu Fall zu bringen«, sagte Gabriel, »sind Ihre Sünden vergeben.«

»Alle?«

»Vor einigen Jahren habe ich eine Frau kennengelernt, die in Saint-Tropez eine Galerie für moderne Kunst hatte. In Wirklichkeit war sie eine Geldwaschanlage für den Drogenbaron, der ihr Freund war. Ich habe sie unbeschädigt aus dieser Situation rausgeholt. Jetzt ist sie eine erfolgreiche Galeristin in London.«

»Irgendwie bezweifle ich, dass es in meiner Zukunft eine Galerie geben wird«, sagte Magdalena. »Aber woran haben Sie gedacht?«

»An ein Treffen mit Phillip Somerset. Kommende Woche in New York.«

»Damit er sieht, wer zum Team von Masterpiece Art Ventures gestoßen ist?«

»Genau.«

»Ich denke, dass er's kaum erwarten kann, Ihren Gentileschi zu sehen.«

»Deswegen bringen Sie ihn über Nacht in das Kunstlager in Chelsea.«

»Hoffentlich übernimmt Ihr Strohmann die Transportkosten.«

»Die sind leider im Zuschlagspreis nicht inbegriffen.«

»Zehn Millionen Euro reichen anscheinend nicht mehr so weit wie früher. Aber wie bekommen wir das Gemälde durch den italienischen Zoll?«

»Dafür ist gesorgt, denke ich.« Gabriel gab ihr ein Handy. »Dieses Gespräch wird zur Qualitätssicherung aufgezeichnet. Versuchen Sie, ihn irgendwie zu warnen, übergebe ich Sie General Ferrari und wasche meine Hände in Unschuld.«

Sie wählte die Nummer, hob das Mobiltelefon ans Ohr. »Hallo, Lindsay, hier ist Magdalena. Entschuldige, dass ich mitten in der Nacht anrufe, aber die Sache ist ziemlich dringend, fürchte ich. Ich verspreche, Phillip nicht lange aufzuhalten.«

51

VILLA DEI FIORI

Rossetti fuhr Magdalena nach Florenz zurück, damit sie ihre Sachen aus dem Four Seasons holen und die gewaltig hohe Rechnung bezahlen konnte. Gegen Mittag waren sie wieder in der Villa dei Fiori, und Magdalena, die zu einem knappen weißen Bikini eine übergroße Sonnenbrille trug, lag mit einem Glas gekühltem Orvieto in der Hand auf einer Liege am Swimmingpool ausgestreckt. General Ferrari beobachtete sie missbilligend aus der schattigen Gartenlaube heraus.

»Kann das Personal des Hotels Carabinieri sonst noch etwas tun, um ihr den Aufenthalt angenehmer zu machen?«, fragte er Gabriel.

»Was sollte ich Ihrer Ansicht nach tun? Sie zu Zimmerarrest verdonnern, bis wir nach New York aufbrechen?«

»Hier gibt's bestimmt einen Kerker. Schließlich stammt der Bau aus dem 11. Jahrhundert.«

»Den nutzt Graf Gasparri als Weinkeller, glaube ich.«

Ferrari seufzte nur.

»Hat das Kunstdezernat noch nie einen Deal mit einem Dieb oder Hehler geschlossen, um größere Beute zu machen?«

»Das tun wir dauernd. Aber meistens packt der Dieb oder Hehler nicht wirklich aus.« Der General machte eine Pause. »Genau wie diese Badeschönheit am Pool. Sie ist cleverer, als Sie denken. Und echt gefährlich.«

»Ich bin ein ehemaliger Geheimdienstler, Cesare. Ich weiß, wie man mit Agentinnen umgeht.«

»Sie ist keine Agentin, mein Freund. Sie ist eine kriminelle Hochstaplerin, die in aller Welt Millionen gebunkert und Zugang zu Privatflugzeugen hat.«

»Wenigstens hat sie keine Tattoos«, bemerkte Gabriel.

»Ihr einziger Vorzug. Aber glauben Sie mir, Sie dürfen ihr nicht vertrauen.«

»Ich habe genug gegen sie in der Hand, damit sie spurt – vor allem ihr Geständnis auf Video.«

»Ah, richtig. Die tragische Geschichte einer begabten jungen Künstlerin, die durch den schurkischen und manipulativen Phillip Somerset in eine Verbrecherlaufbahn gezwungen wurde. Ihnen ist hoffentlich klar, dass davon ungefähr die Hälfte wahr ist.«

»Welche Hälfte?«

»Keine Ahnung. Aber ich kann kaum glauben, dass sie den Namen des Fälschers nicht weiß.«

»Es ist völlig plausibel, dass Somerset ihn ihr nie verraten hat.«

»Vielleicht. Aber es ist auch völlig plausibel, dass sie es war, die ihn in das Loft in Hell's Kitchen mitgenommen hat – und dass die Fälscherin jetzt mit einem Weinglas in der Hand in der Sonne Umbriens liegt.«

»Sie hat keine Ausbildung, die sie befähigen würde, Altmeister zu malen.«

»Das behauptet sie. Aber an Ihrer Stelle würde ich da noch mal nachhaken.«

»Nach dem Lunch brate ich sie in Sonnenöl.«

»Wieso kann ich sie nicht einfach nach Rom mitnehmen? Sie kann ihre tragische Geschichte dem FBI-Residenten in der US-Botschaft erzählen. Ein dicker Fisch wie Magdalena würde mein Ansehen in Washington gewaltig heben. Außerdem ist das Ganze jetzt ein amerikanisches Problem. Also sollen die Amis sich darum kümmern.«

»Und wissen Sie, was der FBI-Resident macht?«, fragte Gabriel. »Er ruft seinen Vorgesetzten in der Washingtoner

Zentrale an. Und der ruft den stellvertretenden Direktor an, der den Direktor anruft, der über die Pennsylvania Avenue ins Justizministerium rübergeht. Das Ministerium gibt den Fall an den Staatsanwalt für den Southern District von New York ab, der monatelang Beweise sammelt, bevor er Somerset verhaften und seinen Kunstfonds schließen lässt.«

»Die Mühlen der Justiz mahlen langsam.«

»Genau deshalb werde ich mir Phillip selbst vornehmen. Wenn ich mit ihm fertig bin, ist Masterpiece Art Ventures eine rauchende Ruine. Dann bleibt den Feds nichts anderes übrig, als Leute zu verhaften und Sachwerte sicherzustellen.«

»Ein *Fait accompli*?«

Gabriel lächelte. »Auf Französisch klingt es definitiv besser.«

General Ferrari und sein Carabinieri-Team verließen die Villa dei Fiori um vierzehn Uhr. Die Besatzung eines aus Amelia entsandten Streifenwagens hielt am Tor Wache, aber ansonsten waren Gabriel und Magdalena allein. Sie schlief den Nachmittag durch und bestand dann darauf, ein typisch spanisches Essen mit Tapas und einer Tortilla zuzubereiten. Sie aßen draußen auf der Terrasse in der kühlen Abendbrise. Magdalenas Smartphone, das zwischen ihnen lag, blinkte von eingehenden SMS und stumm gestellten Anrufen, hauptsächlich von ihren Freunden in Madrid.

»Kein Mann in Ihrem Leben?«, fragte Gabriel.

»Nur Phillip, fürchte ich.«

»Lieben Sie ihn?«

»Gott, nein.«

»Wissen Sie das bestimmt?«

»Wieso fragen Sie das?«

»Weil ich die Absicht habe, Sie nächste Woche in New York einige Stunden mit ihm allein zu lassen. Und ich möchte wissen, ob Sie sich an unsere Übereinkunft halten oder mit ihm flüchten werden.«

»Keine Sorge, Mr. Allon. Ich verschaffe Ihnen, was Sie brauchen, um Phillip zu Fall zu bringen.«

Er fragte, wann ihr Treffen geplant sei.

»Das hängt ganz von Phillip ab«, sagte Magdalena. »Manchmal treffen wir uns in der Zentrale von Masterpiece in der East Fifty-Third Street. Aber meistens kommen wir in seinem Stadthaus in der East Seventy-Fourth zusammen. Es ist zugleich Phillips Galerie. Dort empfängt er potenzielle Käufer und Investoren.«

»Wie wickelt er Verkäufe ab?«

»Um Nachforschungen und Provisionszahlungen zu vermeiden, verhandelt er mit Interessenten am liebsten selbst. Besteht der Kunde jedoch auf einem Mittelsmann, beauftragt er einen anderen Händler oder ein Auktionshaus.«

»Wie viele Mitarbeiter hat er?«

»Drei junge Kunsthistorikerinnen und Kenny Vaughan. Kenny war Phillips Kollege bei Lehman Brothers. Er steckt bis über beide Ohren in seinen Betrügereien.«

»Was ist mit den Frauen?«

»Die beten Phillip förmlich an und halten mich für eine Maklerin, die in seinem Auftrag in Europa Gemälde ankauft und verkauft.«

»General Ferrari ist davon überzeugt, Sie selbst seien die Fälscherin.«

»Ich?« Sie lachte. »Vielleicht einen Picasso. Aber keinen alten Meister. Ich bin nicht so talentiert wie Sie.«

Gabriel las bis tief in die Nacht hinein und war erleichtert, als er Magdalena in ihrem Bad hörte, als er zum Frühstück herunterkam. Nachdem er Illy in die Kaffeemaschine gelöffelt hatte, ließ er Proteus auf Somersets Privathandy los und brachte es binnen Minuten unter seine Kontrolle. Eine skalierbare Karte zeigte Position und Höhe des Geräts an der Ostküste einer eiförmigen Halbinsel, 3,7 Meter über dem Meeresspiegel.

Gabriel lud Phillips Daten auf seinen Laptop herunter und verbrachte den Vormittag auf Streifzügen durch die digitalen Spuren eines der größten Kunstschwindel aller Zeiten. Es war halb eins, als Magdalena endlich erschien. Sie ging barfuß in die Küche und kam wenig später mit einer Schale Milchkaffee wieder heraus. Sie nahm schweigend einen Schluck Kaffee, ohne auf Gabriels Lächeln zu reagieren.

»Kein Morgenmensch?«, fragte er.

»Das genaue Gegenteil. Eine Nachtjägerin.«

»Ist die Nachtjägerin bereit, etwas zu arbeiten?«

»Wenn Sie darauf bestehen«, sagte sie und trug ihren Kaffee zum Pool hinaus.

Gabriel folgte ihr mit seinem Laptop. »Was waren die ersten sechs Gemälde, die Sie über die Galerie Ihres Vaters verkauft haben?«

»Das war vor tausend Jahren!«, ächzte sie.

»Exakt so lange bleiben Sie in italienischer Haft, wenn Sie nicht gleich zu reden anfangen.«

Sie nannte Künstler, Titel und Abmessungen jedes Gemäldes, aber auch den Käufer und den erzielten Preis. Als Nächstes folgten detaillierte Angaben über die mehr als hundert Bilder, mit denen sie im ersten Jahr des großen Schwindels von Madrid aus zu tun gehabt hatte. Die meisten Gemälde hatte sie einfach an Masterpiece Art Ventures zurückverkauft. Somerset hatte ihren Wert durch weitere Phantomverkäufe gesteigert, bevor er sie ahnungslosen Käufern aufgeschwatzt und kräftig Kasse gemacht hatte. Er hatte die Gemälde auch als Sicherheiten für hohe Bankkredite verwendet, die er brauchte, um echte Kunst zu kaufen und seine Investoren durch üppige Ausschüttungen bei Laune zu halten.

»Die Kredite«, sagte Magdalena, »sind der Schlüssel zu allem. Ohne Hebelwirkung könnten Phillip und Kenny das System nicht am Laufen halten.«

»Somerset verkauft also nicht nur gefälschte Gemälde, sondern betrügt auch Banken?«

»Tagtäglich.«

»Mit welchen Banken arbeitet er zusammen?«

»Vor allem mit Ellis Gray bei JPMorgan Chase. Aber auch mit der Bank of America.«

»Wie hoch sind seine Bankschulden?«

»Ich bin mir nicht sicher, ob Phillip das selbst weiß.«

»Wer weiß es?«

»Kenny Vaughan.«

Als nächstes Thema behandelten sie Magdalenas Expansion in eigene Vertriebszentren, die mit ihrer Partnerschaft mit der Galerie Georges Fleury in Paris begonnen und mit der Eröffnung eigener Galerien von Masterpiece Art Ventures in Hongkong, Tokio und Dubai ihren vorläufigen Höhepunkt erreicht hatte. Die Zahl der gefälschten Gemälde, mit der das Netzwerk den Kunstmarkt überschwemmt hatte, lag bei über fünfhundert, die auf dem Papier 1,7 Milliarden Dollar wert waren – eine Gesamtzahl, die Magdalenas Erinnerungsvermögen weit überschritt. Sie war sich jedoch sicher, dass ein großer Prozentsatz davon einmal zu Masterpiece' undurchsichtigem Portfolio gehört hatte.

»Wie viele Gemälde besitzt das Unternehmen gegenwärtig?«

»Das lässt sich unmöglich sagen. Phillip erteilt keine Auskunft über die echten Bilder in seinem Besitz, von den Fälschungen ganz zu schweigen. Die wertvollsten Gemälde hängen in seinen Häusern in Manhattan und auf Long Island. Die große Masse befindet sich in einem Lagerhaus in der East Ninety-First Street. Das dortige Inventarverzeichnis ist praktisch sein Handelsbuch.«

»Können Sie dort hinein?«

»Nur mit Phillips Erlaubnis. Aber dem Inventarverzeichnis könnten Sie alles entnehmen, was Sie wollen.«

Beim Mittagessen loggte Gabriel sich in Magdalenas Account bei Proton Mail ein und leitete die verschlüsselten Mails der letzten Jahre an seine Adresse weiter. Als Nächstes gingen sie ihre privaten Finanzen durch, zu denen ihr Konto bei Masterpiece Art Ventures gehörte. Ihr Guthaben betrug 56.245.539 Dollar.

»Denken Sie nicht mal daran, eine Abhebung zu versuchen«, warnte Gabriel sie.

»Vor September kann ich nichts mehr abheben, selbst wenn ich wollte.«

»In Ihrem Fall würde Phillip bestimmt eine Ausnahme machen.«

»Er ist im Gegenteil sehr pedantisch, was Abhebungen angeht. Kenny und er kommen auf ihrem Flug der Sonne ziemlich nahe. Würden mehrere große Investoren gleichzeitig abspringen, müssten sie einen Teil des Lagerbestands verkaufen oder einen weiteren Bankkredit aufnehmen.«

»Mit einem Gemälde als Sicherheit?«

»Die mit Kunstwerken besicherten Kredite«, sagte Magdalena, »sind der Schlüssel zu allem.«

Gabriel lud Magdalenas Kontoauszüge herunter, dann rief er die Sendungsverfolgung für *Danaë und der Goldregen* auf. Das Gemälde befand sich im Augenblick auf dem Flug über den Atlantik. Es würde die Nacht im Frachtzentrum des JFK International Airport verbringen und sollte sein Ziel, die Chelsea Fine Arts Storage, spätestens Montagmittag erreichen.

Die Suche nach Flügen von Rom nach New York ergab mehrere Möglichkeiten. »Was halten Sie von zehn Uhr, Delta nach JFK?«, fragte Gabriel.

»Um den zu erreichen, müssten wir sehr früh aufstehen.«

»Schlafen können Sie im Flugzeug.«

»Ich kann in Flugzeugen nicht schlafen.« Magdalena zog den Laptop zu sich heran. »Darf ich Sie zu dem Flug einladen?«

»Das könnte Phillip verdächtig finden.«

»Dann trete ich Ihnen wenigstens ein paar Meilen ab.«

»Meilen habe ich reichlich.«

»Wie viele haben Sie denn?«

»Zum Mond und zurück.«

»Ich habe mehr.« Sie buchte ihre Flüge. »Und nun zum Hotel. Ist das Pierre in Ordnung?«

»Sarah bevorzugt das Four Seasons, fürchte ich.«

»Bitte sagen Sie mir, dass sie nicht mitkommt.«

»Ich brauche jemanden, der ein Auge auf Sie hat, wenn ich nicht da bin.«

Magdalena buchte ihre gewohnte Suite im Hotel Pierre und kehrte kindisch schmollend zu ihrer Liege am Pool zurück. Ihre Wunden, dachte Gabriel, hatte sie sich definitiv selbst zugefügt. Trotzdem wäre ein Reparaturversuch keineswegs aussichtslos gewesen. War es möglich gewesen, einen ehemaligen Auftragsmörder wie Christopher Keller zu retten, musste das für Magdalena Navarro erst recht gelten.

Vorläufig war sie jedoch lediglich ein Werkzeug, ein Mittel zum Zweck. Jetzt brauchte Gabriel nur noch jemanden von der Presse, der ihre bemerkenswerte Story zu einer Waffe machte, die Masterpiece Art Ventures in Trümmer legen würde. Einen Journalisten, der mit der Finanzwelt ebenso wie der Kunstwelt vertraut war. Am besten einer, der schon früher wegen Masterpiece recherchiert hatte.

Alle Anforderungen erfüllte nur eine Kandidatin. Zum Glück war ihre Handynummer in Phillip Somersets Kontakten gespeichert. Gabriel wählte sie und stellte sich vor. Nicht mit einem Decknamen oder einem Fantasienamen, sondern mit seinem Klarnamen.

»Ja, geht klar«, sagte sie und legte auf.

52

ROTTEN ROW

Sein nächstes Telefongespräch an diesem Nachmittag führte Gabriel mit Sarah Bancroft. Er erreichte sie in der Rotten Row im Hyde Park, in der sie versuchte, etwas von den vier Kilos zu verlieren, die sie in letzter Zeit angesetzt hatte. Die Nachricht aus Italien war solch ein Schock, dass sie Gabriel bat, alles zu wiederholen, nur um sicherzugehen, dass sie ihn nicht falsch verstanden hatte. Auch beim zweiten Mal war sie nicht weniger schockierend. Masterpiece Art Ventures, der kunstbasierte Hedgefonds, in dem ein Teil von Sarahs Erbe investiert war, war ein 1,7 Milliarden Dollar schwerer Schwindel, der durch Verkauf und Verpfändung von gefälschten Gemälden am Leben erhalten wurde. Außerdem erfuhr sie, dass Magdalena Navarro, die mit dem glänzend schwarzen Haar und dem schlanken Körper, die ganze Zeit mit Phillip geschlafen hatte, während er Sarah gedatet hatte. Allein aus diesem Grund ergriff sie gierig die Chance, nach New York zu reisen und an seinem Sturz mitzuwirken. Selbst wenn das bedeutete, dass sie im Hotel Pierre wohnen musste.

»Soll ich Mr. Marlowe mitbringen? Ich weiß aus Erfahrung, dass er in solchen Situationen sehr nützlich sein kann.«

»Das weiß ich auch. Aber ich denke an einen anderen Job für ihn.«

»Hoffentlich nichts Gefährliches.«

»Leider doch, fürchte ich.«

Sarah flog früh am folgenden Morgen ab und landete mittags auf dem JFK International Airport. Bei Hertz stand ein Nissan

Pathfinder für sie bereit. Sie verbrachte eine Stunde auf dem Parkplatz und fuhr um 14.15 Uhr zum Terminal 1 hinüber. Wenige Minuten später kam Gabriel in Begleitung einer Frau heraus, die Sarah zuletzt als Passantin auf der Londoner Jermyn Street gesehen hatte.

Damals wie heute trug sie zu einem ziemlich kurzen Rock ein hautenges Top. Gabriel hievte ihr Gepäck in den Kofferraum und stieg hinten ein. Magdalena, die den Duft von Orangenblüten und Jasmin mitbrachte, nahm rechts vorn Platz. Sie schlug ihre langen Beine übereinander und lächelte. Sarah stellte den Wählhebel auf D und fuhr in Richtung Manhattan davon.

Das Hotel Pierre befand sich an der Ecke East Sixty-First Street und Fifth Avenue. Magdalena betrat die elegante Lobby allein und wurde von der Direktion wie eine heimkehrende Fürstin empfangen. Ihre Suite mit herrlichem Blick über den Central Park lag im 19. Stock. Sarah und Gabriel hatten zwei Zimmer nebeneinander am anderen Ende des Korridors gebucht. Wie Magdalena checkten sie unter falschen Namen ein und wiesen die Rezeptionistin an, keine Anrufe von außerhalb durchzustellen.

Oben setzten sie sich im Wohnzimmer von Magdalenas Suite zusammen. Sie öffnete die Flasche Taittinger, die auf Kosten des Hauses für sie bereitstand, und schenkte Champagner ein, während Gabriel seinen Laptop mit dem WLAN des Hotels verband und sich bei Proteus einloggte. Phillip Somerset schien beschlossen zu haben, in North Haven zu bleiben, statt in die City zurückzukehren. Als Gabriel die Lautstärke höherdrehte, hörte er eine PC-Tastatur klappern. Die Handykamera lieferte nur ein rechteckiges schwarzes Bild.

Gabriel gab Magdalena ihr Smartphone. »Lassen Sie ihn wissen, dass Sie angekommen sind und ihn möglichst bald treffen wollen. Und denken Sie daran …«

»Dieses Gespräch wird zur Qualitätssicherung aufgezeichnet.«

Gabriel ging mit seinem Laptop ins Schlafzimmer hinüber und schloss die massive Verbindungstür. Somerset meldete sich sofort, als Magdalena anrief. »Wie wär's mit morgen um dreizehn Uhr?«, fragte er. »Ich lade dich zum Lunch ein.«

»Kommt Lindsay auch mit?«

»Leider verbringt sie diese Woche auf der Insel.«

»Schön für dich.«

»Ich schicke dir den Wagen«, sagte Phillip und legte auf.

Gabriel hörte sich noch eine Minute lang an, wie die Tastatur klapperte, bevor er ins Wohnzimmer zurückkam. »Nun zu dem Gentileschi«, sagte er zu Magdalena.

Die Telefonnummer des Lagerhauses war in ihren Kontakten gespeichert. Sie tippte auf das Display und hob das Mobiltelefon ans Ohr.

»Hallo, Anthony, hier ist Magdalena Navarro. Ist das Gemälde aus Florenz wie angekündigt eingetroffen? ... Wunderbar. Bitte bringen Sie's zu Mr. Somerset ... Ja, in sein Stadthaus. Stellen Sie's in der Galerie auf die Staffelei. Und sorgen Sie dafür, dass es spätestens morgen Mittag dort steht.«

Magdalena beendete das Gespräch und gab ihr Smartphone wieder Gabriel.

»Bitte auch Ihren Pass und Ihre Geldbörse.«

Sie nahm Pass und Börse aus ihrer Birkin Bag von Hermès und gab ihm beides.

»Ich muss eine Besorgung machen, was bedeutet, dass Sarah und Sie Gelegenheit haben, sich besser kennenzulernen. Aber keine Sorge«, sagte Gabriel, bevor er auf den Flur hinaustrat. »Ich bleibe nicht lange fort.«

Sarah schloss die Tür hinter ihm und kam ins Wohnzimmer zurück. Magdalena war dabei, sich Champagner nachzuschenken. Nach längerer Pause fragte Sarah: »Stimmt es, dass Phillip die ganze Zeit mit dir geschlafen hat, während er mich gedatet hat?«

»Nur wenn ich in New York war.«

»Ah, das ist eine Erleichterung.«

»Wenn du's genau wissen willst«, sagte Magdalena. »Er hat dich nur ausgenutzt.«

»Wofür?«

»Für Kontakte zu reichen Förderern des Museum of Modern Art.«

»Wenn ich mir vorstelle, dass ich ihm zwei Millionen Dollar gegeben habe, damit er sie für mich investiert!«

»Wie viel hast du jetzt auf dem Konto?«

»Viereinhalb. Du?«

»56,2.«

Sarah lächelte mit geschlossenen Lippen. »Na, dann warst du wohl besser im Bett als ich.«

53

LITERARY WALK

Im Frühjahr 2017 veröffentlichte *Vanity Fair* ein investigatives Profil mit dem Titel »The Great Somerset«. Der zwölftausend Wörter lange Artikel schilderte den Aufstieg dieses Mannes aus einer Arbeiterfamilie in einer Kleinstadt im Nordosten von Pennsylvania zum Gipfel der Wall Street und der Kunstwelt. Kein Winkel seines Privatlebens blieb unausgeleuchtet: die Instabilität seines Elternhauses, seine Sporterfolge als Jugendlicher, seine kurze, aber kometenhafte Karriere bei Lehman Brothers, seine hässliche Scheidung, seine eigenartige Geheimhaltungssucht. Laut einer Quelle, die nur als ehemalige Freundin beschrieben wurde, hatte er eine dunkle Seite. Ein alter Kollege ging noch weiter und bezeichnete ihn als Soziopathen und bösartigen Narzissten. Beide waren sich darüber einig, dass Somerset etwas verbarg.

Geschrieben hatte den Artikel Evelyn Buchanan, eine preisgekrönte Journalistin, deren Arbeit für *Vanity Fair* die Grundlage zweier Hollywoodfilme und einer Netflix-Serie gebildet hatte. Im Augenblick saß sie im Central Park auf einer Bank am Literary Walk. Mit einem Federkiel in der Hand und auf der Suche nach Inspiration zum Himmel aufblickend, ragte Robert Burns über ihrer rechten Schulter auf. Auf der anderen Seite des Weges wartete ein Schnellzeichner auf Kunden.

Auch Evelyn Buchanan wartete. Nicht auf Kunden, sondern auf einen Informanten. Am Tag zuvor hatte er sie ohne Vorwarnung angerufen – von wo aus, hatte er nicht sagen wollen.

Nein, hatte er ihr versichert, er wolle ihr keinen Streich spielen, sondern sei wirklich der Mann, der er zu sein behaupte. Er werde zu einem inoffiziellen Besuch nach New York kommen und wolle sich mit ihr treffen. Sie dürfe niemandem sagen, dass er sie kontaktiert habe. Und er versprach ihr, sie werde nicht enttäuscht sein.

»Aber nationale Sicherheit ist nicht mein Thema«, protestierte Evelyn.

»Der Fall, den ich mit Ihnen besprechen möchte, betrifft die Finanzwelt und den Kunstmarkt.«

»Können Sie sich etwas genauer ausdrücken?«

»Der große Somerset«, sagte er und legte auf.

Das war ein faszinierender Hinweis, vor allem auch wegen der Quelle. Der Informant war im Frühjahr auf einer Buchparty in Phillip Somersets luxuriösem Landhaus in North Haven gewesen. Zumindest behauptete das Ina Garten, die ihn mit einer heißen kleinen Blondine am Arm gesehen haben wollte. Evelyn, die ebenfalls dort gewesen war, hatte diese Behauptung lachhaft gefunden. Jetzt musste sie sich eingestehen, dass sie vielleicht doch plausibel war. Wie sollte man sonst erklären, dass ein Mann wie Gabriel Allon sich für einen Widerling wie Somerset interessierte?

Evelyn Buchanan sah auf ihre Armbanduhr. Es war 16.59 Uhr. Eine Minute, bevor der berühmteste pensionierte Spion der Welt zu erscheinen versprochen hatte.

Auf dem asphaltierten Fußweg vor ihr waren Touristen, Jogger in Lycra und Kindermädchen von der Upper East Side unterwegs, die Kinderwagen mit zukünftigen Wirtschaftsbossen schoben. Aber sie sah niemanden, der Gabriel Allon hätte sein können. Tatsächlich war der einzig mögliche Kandidat ein mittelgroßer Mann mittleren Alters, der die Plakette am Sockel des Denkmals für Walter Scott studierte.

Punkt siebzehn Uhr überquerte er den Weg und setzte sich auf Evelyns Bank. »Bitte gehen Sie«, forderte sie ihn ruhig auf.

»Mein Mann, der jeden Augenblick zurückkommt, wird leicht gewalttätig.«

»Ich dachte, ich hätte deutlich gesagt, dass Sie allein kommen sollen.«

Evelyn wandte sich ihm verblüfft zu. Dann gewann sie ihre Fassung zurück und sah wieder geradeaus. »Wer war die Blondine?«

»Wie bitte?«

»Die Frau, mit der Sie auf Carl Bernsteins Buchparty waren.«

»Eine ehemalige Kuratorin des MoMA. Heute ist sie Galeristin in London. Ich helfe ihr bei einem Problem.«

»Hat das Problem einen Namen?«

»Der große Somerset.«

»Sie haben offenbar meinen Artikel gelesen«, sagte Evelyn.

»Mehrmals.«

»Warum?«

»Wie Sie sich vorstellen können, ist die Fähigkeit, zwischen den Zeilen zu lesen, für einen Geheimdienstler entscheidend wichtig. Sind die Informationen zutreffend oder versucht mein Gegner, mich zu täuschen? Überschätzt mein Agent seine Erfolge oder ist er übervorsichtig? Hat meine Quelle aus irgendwelchen Gründen in seinem Bericht wichtige Details unerwähnt gelassen?«

»Und nachdem Sie meinen Artikel über Phillip Somerset gelesen hatten?«

»Da hatte ich deutlich den Eindruck, dass Sie mehr über ihn wissen, als Sie mit Ihren Lesern geteilt haben.«

»Weit mehr«, gestand sie ein.

»Wieso ist dieses Material nicht in Ihren Artikel eingeflossen?«

»Sie zuerst, Mr. Allon. Wieso ausgerechnet Phillip Somerset?«

»Masterpiece Art Ventures ist ein Schwindel. Und ich möchte, dass Sie ihn enttarnen.«

»Was haben Sie für mich?«

»Eine Tippgeberin.«

»Eine Angestellte seiner Firma?«

»Nicht ganz, aber bestens informiert.«

»Was bedeutet das?«

»Es bedeutet, dass ich einige ziemlich strikte Grundregeln aufstellen werde, um die Identität der Tippgeberin zu schützen und meine Rolle in dieser Angelegenheit zu tarnen.«

»Und wenn ich mich weigere, diese Grundregeln zu akzeptieren?«

»Dann suche ich mir jemanden, der das tut. Und Sie und Ihr Magazin müssen hinterherhecheln, wenn Masterpiece abstürzt und in Flammen aufgeht.«

»Also gut, dann höre ich mir an, was Sie und Ihre Tippgeberin zu sagen haben.« Die Journalistin machte eine Pause. »Aber nur, wenn Sie mir verraten, woher Sie meine Handynummer haben.«

»Die habe ich in Somersets Kontakten gefunden.«

Evelyn Buchanan lächelte. »Wer dumm fragt …«

54

CENTRAL PARK

»Wie haben Sie sie gefunden?«

»Sie ist letzte Woche in Italien festgenommen worden, nachdem sie einem verdeckten Ermittler der Carabinieri einen gefälschten Gentileschi abgekauft hat. Ich war als Berater an den Ermittlungen der Italiener beteiligt.«

»Als Berater?«, fragte Evelyn zweifelnd.

»Na ja, vielleicht habe ich den Gentileschi für sie gemalt.«

»Eine von Gabriel Allon gemalte Fälschung? Diese Story wird von Minute zu Minute besser.«

Sie spazierten in gemächlichem Tempo durch den Central Park. Evelyn Buchanans Notizblock steckte vorläufig noch in ihrer Umhängetasche von Chanel. Sie war eine zierliche Frau Anfang fünfzig mit schwarzer Pixiefrisur und einer übergroßen Schildpattbrille. Die Brille war ebenso ihr Markenzeichen wie ihre spitze Nase, ihr beißender Witz und ihr skrupelloser Ehrgeiz.

»Wo ist das Gemälde jetzt?«, fragte sie.

»In einem Lagerhaus in der East Ninety-First Street.«

»Chelsea Fine Arts Storage?«

»Genau dort.«

»Ich weiß noch, wie er die Lagerfirma übernommen hat. Damals hat mir das nicht recht eingeleuchtet. Was wollte ein Großinvestor wie Phillip Somerset mit einem kleinen Dienstleister wie Chelsea?«

»Weil der Großinvestor die Möglichkeit brauchte, gefälschte

Bilder zu lagern und zu versenden, ohne dass Fragen gestellt werden. Er hat den Kunstmarkt mit Hunderten von Fälschungen überschwemmt – auch mit den vier neulich in London aufgetauchten Bildern. Aber das eigentlich Interessante an der Story ist die Tatsache, dass …«

»Phillip benutzt Fälschungen als Sicherheiten für massive Bankkredite.«

»Woher wissen Sie das?«

»Ich habe nur gut geraten.« Evelyn lächelte. »Mein Mann arbeitet bei Millennium Management, einem der weltweit größten Hedgefonds. Davor war er Anwalt im Büro des Staatsanwalts für den Southern District von New York. Als ich für meinen Artikel über Somerset recherchiert habe, hat Tom sich für seine …«

»Ihr Mann heißt Tom Buchanan?«

»Wollen Sie den Rest der Story hören oder nicht?«

»Bitte weiter.«

»Als Tom sich die Bilanzen von Masterpiece angesehen hat, war er echt beeindruckt. Sogar neidisch.«

»Weil Masterpiece besser abgeschnitten hatte als Millennium?«

»Viel besser. Aber Tom hat in seiner typischen Art angefangen nachzugraben.«

»Und?«

»Seiner Überzeugung nach hatte Phillip Bankkredite und die Einlagen neuer Investoren dazu benutzt, den alten Investoren hohe Gewinne auszuzahlen. Mit anderen Worten: Tom hält Phillip Somerset für den Bernie Madoff der Kunstwelt.«

»Er betreibt ein Schneeballsystem?«

»Korrekt.«

»Wie viel davon hätten Sie beweisen können?«

»Nicht genug, um den Chefredakteur zu überzeugen. Aber Phillip weiß definitiv, dass ich ihn durchschaue.«

»Woher wissen Sie das?«

»Er beschäftigt einen Kerl namens Leonard Silk, der ihm den Rücken freihält. Silk war früher bei der CIA. Nach seinem Ausscheiden hat er in New York einen Einmannsicherheitsdienst gegründet. Er hat mich während meiner Recherchen angerufen und mit einer Klage gedroht, falls ich über angebliche Unregelmäßigkeiten schreibe. Außerdem habe ich Textnachrichten von einem Mann bekommen, der irgendwoher wusste, dass ich gern lange Spaziergänge im Park mache. Er hat mich gewarnt, vorsichtig zu sein. Weil Frauen, die in New York City allein unterwegs sind, alles Mögliche zustoßen kann.«

»Wie subtil!«

»Leonard Silk vergeudet keine Zeit mit subtilen Botschaften. Für die ist Phillip zuständig. Bei unseren Interviews war er unglaublich charmant. Kein Wunder, dass Ihre Tippgeberin bereit war, bei ihm zu arbeiten.«

»Tatsächlich hat sie Somerset von Anfang an durchschaut.«

»Wie ist sie mit ihm zusammengekommen?«

»Drogen. Als sie in New York keines ihrer Bilder verkaufen konnte, verlegte sie sich darauf, mit Kokain zu dealen. Viele ihrer Kunden waren Wall-Street-Typen.«

»Phillip hat einen ganzen Berg Koks geschnupft, als er noch bei Lehman Brothers war«, sagte Evelyn. »Das war nur einer der Gründe für seine Entlassung. Selbst nach Wall-Street-Begriffen war er unkontrollierbar.«

»In Ihrem Artikel steht, er sei in gegenseitigem Einvernehmen ausgeschieden.«

»Das war die veröffentlichte Version der Story, aber sie war gelogen. Phillip ist praktisch auf die Straße gesetzt worden, und seine Firma hat die Wall Street vor ihm gewarnt. Als niemand ihn einstellen wollte, hat er den Hedgefonds Somerset Asset Management gegründet. Und als sein Fonds Pleite gemacht hat, ist er auf eine neuartige Idee gekommen.«

»Er hat sich dem Kunstmarkt zugewandt«, sagte Gabriel. »Weil dort gutes Geld zu verdienen war.«

Evelyn nickte. »Somerset hat angefangen, bei Vernissagen in Galerien und Spendengalas von Museen aufzukreuzen, immer mit einer schönen Frau am Arm und einer Tasche voller Geschäftskarten. Eins musste man ihm lassen: Sein kunstbasierter Hedgefonds war ein attraktives Geschäftsmodell. Die Preise für hochwertige Kunst sind damals schneller gestiegen als in jedem anderen Anlagesektor. Was hätte also schiefgehen können?«

»Leider hat das nie funktioniert. Deshalb hat er angefangen, Fälschungen in seinen Lagerbestand aufzunehmen.«

Inzwischen hatten sie die Grand Army Plaza erreicht. »Übrigens haben Sie den Namen Ihrer Tippgeberin bisher nicht erwähnt«, sagte Evelyn.

»Magdalena Navarro.«

»Wo ist sie jetzt?«

Gabriel sah zum Hotel Pierre hinüber. »Das ist ihre hiesige Adresse. Bei Masterpiece Art Ventures hat sie sechsundfünfzig Millionen Dollar investiert, die sie mit dem Verkauf von Fälschungen für Somerset verdient hat.«

»Wenigstens behauptet sie das. Aber ich kann Phillip Somerset nicht nur aufgrund der Aussage einer ehemaligen Dealerin den größten Kunstschwindel aller Zeiten vorwerfen. Ich brauche eindeutige Beweise dafür, dass er wissentlich gefälschte Gemälde verkauft.«

»Wie wär's, wenn Sie das von ihm selbst hören würden?«

»Haben Sie einen Mitschnitt?«

»Das Gespräch hat noch nicht stattgefunden.«

»Wann ist's so weit?«

»Morgen Mittag um eins.«

»Was steht auf der Tagesordnung?«

»Ich.«

Sie schlängelten sich durch den stehenden Verkehr auf der Fifth Avenue und wurden von der Drehtür des Pierre in die angenehm kühle Hotelhalle gewirbelt. Oben klopfte Gabriel leicht an die Tür von Magdalenas Suite. Sarah ließ sich seine Identität bestätigen, bevor sie die Tür öffnete.

»Wie geht's der Gefangenen?«, fragte er.

»Die Gefangene ruht in ihrem Schlafzimmer.« Sarah gab Evelyn die Hand, dann wandte sie sich wieder an Gabriel. »Sollten wir die Grundregeln festlegen, bevor wir anfangen?«

»Ms. Buchanan hat zugesichert, dass dein Name und der Name deiner hoch angesehenen Londoner Galerie nicht in ihrem Artikel erscheinen werden. Dich wird sie nur als gut informierte Insiderin aus dem Kunsthandel beschreiben.« Gabriel sah zu Evelyn hinüber. »Das stimmt doch, Ms. Buchanan?«

»Und wie beschreibe ich Sie?«

»Ihre Story handelt nicht von mir. Sie handelt von Phillip Somerset und Masterpiece Art Ventures. Ich liefere bestenfalls ein paar Hintergrundinformationen. Direkt zitieren dürfen Sie mich nicht. Sie dürfen auch nicht schreiben, wo dieses Interview stattgefunden hat.«

»An einem geheim gehaltenen Ort?«

»Die Wortwahl überlasse ich Ihnen, Ms. Buchanan. Ich bin nicht der Verfasser.«

»Sie sind nur ein Berater der italienischen Polizei, der ein gefälschtes Gemälde gemalt hat?«

»Genau.«

»Dann wird's vielleicht Zeit, dass ich die Gefangene kennenlerne.«

Gabriel klopfte an die Schlafzimmertür. Im nächsten Augenblick trat Magdalena Navarro über die Schwelle.

»Du liebe Güte«, sagte Evelyn Buchanan. »Diese Story wird von Minute zu Minute besser.«

55

HOTEL PIERRE

Sie gingen alles noch mal durch. Und dann ein weiteres Mal, um ganz sicherzugehen, dass alle relevanten Daten und Fakten stimmten. Magdalenas Kindheit in Sevilla. Ihre künstlerische Ausbildung in Barcelona. Die Jahre, die sie als Dealerin in New York verbrachte. Ihr Abendessen mit Phillip Somerset im Le Cirque. Und ihre Rolle beim Aufbau und Betrieb des lukrativsten und raffiniertesten Schwindels mit gefälschten Gemälden, den die Welt je gesehen hatte. Es gab keine Diskrepanzen zwischen dem, was sie bei ihrer Vernehmung in Umbrien erzählt hatte, und dem, was sie jetzt Evelyn Buchanan von *Vanity Fair* erzählte. Gabriel fand sogar, die Version im Hotel Pierre klinge noch aufregender. Das galt auch für die Erzählerin, die kosmopolitisch, intelligent und vor allem glaubwürdig wirkte. Selbst als die Fragen persönlich wurden, verlor sie kein einziges Mal die Fassung.

»Wieso hat jemand mit Ihrem Talent sich auf den Drogenhandel verlegt?«

»Ursprünglich, weil ich das Geld brauchte. Und dann habe ich gemerkt, dass ich Spaß daran hatte.«

»Sie waren erfolgreich?«

»Sehr.«

»Und gibt es Ähnlichkeiten zwischen Drogenhandel und dem Verkauf von Fälschungen?«

»Mehr, als Sie sich vorstellen können. Für manche Menschen ist Kunst wie eine Droge. Sie müssen sie haben. Phillip und ich haben nichts anderes getan, als ihre Sucht zu befriedigen.«

In Magdalenas Erzählung klaffte nur eine Lücke – in Bezug auf die genauen Umstände, unter denen sie in Italien verhaftet worden war. Evelyn drängte Gabriel, er solle nähere Einzelheiten nennen, aber er weigerte sich, über seine ursprüngliche Aussage hinauszugehen: Magdalena war verhaftet worden, nachdem sie in Florenz einen gefälschten Gentileschi gekauft hatte. Dieses Gemälde befand sich jetzt in einem Kunstlager in der East Ninety-First Street. Morgen Vormittag würde es in Phillip Somersets Stadthaus in der East Seventy-Fourth Street gebracht werden. Und um dreizehn Uhr würde es Anlass zu einer Kontroverse geben, die Evelyn alle Beweise liefern würde, die sie brauchte, um Masterpiece Art Ventures als Schwindelunternehmen zu enttarnen.

»Geht Magdalena verdrahtet hin?«

»Ihr Smartphone dient als Sender. Auch Phillips Handy ist gehackt.«

»Vermute ich richtig, dass er nicht sein Einverständnis gegeben hat?«

»Ich habe ihn nicht um Erlaubnis gefragt.«

Gegen einundzwanzig Uhr machten sie eine Pause, um zu Abend zu essen. Sarah ließ eine Runde Martinis aus der Bar heraufbringen, während Magdalena beim Zimmerservice des berühmten Hotelrestaurants Perrine bestellte. Auf Gabriels Vorschlag lud Evelyn ihren Ehemann ein, ihnen Gesellschaft zu leisten. Als er ankam, rollten zwei Ober gerade den gedeckten Tisch in die Suite. Tom Buchanan erwies sich als liebenswürdig und gebildet – das genaue Gegenteil des Polospielers aus guter Familie, der in East Egg an der Küste in großem Stil gelebt und mit dem Niedergang der weißen Rasse gehadert hatte.

Nachdem Evelyn ihren Mann zur Verschwiegenheit verpflichtet hatte, erzählte sie ihm detailliert die bemerkenswerte Story, die ihr an diesem Nachmittag in den Schoß gefallen war. Tom Buchanan ließ seinen Zorn an dem Caesar Salad aus.

»Das sieht Phillip Somerset ähnlich, sich so was einfallen zu lassen! Trotzdem muss man seinen Einfallsreichtum bewundern. Er hat einen Schwachpunkt erkannt und clever ausgenutzt.«

»Welchen Schwachpunkt?«, fragte Gabriel.

»Der Kunstmarkt ist völlig unreguliert. Preise werden willkürlich festgesetzt, Qualitätskontrolle existiert praktisch nicht, und die meisten teuren Gemälde wechseln unter größter Geheimhaltung die Besitzer. Das alles schafft ideale Voraussetzungen für Betrügereien. Allerdings hat Somerset sie bis ins Extrem ausgereizt.«

»Aber wieso ist das niemandem aufgefallen?«

»Aus demselben Grund, aus dem niemand gemerkt hat, dass hypothekenbesicherte Wertpapiere und gebündelte Schuldverschreibungen dabei waren, eine weltweite Finanzkrise auszulösen.«

»Weil alle zu viel Geld verdient haben?«

Buchanan nickte. »Und nicht nur Somersets Investoren, sondern auch seine Banker. Und alle werden gewaltig bluten müssen, wenn Evelyns Story erscheint. Trotzdem finde ich Ihre Methoden richtig. Auf die Feds zu warten, ist in diesem Fall keine Option. Allerdings wäre mir wohler, wenn Sie irgendein belastendes Schriftstück für meine Frau hätten.«

»Sie meinen das vertrauliche Memo, in dem Somerset seinen Plan erläutert, den größten Kunstschwindel der Geschichte aufzuziehen und zu betreiben?«

»Touché, Mr. Allon. Aber was ist mit den Unterlagen in dem Lagerhaus in der East Ninety-First Street?«

»Über Somersets aktuellen Lagerbestand?«

»Genau. Könnte Magdalena absolut sicher behaupten, dass er Fälschungen in seinen Büchern hat, wäre das vernichtend.«

»Schlägt der ehemalige Bezirksanwalt im Ernst vor, dass ich heimlich eine Liste der dort lagernden Gemälde beschaffen soll?«

»Das würde mir nicht im Traum einfallen. Aber wenn Sie eine beschaffen könnten, sollte meine Frau unbedingt eine Kopie davon bekommen.«

Gabriel lächelte. »Sonst noch irgendwelche Ratschläge, Counselor?«

»An Ihrer Stelle würde ich darüber nachdenken, Somerset finanziell unter Druck zu setzen.«

»Indem ich eine Handvoll Investoren ermutige, Kapital abzuziehen, meinen Sie?«

»Das klingt so, als hätten Sie schon einen Plan ausgearbeitet«, sagte Buchanan.

»In London lebt ein Mann namens Nicholas Lovegrove. Nicky ist einer der gefragtesten Kunstberater der Welt. Mehrere seiner Klienten haben bei Phillip investiert.«

»Wir Hedgefonds-Typen werden sehr misstrauisch, wenn Investoren Kapital abziehen. Also müsste höchste Diskretion gewahrt werden.«

»Keine Sorge«, sagte Sarah. »Wir Kunsthändler-Typen sind in allem unbedingt diskret.«

56

GALERIE WATSON, LONDON

Die Zerschlagung von Masterpiece Art Ventures begann am folgenden Morgen um 10.45 Uhr Londoner Zeit – 5.45 Uhr in New York –, als Christopher Keller vor der Galerie Olivia Watson in der King Street aufkreuzte. Auf einem kleinen Schild im Schaufenster stand NUR AUF VEREINBARUNG. Christopher hatte keinen Termin vereinbart, weil er darauf setzte, dass ein Überraschungsangriff wirkungsvoller sein würde. Er drückte den Klingelknopf und wartete auf eine Reaktion.

»Aber hallo«, sagte eine rauchige Frauenstimme. »Sieh mal an, was die Katze auf meiner Fußmatte zurückgelassen hat. Wenn das nicht mein lieber Freund Bancroft ist …«

»Ich heiße Marlowe, okay? Und jetzt mach die Tür auf.«

»Sorry, aber ich bin im Augenblick sehr beschäftigt.«

»Dann mach eine Pause und lass mich rein.«

»Ich *liebe* es, dich betteln zu hören, Darling. Augenblick noch. Ich komme gerade nicht an den verdammten Türöffner heran.«

Etliche weitere Sekunden verstrichen, bevor die Tür entriegelt wurde und sich von Christopher aufstoßen ließ. Im Ausstellungsraum der Galerie fand er Olivia, hinter einem eleganten schwarzen Schreibtisch sitzend, vor. Wie immer war ihr Kopf leicht nach links gedreht, weil Fotografen und Werbekunden ihre rechte Gesichtshälfte bevorzugt hatten. Christopher hatte keine Lieblingsseite gehabt. Olivia war aus jedem Blickwinkel ein Gesamtkunstwerk.

Jetzt stand sie auf, blieb an den Schreibtisch gelehnt stehen und stemmte einen Arm in die Hüfte. Zu einem eleganten Blazer trug sie eine dazu passende, schmal geschnittene Hose, beide sommerlich in Farbe und Gewicht.

»Marks and Spencer?«, fragte Christopher.

»Eine Kleinigkeit, die Giorgio für mich kreiert hat.« Sie hob leicht den Kopf und musterte Christopher wie von oben herab forschend. »Was führt dich in meine Ecke unseres Quartiers?«

»Ein gemeinsamer Freund braucht einen Gefallen.«

»Welcher Freund ist das?«

»Der deine grässliche Vergangenheit aufgeräumt und dir die Chance verschafft hat, hier in St. James's eine angesehene Galerie zu eröffnen.« Christopher machte eine Pause. »Eine Galerie voller Gemälde, die du mit dem Drogengeld deines Ex-Freundes gekauft hast.«

»Wenn ich mich recht erinnere, hat unser gemeinsamer Freund sich um dich ähnlich verdient gemacht.« Olivia verschränkte die Arme. »Weiß deine bezaubernde amerikanische Frau, womit du früher deinen Lebensunterhalt bestritten hast?«

»Meine bezaubernde amerikanische Frau geht dich nichts an.«

»Stimmt es, dass sie bei der CIA war?«

»Wo hast du das bloß gehört?«

»Nachbarschaftstratsch. Außerdem macht das hässliche Gerücht die Runde, dass ich eine heiße Affäre mit Simon Mendenhall habe.«

»Ich dachte, du seist mit einem Popstar liiert.«

»Colin ist Schauspieler«, sagte Olivia. »Im Augenblick ist er der Star des heißesten Theaterstücks im West End.«

»Ihr meint es beide ernst?«

»Ziemlich.«

»Wieso schläfst du dann nebenbei mit dem schleimigen Simon?«

»Dieses Gerücht hat deine Frau in die Welt gesetzt«, sagte Olivia ruhig.

»Das kann ich kaum glauben.«

»Außerdem flüstert sie jedes Mal das Wort *Bitch*, wenn sie mich im Wiltons sieht.«

Christopher musste unwillkürlich grinsen.

»Freut mich, dass dich das amüsiert.« Olivia musterte seine Kleidung. »Wer zieht dich heutzutage an?«

»Dicky.«

»Nett.«

»Ich richte ihm dein Kompliment aus.«

»Mir wär's lieber, du würdest deiner bezaubernden amerikanischen Frau den Mund verbieten.« Olivia schüttelte langsam den Kopf. »Ich verstehe echt nicht, dass sie zu solch primitiven Mitteln greift.«

»Sie ist ein bisschen eifersüchtig, das ist alles.«

»Grund zur Eifersucht hätte allein ich. Schließlich hat Sarah dich letztlich gekriegt.«

»Komm schon, Olivia. Das ist nicht dein Ernst. Bei mir konntest du dich nur ausruhen, während du hier in London Fuß gefasst hast. Jetzt datest du einen Popstar, und deine Galerie ist schwer en vogue.«

»Alles wegen unseres gemeinsamen Freundes?«

Christopher gab keine Antwort.

»Ich dachte, er sei pensioniert«, sagte Olivia.

»Es geht um eine Privatsache, die einen gewissen Phillip Somerset betrifft.«

»Den Phillip Somerset?«

»Ein Freund von dir?«

»Vor ein paar Jahren habe ich neben Phillip und seiner Frau gesessen, als Christie's in New York Kunst nach 1945 und zeitgenössische Werke versteigert hat. Seine Frau hat kurz als Model gearbeitet, bevor sie mit Phillip das große Los gezogen hat. Sie heißt Laura, glaube ich. Oder Linda?«

»Lindsay.«

»Ja, genau! Sie ist sehr jung und unsagbar dumm. Phillip hat mir als echter Macher imponiert. Er hat mir vorgeschlagen, in seinen Kunstfonds zu investieren. Ich habe ihm erklärt, er spiele in einer anderen Liga.«

»Ein kluger Schachzug.«

»Gibt es ein Problem?«

»Somerset hat Ähnlichkeit mit deinem Ex-Freund: außen glänzend, innen schmuddelig. Außerdem geht in New York das Gerücht um, seine Finanzen seien ziemlich zerrüttet.«

»Noch ein Gerücht?«

»Dieses ist ausnahmsweise wahr. Unser gemeinsamer Freund möchte, dass du es dem prominentesten Kunstberater Londons, zu dessen Klienten einige der reichsten Sammler der Welt gehören, ins Ohr flüsterst.«

»Wie soll ich das anstellen?«

»Durch eine lockere Bemerkung bei einem ansonsten angenehmen und geschäftsmäßigen Lunch.«

»Wann?«

»Heute.«

Sie sah auf ihre Armbanduhr. »Aber es ist kurz vor elf. Nicky hat bestimmt schon eine Verabredung zum Mittagessen.«

»Irgendwas sagt mir, dass er sie verschieben wird.«

Olivia griff nach ihrem Smartphone. »Also gut – aber nur unter einer Bedingung.«

»Ich rede mit ihr«, versprach Christopher.

»Danke.« Sie wählte und hob das Smartphone ans Ohr. »Hallo, Nicky, ich bin's … Olivia Watson. Ich weiß, dass ich sehr kurzfristig anrufe, aber ich frage mich, ob wir uns heute zum Lunch treffen könnten … Um eins im Wolseley? Bis dann, Nicky.«

57

THE WOLSELEY

Und so begann es mit einer scheinbar hingeworfenen Bemerkung bei einem teuren Lunch in einem der besseren Restaurants von Mayfair. Das mittägliche Klappern von Besteck und Geschirr war so laut, dass Nicky sich über seine Vorspeise – Miniquiches mit Dorset-Krabben – beugte und Olivia bat, das Gesagte zu wiederholen. Das tat sie vertraulich murmelnd und mit dem Zusatz, er dürfe sie unter keinen Umständen zitieren. Das war um 13.30 Uhr. Zumindest behauptete das Julian Isherwood, der an einem Tisch in der Nähe speiste und dem auffiel, dass Nickys Gesicht sekundenlang aschfahl wirkte. Julians fülliger Tischgenosse bekam davon nichts mit, denn er hatte nur Augen für die junge Tessa, der Neuen im Servicepersonal des Wolseley.

Nicky drängte Olivia, den Namen ihrer Quelle preiszugeben. Und als sie sich weigerte, bat er um Entschuldigung und rief sofort Sterling Dunbar an, einen reichen Immobilienunternehmer in Manhattan, der tonnenweise Gemälde kaufte, wobei er sich von Nicky beraten ließ. Sterling war einer der ersten großen Investoren gewesen, die bei Masterpiece Art Ventures eingestiegen waren.

»Kennen Sie meinen aktuellen Kontostand?«, blaffte er.

»Er ist bestimmt weit höher als meiner.«

»Knapp hundertfünfzig Millionen, das Dreifache meiner ursprünglichen Einlage. Phillip versichert mir, der Fonds stehe felsenfest. Tatsächlich denke ich daran, weitere hundert bei ihm zu investieren.«

Der reaktionäre Industrielle Max van Egan hatte zweihundertfünfzig Millionen Dollar bei Masterpiece investiert. Er erklärte Nicky, er denke nicht daran, sein Geld abzuziehen. Simon Levinson, Mitinhaber einer Kaufhauskette, tendierte ebenfalls dazu, alles unverändert zu lassen. Ainsley Cabot, ein Sammler mit sehr viel Geschmack, aber nur achtstelligem Vermögen, befolgte jedoch Nickys Rat. Er rief Somerset um 9.15 Uhr Ostküstenzeit an, als Phillip eben auf dem East Thirty-Fourth Street Heliport aus seinem Sikorsky stieg.

»Wie viel?«, fragte er laut, um den Rotorenlärm zu übertönen.

»Alles.«

»Sind Sie erst mal draußen, gibt's kein Zurück mehr. Ist Ihnen das klar, Ainsley?«

»Ersparen Sie mir Ihre Angeberei, Phillip, und überweisen Sie mir mein Geld.«

Buffy Lowell erreichte Somerset um 9.24 Uhr, als Phillip in seinem Mercedes mit Fahrer auf der Third Avenue unterwegs war. Livingston Ford rief ihn acht Minuten später an, als er eben über die East Seventy-Second Street kroch. Livingston hatte fünfzig Millionen in den Fonds investiert und wollte ebenfalls aussteigen.

»Das werden Sie bereuen«, sagte Phillip warnend.

»Das hat meine dritte Frau auch gesagt, und ich bin nie so glücklich gewesen.«

»Darf ich vorschlagen, dass Sie sich mit einem Teilrückzug begnügen?«

»Wollen Sie damit andeuten, dass nicht genug Geld in der Kasse ist?«

»Das Geld liegt nicht auf einem Konto bei der Citibank. Um Sie auszahlen zu können, muss ich erst ein paar Gemälde verkaufen.«

»Dann schlage ich vor, dass Sie gleich damit anfangen, Phillip.«

So kam es, dass eine scheinbar beiläufige Bemerkung, die vor einer Dreiviertelstunde bei einem teuren Lunch in London gefallen war, ein Hundert-Millionen-Loch in Masterpiece Art Ventures riss. Der Firmengründer wusste davon jedoch nichts. Auf der verzweifelten Suche nach Informationen begann er hastig zwei Internetrecherchen – nach seinem eigenen Namen und dem des Fonds. Keine der beiden lieferte einen Hinweis darauf, weshalb einige seiner größten Investoren plötzlich beschlossen hatten, dem Fonds den Rücken zu kehren. Auch eine Suche in den sozialen Medien ergab keine erkennbare Ursache. Um 9.42 Uhr rief er den verschlüsselten, cloudbasierten Messaging-Dienst Telegram auf und öffnete einen geheimen Chat.

Ich blute aus, tippte er. *Stell fest, warum.*

Als Phillip Somerset im Jahr 2014 sein Stadthaus in der East Seventy-Fourth Street kaufte, galten dreißig Millionen Dollar als sehr viel Geld. Den Kredit dafür hatte er von seinem Banker bei JPMorgan Chase bekommen, indem er mehrere gefälschte Gemälde als Sicherheit verpfändet hatte – nur einer der vielen Fälle, in denen er mit einem Zauberstab in der Hand wertlose Leinwände in Gold verwandelt hatte. Mehrere weitere Fälschungen schmückten die Räume des Hauses, um potenzielle Investoren zu beeindrucken und Phillip außergewöhnlich reich und kultiviert wirken zu lassen. Sie waren die Elite der Kunstwelt, seine Investoren. Kunstliebhaber mit mehr Geld als Verstand. Auch Phillip war selbst ein Schwindel und seine clevere Fälschung, aber seine Investoren waren die Gimpel, die seinen raffinierten Betrug erst ermöglicht hatten. Und Magdalena, dachte er plötzlich. Ohne sie hätte das alles nie funktioniert.

Im Eingangsbereich im Erdgeschoss des Stadthauses begrüßte ihn Tyler Briggs, der Chef seines Sicherheitsdiensts. Tyler war ein Irakkriegsveteran. In seinem dunklen Anzug steckte ein eisenharter durchtrainierter Körper.

»Wie war der Flug von der Insel herüber, Mr. Somerset?«

»Besser als die Fahrt vom Heliport hierher.«

Phillips Smartphone klingelte erneut. Dieser Anruf kam von Scooter Eastman, einem Investor, der zwanzig Millionen Dollar angelegt hatte.

»Sind für heute irgendwelche Lieferungen geplant?«, fragte Tyler.

»Aus dem Lagerhaus müsste jede Minute ein Gemälde eintreffen.«

»Klienten?«

»Nicht heute. Aber Ms. Navarro wollte gegen dreizehn Uhr vorbeikommen. Schicken Sie sie bitte gleich in mein Büro hinauf.«

Phillip leitete Scooter Eastmans Anruf auf die Mailbox um und stieg die Treppe hinauf. Soledad und Gustavo Ramírez, das peruanische Ehepaar, das ihm den Haushalt führte, warteten auf dem Treppenabsatz im ersten Stock. Somerset erwiderte geistesabwesend ihren Gruß, während er auf sein Handy starrte. Die Anruferin war Rosamond Pierce. Dunkelblaues Blut. Zehn Millionen Dollar bei Masterpiece Art Ventures investiert.

»Ich esse heute zu Mittag hier. Ms. Navarro leistet mir Gesellschaft. Bitte Seafood Cobb Salad servieren. Gegen halb zwei.«

»Ja, Mr. Somerset«, antworteten die Ramírezes im Chor.

In seinem Büro hörte Phillip als Erstes die Mailbox ab. Scooter Eastman und Rosamond Pierce wollten beide aussteigen. Binnen zehn Minuten hatte er hundertfünfunddreißig Millionen Dollar an investiertem Kapital eingebüßt. Unerwartete Kündigungen in diesem Ausmaß hätten selbst einen Hedgefonds, der höchsten moralischen Ansprüchen genügte, an den Rand des Ruins gebracht. Für einen unterfinanzierten Fonds wie Masterpiece Art Ventures waren sie verheerend.

Um zehn Uhr übermittelte er Kenny Vaughan, dem Finanzchef seines Fonds, diese Hiobsbotschaften bei ihrem täglichen Videocall.

»Scheiße, soll das ein Witz sein?«, fragte Kenny.
»Leider nicht.«
»Hundertfünfunddreißig Millionen tun uns weh, Phillip.«
»Wie lange dauert's, bis wir den Schmerz spüren?«
»Livingston Ford, Scooter Eastman und Rosamond Pierce sind diesen Monat mit Auszahlungen an der Reihe.«
»Achtzig Millionen?«
»Eher fünfundachtzig.«
»Wie viel haben wir auf der Bank?«
»Um die fünfzig. Vielleicht.«
»Ich könnte den Pollock abstoßen.«
»Auf den Pollock hat JPMorgan dir fünfundsechzig geliehen. Den kannst du nicht einfach verkaufen.«
»Wie viel brauchst du, um die Sache zu deichseln, Kenny?«
»Fünfundachtzig wären nett.«
»Jetzt mal vernünftig.«
»Glaubst du, dass du vierzig auftreiben kannst?«
Somerset trat ans Fenster und beobachtete, wie zwei Männer in identischen blauen Overalls eine große flache Kiste aus einem Lieferwagen mit der Aufschrift »Chelsea Fine Arts Storage« luden.
»Ja, Kenny, das müsste sich machen lassen.«

58

HOTEL PIERRE

Evelyn Buchanan traf um 12.30 Uhr im Pierre ein. Oben in Magdalenas Suite teilte sie Gabriel mit, ihr Chefredakteur habe ihren geplanten Artikel genehmigt. Ihre Story sollte online sowie in der nächsten Printausgabe erscheinen. Die PR-Abteilung des Magazins war dabei, alle Vorbereitungen für eine große Kampagne in den sozialen Medien zu treffen. Die *New York Times*, das *Wall Street Journal*, Reuters. Bloomberg News und CNBC waren vorgewarnt worden, dass ein wichtiger Insiderartikel mit weitreichenden finanziellen Konsequenzen erscheinen werde.

»Das bedeutet, dass die Story binnen Minuten nach der Veröffentlichung auf unserer Website viral geht. Diesen Schaden kann Phillip auf keinen Fall mehr begrenzen. Er ist tot, bevor er weiß, was ihn erwischt hat.«

»Wie bald können Sie fertig sein?«

»Klappt alles wie versprochen, bin ich heute Abend so weit.«

»Baut Somerset weiter so rapide ab, hält er vielleicht nicht so lange durch.«

»Kündigungen?«

»Hundertfünfunddreißig Millionen – bisher.«

»Er taumelt bestimmt schon.«

»Hören Sie sich an, wie er sich darüber äußert.«

Gabriel spielte ihr Phillips Videocall mit Kenny Vaughan vor.

»Wie viel haben wir auf der Bank?«

»Um die fünfzig. Vielleicht.«

»Ich könnte den Pollock abstoßen.«

»Auf den Pollock hat JPMorgan dir fünfundsechzig geliehen. Den kannst du nicht einfach verkaufen.«

Gabriel drückte auf PAUSE.

»Ist Ihnen klar, was Sie da haben?«, fragte Evelyn.

»Es wird noch besser.«

Gabriel drückte auf PLAY.

»Wie viel brauchst du, um die Sache zu deichseln, Kenny?«

»Fünfundachtzig wären nett.«

»Jetzt mal vernünftig.«

»Glaubst du, dass du vierzig auftreiben kannst?«

»Ja, Kenny, das müsste sich machen lassen.«

Gabriel drückte auf PAUSE.

»Wo will er das Geld herkriegen?«

»Schwer zu sagen. Aber das Timing lässt vermuten, dass er daran denkt, meinen Gentileschi ins Spiel zu bringen.«

»Tut er das ...«

»Haben wir einen unwiderlegbaren Beweis dafür, dass Phillip Somerset systematisch Banken betrügt.«

Im nächsten Augenblick öffnete sich die Schlafzimmertür, und Magdalena erschien in einer weißen Stretchhose, zu der sie eine lässig weite Bluse und High Heels trug.

Gabriel gab ihr ihr Smartphone zurück. »Tragen Sie's bitte überall bei sich. Und denken Sie daran, was ich ...«

»Wohin sollte ich ohne Pass reisen, Mr. Allon? Nach Staten Island?«

Sie steckte das Handy in ihre Handtasche und verließ die Suite. Auch als sie gegangen war, hing ihr betörender Duft noch lange in der Luft.

»Trägt sie jemals einen BH?«, fragte Evelyn.

»Anscheinend hat sie vergessen, einen einzupacken.«

Gabriel kontrollierte, ob die Software Proteus weiter Informationen von Somersets Schreibtisch auf Magdalenas Handy übertrug. Dann rief er Sarah an, die unten mit einem gemieteten SUV von Nissan wartete.

»Keine Sorge«, sagte sie. »Ich lasse sie nicht aus den Augen.«

Zwei Minuten später beobachtete Sarah, wie Magdalena den Ausgang des Hotels Pierre zur East Sixty-First Street benutzte und in den Fond von Somersets wartendem S-Klasse-Mercedes glitt. Der Chauffeur bog dreimal nacheinander links ab, um auf der Madison Avenue stadtauswärts zu fahren. Sarah blieb direkt dahinter – ein Verstoß gegen grundlegende Überwachungstechniken, der sich jedoch nicht vermeiden ließ. Der Verkehr war sehr dicht, und Sarah hatte kein Back-up außer dem Smartphone in Magdalenas Tasche.

Auf der East Sixty-Sixth Street nahm der Verkehr ab, und der Mercedes beschleunigte. Um dranzubleiben, musste Sarah zweimal schon rote Ampeln ignorieren, aber auf Höhe der East Seventy-Fifth Street musste sie anhalten. Als die Ampel endlich wieder grün wurde, war der Mercedes nirgends mehr zu sehen. Indem sie zweimal links abbog, erreichte sie Phillips Stadthaus in der East Seventy-Fourth Street.

Kein Mercedes.

Keine Spur von Magdalena.

Sarah fuhr bis ans Ende des Blocks weiter und fand eine Parklücke am Randstein. Dann schnappte sie sich ihr Handy und rief Gabriel im Pierre an. »Bitte sag mir, dass sie in diesem Haus ist.«

»Sie ist nach oben unterwegs.«

Sarah lächelte, als sie das Gespräch beendete. Amüsiere dich, solange du kannst, dachte sie.

Tyler Briggs hatte Magdalena gebeten, direkt in Somersets Büro im dritten Stock hinaufzugehen, doch stattdessen hatte sie einen Umweg über die Galerie gemacht. Dort stand der Gentileschi wirkungsvoll beleuchtet auf einer Staffelei. Magdalena fotografierte das Gemälde mit ihrem Smartphone. Dann machte sie zwei Weitwinkelaufnahmen, die deutlich zeigten, wo das *Porträt einer Unbekannten* sich im Augenblick befand – in einem Raum, der in einem wenig schmeichelhaften *Vanity-Fair*-Profil sehr ausführlich beschrieben worden war. Verfasst hatte es die Frau, die jetzt in Magdalenas Suite im Pierre war.

Plötzlich merkte sie, dass Tyler sie von der Tür der Galerie aus beobachtete. Er musste sie mit einer der vielen Überwachungskameras entdeckt haben. Sie reagierte mit der coolen Gelassenheit einer Dealerin.

»Außergewöhnlich, nicht wahr?«

»Wie Sie meinen, Ms. Navarro.«

»Sie haben nicht viel für Kunst übrig, Tyler?«

»Ich verstehe ehrlich gesagt nicht viel davon.«

»Hat Mr. Somerset es schon gesehen?«

»Das müsste Mr. Somerset Ihnen selbst sagen. Tatsächlich fragt er sich bestimmt schon, wo Sie bleiben.«

Magdalena ging nach oben weiter. Die Tür von Phillips Büro stand offen. Er saß am Schreibtisch, hatte sein Smartphone am Ohr und rieb sich mit der freien Hand die Stirn.

»Sie machen einen großen Fehler!«, blaffte er, dann legte er auf.

Eisige Kälte sank über den Raum herab.

»Wer macht einen Fehler?«, fragte Magdalena.

»Warren Ridgefield, einer unserer Investoren. Leider machen mehrere andere denselben Fehler.«

»Kann ich dir irgendwie helfen?«

Phillip ergriff ihre Hand und lächelte.

59

UPPER EAST SIDE

Phillips Dusche war doppelt so groß wie die Küche von Magdalenas alter Wohnung in Alphabet City: ein Wasserwunderland aus Marmor und Glas, die Dusche für den Mann, der alles hat. Magdalena konnte sich nie erinnern, welcher der vielen verchromten Hebel welche Funktion steuerte. Sie betätigte einen und wurde prompt von allen Seiten mit armdicken Wasserstrahlen beschossen. Als sie hastig einen anderen versuchte, wurde sie von einer sanften tropischen Kaskade liebkost. Sie wusch sich mit Phillips Sandelholzseife, trocknete sich mit einem Handtuch mit Phillips Monogramm ab und betrachtete dann ihren nackten Körper in Phillips goldgerahmtem Badezimmerspiegel. Sie fand das Bild unattraktiv und stark restaurierungsbedürftig. Porträt einer Dealerin, dachte sie. Porträt einer Diebin.

Im Schlafzimmer war außer dem Fleck, den er auf dem Bettlaken hinterlassen hatte, nichts von Phillip zu sehen. Ihr Liebesakt hatte etwas von einer Vergewaltigung an sich gehabt, begleitet von dem ständigen gedämpften Klingeln und Piepsen seines Handys. Magdalenas Smartphone steckte in ihrer Tasche von Hermès, die wie die Kleidung, die Phillip ihr vom Leib gerissen hatte, achtlos am Fuß des Bettes lag. Weil ihr bewusst war, dass andere mithörten, hatte sie seinen Überfall schweigend erduldet. Ihr heißhungriger Liebhaber war jedoch ausgezeichnet bei Stimme gewesen.

Als Magdalena angezogen war, nahm sie ihre Tasche mit und

machte sich auf die Suche nach ihm. Sie fand ihn unten in der Galerie, wo er vor dem gefälschten Gentileschi stand. Dabei machte er sein kultiviert-nachdenkliches Kuratorengesicht, das er immer für seine ahnungslosen Investoren aufsetzte. Phillip Somerset, Patron der schönen Künste. Für Magdalena würde er immer der ungebildete Philister bleiben, den sie an jenem ersten Abend im Le Cirque kennengelernt hatte. Bud Fox mit einer Prise Jay Gatsby. Eine Fälschung, dachte sie, und nicht mal eine gute.

»Wie gut ist er?«, fragte er schließlich.

»Besser als die Version im Getty.«

»Preis?«

»Bei gleichen Voraussetzungen ... dreißig Millionen.«

»Ich muss es abstoßen.«

»Davon würde ich dir abraten, Phillip.«

»Warum?«

»Weil das Gemälde aus derselben Quelle stammt wie die anderen, die Oliver Dimbleby in London verkauft hat. Taucht nun ein weiteres Werk aus dieser alten europäischen Sammlung auf, schrillen überall die Alarmsirenen. Der Gentileschi muss eine Zeit lang abkühlen und braucht dann eine völlig neue Provenienz. Vielleicht wär's auch besser, mit der Zuschreibung zurückhaltender zu sein.«

»Gentileschi zugeschrieben?«

»Vielleicht ›aus dem Kreis um Gentileschi‹. Oder nur ›ein Jünger‹.«

»Dann bekomme ich mit Glück vielleicht eine Million.«

»Ich habe in Florenz kein Gemälde gekauft, Phillip. Ich habe den größten Kunstfälscher aller Zeiten eingekauft. Von ihm können wir über Jahre hinweg gute Dividenden erwarten. Nimm den Gentileschi auf Lager und gedulde dich.«

Phillip starrte auf sein Handy. »Geduld ist eine Tugend, die ich mir im Augenblick nicht leisten kann, fürchte ich.«

»Wer ist's?«

»Harriet Grant.«

»Was geht hier vor?«

»Keine Ahnung.«

Ihren Seafood Cobb Salad aßen sie am Küchentisch, während im Hintergrund leise CNBC lief. Magdalena bevorzugte zum Essen einen Sancerre, aber Phillip, der sich nach seinen Anstrengungen wie ausgedörrt fühlte, trank große Mengen Eistee. Sein Smartphone lag mit dem Display nach oben neben seinem Ellbogen: stumm geschaltet, aber immer wieder von eingehenden Textnachrichten aufleuchtend.

»Du hast mir nie seinen Namen gesagt«, stellte er fest.

»Das kann ich leider nicht.«

»Aus Paritätsgründen, nehme ich an. Du hast deinen Fälscher, und jetzt habe ich meinen.«

»Aber du hast deinen Fälscher mit zehn Millionen Dollar von meinem Geld angeworben.«

»Ohne mich hättest du keinen Cent, Phillip. Außerdem habe ich mir sehr viel Mühe gegeben, ihn aufzuspüren. Ich denke, ich werde ihn ganz für mich behalten.«

Er legte sein Besteck weg und betrachtete sie ausdruckslos.

»Delvecchio«, sagte sie seufzend. »Mario Delvecchio.«

»Seine Story?«

»Die übliche Geschichte. Ein erfolgloser Maler, der sich mit Pinsel und Palette an der Kunstwelt rächt. Er wohnt in einem einsamen Landhaus im Süden Umbriens. Er ist außergewöhnlich klug und gebildet. Und er sieht blendend aus. Während meines Aufenthalts ist er mein Liebhaber geworden. Im Gegensatz zu dir kennt er sich mit weiblichen Lustzentren aus.«

»Kann ich sonst irgendwas für dich tun?«

»Ich hätte liebend gern noch etwas Sancerre.«

Phillip machte Señora Ramírez ein Zeichen. »Hat dein Liebhaber vielleicht irgendwelche anderen Gemälde fertig herumstehen?«

»Keine, die ich im Augenblick auf den Markt bringen möchte. Ich habe ihn gebeten, vorläufig die Finger von Meisterwerken zu lassen und sich auf mittelgute Gemälde zu konzentrieren, die ich unter dem Radar vertreiben kann.«

»Was willst du wegen seines Partners unternehmen? Wegen Alessandro Calvi?«

»Da Mario und ich jetzt miteinander schlafen, traue ich mir zu, ihn dazu zu überreden, sich von Signor Calvi zu trennen.«

»Das soll ein Scherz sein, stimmt's?«

»Du weißt, dass du der Einzige bist, Phillip.« Sie tätschelte beschwichtigend seine Hand. »Ehrlich gesagt macht mir der andere, dessen Name nicht genannt werden darf, mehr Sorgen als Signor Calvi.«

»Lass ihn nur meine Sorge sein.«

»Wie wird er darauf reagieren, plötzlich einen Fälscherkollegen zu haben?«

»Ich habe ihm nie Exklusivität versprochen.«

Magdalena hob ihr Weinglas an die Lippen. »Wo habe ich das schon mal gehört?«

Phillip setzte einen anderen Gesichtsausdruck auf – den eines besorgten Freundes und Sexualpartners. Der war noch unglaubwürdiger als Phillip, der Intellektuelle und Kunstliebhaber. »Was ist bloß in dich gefahren?«

»Außer dir, meinst du?« Magdalena lachte halblaut über ihren eigenen Scherz. »Vermutlich habe ich gerade nur an meine Zukunft gedacht, das ist alles.«

»Deine Zukunft ist sicher.«

»Ist sie das wirklich?«

»Hast du dir in letzter Zeit mal dein Guthaben angesehen? Du könntest dich morgen zur Ruhe setzen und den Rest deines Lebens am Strand in Ibiza verbringen.«

»Und wenn ich das täte?«

Phillip gab keine Antwort; er starrte wieder auf sein Handy.

»Wer ist's diesmal?«

»Nicky Lovegrove.« Er wartete, bis die Mailbox sich einschaltete. »Mehrere seiner Klienten versuchen, aus meinem Fonds auszusteigen.«

»Auch mein Geld steckt in deinem Fonds. Restlos.«

»Dein Geld ist sicher.«

»Früher hast du mir mal versprochen, mich zu einem spanischen Damien Hirst zu machen. Aber das war nur ein cleverer Trick von dir, um mir ein bisschen Geld zukommen zu lassen.«

»Wenn ich mich recht erinnere, war es mehr als ein bisschen Geld.«

»Wo sind sie?«, fragte Magdalena plötzlich.

»Die Gemälde?«

Sie nickte.

»Die sind im Lagerhaus.«

»Ich hätte sie gern wieder.«

»Du kannst sie nicht haben.«

»Warum nicht?«

»Weil sie mir gehören. Und du auch, Magdalena. Vergiss das nie.«

Das Display seines Smartphones leuchtete auf.

»Nicht schon wieder einer?«

»Nein. Das ist nur Lindsay.«

Magdalena lächelte. »Bestell ihr einen Gruß von mir.«

Nachdem Phillip Somerset kurz mit seiner Frau telefoniert und sich von seiner Geschäftspartnerin und Geliebten verabschiedet hatte, ging er in sein Büro zurück und rief Ellis Gray an, den Leiter der Abteilung kunstbasierte Kredite bei JPMorgan Chase. Da Phillip und Ellis sich erst am Wochenende zufällig in Sag Harbor begegnet waren, konnten sie auf Small Talk verzichten. Phillip sagte, er brauche etwas Cash. Ellis, der mit Masterpiece Art Ventures Millionen verdient hatte, fragte nur, an welchen Betrag Phillip denke und welches Gemälde er als Sicherheit anbieten könne.

»Es geht um vierzig Millionen.«

»Und das Gemälde?«

Phillip antwortete.

»Ein *Gentileschi*?«, fragte Ellis.

»Erst vor Kurzem entdeckt. Ich will den Fund noch ein bis zwei Jahre geheim halten, bevor ich das Bild auf den Markt bringe.«

»Wie ist die Zuschreibung?«

»Hieb- und stichfest.«

»Und die Provenienz?«

»Ein bisschen dünn.«

»Wo haben Sie ihn gekauft?«

»Von einem spanischen Galeristen. Mehr kann ich dazu nicht sagen.«

Ellis Gray, der sein Geld damit verdiente, dass er mit Gemälden besicherte Kredite vergab, war mit der Undurchsichtigkeit der Kunstwelt vertraut. Trotzdem war er nicht bereit, vierzig Millionen Dollar von JPMorgan Chase für ein Bild ohne Vergangenheit auszugeben, nicht mal für einen wichtigen und zuverlässigen Kunden wie Phillip Somerset.

»Nicht ohne wissenschaftliche Analyse«, fügte Ellis hinzu. »Schicken Sie's zu Aiden Gallagher in Westport. Sagt Aiden, dass es koscher ist, beschleunige ich die Kreditvergabe.«

Phillip legte auf. Dann rief er Kenny Vaughan an und teilte ihm mit, die dringend benötigte Kapitalinfusion werde es nicht geben.

»Vielleicht müssen wir einen Auszahlungsstopp in Betracht ziehen.«

»Ausgeschlossen! Du musst dir was einfallen lassen.«

»Ich zünde ein paar Kerzen an und sehe zu, was sich machen lässt.«

Phillip beendete das Gespräch mit Kenny und nahm einen weiteren Anruf entgegen.

Er kam von Allegra Hughes.

Allegra wollte aussteigen.

60

HOTEL PIERRE

Gabriel hatte Juval Gerschon schon am frühen Morgen um Unterstützung gebeten. Ja, er war sich darüber im Klaren, dass dies eine Zumutung war – und nicht ganz legal, weil er kein offizielles Amt bekleidete. Und nein, er konnte nicht versprechen, dass dies das letzte Mal sein würde. Anscheinend war er eine Art Klagemauer für jeden geworden, der Probleme hatte – für ehebrüchige britische Premierminister ebenso wie für römische Päpste oder Londoner Kunsthändler. Seine jetzigen Ermittlungen hatten zu einem Mordanschlag auf ihn geführt, was Juval Gerschon natürlich längst wusste. Hätte Juval nicht rechtzeitig interveniert, hätte der Anschlag Erfolg haben können.

Den Auftrag erteilte Juval einem Neuling. In ihrem Beruf spielte das keine Rolle; die neuen Kids waren oft besser als die erfahrenen Veteranen. Dieser war ein wahrer Künstler auf seinem Gebiet. Er machte seinen ersten Zug um 10.15 Uhr EST, und um 14.30 Uhr gehörte ihm der Laden – in diesem Fall die Firma Chelsea Fine Arts Storage in Manhattan.

Der Junge nahm sich wie angewiesen als Erstes die Datenbank vor: Versicherungsunterlagen, Steuer- und Personalakten, ein Logbuch mit den im vergangenen Jahr eingelieferten und abgegebenen Gemälden und die aktuelle Lagerliste mit dem Gesamtbestand des bewachten, klimatisierten Lagerhauses in der East Ninety-First Street nahe der York Avenue. Insgesamt lagerten hier siebenhundertneunundachtzig Gemälde. Zu jeder Position gehörten der Name des Gemäldes, der Künstler, die Abmessungen, die Maltechnik, das Entstehungsjahr, der Schätzwert, der gegenwärtige Besitzer und der genaue Aufbewahrungsort nach Stockwerk und Magazinnummer.

Sechshundertfünfzehn der Gemälde sollten sich im direkten Eigentum des Hedgefonds Masterpiece Art Ventures befinden, dem zufällig auch das Lagerhaus Chelsea Fine Arts Storage gehörte. Die übrigen Werke gehörten Briefkastenfirmen mit kryptischen Namen aus jeweils drei Großbuchstaben, wie Steuerflüchtlinge und Kleptokraten in aller Welt sie liebten. Vor Kurzem hinzugekommen war *Danaë und der Goldregen*, angeblich von Orazio Gentileschi. Der Schätzwert dieses Gemäldes betrug dreißig Millionen Dollar – ungefähr dreißig Millionen mehr, als es tatsächlich wert war. Vorläufig war es noch unversichert.

Das Lagerhaus enthielt auch sechzehn Gemälde einer einst vielversprechenden spanischen Künstlerin namens Magdalena Navarro. Nach einem belastenden Lunch mit einem gewissen Phillip Somerset, Gründer und CEO von Masterpiece Art Ventures, kehrte sie an diesem Nachmittag um 15.15 Uhr ins Hotel Pierre zurück. Oben in ihrer Suite übergab sie ihr Smartphone sofort Gabriel. Er präsentierte ihr eine Liste mit siebenhundertneunundachtzig Gemälden, und sie machten sich gemeinsam an die Arbeit.

Sie verfielen in einen voraussehbaren, aber auch recht deprimierenden Rhythmus. Magdalena ging die Liste Zeile für Zeile durch und hielt inne, wenn sie ein Gemälde entdeckte, das ihres Wissens eine Fälschung war. Während Evelyn und Sarah sich sorgfältig Notizen machten, gab sie das ungefähre Datum an und beschrieb in Einzelfällen, wie das Werk in den Besitz von Masterpiece Art Ventures gelangt war. Die überwältigende Mehrheit der Gemälde war durch Phantomverkäufe innerhalb von Magdalenas Vertriebsnetz erworben worden, was in der Praxis bedeutete, dass keine wirklichen Zahlungen erfolgt waren. Die teuersten Werke waren jedoch über angesehene Galerien geleitet worden, damit Somerset glaubhaft den Ahnungslosen spielen konnte, falls die Echtheit dieser Werke jemals angezweifelt wurde.

In der Inventarliste klaffte eine auffällige Lücke: Anthonis van Dycks *Porträt einer Unbekannten*, Öl auf Leinwand, 115 mal 92 Zentimeter, das Masterpiece kürzlich von Isherwood Fine Arts gekauft hatte. Laut Warenausgangsbuch war das Gemälde Mitte April zu Sotheby's in New York gebracht worden.

»Eine Woche nach dem Bombenanschlag in Paris«, stellte Gabriel fest.

»Phillip muss es abgestoßen haben«, antwortete Magdalena. »Also ist jetzt irgendein ahnungsloser Sammler stolzer Besitzer eines wertlosen Altmeisters.«

»Darüber rede ich gleich morgen früh mit Sotheby's.«

»Aber diskret«, warnte Sarah ihn.

»Irgendwie«, sagte Gabriel mit einem Blick zu Evelyn hinüber, »glaube ich nicht, dass das eine Option ist.«

Gegen siebzehn Uhr hatten sie die Liste zweimal von oben bis unten durchgearbeitet. Das atemberaubende Endergebnis waren zweihundertsiebenundzwanzig Fälschungen mit einem angeblichen Wert von über dreihundert Millionen Dollar – oder ein Viertel des von Masterpiece Art Ventures verwalteten angeblichen Fondsvermögens. In Kombination mit den übrigen Beweisen, die Gabriel und Magdalena in New York zusammengetragen hatten – darunter der Mitschnitt eines Telefongesprächs, in dem Phillip Somerset versucht hatte, von JPMorgan einen kunstbasierten Kredit zu bekommen, indem er ein gefälschtes Gemälde als Sicherheit anbot –, zeigte es unwiderlegbar, dass Masterpiece Art Ventures ein betrügerisches Unternehmen war, das von einem der größten Hochstapler der Wirtschaftsgeschichte geführt wurde.

Nach diesem Interview rief Evelyn ihren Redakteur bei *Vanity Fair* in der Fulton Street an und teilte ihm mit, er könne bis spätestens einundzwanzig Uhr mit ihrem fertigen Artikel rechnen. Dann setzte sie sich an ihren Laptop und begann zu schreiben.

»Irgendwann«, erklärte sie Gabriel, »werde ich Somerset um einen Kommentar bitten müssen.«

Zum Glück wussten sie, wie er zu erreichen war. Wie Proteus meldete, befand sein Smartphone sich nahe der Ecke Fifth Avenue und East Seventy-Fourth Street, einundvierzig Meter über dem Meeresspiegel. Verzeichnet waren sechs verpasste Anrufe, drei neue Nachrichten auf der Mailbox und zweiundzwanzig ungelesene Textnachrichten. Die Kamera starrte die Zimmerdecke an. Das Mikrofon horchte, ohne etwas aufzunehmen. Das verdammte Ding liegt einfach nur da, dachte Gabriel. Wie ein Briefbeschwerer mit digitalem Puls.

61

SUTTON PLACE

Leonard Silk kannte sich mit der dunklen Seite der menschlichen Natur aus. Seine Mandanten, die alle reich genug waren, um sich seine Dienste leisten zu können, bildeten ein Verbrecheralbum aus Betrügern, Intriganten, Fälschern, Dieben, Veruntreuern, zwielichtigen Tradern, Schürzenjägern und sexuell Abartigen jeglicher Couleur. Silk verurteilte keinen von ihnen, denn auch er war nicht ohne Sünde. Weil er in dem sprichwörtlichen Glashaus wohnte, verlegte er sich nicht gewohnheitsmäßig aufs Steinewerfen.

In Ungnade gefallen war Silk als Mitarbeiter der CIA-Residentur in der kolumbianischen Hauptstadt Bogotá. Frisch geschieden, seine privaten Finanzen zerrüttet, war er eine lukrative Partnerschaft mit dem Drogenkartell in Medellín eingegangen. Silk hatte den Drogenbaronen wertvolle Informationen über Versuche von CIA und kolumbianischen Sicherheitsdiensten geliefert, ihre Organisation zu unterwandern. Als Gegenleistung hatten die Drogenbarone ihn großzügig entlohnt – zwanzig Millionen Dollar in bar, gänzlich durch den Verkauf von Kokain in dem Land eingenommen, das zu verteidigen er geschworen hatte.

Nachdem Silk es irgendwie geschafft hatte, aus dieser Beziehung mit seinem ergaunerten Vermögen und dem Leben herauszukommen, war er nur wenige Tage vor den Anschlägen vom 11. September 2001 pensioniert worden. Mit einem Teil des Geldes hatte er sich ein Luxusapartment am Sutton Place gekauft. Und im Winter 2001, als seine ehemaligen Kollegen im globalen Krieg gegen den Terrorismus die ersten Schlachten schlugen, nahm Silk seine Tätigkeit als Privatdetektiv und Sicherheitsberater auf. Bewusst mit Worten spielend, nannte er seine Einmannfirma Integrity Security Solutions.

Obwohl Silk seinen Mandanten die üblichen Beratungsdienste anbot, verdiente er sein Geld vor allem mit illegalen Tätigkeiten wie Werkspionage, Computerhacken, Erpressung, Sabotage und einem Produkt, das er euphemistisch als »Ehrenschutz« bezeichnete. Er war für seine Fähigkeit bekannt, Probleme verschwinden zu lassen – oder sie möglichst gar nicht erst auftreten zu lassen. Versagten alle anderen Mittel, konnte er dafür sorgen, dass »Probleme« tödliche Verkehrsunfälle erlitten, an einer Überdosis starben oder spurlos verschwanden. Dafür beschäftigte er keine Mitarbeiter, sondern engagierte bei Bedarf freiberufliche Profis. Seine beiden letzten Unternehmen hatten in Frankreich stattgefunden, wo Silk gut vernetzt war – beide im Auftrag desselben Mandanten.

Um 9.42 Uhr an diesem Morgen hatte ihm der Mandant den Auftrag erteilt, schnellstens herauszufinden, weshalb mehrere Investoren viele Millionen Dollar aus seinem kunstbasierten Hedgefonds abziehen wollten. Mit einigen Telefonaten in seinem Netzwerk aus bezahlten oder erpressten Informanten hatte Silk eine mögliche Erklärung gefunden. Weil er darüber nicht gern am Telefon sprechen wollte, ließ er am späten Nachmittag seinen Chauffeur kommen. Bei seiner Ankunft vor dem Stadthaus des Mandanten in der East Seventy-Fourth Street sah Silk, wie zwei Männer in blauen Overalls eine Kiste mit einem Gemälde in einen Lieferwagen luden. Tyler Briggs, Somersets Sicherheitschef, beobachtete die Arbeitenden von der offenen Haustür aus.

»Wo ist Ihr Boss?«, fragte Silk.

»Oben in seinem Büro.«

»Ist er allein?«

»Jetzt schon. Aber er hatte Besuch.«

»Interessanten Besuch?«

Briggs nahm Silk in die Sicherheitszentrale des Stadthauses mit. Das Haus voller Kunstschätze wurde durch unsichtbar installierte Überwachungskameras geschützt. Eine davon war jetzt auf Silks Mandanten gerichtet, der mit dem Handy am Ohr an seinem Schreibtisch saß. Somerset sah aus, als sei ihm unwohl.

Der Sicherheitschef setzte sich an seinen Computer und drückte ein paar Tasten. Im nächsten Augenblick erschien auf einem der Bildschirme eine große schwarzhaarige Frau. Sie stand allein vor einem Gemälde in der Galerie. Ein Gentileschi, vermutete Silk. Wundervoll gemalt, aber ziemlich sicher eine Fälschung.

»Wieso fotografiert sie das Bild?«

»Das habe ich sie nicht gefragt.«

»Wo ist sie als Nächstes hingegangen?«

Der Sicherheitsmann spielte eine weitere Aufnahme ab.

»Danke, das reicht«, sagte Silk nach wenigen Augenblicken.

Das Bild erstarrte.

»Sie gehen jetzt zu Mr. Somerset hinauf und bitten ihn, sich mit mir im Garten zu treffen.«

Der Sicherheitschef stand auf und ging zur Tür.

»Noch etwas, Tyler.«

»Ja, Mr. Silk?«

»Sagen Sie Mr. Somerset, er soll sein Handy oben lassen.«

Über einen Korridor gelangte Silk zur Rückseite des Stadthauses – vorbei am Weinkeller, am Kino und am Yogastudio – und betrat den von Mauern umgebenen Garten. Im Norden und Osten wurden sie von älteren Apartmentgebäuden überragt, und ein Baum in dichtem Sommerlaub spendete Schatten. Die makellose Steinterrasse war mit teuren Designerstücken möbliert. Das Plätschern eines Brunnens im italienischen Stil übertönte fast die Geräusche des Nachmittagsverkehrs auf der Fifth Avenue.

Fünf Minuten vergingen, bevor Phillip Somerset endlich erschien. Wie üblich war er vage nautisch gekleidet. Sie nahmen auf zwei niedrigen Rattan-Sesseln Platz. Silk begann seinen Bericht ohne Vorrede oder Höflichkeitsfloskeln. Er war ein viel beschäftigter Mann, und Phillip Somerset steckte in ernsten Schwierigkeiten.

»Wie schlimm wird der Artikel ausfallen?«

»Meine Quellen haben nichts über seinen Inhalt in Erfahrung bringen können.«

»Sind das nicht genau die Informationen, für die ich Sie bezahle, Leonard?«

»Die Presseabteilung des Verlags hat alle Wirtschaftsredaktionen der Stadt angeschrieben. Das hätte sie nicht getan, wenn es keine große Story gäbe.«

»Ist sie tödlich?«

»Möglicherweise.«

»Und Sie wissen bestimmt, dass sie von mir handelt?«

Silk nickte.

»Ist das FBI involviert?«

»Meinen Quellen nach nicht.«

»Woher kommt dann alles? Und wieso haben mehrere meiner Investoren gerade heute beschlossen, aus dem Fonds auszusteigen?«

»Möglicherweise kursieren in der Kunstwelt Gerüchte über die bevorstehende Veröffentlichung einer rufschädigenden Story. Wahrscheinlicher ist jedoch, dass Sie von einem entschlossenen und erfinderischen Gegner angegriffen werden.«

»Irgendwelche Kandidaten?«

»Nur einer.«

Silk sprach den Namen nicht aus; das war unnötig. Er hatte davon abgeraten, es mit einem Mann wie Gabriel Allon aufzunehmen, aber seine Meinung geändert, als Phillip ihm zehn

Millionen Dollar geboten hatte. Ein großer Teil dieses Geldes war an die nur als Le Groupe bekannte französische Organisation gegangen, die schon Valerie Bérrangar liquidiert hatte. Silk hatte ihr auch detaillierte Informationen über Allons Reisepläne geliefert – vor allem über seine Absicht, in Paris eine Galerie in der Rue La Boétie zu besuchen. Trotzdem war es dem Israeli und seiner Freundin Sarah Bancroft gelungen, lebend aus der Galerie zu entkommen.

»Sie haben mir versichert, Allon sei kein Thema mehr«, beschwerte Somerset sich.

»Das Video von Ms. Navarros Ankunft heute Mittag suggeriert etwas anderes.«

Phillip runzelte die Stirn. »Steht Tyler Briggs auf Ihrer oder meiner Lohnliste, Leonard?«

Silk ignorierte die Frage. »Sie hat das in der Galerie ausgestellte Gemälde mehrmals fotografiert. Nahaufnahmen und Weitwinkelaufnahmen. Sieht so aus, als hätte sie versucht, es eindeutig zu verorten.«

Somersets Miene verfinsterte sich, aber er sagte nichts.

»Haben Sie mit ihr Geschäftliches besprochen, als Sie im Schlafzimmer fertig waren?«

»Ziemlich detailliert«, antwortete Phillip.

»Hatten Sie Ihr Handy bei sich?«

»Ja, natürlich.«

»Wo war ihres?«

»In ihrer Handtasche, denke ich.«

»Vermutlich hat es jedes Ihrer Worte aufgenommen. Sie sollten auch davon ausgehen, dass Ihr Smartphone abgehört werden kann.«

Phillip fluchte halblaut.

»Darf ich fragen, wie Sie reagiert haben?«

»Ich habe zwei sehr offene Videocalls mit Kenny Vaughan geführt. Außerdem habe ich versucht, von Ellis Gray bei JP-Morgan Chase ein kunstbasiertes Darlehen zu bekommen.«

»Weil mehrere Ihrer größten Investoren sich gerade an dem Tag aus Ihrem Fonds zurückgezogen haben, an dem Ms. Navarro hier in Ihrem Haus ein Gemälde fotografiert hat.«

Phillip stand ruckartig auf.

»Setzen Sie sich«, sagte Silk gelassen. »Schlagen Sie sich die Idee aus dem Kopf, sich an ihr zu rächen.«

»Sie arbeiten für mich, Leonard.«

»Was nichts ist, was das FBI erfahren sollte. Oder Gabriel Allon. Deshalb machen Sie jetzt genau das, was ich Ihnen sage.«

Somerset rang sich ein Lächeln ab. »Haben Sie mir gerade gedroht?«

»Nur Amateure drohen. Und ich bin kein Amateur.«

Phillip sank in seinen Sessel zurück.

»Wo wohnt sie?«, fragte Silk.

»In ihrer üblichen Suite im Pierre.«

»Ich denke, ich werde ihr einen Besuch abstatten. Sie gehen inzwischen nach oben und packen einen Koffer.«

»Wohin soll ich?«

»Das stellt sich noch raus …«

»Gehe ich jetzt außer Landes …«

»… dann stürmen Ihre verbliebenen Investoren die Rettungsboote, und Ihr Fonds kollabiert binnen Stunden. Die Frage ist nur: Wollen Sie in New York sein, wenn das passiert? Oder würden Sie lieber mit Lindsay an irgendeinem Strand liegen?«

Phillip gab keine Antwort.

»Wie viel Bargeld ist noch in der Kasse?«, fragte Silk.

»Nicht viel.«

»Dann wär's vielleicht eine gute Idee, Ihre Schulden bei Integrity Security Solutions zu bezahlen.« Silk gab ihm sein Handy. »Schuldig sind Sie noch fünfzehn Millionen.«

»Ein bisschen viel, finden Sie nicht auch?«

»Dies ist nicht der richtige Zeitpunkt, um zu feilschen, Phillip. Ich bin der Einzige, der noch zwischen Ihnen und einer Zelle im Metropolitan Correctional Center steht.«

Somerset wählte Kenny Vaughans Nummer und wies ihn an, fünfzehn Millionen Dollar auf Silks Konto bei der Oceanic Bank and Trust Ltd. auf den Bahamas zu überweisen. »Ja, ich weiß, Kenny. Mach einfach deine Arbeit.«

Er beendete das Gespräch und wollte das Smartphone zurückgeben.

»Behalten Sie's lieber«, sagte Silk. »Lassen Sie Ihr eigenes ans Ladegerät angeschlossen oben auf dem Schreibtisch liegen. Sehen Sie zu, dass Sie in Ihr Haus auf der Insel kommen. Und rühren Sie sich nicht vom Fleck, bis Sie von mir hören.«

62

HOTEL PIERRE

Auf der dreizehn Blocks langen Autofahrt von Phillip Somersets Stadthaus zum Hotel Pierre führte Silk mehrere hastige Telefongespräche. Als Erstes rief er bei Executive Jet Services auf dem MacArthur Airport auf Long Island an, bevor er mit einem Mann sprach, der Waffen für die Contras und Kokain für die Kartelle geschmuggelt hatte. Zuletzt telefonierte er mit Martin Roth, einem alten Kumpel aus der Agency. Marty stellte Cyber- und Überwachungsexperten zur Verfügung, lieferte bei Bedarf aber auch Muskel- und Feuerkraft. Die Zentrale seines privaten Sicherheitsdiensts war ein Lagerhaus in Greenpoint. Silk war einer seiner Stammkunden.

»Wann brauchst du sie?«, fragte Marty.

»Vor zwanzig Minuten.«

»Der Verkehr in Midtown ist Scheiße. Und ich muss zusehen, wo ich die Leute herkriege.«

»Tu, was du kannst«, sagte Silk, als sein Escalade vor dem Hoteleingang auf der Fifth Avenue hielt. »Mein Mandant ist dir dankbar. Ich natürlich auch.«

Drinnen begrüßte die Hostess der Two E Bar & Lounge ihn mit Namen und geleitete ihn zu einem Ecktisch. Im nächsten Augenblick wurde ein Glas Single Malt serviert, bevor Ray Bennett erschien: ein ehemaliger NYPD-Detective, der den Sicherheitsdienst des Hotels Pierre leitete. In seinem Haus passierte nicht viel, was Bennett nicht mitbekam, und Silk zahlte gut für seine Informationen.

Bennett war nicht der Einzige. In allen guten Häusern gab es Männer wie ihn, die ebenfalls als Zuträger für Silk fungierten – häufig mit Beweismaterial wie Quittungen und Überwachungsvideos. Informationen über das Privatleben von Journalisten hatten höchste Priorität. Bennett hatte Silk einmal die Möglichkeit verschafft, einen Artikel im *New York Magazine* zu stoppen, der einem seiner wichtigsten Mandanten hätte schaden können. Silk hatte ihm dafür einen Bonus von fünfundzwanzigtausend Dollar gezahlt, der ausreichte, um seine Scheidungskosten abzufedern und das Schulgeld für seine Tochter in der Holy Rosary School zu bezahlen.

Weil die Hausregeln es Bennett verboten, sich zu einem Gast zu setzen, blieb er am Tisch stehen, während Silk sein Anliegen vorbrachte. »In einer Suite im neunzehnten Stock wohnt eine Frau. Sie ist eine Bekannte eines wichtigen Mandanten von mir. Mein Mandant fürchtet, sie könnte in Gefahr sein.«

»Ihr Name?«

»Sie hat als Miranda Álvarez eingecheckt. In Wirklichkeit heißt sie …«

»… Magdalena Navarro. Sie ist ein Stammgast.«

»Ist Ihnen etwas Ungewöhnliches an ihr aufgefallen?«

»Meines Wissens hat sie das Haus seit ihrer Ankunft nur einmal verlassen.«

»Was hat sie sonst getrieben?«

»Gestern Abend hat sie zum Essen eingeladen.«

»Tatsächlich? Wen?«

»Ihre Freunde von gegenüber. Die sind gleichzeitig angekommen. Unter falschen Namen, genau wie Ms. Navarro.«

»Ich brauche ihre richtigen Namen«, sagte Silk.

»Wie dringend?«

»Zehntausend.«

»Zwanzig.«

»Abgemacht«, sagte Silk.

Ray Bennett ging in sein Büro zurück, schloss die Tür und setzte sich an seinen Computer. Als Sicherheitschef hatte er unbeschränkten Zugriff auf Gästeinformationen, auch wenn sie geheim bleiben sollten. Einige Minuten später rief er Silk an und gab die Namen durch.

»Sarah Bancroft und Gabriel Allon.«

Mit einem *Ping!* kündigte Bennetts iPhone eine Textnachricht an.

»Sehen Sie sich das Foto an, das ich Ihnen eben geschickt habe«, sagte Silk.

Bennett vergrößerte das Bild.

»Erkennen Sie sie?«

»Das ist diese Journalistin von *Vanity Fair.*«

»War sie in Ms. Navarros Suite?«

»Sie ist gerade dort, glaube ich.«

»Danke, Ray. Der Scheck ist in der Post.«

Die Verbindung riss ab.

Bennett betrachtete die beiden Namen auf seinem Bildschirm. Einer davon kam ihm bekannt vor. *Gabriel Allon …* Bennett wusste, dass er ihn schon mal gesehen hatte. Aber wo?

Google lieferte die Antwort.

»Scheiße«, sagte er halblaut.

Draußen glitt Leonard Silk auf den Rücksitz seines Cadillacs Escalade und wählte die Nummer des Wegwerfhandys, das er Somerset gegeben hatte.

»Haben Sie mit ihr gesprochen?«, fragte Phillip.

»Nicht zu machen. Sie ist gerade sehr beschäftigt.«

»Womit?«

»Sie erzählt Evelyn Buchanan alles, was sie über Masterpiece Art Ventures weiß. Gabriel Allon und Ihre Freundin Sarah Bancroft sind bei ihnen. Das Spiel ist aus, Phillip. Ihr Charterflug vom MacArthur startet um 22.15 Uhr. Seien Sie pünktlich.«

»Vielleicht sollte ich lieber die Gulfstream nehmen.«

»Zweck dieser Übung ist, Lindsay und Sie außer Landes zu bringen, ohne eine Spur zu hinterlassen. Nach der Landung in Miami bringt ein Wagen Sie nach Key West. Bei Sonnenaufgang können Sie schon auf halbem Weg zur Halbinsel Yucatán sein.«

»Was ist mit Ihnen, Leonard?«

»Das hängt davon ab, ob Sie Ihrer Freundin aus Sevilla gegenüber jemals meinen Namen erwähnt haben.«

»Keine Sorge, sie hat nichts gegen Sie in der Hand.«

Silk hörte im Hintergrund lautes Hupen. »Wieso sind Sie noch nicht im Heli?«

»Die Second Avenue ist dicht.«

»Wohin Sie unterwegs sind, gibt's keine Staus.«

Silk beendete das Gespräch und sah zu den oberen Stockwerken des Hotels auf. *Sie hat nichts gegen Sie in der Hand …* Vielleicht nicht, aber Silk war nicht bereit, es darauf ankommen zu lassen.

Er rief Ray Bennett an.

»Ich habe einen weiteren Auftrag, falls Sie interessiert sind.«

»Ich höre.«

Silk erklärte ihm, worum es sich handelte.

»Wie viel?«, fragte Bennett.

»Fünfzigtausend.«

»Um es mit einem Mann wie Gabriel Allon aufzunehmen? Vergessen Sie's, Leonard!«

»Wie wär's mit fünfundsiebzig?«

»Hundert.«

»Abgemacht«, sagte Silk.

63

NORTH HAVEN

Allein in dem weitläufigen, leeren Haus in North Haven saß Lindsay Somerset mit untergeschlagenen Beinen in einem angedeuteten Lotossitz, bei dem ihre Hände leicht auf den Knien ruhten. Das bodentiefe Fenster vor ihr führte auf das kupferfarbene Wasser der Peconic Bay hinaus. Gewöhnlich erfüllte dieses Panorama sie mit Zufriedenheit, nicht jedoch heute. Lindsay konnte keinen inneren Frieden, keine *Shanti* finden.

Ihr Smartphone, das neben ihrer Yogamatte auf dem Fußboden lag, leuchtete auf. Weil sie die Nummer nicht kannte, drückte sie den Anruf weg. Das Telefon klingelte sofort wieder, und Lindsay wiederholte den Vorgang. Nach zwei weiteren Versuchen, den lästigen Anrufer zu blockieren, hob sie irritiert das Handy ans Ohr.

»Was zum Teufel wollen Sie?«

»Ich hätte gern mit meiner Frau gesprochen.«

»Entschuldige, Phillip. Ich habe die Nummer nicht erkannt. Mit wessen Handy telefonierst du?«

»Das erkläre ich dir, wenn ich heimkomme.«

»Ich dachte, du wolltest in der Stadt übernachten?«

»Kleine Planänderung. Wir landen um Viertel vor sieben in East Hampton.«

»Wundervoll! Soll ich fürs Abendessen einen Tisch reservieren?«

»Ich glaube nicht, dass ich heute Abend dem Mob gewachsen bin. Nehmen wir lieber auf der Heimfahrt etwas mit.«

»Lulu?«

»Perfekt.«

»Irgendwelche Wünsche?«

»Ich lasse mich überraschen.«

»Ist irgendwas nicht in Ordnung, Phillip? Du klingst niedergeschlagen.«

»Anstrengender Tag. Das ist alles.«

Lindsay beendete das Gespräch, stand auf, schlüpfte in ihre Nikes und zog ein Reißverschluss-Hoodie von Lululemon an. Dann ging sie nach unten in die Wohnhalle. *Rothko, Pollock, Warhol, Richter, Basquiat, Lichtenstein, Diebenkorn …* Gemälde für fast eine halbe Milliarde Dollar, alle im Besitz von Masterpiece Art Ventures. Phillip hatte Lindsay sorgfältig gegen geschäftliche Dinge abgeschirmt, sodass sie nur die Grundlagen des Fonds kannte. Phillip kaufte Gemälde und verkaufte sie anschließend mit ungeheurem Gewinn. Einen Teil davon behielt er für sich selbst, und den Rest bekamen seine Investoren. Banken gewährten ihm bereitwillig kunstbasierte Darlehen, die er zuverlässig tilgte. Mit diesem Kapital konnte er noch mehr Kunst kaufen, die noch höhere Renditen für seine Investoren abwarf. Die meisten erlebten, dass der Buchwert ihrer Investition sich binnen drei Jahren verdoppelte. Nur wenige zogen jemals wieder ihr Geld ab. Masterpiece war ein zu guter Deal.

Lindsay betrachtete den Basquiat. Sie hatte neben Phillip gesessen, als er ihn bei Christie's für fünfundsiebzig Millionen ersteigert hatte. Tatsächlich war das ihr erstes richtiges Date gewesen. Anschließend hatte er sie in die Bar Sixty-Five im Rainbow Room mitgenommen, um seinen Kauf mit seinen Angestellten zu feiern. Sie waren ein kleines Team: drei junge Frauen mit Pferdeschwänzen, festen Schuhen und Ivy-League-Abschlüssen und ein Kerl namens Kenny Vaughan, der schon bei Lehman Brothers mit Phillip zusammengearbeitet hatte. Dazu kam eine große schöne Spanierin namens Magdalena

Navarro, von der Phillip sagte, sie arbeite als Scout und Maklerin bei Masterpiece Art Ventures.

»Schläfst du noch mit ihr?«, hatte Lindsay auf der Fahrt zu Phillips Stadthaus gefragt.

»Mit Magdalena? Nein, nicht mehr.«

Diese Frage hatte Lindsay wiederholt, als Phillip um ihre Hand anhielt – und als er vor der Hochzeit darauf bestand, dass sie einen Vertrag unterzeichnete, der ihr für den Fall einer Scheidung zehn Millionen Dollar garantierte. Beide Male hatte Lindsay ihm nicht geglaubt. Beunruhigender war ihre Überzeugung, Magdalena sei nach wie vor seine Geliebte. Ihre sexuelle Verbundenheit war in jeder Geste, in jedem Ausdruck deutlich sichtbar. Lindsay war schließlich nicht blind. Auch nicht so dumm, wie die beiden glaubten.

Das erkläre ich dir, wenn ich heimkomme …

Das Gefühl von Disharmonie kehrte zurück. Ob es ihre Ehe oder Phillips Geschäft betraf, konnte Lindsay nicht sagen. Aber irgendwas war aus dem Lot geraten. Das wusste sie bestimmt.

Draußen setzte sie sich ans Steuer ihres weißen Range Rovers und rollte die Zufahrt entlang. Am Pförtnerhäuschen winkte ein Wachmann ihr lässig zu, bevor er das Tor öffnete. Sie bog auf die Actors Colony Road ab, dann rief sie Lulu Kitchen & Bar in Sag Harbor an. Sie begrüßte die Hostess mit Namen und gab ihre Bestellung auf: frittierte Calamari, gegrillter Oktopus, zwei Bibb-Kopfsalate, Heilbutt vom Grill und ein Skirt-Steak. Phillips Kreditkarte war dort gespeichert, deshalb wurde nicht über die Zahlungsweise oder auch nur den Rechnungsbetrag gesprochen.

»Geht Viertel nach sieben in Ordnung, Mrs. Somerset? Wir haben heute Abend ziemlich Betrieb.«

»Sieben wäre besser.«

Auf der Route 114 blieb sie bis Sag Harbor am Ende der Halbinsel. Der Flugplatz lag vier Meilen südlich des Dorfs an der Daniels Hole Road. Früher hatte er der Kleinstadt East

Hampton gehört, die ihn selbst betrieben hatte, aber heutzutage befand er sich in Privatbesitz und wurde von Leuten wie den Somersets aus North Haven benutzt. Als Lindsay die Einfahrt erreichte, sank Phillips Sikorsky vom Abendhimmel herab. Um Mrs. Somerset die Peinlichkeit zu ersparen, auf dem Parkplatz warten zu müssen, gestattete der Wachmann ihr, aufs Vorfeld zu fahren.

Während er vorn rechts in dem Range Rover Platz nahm, lud die Bodenmannschaft hinten zwei große Aluminiumkoffer von Rimowa ein. Beide schienen ungewöhnlich schwer zu sein.

»Hanteln?«, fragte Lindsay nach dem Begrüßungskuss.

»Einer enthält zwei Millionen Dollar in bar. Der andere ist voller Goldbarren zu fünfhundert Gramm.«

»Warum?«

»Weil ich nicht der Mann bin, für den du mich hältst«, sagte Phillip. »Und ich stecke in der Klemme.«

64

HOTEL PIERRE

Kurz bevor Sarah Bancroft die Geschäftsführung von Isherwood Fine Arts übernommen hatte, war sie von einem hohen russischen Geheimdienstler, der sie mit einem tödlichen radiologischen Toxin bedroht hatte, brutal vernommen worden. Zuzusehen, wie Evelyn Buchanan ihren Artikel schrieb, war kaum weniger quälend. Sarah erteilte Ratschläge, wo sie konnte, blieb aber ansonsten in Deckung, um möglichst wenig von dem Feuer abzubekommen, das hauptsächlich Gabriel galt. Nein, sagte er immer wieder, er wolle seinen Namen nicht in dem Artikel sehen. Grundregeln seien Grundregeln. Die könne man nicht in letzter Minute ändern.

»In diesem Fall«, sagte Evelyn, »möchte ich Magdalena ein paar Zusatzfragen stellen.«

»Wonach?«

»Oliver Dimbleby.«

»Wer?«

»Magdalena hat seinen Namen erwähnt, als Phillip und sie über Ihren Gentileschi diskutiert haben.«

»Wirklich? Das muss ich überhört haben.«

»Außerdem hat sie angedeutet, alle diese neu entdeckten Gemälde seien Fälschungen.«

»Weil sie welche sind.«

»Wer hat sie gemalt?«

»Dreimal dürfen Sie raten.«

»Wozu?«

»Um Magdalena aus der Deckung zu locken.«

»Hat jemand sie tatsächlich gekauft?«

»Gott bewahre! Das wäre unethisch gewesen.«

»Bitte erzählen Sie mir den Rest der Story.«

»Schreiben Sie Ihren Artikel fertig, Evelyn. Ihr Redakteur erwartet ihn bis einundzwanzig Uhr.«

Um halb sieben hatte Sarah endgültig genug. Sie stand auf und kündigte an, nach unten zu fahren, um einen richtigen Belvedere-Martini zu trinken. Magdalena bat, sie begleiten zu dürfen.

»Kommt nicht infrage.«

»Hätte ich flüchten wollen, hätte ich mich heute Nachmittag aus Phillips Haus absetzen können. Außerdem haben wir einen Deal, Mr. Allon.«

Sie hatte recht. »Aber nur einen Drink«, sagte er. »Und kein Handy, keinen Pass.«

»Zwei Drinks«, widersprach Sarah. Sie wandte sich an Magdalena. »Wir treffen uns in fünf Minuten am Aufzug.«

»Zehn wären besser.«

Sarah ging auf ihr Zimmer, um sich frisch zu machen. Das tat auch Magdalena, sodass Gabriel allein mit Evelyn zurückblieb.

»Ich möchte Ihnen noch ein paar Fragen stellen.«

»Das glaube ich Ihnen gern«, sagte Gabriel geistesabwesend. Dann kontrollierte er wieder Phillip Somersets Handy. Das Smartphone war seit über drei Stunden nicht mehr bewegt worden. Vierzehn verpasste Anrufe, acht Nachrichten auf der Mailbox, siebenunddreißig ungelesene Textnachrichten.

Keine Bilder.

Keine Geräusche.

Kein Phillip.

Als alles vorbei war, herrschte weitgehend Einigkeit darüber, an allem sei Christopher schuld gewesen. Er rief Sarah aus London an, als sie ihr Zimmer betrat, und setzte das Gespräch fort, während sie ihre verknitterten Sachen abstreifte und sich etwas Passenderes anzog. Bis sie mit Frisur und Make-up zufrieden war, verging mehr Zeit als gedacht, sodass sie zwei Minuten verspätet am Aufzug war. Beim Eintreffen atmete sie erleichtert auf, denn ihre neue Freundin aus Spanien schien sich ebenfalls verspätet zu haben.

Als jedoch drei weitere Minuten vergingen, ohne dass Magdalena aufkreuzte, begann Sarah unruhig zu werden. Ihre düsteren Vorahnungen verstärkten sich, als der Rufknopf nur aufleuchtete, als sie ihn drückte, ohne dass eine Kabine gekommen wäre. Sie griff panisch nach dem Hörer des Haustelefons zwischen den Aufzugtüren, um sich bei der Rezeption zu beschweren, und bekam die Versicherung, der Aufzug sei schon unterwegs.

Endlich kam eine Kabine. Auf der Fahrt nach unten hielt sie ein halbes Dutzend Mal, um genervte Hotelgäste aufzunehmen, bis sie endlich im Erdgeschoss ankam. Sarah ging sofort in die Bar, aber Magdalena war nirgends zu sehen. Sie fragte einen Ober, ob er ein große Schwarzhaarige, ungefähr vierzig, eine spanische Schönheit, gesehen habe. Leider nicht, antwortete der Ober.

Eine ähnliche Antwort bekam Sarah von der jungen Frau an der Rezeption. Und von dem in der Nähe stehenden Sicherheitsmann in einem dunklen Anzug. Und von den Portiers und Pagen an beiden Ausgängen des Hotels.

Zuletzt wählte sie Gabriels Nummer. »Sag mir bitte, dass Magdalena noch oben bei dir ist.«

»Sie ist vor einer Viertelstunde gegangen.«

Sarahs unbeherrscht lauter Fluch ließ einige Gäste zusammenzucken. Sie hatte Magdalena kurz aus den Augen gelassen. Und nun war sie fort.

65

MIDTOWN NEW YORK

Magdalena kannte den Mann, der auf sie wartete, als sie in der Hotelhalle den Aufzug verließ. Sie hatte ihn jedes Mal gesehen, wenn sie im Pierre gewohnt hatte. Er leitete den Sicherheitsdienst des Hotels: ein großer Kerl mit irischem Gesicht und Brooklyn-Akzent. In ihrem früheren Leben hätte Magdalena einen weiten Bogen um ihn gemacht. Der Kerl war ganz offensichtlich ein Cop. Pensioniert, klar, aber trotzdem ein Cop.

An diesem Abend präsentierte der ehemalige Polizeibeamte, dessen Namen Magdalena nicht kannte, sich jedoch als ihr Beschützer. Ruhig und gelassen erkundigte er sich, ob Magdalena Besuch erwarte. Und als sie verneinte, teilte er ihr mit, ihm seien nachmittags zwei Männer aufgefallen, die sich vor ihrer Suite herumgetrieben hatten. Diese Männer, fügte er hinzu, säßen jetzt bei Mineralwasser in der Lobby Bar. Seiner Überzeugung nach seien sie verdeckte Ermittler aus Washington.

»FBI?«

»Vermutlich. Und ich denke, dass draußen noch mehr bereitstehen.«

»Können Sie mich hier rausbringen?«

»Das hängt davon ab, was Sie getan haben.«

»Ich habe jemandem vertraut, dem ich nicht hätte trauen dürfen.«

»Diesen Fehler habe ich auch schon gemacht.« Er musterte sie prüfend. »Brauchen Sie irgendwas aus Ihrer Suite?«

»In die kann ich nicht zurück.«

»Warum nicht?«

»Weil der Mann, dem ich vertraut habe, dort ist.«

Darauf nahm er ihren Arm und führte sie zu einem Durchgang neben der Rezeption. Dahinter lag ein Korridor mit kleinen Büros, an dessen Ende sich eine Tür zur Ladebucht des Hotels öffnen ließ. Draußen auf der East Sixty-First Street stand ein schwarzer Cadillac Escalade mit laufendem Motor.

»Er wartet auf einen anderen Gast. Aber wenn Sie wollen, gehört er Ihnen.«

»Ich habe kein Geld, um ihn zu bezahlen.«

»Ich kenne den Fahrer. Ich regle das für Sie.«

Der große ehemalige Cop mit dem irischen Gesicht geleitete Magdalena über den Gehsteig und öffnete die linke hintere Tür. Auf dem Rücksitz sah sie einen Mann in einem grauen Anzug. Der Sicherheitschef stieß Magdalena in den Wagen und knallte die Tür zu. Der Escalade fuhr an und bog nach links auf die Fifth Avenue ab.

Der Mann in Grau beobachtete ausdruckslos, wie Magdalena sich verzweifelt bemühte, ihre Tür zu öffnen. Schließlich gab sie auf und wandte sich ihm zu. »Wer sind Sie?«

»Ich bin der Mann, der Phillips Probleme verschwinden lässt«, antwortete er. »Und Sie, Ms. Navarro, sind ein Problem.«

Der Fahrer hatte einen Stiernacken und einen Bürstenhaarschnitt. An der Ecke East Fifty-Ninth Street und Park Avenue bat Magdalena ihn höflich, ihre Tür zu entriegeln. Als sie keine Antwort bekam, wandte sie sich mit ihrer Bitte an den grauen Mann in dem grauen Anzug, der sie aufforderte, die Klappe zu halten. Als sie wütend versuchte, ihm die Augen auszukratzen, packte er ihr rechtes Handgelenk und verdrehte es, bis es zu brechen drohte.

»Ist jetzt Schluss?«

»Ja.«

Er steigerte den Schmerz. »Bestimmt?«

»Versprochen.«

Er packte etwas weniger fest zu. »Wieso sind Sie in New York?«

»Ich bin verhaftet worden.«

»Wo?«

»Italien.«

»Was hatte Allon damit zu tun?«

»Er hat mit der italienischen Polizei zusammengearbeitet.«

»Vermute ich richtig, dass Sie einen Deal gemacht haben?«

»Tut das nicht jeder?«

»Zu welchen Bedingungen?«

»Er hat mir Straffreiheit zugesichert, wenn ich ihm helfe, Phillip zu überführen.«

»Und Sie sind auf diesen Unsinn reingefallen?«

»Er hat mir sein Wort gegeben.«

»Er hat Sie ausgenutzt, Ms. Navarro. Und Sie können sich darauf verlassen, dass er Sie dem FBI übergeben wollte, wenn er Sie nicht länger brauchte.«

Magdalena entriss ihm ihr Handgelenk und rutschte so weit von ihm weg wie nur möglich. Im Augenblick krochen sie über die Kreuzung von East Fifty-Ninth Street und Third Avenue. Vor den dunkel getönten Scheiben auf der Beifahrerseite stand mit erhobenem Arm ein Verkehrspolizist. Gelang es Magdalena, den Polizisten auf sich aufmerksam zu machen, würde er sie vielleicht aus ihrer Notlage befreien. Aber damit würde sie Ereignisse in Gang setzen, die sie unweigerlich hinter Gitter bringen würden. Da war es besser, überlegte sie sich, ihr Glück mit Phillips Problemlöser zu versuchen.

»Wie viel weiß Allon?«, fragte er.

»Alles.«

»Und die Journalistin?«

»Mehr als genug.«

»Wann erscheint ihr Artikel?«

»Heute Abend. Morgen früh ist Masterpiece erledigt.«

»Kommt in dem Artikel auch mein Name vor?«

»Woher soll ich das wissen? Ich kenne Ihren Namen nicht.«

»Phillip hat ihn Ihnen nie ins Ohr geflüstert, während Sie mit ihm ...«

»Fuck you, Dreckskerl!«

Der Schlag kam ohne Vorwarnung: eine blitzschnelle Rückhand. Magdalena schmeckte Blut.

»Wie ritterlich! Nichts ist so attraktiv wie ein Mann, der eine Wehrlose schlägt.«

Bevor er weiterfragen konnte, klingelte sein Smartphone. Er hob es ans Ohr und hörte schweigend zu. Zuletzt sagte er: »Danke, Marty. Melde dich, sobald Allon etwas unternimmt.« Er steckte sein Handy ein, sah wieder zu Magdalena hinüber. »Evelyn Buchanans Computer ist offenbar kurz davor, einen größeren Defekt zu erleiden.«

»Das kann den Artikel nicht aufhalten.«

»Vielleicht nicht. Aber so haben Phillip und Sie reichlich Zeit, das Land zu verlassen, bevor das FBI einen Haftbefehl gegen Sie erwirkt.«

»Ich begleite Phillip nirgends hin.«

»Die Alternative ist ein flaches Grab in den Adirondacks.«

Magdalena sagte nichts.

»Kluge Wahl, Ms. Navarro.«

66

SAG HARBOR

Lindsay bestand darauf, in Sag Harbor haltzumachen, um das bei Lulu bestellte Essen abzuholen. Phillip hielt das für eine Verrücktheit – wie von einer Selbstmörderin, die ihr Brautkleid anzieht, bevor sie eine Überdosis Schlaftabletten schluckt. Aber als er jetzt in der geschmackvollen Bar des Restaurants auf ihre Bestellung wartete, war er froh, einen Augenblick für sich allein zu haben.

Das mittsommerliche Stimmengewirr im Hintergrund klang angenehm gedämpft. Im Gegensatz zu seiner eigenen prekären Lage war dies an der Wall Street ein guter Tag gewesen. Geld war verdient worden. Er schüttelte einige der besseren Hände, wechselte ein paar Worte mit wichtigen Leuten und erwiderte das diskrete Nicken eines angesehenen Sammlers, der Masterpiece Art Ventures vor Kurzem ein Gemälde für viereinhalb Millionen Dollar abgekauft hatte. In ein paar Stunden würde er erfahren, dass seine Neuerwerbung gefälscht war. Um seine Verlegenheit darüber, dass er reingelegt worden war, zu überspielen, würde er Freunden und Geschäftspartnern erklären, er habe Phillip Somerset schon immer für einen Hochstapler und Betrüger gehalten. Auf Erstattung des Kaufpreises durfte der Sammler nicht hoffen, weil die Kasse des Hedgefonds leer und die Liste der Gläubiger lang war. Der talentierte Mr. Somerset würde nicht für Erklärungen zur Verfügung stehen, weil sein Aufenthaltsort unbekannt sein würde. Lulu Kitchen & Bar an der Main Street in Sag Harbor würde zu den letzten Orten gehören, an denen ihn jemand zu Gesicht bekommen hatte.

Er spürte eine Hand am Ellbogen, drehte sich um und stand Edgar Malone mit seinem Terrierblick gegenüber. Edgar lebte recht gut von dem Vermögen, das er von seinem Großvater geerbt und von dem er unklugerweise einen großen Teil in Masterpiece Fine Arts angelegt hatte.

»Wie ich höre, hast du heute etliche Investoren eingebüßt«, sagte er.

»Die alle durch meinen Fonds schöne Gewinne eingestrichen haben.«

»Sollte ich mir Sorgen machen?«

»Findest du, dass ich besorgt aussehe, Edgar?«

»Nein, das nicht, aber ... Hör zu, ich möchte einen Teil meines Geldes abziehen.«

»Schlaf drüber. Ruf mich morgen an und sag mir, wie du dich entschieden hast.«

Die Hostess teilte Phillip mit, seine Bestellung habe sich etwas verzögert, und bot ihm als kleine Entschädigung ein Glas Weißwein an, weil er ein geschätzter Gast und ein prominentes Mitglied der East End Society war – zumindest noch einige Stunden lang. Er lehnte den Wein dankend ab, als sein Wegwerfhandy klingelte.

»Schicken Sie Ihren Hubschrauber sofort nach Manhattan«, forderte Silk ihn auf.

»Wozu?«

»Um das letzte Mitglied Ihrer Reisegruppe abholen zu lassen.«

»Jemand, den ich kenne?«

»Alarmieren Sie Ihre Crew«, sagte Silk nur. »Schicken Sie Ihren Heli nach Manhattan.«

Fünf Minuten später trat Phillip mit Papiertüten in den Armen in den warmen Sommerabend hinaus. Er stellte das Essen hinten in den Range Rover und stieg vorn rechts ein. Lindsay stieß aus der Parklücke zurück, ohne auch nur einen Blick in den Spiegel zu werfen. Reifen quietschten, jemand hupte empört. Phillip vermutete, dies alles werde eines Tages in die Geschichte seines Verschwindens eingehen: der Beinahezusammenstoß auf der Main Street von Sag Harbor. In die Tatsache, dass Lindsay am Steuer gesessen hatte, würde viel hineingeheimnisst werden.

Als sie den Wählhebel auf D stellte, schoss der Range Rover davon. »Erklär mir, wie alles funktioniert hat«, verlangte sie.

»Dafür reicht die Zeit nicht. Außerdem würdest du's nicht verstehen.«

»Weil ich zu dumm bin?«

Phillip griff nach ihrer Hand, aber Lindsay wich zurück. Sie fuhr gefährlich schnell.

»Erklär's mir!«, verlangte sie schreiend laut.

»Anfangs war es ein Mittel, zusätzliche Einnahmen zu generieren, die ich brauchte, um meinen Investoren Gewinne auszahlen zu können. Aber im Lauf der Zeit sind der Kauf und Verkauf von Fälschungen zu meinem Geschäftsmodell geworden. Hätte ich damit aufgehört, wäre der Fonds pleitegegangen.«

»Weil dein sogenannter Fonds in Wirklichkeit nur eine Art Schneeballsystem war?«

»Nein, Lindsay. Er war ein echtes Schneeballsystem. Und ein sehr lukratives dazu.«

Und es wäre ewig weitergegangen, dachte Phillip, wenn diese Französin Valerie Bérrangar nicht gewesen wäre. Sie hatte wegen des *Porträts einer Unbekannten* an Julian Isherwood geschrieben. Und Isherwood hatte ausgerechnet den großen Gabriel Allon gebeten, in dieser Sache zu ermitteln. Mit dem FBI hätte Phillip es vielleicht aufnehmen können, aber Allon war ein weit gefährlicherer Gegner – ein begabter Restaurator, der zufällig ein pensionierter Geheimdienstler war. Wie wahrscheinlich war das? Es war ein Fehler gewesen, ihm zu gestatten, New York lebend zu verlassen.

Lindsay ignorierte das Stoppschild am Ende der Main Street und fuhr mit quietschenden Reifen auf die Route 114 hinaus. Phillip umklammerte seine Armlehne, als sie über die schmale Brücke zwischen Sag Harbor und North Haven bretterten.

»Hey, nicht so schnell!«

»Ich dachte, du müsstest ein Flugzeug erreichen.«

»Das müssen wir beide.« Phillip ließ seine Armlehne wieder los. »Es startet um Viertel nach zehn vom MacArthur.«

»Wohin?«

»Miami.«

»Ich bin natürlich nicht so clever wie du, Phillip, aber ich weiß ziemlich sicher, dass Miami in den Vereinigten Staaten liegt.«

»Das ist nur der erste Zwischenstopp.«

»Und von Miami aus?«

»Zu einer Luxusvilla mit Meerblick in Ecuador.«

»Ich dachte, reiche Kriminelle wie Bobby Axelrod und du gingen in die Schweiz, um einer Verhaftung zu entgehen.«

»Nur im Film, Lindsay. Wir haben dann neue Identitäten und reichlich Geld. Dort findet uns niemand.«

Sie lachte bitter. »Ich gehe nirgends mit dir hin, Phillip.«

»Weißt du, was passiert, wenn du zurückbleibst? Sobald der Fonds zusammenbricht, beschlagnahmt das FBI das Haus mit den Gemälden und friert alle Bankkonten ein. Dann bist du geächtet. Dein Leben ist ruiniert. Und niemand wird dir glauben, dass du nichts von den kriminellen Machenschaften deines Mannes wusstest.«

»Doch, wenn ich dich ausliefere.«

Phillip trennte Lindsays Handy vom Ladegerät und steckte es in die Innentasche seines Sakkos.

»Das hast du bestimmt nicht alles allein geschafft«, sagte sie.

»Kenny Vaughan hat mit Zahlen jongliert.«

»Was ist mit Magdalena?«

»Sie war für Verkauf und Vertrieb zuständig.«

»Wo ist sie jetzt?«

»Unterwegs zum Heliport in der Thirty-Fourth Street.«

Lindsay trat das Gaspedal durch.

»Wenn du so weiterrast«, sagte Phillip, »bringst du noch jemanden um.«

»Vielleicht bringe ich *dich* um.«

»Nicht, wenn ich dich vorher umbringe, Lindsay.«

67

HOTEL PIERRE

Als Magdalena Navarro letztmals ihre Suite im neunzehnten Stock des Hotels Pierre verließ, trug sie denselben dunklen Hosenanzug, den sie an dem Abend getragen hatte, an dem sie Oliver Dimbleby auf der Londoner Bury Street aufgelauert hatte. Sie hatte ihren spanischen Führerschein und einen einzelnen Zwanzigdollarschein, aber kein Handy und keinen Pass. Auch keine Handtasche. Die lag am Fußende ihres ungemachten Betts neben einem eselsohrigen Exemplar von *El amor en los tiempos del cólera*. Für Gabriel war das der eindeutigste Beweis für ihre Absichten. Keine seiner Freundinnen und Bekannten wäre ohne ihre Handtasche geflüchtet. Folglich musste es irgendeine andere Erklärung für Magdalenas plötzliches Verschwinden geben. Vermutlich eine, bei der Phillip Somerset und Leonard Silk eine Rolle spielten.

Jedenfalls mussten die Überwachungskameras des Hotels einiges aufgezeichnet haben. Gabriel rief Juval Gerschon an, erklärte ihm die Lage und bat ihn, sich die Videos anzusehen. Juval schlug vor, er solle stattdessen mit dem Sicherheitsdienst des Hotels reden.

»Ich habe den schlimmen Verdacht, dass der Sicherheitsdienst involviert war«, sagte Gabriel.

»Wie kommst du darauf?«

»Als sie verschwunden ist, haben die Aufzüge seltsamerweise ein paar Minuten lang gestanden.«

»Beschreib sie mir.«

»Groß, langes schwarzes Haar, dunkler Hosenanzug, keine Handtasche.«

»Und du bist im achtzehnten Stock?«

»Im neunzehnten, Juval.«

»Ich melde mich, sobald ich was habe.«

Gabriel legte auf. Sarah ging sorgenvoll zwischen Tür und Fenster auf und ab. Evelyn Buchanan starrte ihren Laptop mit dem schockierten Gesichtsausdruck einer Frau an, die soeben Zeugin eines Mordes geworden ist.

»Irgendwas nicht in Ordnung?«, fragte Gabriel.

»Mein Artikel ist vom Bildschirm verschwunden.« Evelyn fuhr mit dem Zeigefinger über ihr Touchpad. »Und der Ordner ist leer. Meine ganze Arbeit – auch meine Notizen und das Protokoll des Interviews mit Magdalena – ist weg!«

Gabriel trennte seinen Laptop rasch vom WLAN des Hotels und forderte Evelyn auf, seinem Beispiel zu folgen. »Wie lange brauchen Sie, um den Artikel neu zu schreiben?«

»Es geht nicht bloß darum, ihn zu tippen. Ich muss ihn völlig neu schreiben. Fünftausend Wörter. Ganz aus dem Gedächtnis.«

»Dann schlage ich vor, dass Sie gleich anfangen.« Gabriel schnappte sich sein Handy und nickte Sarah zu. »Sperr hinter mir ab und lass niemanden rein.«

Er verließ die Suite und ging zu den Aufzügen. Eine leere Kabine war fast augenblicklich da. Er fuhr in die Hotelhalle hinunter und verließ das Pierre durch den Ausgang zur Fifth Avenue.

Draußen beschien die Sonne nicht mehr die Bäume des Central Parks, aber der Abend war noch hell. Gabriel wandte sich nach links und bog dann links auf die East Sixtieth Street ab. Als er an dem berühmten Metropolitan Club, dem Spielplatz der Finanzelite New Yorks, vorbeiging, entdeckte er in einem geparkten Suburban zwei Männer. Beide trugen Ohrhörer. Der Mann am Steuer bemerkte Gabriel zuerst. Er sagte etwas zu seinem Partner, der den Kopf zur Seite drehte, um sich den legendären ehemaligen Spion ebenfalls anzusehen.

Die Legende bog um die Ecke zur Madison Avenue und ging zur East Sixty-First Street weiter. Das zweite Team parkte direkt gegenüber der Ladebucht des Hotels. Es bestand aus drei Männern, darunter dem Hacker, der ins WLAN des Hotels eingedrungen war und die Dokumente von Evelyns Laptop gezogen hatte.

Gabriel war versucht, den Hacker aufzufordern, das geklaute Material zurückzugeben. Stattdessen überquerte er die Fifth Avenue, um in den Central Park zu gelangen. Dort setzte er sich auf eine Bank, wartete darauf, dass sein Handy klingelte, und fragte sich nicht zum ersten Mal, wie sein Leben sich so hatte entwickeln können.

Obwohl Gabriel das nicht wusste, stellte Magdalena sich in diesem Augenblick dieselbe Frage. Sie saß auf keiner Parkbank, sondern auf der Rückbank eines luxuriösen SUVs neben einem Mann, der ihr vor wenigen Minuten gedroht hatte, sie zu ermorden, wenn sie nicht bereit war, das Land mit einem Finanzier zu verlassen, dessen kunstbasierten Hedgefonds sie als Schwindel enttarnt hatte. Wohin die Reise gehen sollte, wusste sie nicht, aber ihr offenbar nicht benötigter Pass suggerierte, dass sie unkonventionell sein würde. Beginnen würde sie anscheinend mit einem Hubschrauberflug, denn sie parkten unter dem FDR Drive neben dem würfelförmigen hellgrauen Terminal des Heliports an der East Thirty-Fourth Street.

Magdalena sah auf ihre Armbanduhr, die goldene Cartier, die ihre persönliche Einkaufsberaterin Clarissa an jenem eisigen Dezembernachmittag des Jahres 2008 bei Bergdorf Goodman für sie ausgewählt hatte. Welche Verschwendung, dachte sie plötzlich, dieser kostspielige Flitterkram. Kunst allein war wichtig – Malerei und Bücher und Musik. Es war ein Fehler gewesen, ihren Vater in Phillips Betrügereien zu verwickeln. Trotzdem war sie zuversichtlich, dass er keine Strafverfolgung zu befürchten hatte. Mit Kunst zusammenhängende Straftaten wurden nie geahndet. Das war einer der Gründe dafür, dass es so viele gab.

Der Mann neben ihr sah auf sein Smartphone. »Ihr Heli landet gleich«, informierte er sie.

»Wohin bringt er mich?«

»East Hampton.«

»Hoffentlich rechtzeitig zum Abendessen.«

»Das ist nur der erste Stopp.«

»Und dann?«

»Ein Ort, an dem Sie Ihre Muttersprache nutzen können.«

»Sprechen *Sie* Spanisch?«

»Sogar fließend.«

Äußerlich ruhig warf sie ihm die obszönste spanische Verwünschung an den Kopf, zu der sie sich durchringen konnte. Der Mann in Grau grinste nur. »Phillip hat immer gesagt, dass Sie ein loses Mundwerk haben.«

Dieses Mal schlug Magdalena ohne Vorwarnung zu. Von ihrem Schlag blieb eine kleine Platzwunde an seiner Schläfe zurück. Er tupfte das Blut mit einem blütenweißen Taschentuch ab.

»Steigen Sie in den Hubschrauber, Ms. Navarro. Sonst sehe ich in Ihrer Zukunft ein flaches Grab.«

»Und ich in Ihrer!«

Tyler Briggs öffnete Magdalenas Tür und geleitete sie zu dem bereitstehenden Sikorsky. Fünf Minuten später überflogen sie den East River. Vor ihnen lagen das Arbeiterviertel Queens und die Vororte in den Nassau und Suffolk Counties. Diese schmale, chaotische Insel, dachte Magdalena.

Sie sah auf ihre Cartier. Es war 19.50 Uhr. Wenigstens nahm sie das an. Die verdammte Uhr ging oft falsch.

68

HOTEL PIERRE

Ray Bennett, der Sicherheitschef des Hotels Pierre, war ungefähr so groß wie Capitano Luca Rossetti. Über einen Meter achtzig groß, mindestens hundert Kilo schwer. Für einen Mann in seinem Alter – Mitte fünfzig – war er einigermaßen gut in Form. Sein grau meliertes Haar war gut frisiert, sein rotes Gesicht breit und offen. Ein richtiges Ohrfeigengesicht, fand Gabriel. Er fragte seinen Besitzer, ob er ihn unter vier Augen sprechen könne. Bennett sagte, er ziehe es vor, das Gespräch in der Hotelhalle zu führen.

»Das wäre ein Fehler, Mr. Bennett.«

»In welcher Beziehung, Sir?«

»Weil Ihre Kollegen dann mithören können, was ich Ihnen zu sagen habe.«

Bennett musterte Gabriel mit dem Blick eines erfahrenen Cops. »Worum geht es also?«

»Um einen verschwundenen Gast.«

»Name?«

»Nicht hier.«

Bennett führte Gabriel durch den Durchgang neben der Rezeption und einen Korridor entlang in sein Büro. Er ließ die Tür offen. Gabriel schloss sie geräuschlos, dann drehte er sich nach dem größeren Mann um.

»Wo ist sie?«

»Wer?«

Gabriel traf Bennetts Kehlkopf mit einer ansatzlos geschlagenen Geraden, dann rammte er ihm ein Knie zwischen die

Beine, um Chancengleichheit herzustellen. Schließlich war er kleiner und älter als sein Gegner. Das galt es im Vorfeld zu berücksichtigen.

»Sie haben am Aufzug gestanden, als er heruntergekommen ist. Sie haben ihr etwas erzählt, das sie beruhigt hat, und sie zur Ladebucht rausgeführt. Davor hat ein schwarzer Escalade gewartet. Sie haben sie hinten in den Wagen geschoben.«

Bennett gab keine Antwort. Er konnte nicht sprechen.

»Ich denke, ich weiß, wer Ihr Auftraggeber ist, Ray. Trotzdem möchte ich das von Ihnen selbst hören.«

»S-s-s-s-s-s …«

»Sorry, das habe ich nicht verstanden.«

»S-s-s-s-s-s …«

»Leonard Silk? Versuchen Sie, mir das zu erzählen?«

Bennett nickte nachdrücklich.

»Wie viel hat er Ihnen gezahlt?«

»H-h-h-h-h-h …«

»Wie bitte?«

»H-h-h-h-h-h …«

Gabriel tastete Bennetts Jackett ab und zog sein iPhone 13 Pro heraus. Um es zu entsperren, schwenkte er es vor Bennetts Gesicht. In LETZTE KONTAKTE tauchte mehrmals eine New Yorker Mobilfunknummer auf. Ein eingehender Anruf, zwei ausgehende. Der erste Anruf war vor etwa einer Stunde um 18.41 Uhr getätigt worden.

Gabriel zeigte Ray Bennett die Nummer. »Ist das Silk?«

Bennett nickte.

Gabriel fotografierte das Display mit seinem Solaris. Dann drückte er Bennett den Hörer seines Festnetztelefons in die Hand. »Lassen Sie Ms. Bancrofts Wagen zum Ausgang Fifth Avenue bringen. Nicht zur East Sixty-First Street, zur Fifth Avenue.«

Bennett drückte die Kurzwahltaste und krächzte etwas Unverständliches in den Hörer.

»Bancroft«, sagte Gabriel langsam. »Ich weiß, dass Sie's können, Ray.«

Oben im neunzehnten Stock übermittelte Gabriel Leonard Silks Handynummer an Juval Gerschon, bevor er seine Sachen eilig in seine Reisetasche stopfte. Im Zimmer nebenan packte Sarah ebenso eilig. Dann hastete er über den Flur und stopfte Magdalenas Kleidung und Toilettenartikel in ihren teuren Kabinenkoffer von Louis Vuitton. Am Schreibtisch sitzend, ließ Evelyn Buchanan die Tastatur ihres Laptops so konzentriert klappern, dass sie den Trubel um sie herum gar nicht wahrzunehmen schien.

Um 19.40 Uhr klingelte das Telefon in Sarahs Zimmer. Ein Portier rief an, um zu melden, Ms. Bancrofts Wagen stehe am Ausgang zur Fifth Avenue bereit. Evelyn Buchanan steckte ihren Laptop in eine Tasche und folgte den beiden zum Aufzug hinaus. Unten in der Halle war Ray Bennett nirgends zu sehen. Sarah erklärte der Rezeptionistin, Mr. Allon und sie wollten vorzeitig auschecken.

»Gibt es irgendein Problem?«, fragte die junge Frau.

»Nur eine Planänderung«, log Sarah mühelos und kritzelte ihre Unterschrift auf die vorgelegte Rechnung.

Ein Page nahm ihnen das Gepäck ab und verstaute es in dem Nissan Pathfinder. Evelyn Buchanan kroch auf den Rücksitz und zog sofort wieder ihren Laptop heraus. Sarah machte es sich auf dem Beifahrersitz bequem, und Gabriel setzte sich ans Steuer. Als er über die Kreuzung Fifth Avenue und East Sixtieth Street raste, drehte er seinen Kopf nach rechts – weg von den Kerlen, deren Suburban vor dem Metropolitan Club parkte. Die beiden versuchten nicht, ihnen zu folgen.

»Sind Entführungen im Pierre umsonst?«, fragte Sarah. »Oder werden sie extra berechnet?«

Gabriel lachte leise.

»Wo ist sie jetzt wohl?«

»Ich habe das schlimme Gefühl, dass sie kurz davor ist, das Land zu verlassen, ob ihr das passt oder nicht.«

»Mit Phillip?«

»Mit wem sonst?«

»Sie hat keinen Pass.«

»Vielleicht braucht sie für diese Reise keinen.«

»Phillips Gulfstream steht in Teterboro«, sagte Sarah.

»Er ist zu clever, um sein eigenes Flugzeug zu benutzen. Er fliegt garantiert mit einer Maschine, die jemand anderer für ihn gechartert hat.« Gabriel machte eine Pause. »Jemand wie Leonard Silk.«

»Vielleicht sollten wir Mr. Silk anrufen und ihn fragen, wohin sein Mandant unterwegs ist.«

»Ich bezweifle allerdings, dass Mr. Silk bereit wäre, uns Auskunft zu geben.«

»In diesem Fall«, sagte Sarah, »sollten wir vermutlich das FBI einschalten.«

»Könnte hässlich werden«, sagte Gabriel.

»Für Magdalena?«

»Und mich.«

»Immer noch besser als die Alternative.«

»Das FBI kann Phillip nicht ohne Haftbefehl festnehmen. Und es bekommt keinen allein auf meine Aussage hin. Es braucht glaubhafte Beweise für verübte Straftaten.«

»Die bekommt es bald genug.« Sarah wies mit dem Daumen nach hinten, wo Evelyn wie wild auf ihrem Laptop schrieb. Dann sah sie wieder die Fifth Avenue entlang. »Dir ist hoffentlich klar, dass dies alles nicht passiert wäre, wenn wir im Four Seasons geblieben wären.«

»Lektion gelernt.«

»Und meinen Martini habe ich auch nie bekommen.«

»Den bekommst du, sobald wir Phillip daran gehindert haben, ins Ausland zu flüchten.«

»Das will ich hoffen«, sagte Sarah.

Erwartungsgemäß verzichtete Ray Bennett darauf, Leonard Silk mitzuteilen, dass seine private Handynummer in die Hände des berühmtesten pensionierten Spions der Welt gefallen war. Daher unternahm Silk nichts, um sein Gerät vor einem Hackerangriff zu schützen. Der kam, als er auf der Fifth Avenue stadtauswärts unterwegs war – eine heimliche Invasion durch die israelische Malware Proteus. Wie zahlreiche andere Opfer vor ihm, darunter viele Staatsoberhäupter, ahnte Silk nicht, dass sein Smartphone gehackt war.

Binnen Minuten spuckte sein Handy einen Schwall wertvoller Informationen aus. Am interessantesten für Juval Gerschon waren die GPS-Daten und die Gesprächsliste. In Eigeninitiative hackte er ein weiteres Smartphone, bevor er Gabriel anrief. In New York war es unterdessen 20.15 Uhr. Gabriel war auf dem Broadway zügig durch Lower Manhattan unterwegs.

»Vom Pierre ist er um 18.44 Uhr weggefahren. Genau eine Minute, nachdem Bennett mit unserer Spanierin den Hinterausgang benutzt hatte. Irgendwas sagt mir, dass das kein Zufall war.«

»Wohin hat er sie gebracht?«

»East Thirty-Fourth Street Heliport. Dort war er bis 19.52 Uhr.«

»Wo ist er jetzt?«

»Wieder in seinem Apartment am Sutton Place. Nummer vierzehn, falls dich das interessiert. Fünfzehnter Stock, denke ich.«

»Irgendwelche interessanten Anrufe?«

»Executive Jet Services. Ein Charterunternehmen auf dem MacArthur Airport auf Long Island.«

»Ich weiß, wo der MacArthur liegt, Juval.«

»Weißt du auch, wann Silk dort angerufen hat?«

»Das solltest du mir vielleicht erzählen.«

»Erstmals angerufen hat er heute um 16.23 Uhr. Und dann noch mal vor ungefähr zwanzig Minuten.«

»Hmmm, da will anscheinend jemand verreisen.«

»Allerdings! Silk hat ihn zweimal angerufen – zuletzt gegen sieben Uhr. Ich habe ihn mir vor ein paar Minuten vorgenommen. Auf seinem Gerät ist nichts gespeichert, also benutzt er vermutlich ein Wegwerfhandy. Aber ich habe seine Position feststellen können.«

»Wo ist er?«

»An der Ostküste der Halbinsel North Haven.«

»Knapp vier Meter über dem Meeresspiegel?«

»Wie hast du das erraten?«

»Schick mir eine SMS, sobald er die geringste Bewegung macht.«

Gabriel beendete das Gespräch und sah zu Sarah hinüber.

»Was hat er gesagt?«, fragte sie.

»Er sagt, wir sollten einen Hubschrauber chartern.«

Sarah wählte.

Die Redaktionsräume von *Vanity Fair* lagen im vierundzwanzigsten Stock des One World Trade Center. Gabriel setzte Evelyn Buchanan beim 9/11-Memorial in der West Street ab und fuhr durch den Battery Park Underpass zum Downtown Manhattan Heliport weiter. Er quetschte den Nissan in eine Parklücke auf dem kleinen Personalparkplatz, drückte dem Parkwächter einen Hunderter für diese Nacht in die Hand und verschwand mit Sarah im Terminal. Ihr gecharterter Bell 407 stand am Ende der L-förmigen Pier bereit. Er hob um 21.10 Uhr ab und flog in der kühler werdenden Abenddämmerung nach Osten davon.

69

NORTH HAVEN

Die Somersets aus North Haven fuhren beide einen Range Rover. Phillip hatte das Modell 2022 mit sämtlichen Extras, schwarz, beiges Leder. Mithilfe eines Wachmanns verstaute er in dem geräumigen Kofferraum fünf Koffer von Rimowa in der Madison Avenue. Zwei der Alukoffer enthielten Bargeld, zwei weitere Goldbarren. Der größte Koffer war voller Kleidung, Toilettenartikel und persönlicher Erinnerungsstücke – darunter seine Sammlung von Luxusuhren mit einem Schätzwert von zwölf Millionen Dollar.

Im Haus fand Phillip Lindsay, wo er sie zurückgelassen hatte: an der Esstheke in der Küche, die Speisen von Lulu ausgepackt und vor ihr arrangiert. Sie hatte Kerzen angezündet und Wein eingeschenkt, aber keinen Bissen angerührt. In der Küche mischte sich der Duft von Lilien in einer Vase mit dem Geruch von gegrilltem Oktopus. Diese Mischung drehte Phillip fast den Magen um. Er kontrollierte das Display des Festnetztelefons. Lindsay hatte in seiner Abwesenheit nicht telefoniert.

»Soll ich dir einen Koffer packen?«, fragte er.

Sie starrte schweigend in die Stille, an der Phillip schuld war. Seit seiner unklugen Androhung von Gewalt hatte sie kein Wort mehr gesprochen. Gewiss, Lindsay hatte mit dem Streit angefangen, aber von Phillip war es unüberlegt gewesen, sich darauf einzulassen. Fast so unbekümmert, dachte er, wie die Tatsache, dass er ihr verraten hatte, in welches Land er flüchten wollte.

»Du erzählst niemandem, wo ich bin, nicht wahr?«

»Bei erster Gelegenheit.« Sie bedachte ihn mit einem unaufrichtigen Lächeln. »Aber nicht heute Abend, Phillip. Ich habe mir überlegt, dass es am besten wäre, wenn du einfach verschwinden würdest. So muss ich dir nie mehr ins Gesicht sehen oder dich, Gott bewahre, im Gefängnis besuchen.«

Phillip ging in sein Büro hinüber und veranlasste eine Reihe von Sofortüberweisungen, die alle so angelegt waren, dass sie das Endziel des Geldes verschleierten. Insgesamt räumte er die Bankkonten von Masterpiece Art Ventures bis auf den letzten Cent ab. Nun war nichts mehr übrig von den Immobilien, den Spielsachen, den Schulden und den Gemälden. Die echten Gemälde im Besitz des Fonds waren mindestens siebenhundert Millionen Dollar wert, aber sie waren alle für Bankkredite verpfändet. Vielleicht würde Christie's eine spektakuläre Auktion veranstalten, um diese Werke loszuschlagen. *The Somerset Collection …* Das klang nicht schlecht, das musste er zugeben.

Er stand auf, trat ans Fenster und betrachtete zum letzten Mal sein Reich. Die Bucht. Sein Boot. Seinen gepflegten Garten. Seinen blauen Pool. Plötzlich fiel ihm ein, dass er ihn in diesem Sommer nur einmal benutzt hatte.

Auf seinem Schreibtischtelefon mit mehreren Leitungen blinkte ein grünes Lämpchen. Phillip riss den Hörer von der Gabel und bekam gerade noch mit, wie Lindsay oben abrupt auflegte. Offenbar spielte sie weiter mit dem Gedanken, ihn der Polizei auszuliefern. Phillip wechselte die Leitung und rief den East Hampton Airport an. Mike Knox, der dortige Wachleiter, meldete sich.

»Ihr Hubschrauber ist vor ungefähr zwanzig Minuten gelandet, Mr. Somerset. Die Passagiere haben es vorgezogen, an Bord zu bleiben.«

»Sonst noch jemand im Anflug?«

»Ein Blade, ein paar Private und ein gecharterter Heli von Zip Aviation aus der Stadt.«

»Seine voraussichtliche Ankunftszeit?«

»In etwa fünfundzwanzig Minuten.«

»Ist mein Hubschrauber betankt?«

»Wird eben fertig.«

»Danke, Mike. Bin schon unterwegs.«

Phillip legte auf und öffnete die unterste Schreibtischschublade, in der er seine illegal erworbene Pistole aufbewahrte.

Nicht, wenn ich dich zuerst umbringe, Lindsay …

Das würde allerdings einen sauberen Abgang garantieren, überlegte er sich. Aber dann wäre er für den Rest seines Lebens ein Mörder, nach dem gefahndet wurde. Ehrlich gesagt freute ein Teil seines Ichs sich schon aufs Exil. All diese Jahre lang ein Schneeballsystem zu betreiben, war anstrengend gewesen; er brauchte dringend einen Erholungsurlaub. Und jetzt sah es so aus, als könnte er die schöne Magdalena als Gespielin mitnehmen – zumindest so lange, bis der Sturm sich gelegt hatte und sie ungefährdet nach Spanien zurückkehren konnte.

Oder vielleicht auch nicht, dachte Phillip plötzlich. Vielleicht konnten sie bis ans Ende ihrer Tage gemeinsam im Exil leben. Er stellte sich eine Existenz à la Ripley vor, wobei Magdalena natürlich die Rolle der Heloise Plisson zufallen würde. Vielleicht würde er im Lauf der Zeit in vorteilhafterem Licht erscheinen – als reizvoll mysteriöse Gestalt, als eine Art Gentleman-Verbrecher. Lindsay umzulegen, hätte dieses Bild zerstört. Die gesamte Upper East Side würde lautstark seinen Tod fordern.

Er knallte die Schublade zu, löschte seine letzten Mails und leerte den digitalen Papierkorb. Unten gab er Lindsay ihr Smartphone zurück. Sie starrte durch ihn hindurch, als sei er aus Glas. »Geh«, sagte sie nur.

Der Pendler-Hubschrauber von Blade setzte um 21.10 Uhr auf dem East Hampton Airport auf. Sechs Passagiere, alle aus Manhattan, stiegen aus, nahmen ihr Gepäck mit und schlurften in

Richtung Terminal davon. Magdalena beobachtete sie durch ein Fenster des Sikorskys. Tyler Briggs saß ihr mit seinem Smartphone in der Hand mit weit gespreizten Beinen gegenüber. Magdalena überlegte, ob sie versuchen sollte, ihn mit einem Tritt kampfunfähig zu machen und sich sein Handy zu schnappen. Ihre Chancen standen nicht mal schlecht, vermutete sie, aber die Vergeltung würde prompt erfolgen und brutal sein. Tyler war ein ehemaliger Soldat, und sie selbst war nach ihren Kämpfen mit der grauen Eminenz angeschlagen. Dieser Abend war schon aufregend genug gewesen. Da war es besser, höflich zu fragen.

»Kann ich mir kurz Ihr Telefon ausleihen, Tyler?«

»Nein.«

»Ich will nur eine Website aufrufen.«

»Kommt trotzdem nicht infrage.«

»Rufen Sie sie bitte für mich auf? Mich interessiert *Vanity Fair*.«

»Die Zeitschrift?«

»Haben Sie es nicht mitbekommen? Sie bringen eine Story über Ihren Boss. Morgen früh werden Kamerateams und ganze Horden von Reportern das Stadthaus belagern. Wer weiß? Vielleicht können Sie sich ein bisschen dazuverdienen, wenn Sie Ihre Karten richtig ausspielen. Aber ich bitte Sie, verkaufen Sie keines der Sexvideos, die Sie auf Ihrem Computer gespeichert haben. Darüber käme meine arme Mutter nie hinweg.«

»Mr. Somerset hat uns heute Nachmittag angewiesen, alle Aufzeichnungen zu löschen.«

»Das war klug von ihm. Seien Sie ein Schatz, Tyler, und rufen Sie die Website von *Vanity Fair* auf. Soll ich es Ihnen buchstabieren?«

Das Smartphone klingelte, bevor er antworten konnte. »Ja, Mr. Somerset«, sagte er nach einigen Sekunden. »Nein, Mr. Somerset, sie hat keine Schwierigkeiten gemacht … Ja, ich sag's ihr, Sir.«

Er nahm das Handy vom Ohr und steckte es ein.

»Was sollen Sie mir sagen?«, fragte Magdalena.

Der Sicherheitschef deutete auf den schwarzen Range Rover, der übers Vorfeld gerast kam. »Mr. Somerset möchte Sie vor dem Abflug unter vier Augen sprechen.«

Er bremste wenige Meter vom Heck des Sikorskys entfernt ab und ließ die Hecktür des Range Rovers aufspringen. Magdalena warf einen Blick auf die aufgestapelten Koffer, bevor sie auf dem Beifahrersitz Platz nahm. Phillip, der das Lenkrad umklammerte, starrte angestrengt geradeaus. Auf der Mittelkonsole lag ein eingeschaltetes Handy. Allerdings nicht sein iPhone.

Endlich wandte er sich ihr zu, betrachtete sie. »Was ist mit deinem Gesicht passiert?«

»Ich habe wohl etwas gesagt, das die Gefühle deines Freundes verletzt hat.« Magdalena machte eine Pause. »Übrigens hat er sich mir nie vorgestellt.«

»Silk«, sagte Phillip. »Leonard Silk.«

»Woher kennst du ihn?«

»Smith and Wollensky.«

»Zufällige Begegnung?«

»Bei Leonard gibt's keine Zufälle.«

»Was war der Anlass?«

»Hamilton Fairchild.«

»Käufer?«

Phillip nickte.

»Welches Gemälde?«

»Sankt Hieronymus.«

»Jünger Caravaggios?«

»Umkreis von Parmigianino. Ich habe ihn Hamilton in einem von Bonhams vermittelten Privatverkauf angedreht.«

»Dieses Bild hat mir immer gefallen«, sagte Magdalena.

»Hamilton auch, bis er's einem Kunsthändler namens Patrick Matthiesen gezeigt hat. Matthiesen hat ihm erklärt, als

Fachmann halte er das Gemälde für das Werk eines modernen Imitators.«

»Daraufhin wollte Hamilton sein Geld zurück?«

»Natürlich.«

»Und du hast dich geweigert?«

»Selbstverständlich.«

»Wie wurde der Fall gelöst?«

»Leider sind Hamilton und seine Frau mit ihrem einmotorigen Flugzeug vor Maine ins Meer gestürzt.«

»Wie viele hat es noch gegeben?«

»Weniger, als du vielleicht vermutest. Die meisten hat Leonard mit kompromittierenden Fotos oder Informationen über finanzielle Unregelmäßigkeiten zum Schweigen gebracht. Und nicht nur unsere Käufer, sondern auch Investoren. Wieso ist Max van Egan deiner Ansicht nach weiter mit einer Viertelmilliarde beteiligt?« Phillips griff nach dem Handy, aktualisierte die Website. »Wie lange dauert's noch, bis der Artikel erscheint?«

»Mich wundert's, dass er noch nicht erschienen ist. Dann geht Masterpiece in Flammen auf.«

»Du bist so schuldig wie ich, das weißt du.«

»Oh, ich glaube nicht, dass deine Kreditgeber und Investoren das auch so sehen werden.«

Phillip warf das Handy zornig ins Ablagefach. »Wieso hast du's getan?«, fragte er scharf.

»Eine Stunde nach dem Kauf des Gentileschis bin ich verhaftet worden – als Opfer eines raffinierten Unternehmens von Gabriel Allon und den Italienern. Sie haben mich vor die Wahl gestellt: Ich könnte mehrere Jahre in einem italienischen Gefängnis verbringen oder ihnen deinen Kopf auf einem Silbertablett präsentieren.«

»Du hättest einen Rechtsanwalt verlangen und den Mund halten sollen.«

»Du hast zehn Millionen Euro auf ein Tarnkonto der Carabinieri überwiesen. Irgendwann hätten sie die Überweisung zu dir zurückverfolgt. Mit oder ohne meine Hilfe.«

»Bestimmt hat Allon auch hinter den Kündigungen von Investoren gesteckt. Er hat mich dazu gebracht, über ein gehacktes Handy einen Bankbetrug zu begehen.«

»Ich habe dir geraten, dieses Bild auf Eis zu legen«, sagte Magdalena. »Aber du wolltest nicht hören.«

»Du hast mir einen Strick um den Hals gelegt und mich zum Galgen geführt.«

»Ich hatte keine andere Wahl.«

»Als ich dich entdeckt habe, hast du mit Drogen gehandelt. Und dies ist dein Dank dafür?«

»Aber das waren echte Drogen, Phillip, nicht wahr?« Magdalena sah sich nach hinten um. »Lindsay ist hoffentlich nicht in einem dieser Koffer.«

»Nein, wir sind nur zu zweit.«

»Wie romantisch. Wohin sind wir unterwegs?«

Phillip sah auf das Smartphone hinunter, Magdalena auf ihre Cartier.

Es war 21.30 Uhr.

70

DOWNTOWN

Im One World Trade Center war in einem Konferenzraum im vierundzwanzigsten Stock mit Blick über den New Yorker Hafen ein Krieg ausgebrochen. Die fünf Kriegführenden gehörten drei gegnerischen Lagern an. Zwei waren leitende Redakteure, zwei waren Anwälte, und eine war eine Journalistin mit makellosem Ruf, die für Akribie und ihre aufsehenerregenden Storys bekannt war. Der Artikel, um den es hier ging, enthielt Anschuldigungen wegen finanzieller Unregelmäßigkeiten gegen eine prominente Persönlichkeit der New Yorker Kunstwelt. Noch komplizierter wurde alles durch die Tatsache, dass Schergen des Prominenten die Originalversion des Artikels gelöscht hatten. Außerdem schien der Prominente eben im Begriff zu sein, das Land fluchtartig zu verlassen.

Trotzdem bestanden die Rechtsanwälte darauf, bestimmte juristische und redaktionelle Standards müssten eingehalten werden. Sonst könnte der Prominente aus der Kunstwelt, der Phillip Somerset hieß, oder seine Investoren *Vanity Fair* verklagen.

»Ganz zu schweigen von seinen Kreditgebern bei JPMorgan und der Bank of America. Kurz gesagt wäre damit ein endloser Rechtsstreit programmiert.«

»Meine Quelle ist eine freiberufliche Mitarbeiterin von Masterpiece Art Ventures.«

»Mit ziemlich zweifelhaftem Lebenslauf.«

»Ich habe Tonbandaufnahmen.«

»Von einem ehemaligen israelischen Geheimdienstler, der sie unter Verwendung einer höchst umstrittenen Telefon-Malware beschafft hat.«

»Im Staat New York genügt das Einverständnis einer Partei. Sie wusste, dass sie abgehört wurde, als sie sich mit Somerset getroffen hat.«

»Aber weder er noch Ellis Gray von JPMorgan haben einem Mitschnitt zugestimmt. Deshalb hat ihr Gespräch über ein kunstbasiertes Darlehen keinerlei Beweiswert.«

»Was ist mit den Gemälden in seinem Lagerhaus?«

»An die sollten Sie nicht mal denken.«

Damit wurde ein vorläufiger Waffenstillstand ausgerufen, und die Arbeit begann. Die Journalistin schrieb, die Redakteure redigierten, die Juristen gaben grünes Licht – bei einem Absatz nach dem anderen, im Tempo einer altmodischen Nachrichtenagentur, das nichts mit einer Hochglanzzeitschrift für Kultur und Politik zu tun hatte. Aber so sah die Zwangslage eines im digitalen Zeitalter erscheinenden Magazins aus. Selbst der ehrwürdige *New Yorker* hatte sich gezwungen gesehen, seinen Abonnenten täglich Content zu liefern. Die Welt hatte sich verändert, aber nicht unbedingt zum Besseren. Phillip Somerset war ein Beweis dafür.

Um 21.30 Uhr lag ein Manuskript auf dem Tisch. Es war im Umfang begrenzt, aber von vernichtender Wirkung. Der Artikel erschien um 21.32 Uhr auf der Website von *Vanity Fair* und trendete binnen Minuten in den sozialen Medien. Nachträglich würde viel in seine letzte Zeile hineingeheimnisst werden. Phillip Somerset, stand dort, sei nicht für einen Kommentar zu erreichen gewesen.

Als die ersten Textnachrichten auf Lindsays iPhone detonierten, vermutete sie Phillip als Absender und ignorierte sie. Aber nach kurzer Pause folgte ein zweites Bombardement. Dann brach die Hölle los.

Sie griff zögernd nach dem Gerät und sah eine Flut von Hass und Drohungen, alle von einigen ihrer engsten Freunde. An alle Nachrichten angehängt war derselbe Link zu einem Artikel aus *Vanity Fair*. Die Überschrift lautete: DER SCHWINDEL: PHILLIP SOMERSETS MEISTERSTÜCK VON EINEM SCHNEEBALLSYSTEM. Lindsay klickte den Link an. Mehr als drei Absätze hielt sie nicht aus.

Sie öffnete ihre Kontakte, fand die Nummer von Phillips Wegwerfhandy und wählte sie. Das Heulen zweier Sikorsky-Triebwerke im Hintergrund zeigte ihr, dass er noch nicht vom East Hampton Airport gestartet war.

»Hast du den Artikel gelesen?«, fragte sie.

»Bin gerade dabei.«

»Ich bin dieser Sache nicht allein gewachsen.«

»Was soll das heißen?«

»Flieg nicht ohne mich«, sagte Lindsay und schnappte sich ihre Autoschlüssel von der Arbeitsplatte in der Küche.

Der gecharterte Bell 407 war über dem Long Island Sound, als Evelyn Buchanans Artikel auf Gabriels Solaris erschien. Er überflog ihn rasch und stellte erleichtert fest, dass weder Sarah noch er namentlich genannt wurden. Übrigens auch Magdalena nicht. Ihre Anschuldigungen wurden einer freiberuflichen Mitarbeiterin von Masterpiece Art Ventures zugeschrieben, Name und Nationalität unbekannt. Zumindest vorläufig schien ihr nichts passieren zu können. Phillip Somerset dagegen war erledigt.

An Bord war Telefonieren verboten, deshalb fragte Gabriel Juval Gerschon per Textnachricht nach Somersets Position. Eine Minute später kam die Antwort: Phillip war noch immer auf dem East Hampton Airport.

»Wieso ist er noch da?«, fragte Sarah mit erhobener Stimme, um den Triebwerkslärm zu übertönen.

»Lindsay scheint sich die Sache anders überlegt zu haben. Sie hat ihn vor zwei Minuten angerufen und aufgefordert, nicht ohne sie zu fliegen.«

»Vielleicht wird's Zeit, mit dem FBI zu reden.«

»Leider gibt es einen Faktor, der alles kompliziert.«

»Nur einen?«

»Magdalena ist auch dort.«

Der Hubschrauber blieb über dem Sund, bis sie den alten Leuchtturm Horton Point erreichten, wo er nach Steuerbord abdrehte und die Kleinstadt Southold und das Wasser der Peconic Bay überflog. Eine Fähre überquerte eben den schmalen Kanal zwischen Shelter Island und North Haven. An der Ostküste der Halbinsel lag strahlend hell beleuchtet Somersets jetzt verlassenes Anwesen.

»Lindsay scheint es verdammt eilig gehabt zu haben«, sagte Sarah.

Sie überflogen Sag Harbor und begannen den Landeanflug zum East Hampton Airport. Direkt unter ihnen war ein weißer Range Rover auf der Daniels Hole Road zum Flugplatz unterwegs. Das ist Lindsay Somerset, sagte Gabriel sich. Und sie hat es verdammt eilig.

Durch die letzte Kurve vor dem Flugplatz driftete Lindsay in unvermindertem Tempo überlegt und präzise. Hand über Hand am Lenkrad, ab der Kurvenmitte leicht Gas geben. Genau wie ihr Vater es ihr als Vierzehnjähriger beigebracht hatte. Das Tor zum Vorfeld stand offen. Der uniformierte Wachmann winkte sie durch. Magdalena stand neben dem Sikorsky, Phillip an der offenen Hecktür seines Range Rover. Er hob grüßend einen Arm, als winke er ihr von Bord seines Segelboots aus zu. Sie schaltete die Scheinwerfer aus, trat das Gaspedal durch und schloss die Augen.

TEIL VIER

ENTHÜLLUNG

71

EAST HAMPTON

Die Meldung ging um 21.55 Uhr über die Notrufnummer 911 beim East Hampton Town Police Department ein. Sergeant Bruce Logan, in East End aufgewachsen und seit zwanzig Jahren bei der Polizei, machte sich aufs Schlimmste gefasst. Der Anruf kam von Mike Knox, dem Wachleiter des Flugplatzes.

»Flugzeug oder Hubschrauber?«, fragte Logan.

»Tatsächlich zwei Range Rover.«

»Blechschaden auf dem Parkplatz?«

»Ein Toter auf dem Vorfeld.«

»Du willst mich verscheißern, Mike.«

»Schön wär's.«

Die Polizeistation lag in der Wainscott Road am Südrand des Flugplatzes, sodass die ersten Beamten nur drei Minuten nach dem Notruf eintrafen. Sie fanden das Opfer, ein Weißer Mitte fünfzig, in einer riesigen Blutlache auf dem Asphalt liegend vor: die Beine fast abgetrennt, von mehreren Dutzend Fünfhundert-Gramm-Goldbarren in Klarsichthüllen umgeben. Die Fahrerin des Wagens, der ihn tödlich verletzt hatte, war eine attraktive, fit wirkende Frau Anfang dreißig. Sie trug Leggings, ein Hoodie von Lululemon und neongrüne Nikes. Sie hatte keinen Führerschein bei sich und schien sich nicht an ihren Namen erinnern zu können. Das übernahm Mike Knox für sie. Die Frau war Lindsay Somerset. Der Tote mit den fast abgetrennten Beinen war ihr Mann, irgendein reicher Investor mit einem Wochenendpalast in North Haven.

Sein Tod wurde offiziell festgestellt, eine Verhaftung vorgenommen, eine Pressemitteilung verfasst. Um Mitternacht wurde der Fall von WINS Radio gemeldet, und um neun Uhr morgens war er in aller Munde. Der Immobilienmogul Sterling Dunbar war unter der Dusche, als er hörte, dass Lindsay Somerset ihren Schurken von einem Ehemann überfahren hatte; der Kaufhauskönig Simon Levinson lag noch im Bett. Ellis Gray von JPMorgan, der nach der Lektüre des Artikels in *Vanity Fair* kein Auge mehr zugetan hatte, war in seinem Büro mit Blick auf die Park Avenue. Zwei Stunden später informierte er die Chefetage, das Haus habe Masterpiece Art Ventures Darlehen über vierhundertsechsunddreißig Millionen Dollar gewährt – Kredite, die sehr wahrscheinlich mit gefälschten Gemälden besichert waren. Die Chefetage akzeptierte Grays sofortiges Ausscheiden.

Bis zum Mittag hatte das FBI die Ermittlungen übernommen. Agenten durchsuchten Somersets Häuser, versiegelten sein Lagerhaus und nahmen sich sein Büro in der East Fifty-Third Street vor. Die drei Kunstexpertinnen der Firma wurden zur Federal Plaza gebracht und eingehend befragt. Alle drei bestritten, von irgendwelchen Unregelmäßigkeiten gewusst zu haben. Kenny Vaughan, Phillips Kumpel aus seiner Zeit bei Lehman Brothers, war nirgends zu finden. Agenten beschlagnahmten seine Computer, druckten Dokumente aus und erwirkten einen Haftbefehl gegen ihn.

Ebenso global wie Somersets Straftaten war nun der Fallout. Zwei prominente europäische Galeristen – Gilles Raymond in Brüssel und Konrad Hassler in Berlin – wurden verhaftet, ihr Lagerbestand beschlagnahmt. Auch in Hongkong, Tokio und Dubai wurden Kunsthändler verhaftet. Bei ihren Vernehmungen gestanden alle, einem global agierenden Fälscherring anzugehören, der den Kunstmarkt jahrelang mit hochwertigen Fälschungen überschwemmt hatte. Das französische Kultusministerium gestand widerstrebend ein, dass vier solcher Fälschungen es in die ständige Sammlung des Louvre geschafft hatten. Der Direktor des Museums trat so plötzlich zurück wie der Direktor des angesehenen Nationalen Zentrums für Forschung und Restaurierung, das die Echtheit aller vier Werke bestätigt hatte.

Aber wer war der Meisterfälscher, der es geschafft hatte, das modernste Kunstlabor der Welt zu täuschen? Und wie viele seiner Werke zirkulierten noch im Blutkreislauf der Kunstwelt? Evelyn Buchanan berichtete in einem weiteren Artikel, Somersets Lagerhaus enthalte vermutlich über zweihundert Fälschungen. Ungezählte Hunderte, schrieb sie, seien ahnungslosen Käufern bereits aufgeschwatzt worden. Als in einem beliebten Internetforum eine bei Weitem unvollständige Liste dieser Werke veröffentlicht wurde, wurde die Kunstwelt von Panik erfasst. Sammler, Galeristen, Kuratoren und Auktionatoren, die generationenlang auf das Urteil von Experten vertraut hatten, suchten zur Bewältigung der Krise Hilfe bei Wissenschaftlern. Aiden Gallagher von Equus Analytics erhielt so viele Anfragen, dass er aufhörte, ans Telefon zu gehen oder E-Mails zu beantworten. »Mr. Gallagher«, schrieb ein Journalist in der *New York Times*, »ist bei diesem Skandal der einzige Gewinner.«

Die Verlierer waren natürlich Somersets reiche Investoren, die erlebten, wie Buchwerte von Hunderten von Millionen Dollar binnen Stunden vernichtet worden waren. Ihre Klagen, Gegenklagen und öffentliches Wehklagen stießen auf wenig Sympathie, vor allem nicht bei Puristen in der Kunstwelt, denen Somersets Hedgefonds schon immer zuwider gewesen war. Große Gemälde, verkündeten sie, seien keine Wertpapiere oder Derivate, mit denen Superreiche spekulieren konnten, sondern ein zeitlos schönes Kulturerbe, das in Museen gehöre. Verständlicherweise fanden alle, die vom Kunsthandel lebten, diese Vorstellung lachhaft. Ohne die Reichen, stellten sie fest, gäbe es keine Kunst. Und auch keine Museen.

Ein Bundesrichter ernannte einen Treuhänder, der Somersets Privatvermögen verwerten und den Ertrag klein gestückelt an die von ihm Betrogenen auszahlen würde. Insgesamt dreihundertsiebenundvierzig Investoren beantragten eine Rückzahlung. Den mit zweihundertvierundfünfzig Millionen Dollar höchsten Anspruch erhob der Industrielle Max van Egan. Die kleinste Summe waren die 4,8 Millionen von Sarah Bancroft, einer ehemaligen MoMA-Kuratorin, die jetzt in London eine Altmeistergalerie führte.

Eine von Phillips Investorinnen erhob jedoch gar keinen Anspruch: Magdalena Navarro, neununddreißig, eine in dem vornehmen Madrider Stadtviertel Salamanca lebende Spanierin. Aus in der Zentrale von Masterpiece Art Ventures beschlagnahmten Unterlagen – und drei beeidigten Aussagen ehemaliger Mitarbeiterinnen, die das FBI vernommen hatte – ging hervor, dass Navarro von Europa aus freiberuflich Gemälde für Phillip Somerset gekauft und verkauft hatte. Ihr Guthaben betrug zuletzt 56,2 Millionen Dollar – eine Menge Geld, um es auf dem Tisch liegen zu lassen.

Wie sich herausstellte, wusste das FBI mehr über Magdalena Navarro, als es öffentlich eingestand, was überhaupt nichts war. Beispielsweise wusste es, dass die europäischen Kunsthändler Gilles Raymond und Konrad Hassler sie als Verbindungsfrau zwischen ihren Galerien und Masterpiece Art Ventures identifiziert hatten. Das Bureau wusste auch, dass Navarro am Tag des spektakulären Zusammenbruchs des Hedgefonds in New York gewesen war – mit Delta Air Lines aus Rom eingeflogen. Und dass sie keine zwölf Stunden nach Phillip Somersets Tod von New York nach London geflogen war. Ihr Sitznachbar bei beiden Flügen war interessanterweise Gabriel Allon gewesen, der legendäre frühere Direktor des israelischen Geheimdiensts. Zufällig hatte die Galeristin Sarah Bancroft, eine ehemalige CIA-Agentin, Allon und Navarro auf ihrem Flug nach Heathrow begleitet.

Ermittler stellten auch fest, dass das Trio bei seinem kurzen Aufenthalt in New York in drei Zimmern im neunzehnten

Stock des Hotels Pierre gewohnt hatte. Und dass Magdalena Navarro vermutlich die Quelle für den in *Vanity Fair* veröffentlichten Enthüllungsbericht gewesen war. Und dass Navarro das Hotel Pierre kurz vor der Veröffentlichung des Artikels verlassen hatte – ohne Gepäck, ohne Handtasche – und in Phillip Somersets Hubschrauber zum East Hampton Airport geflogen war. Und dass sie den Flugplatz in den chaotischen ersten Minuten nach Somersets grausigem Tod in einem von Allon und Bancroft gecharterten Hubschrauber Bell 407 verlassen hatte. Der Pilot hatte sie zum JFK International gebracht, wo sie im Hilton am Flughafen übernachtet hatten. Und um acht Uhr am folgenden Morgen waren sie verschwunden.

Aus alledem zog das FBI den Schluss, ein freundschaftliches Gespräch mit Allon sei angebracht. Ihn aufzuspüren, war einfacher als gedacht. Der FBI-Resident in Rom rief einfach die Tiepolo Restoration Company in Venedig an und vereinbarte einen Termin mit Allons Frau. Das Gespräch fand in Harry's Bar statt, in der Gabriels Verwicklung in den Fall angefangen hatte, was der Resident jedoch nicht wusste. Bei einem Bellini erzählte er dem FBI-Agenten von privaten Ermittlungen, die er auf Bitten eines alten Freundes, den er nicht nennen wollte, angestellt hatte. Diese Ermittlungen, sagte er abschließend, hätten ihn zu Magdalena Navarro und letztlich zu Phillip Somersets betrügerischem Schneeballsystem im Wert von 1,7 Milliarden Dollar geführt.

»Wo ist sie jetzt?«, fragte der FBI-Mann, der Josh Campbell hieß.

»Irgendwo in den Pyrenäen. Nicht mal ich weiß, wo genau.«

»Was macht sie dort?«

»Vermutlich malt sie.«

»Ist sie gut?«

»Hätte Somerset sie nicht in die Fänge bekommen, wäre sie eine große Künstlerin geworden.«

»Wir möchten sie vernehmen.«

»Das kann ich mir denken. Aber ich möchte, dass Sie mir einen persönlichen Gefallen tun und sie in Ruhe lassen.«

»Das Bureau erweist keine persönlichen Gefallen, Allon.«

»Dann bleibt mir nichts anderes übrig, als den Präsidenten direkt anzurufen.«

»Das würden Sie nicht wagen!«

»Wollen Sie mithören?«

Und so kehrte Special Agent Josh Campbell mit leeren Händen, aber mit einer faszinierenden Geschichte nach Rom zurück. Er schrieb sie in einem längeren Memorandum auf, das er gleichzeitig nach New York und Washington schickte. Leute, die Allons frühere Taten kannten, bezweifelten den Wahrheitsgehalt des Dokuments – und das völlig zu Recht. Beispielsweise erwähnte der Bericht kein gefälschtes Porträt von Anthonis van Dyck. Oder eine vor Kurzem gestorbene Französin namens Valerie Bérrangar. Oder den Pariser Antiquitätenhändler und Kunstdieb Maurice Durand. Oder die Schweizer Geigerin Anna Rolfe. Oder den berüchtigten korsischen Gangsterboss Don Antonio Orsati. Oder den lüsternen, aber liebenswerten Londoner Kunsthändler Oliver Dimbleby, dessen angebliche Entdeckung von drei Meisterwerken der Venezianischen Schule die Kunstwelt in Aufruhr versetzt hatte.

Ende Juli hingen diese drei Gemälde in der Wohnung des Fälschers, der sie gemalt hatte – neben zwei Versionen von Modiglianis *Liegendem Akt*, einem Cézanne, einem Monet und einer erstaunlichen Version von van Goghs *Selbstbildnis mit verbundenem Ohr*. Auf der Staffelei im Atelier stand ein Gemälde mit einem L-förmigen Riss, 15 mal 23 Zentimeter, in der unteren linken Ecke. Nachdem der Fälscher den Riss repariert und die Fehlstellen ergänzt hatte, schickte er das Gemälde einer kleinen Galerie an der Plaza Virgen de los Reyes in Sevilla. Dann verschwand er früh am nächsten Morgen.

72

ADRIATISCHES MEER

An den ersten fünf Tagen ihres Segeltörns herrschte leichte Bora. Sie war kein kalter und böiger Aggressor wie der Maestral, der im letzten Frühjahr Korsika heimgesucht hatte, sondern ein gemäßigter und verlässlicher Nordwind, der die Bavaria C42 mühelos die gesamte Adria hinuntertrieb. Bei ruhiger See und Wind von achtern konnte Gabriel Irene und Raphael auf seinem geräumigen Boot leicht und angenehm ins Seglerleben einführen. Niemand war darüber erleichterter als Chiara, die auf sechs sonnendurchglühte Wochen voller Stöhnen, Jammern und Seekrankheit gefasst gewesen war.

Ihren Tagen fehlte Struktur, was beabsichtigt war. An den meisten Morgen wachte Gabriel früh auf und lief aus, während Chiara und die Kinder noch in der Kabine unter ihm schliefen. Irgendwann gegen Mittag drehte er bei und ließ die Badeplattform zu Wasser, bevor sie sich zu einem langen Mittagessen an den Tisch auf der Back setzten. Abends aßen sie in Hafenrestaurants – manchmal in Italien, dann wieder in Kroatien oder Montenegro. Bei allen Landausflügen trug Gabriel seine Beretta hinten im Hosenbund, und Chiara sprach ihn nie mit seinem Vornamen an.

In dem süditalienischen Hafen Otranto übernachteten sie in einem behaglichen Romantikhotel, fanden einen Waschsalon für ihre Wäsche, ergänzten ihre Vorräte und kauften viel von dem örtlichen Weißwein ein. Später am folgenden Morgen, als sie den Absatz des italienischen Stiefels umrundeten, setzte ein schwülwarmer Jugo aus Südosten ein. Gabriel segelte vor ihm übers Ionische Meer und erreichte Messina auf Sizilien einen Tag früher als geplant. Von der Marina aus war das Museo Regionale nur einen kurzen Spaziergang entfernt. In Saal 10 hingen zwei riesige Gemälde von Caravaggio, die er während seines neunmonatigen Aufenthalts auf Sizilien gemalt hatte.

»Stimmt es, dass er nach einer echten Leiche gemalt hat?«, fragte Chiara, als sie die *Auferweckung des Lazarus* betrachtete.

»Wenig wahrscheinlich«, antwortete Gabriel. »Aber auch nicht ganz unmöglich.«

»Nicht eines seiner besten Werke, nicht wahr?«

»Große Teile der Darstellung stammen von Mitarbeitern. Die letzte Restaurierung liegt ungefähr zehn Jahre zurück. Und ihre Qualität zeigt dir, dass ich damals nicht zur Verfügung gestanden habe.«

Chiara warf ihm einen tadelnden Blick zu. »Ich glaube, ich mochte dich lieber, bevor du unter die Fälscher gegangen bist.«

»Sei froh, dass ich nicht versucht habe, einen Caravaggio zu fälschen. Dann hättest du mich vor die Tür gesetzt.«

»Ich muss sagen, dass ich die Nachmittage mit Orazio Gentileschi sehr genossen habe.«

»Nicht so sehr wie er die Zeit mit Danaë.«

»Sie würde sich gern mal wieder zum Lunch mit ihm treffen, bevor dieser Törn zu Ende ist.«

»Unsere Kabine liegt zu dicht neben der der Kinder.«

»Wie wär's dann mit einem Mitternachtssnack?« Chiara lächelte, als sie wieder den Caravaggio betrachtete. »Glaubst du, du könntest einen malen?«

»Das will ich nicht gehört haben.«

»Und was ist mit deinem Konkurrenten? Könnte der einen Caravaggio fälschen?«

»Er hat täuschend echte Altmeister aller Schulen und Perioden gemalt. Ein Caravaggio wäre nicht weiter schwierig für ihn.«

»Wer ist er vermutlich?«

»Der letzte Mensch, den man jemals verdächtigen würde.«

Ihr Mitternachtssnack erwies sich als langes, üppiges Festmahl, sodass sie am folgenden Morgen erst kurz vor zehn nach Lipari ausliefen. Der nächste Stopp war eine kleine Bucht an der kalabrischen Küste. Nach einer durchsegelten Nacht mit einem Snack auf dem Vordeck erreichten sie die Küste vor Amalfi. Dann folgte Inselhüpfen im Golf von Neapel – erst Capri, dann Ischia –, bevor sie übers Tyrrhenische Meer nach Sardinien übersetzten.

Nördlich davon lag Korsika. Obwohl der Maestral auffrischte, entschied Gabriel sich für einen Kurs entlang der Westküste der Insel. Zwei Tage später, an einem kühlen, wolkenlosen Mittwochmorgen, lief er mit der Bavaria in den winzigen Jachthafen von Porto ein. Am Kai standen Sarah Bancroft und Christopher Keller, die zur Begrüßung winkten.

Die Sonne war untergegangen, bis sie das gut bewachte Heim Don Antonio Orsatis erreichten. In der schlichten Kleidung eines korsischen *Paesanu* begrüßte er Irene und Raphael wie Blutsverwandte. Gabriel erklärte seinen Kindern, der Hüne mit dem dröhnenden Bass und den braunen Hundeaugen erzeuge das beste Olivenöl Korsikas. Irene mit ihren besonderen hellseherischen Fähigkeiten war davon nicht überzeugt, das merkte er ihr an.

In dem von Lichterketten erhellten, von einer Mauer umgebenen Garten Don Antonios drängten sich Mitglieder seines erweiterten Clans, darunter einige, die im Untergrund für ihn arbeiteten. Die Ankunft der Familie Allon nach einer langen gefährlichen Reise musste ebenso gefeiert werden wie der erste Korsikabesuch von Christophers amerikanischer Frau. Korsische Sprichwörter wurden zitiert und viel korsischer Rosé getrunken. Sarah, die von der Ähnlichkeit des Jungen mit seinem Vater fasziniert war, starrte beim Abendessen immer wieder

Raphael an. Gabriel dagegen hatte nur Augen für seine Frau. Sie hatte nie glücklicher ausgesehen – oder schöner, fand er.

Nach dem Essen lud Don Antonio Gabriel und Christopher nach oben in sein Büro ein. Auf dem Schreibtisch lag ein Foto des Mannes, der versucht hatte, Gabriel und Sarah in der Pariser Galerie Georges Fleury zu ermorden.

»Er hat Rémy Dubois geheißen. Und Sie hatten recht«, sagte Orsati. »Er war ein ehemaliger Soldat. Hat ein paar Jahre gegen diese Verrückten in Afghanistan gekämpft und viel über improvisierte Sprengfallen gelernt. Als Heimkehrer hatte er Mühe, ins Zivilleben zurückzufinden.« Er sah zu Christopher hinüber. »Klingt vertraut, was?«

»Vielleicht solltest du ihm von Rémy Dubois erzählen und mich aus dem Spiel lassen.«

»Die Organisation, für die Dubois gearbeitet hat, ist nur als Le Groupe bekannt. Sie rekrutiert sich ausschließlich aus ehemaligen Soldaten und Geheimagenten. Ihre Klienten sind vor allem reiche Geschäftsleute. Sie leistet ausgezeichnete Arbeit, ist aber auch sehr teuer. Rémy haben wir in Antibes aufgespürt. In einem Luxusapartment an der Plage de Juan les Pins.«

»Muss ich fragen, wo er jetzt ist?«

»Sie sind vermutlich vor Porto mit dem Boot über ihn hinweggesegelt.«

»Wie viel haben Sie aus ihm herausbekommen?«

»Buchstäblich alles. Der Anschlag auf Sie war offenbar ein Eilauftrag.«

»Hat er gesagt, wann er ihn erhalten hat?«

»Am Sonntag vor dem Bombenanschlag.«

»Sonntagabend?«

»Nein, morgens. Er musste die Bombe so schnell bauen, dass er keine Zeit hatte, sich ein Wergwerfhandy zu beschaffen, um sie damit zu zünden. Also hat er eines benutzt, das er bei einem anderen Auftrag erbeutet hatte.«

»Es hat einer gewissen Valerie Bérrangar gehört. Dubois und

seine Helfer haben sie ermordet – südlich von Bordeaux von der Straße abgedrängt.«

»Ja, das hat er gesagt. Außerdem war er an der Ermordung von Lucien Marchand beteiligt.« Don Antonio nickte zu einer an der Wand lehnenden unfertigen Landschaft von Cézanne hinüber. »Die haben wir in seinem Apartment in Antibes gefunden.«

»Wer hat die Kugel bezahlt?«, fragte Gabriel.

»Ein Amerikaner. Anscheinend ein ehemaliger CIA-Agent. Seinen Namen wusste Dubois nicht.«

»Der Kerl heißt Leonard Silk. Er wohnt in Manhattan am Sutton Place.« Gabriel machte eine Pause, dann fügte er hinzu: »Nummer 14.«

»Wir haben Freunde in New York.« Orsati steckte das Foto in seinen Schredder. »Sogar sehr gute Freunde.«

»Wie viel?«

»Sie beleidigen mich.«

»Geld verdient man nicht mit Singen«, sagte Gabriel. Das war eines der liebsten Sprichwörter Orsatis.

»Und von Tau wird die Zisterne nicht voll«, antwortete dieser. »Sparen Sie Ihr Geld für Ihre Kinder auf.«

»Kleine Kinder, kleine Sorgen. Große Kinder, große Sorgen.«

»Aber nicht heute Abend, mein Freund. Heute Abend haben wir keine Sorgen.«

Gabriel sah zu Christopher hinüber und lächelte. »Das stellt sich noch raus.«

Unten fand Gabriel Irene und Raphael mit glasigem, unfokussiertem Blick an Chiara gelehnt vor. Orsati bat sie, noch etwas länger zu bleiben, aber nach einem letzten Austausch korsischer Sprichwörter war er widerstrebend bereit, sie gehen zu lassen. Allerdings ließ er sich deutlich anmerken, wie enttäuscht er über Gabriels Reiseplanung war. Die Familie Allon wollte nur eine einzige Nacht in Christophers Villa verbringen, bevor sie am kommenden Morgen die Rückfahrt nach Venedig antrat.

»Sie können doch bestimmt ein, zwei Wochen bleiben.«

»Die Kinder müssen ab Mitte September in die Schule. Dieser Termin ist ohnehin kaum zu schaffen.«

»Wohin wollen Sie nächstes Jahr segeln?«, fragte Don Antonio.

»Zu den Galapagosinseln, denke ich.«

Damit nahmen sie Abschied und quetschten sich alle in Christophers klapprigen alten Renault-Kombi, um ins nächste Tal hinüberzufahren. Gabriel und Chiara saßen hinten und hatten die Kinder zwischen sich. Sarah saß vorn rechts neben ihrem Mann. Trotz des fröhlich verbrachten Abends herrschte plötzlich angespannte Stimmung.

»Hast du mal wieder was von Magdalena gehört?«, fragte Sarah im künstlich heiteren Tonfall einer Frau, die das Schlimmste befürchtet.

»Von welcher Magdalena?«, lautete Gabriels Gegenfrage, während im Scheinwerferlicht ein riesiger Ziegenbock erschien, der neben drei alten Olivenbäumen, die Don Ettore Casabianca gehörten, mitten auf der unbefestigten Straße stand.

Christopher bremste, ließ den Wagen langsam ausrollen.

»Stört es sehr, wenn ich eine Zigarette rauche?«, fragte Sarah. »Ich spüre eine Krise kommen.«

»Dann sind wir zu zweit«, murmelte Gabriel.

Irene und Raphael, die vor einer Minute noch halb geschlafen hatten, waren plötzlich hellwach und aufgeregt, weil sie ein neues Abenteuer witterten. Christopher saß mit beiden Händen am Lenkrad da, ließ die muskulösen Schultern hängen und bot ein Bild der Verzweiflung.

Er erwiderte Gabriels Blick im Rückspiegel. »Mir wär's lieber, wenn die Kinder nicht zusehen würden.«

»Red keinen Unsinn. Wozu bin ich deiner Meinung nach bis nach Korsika gesegelt?«

»Wir haben schlimme Wochen hinter uns«, erklärte Sarah ihm. »Gestern Abend …«

»Gestern Abend *was*?«, hakte Irene nach.

»Darüber möchte ich lieber nicht reden.«

Christopher ergriff das Wort. »Er hat mich voll erwischt. Das war wie ein Schlag mit einem Vorschlaghammer.«

»Du musst den armen Kerl provoziert haben«, meinte Chiara.

»Aus Sicht dieser Bestie ist schon meine Existenz eine Provokation.«

Christopher hupte kurz und forderte den Ziegenbock mit einer freundlichen Handbewegung auf, den Weg frei zu machen. Als das Tier nicht reagierte, nahm er den Fuß vom Bremspedal und ließ den Wagen weiterkriechen. Der Ziegenbock senkte den Kopf und rammte den Kühlergrill.

»Da habt ihr's«, sagte Sarah. »Er ist unkorrigierbar.«

»So darfst du nicht über Christopher reden«, wies Gabriel sie zurecht.

»Was bedeutet unkorrigierbar?«, fragte Raphael.

»Unbelehrbar und unverbesserlich. Ein hoffnungsloser Schurke.«

»Schurke«, wiederholte Irene kichernd.

Christopher öffnete seine Tür, sodass die Innenbeleuchtung aufflammte. Sarah war sichtlich besorgt. »Vielleicht sollten wir alle in ein Hotel gehen. Oder noch besser die Nacht auf eurem schönen Boot verbringen.«

»Gute Idee!«, stimmte Chiara zu, als der Renault von einem weiteren Kopfstoß erzitterte. Dann sah sie Gabriel an und sagte ruhig: »Tu etwas, Darling.«

»Meine Hand schmerzt wie verrückt.«

»Lass mich mal«, sagte Irene.

»Ausgeschlossen!«

»Hör nicht auf deinen Vater«, sagte Chiara. »Trau dich, Bellissima.«

Gabriel öffnete seine Tür, dann sah er zu seiner Frau hinüber. »Du bist schuld, wenn ihr was passiert.«

Irene kletterte über Gabriels Schoß hinweg, sprang aus dem Wagen. Sie trat furchtlos auf den Ziegenbock zu und kraulte seinen rötlichen Bart, während sie ihm erklärte, ihre Familie und sie wollten morgen nach Venedig zurücksegeln und müssten dazu ausgeschlafen sein. Der Bock nahm ihr diese Geschichte offenbar nicht recht ab. Trotzdem trat er freiwillig den Rückzug an und gab die Straße frei, womit die Krise friedlich beigelegt war.

Irene quetschte sich wieder auf den Rücksitz und lehnte den Kopf an die Schulter ihres Vaters, als sie zu Christophers Villa weiterfuhren.

»Schurke«, flüsterte die Kleine und lachte schallend.

73

BAR DOGALE

Entgegen aller Vernunft erklärte Gabriel sich bereit, übers Wochenende auf Korsika zu bleiben. Er bestand jedoch darauf, am Sonntagabend an Bord der Bavaria zu gehen, und als Chiara und die Kinder am Montagmorgen aufwachten, hatte er Ajaccio längst hinter sich gelassen. Mit prall gefülltem Spinnaker vor dem Maestral segelnd, umrundete er die Südspitze Sardiniens am Dienstag bei Sonnenaufgang, und am frühen Donnerstagabend liefen sie wieder in Messina ein.

Beim Abendessen im I Ruggeri, einem der besten Restaurants der Hafenstadt, las Gabriel erleichtert, dass die Staatsanwaltschaft im New Yorker Suffolk County keine Anklage wegen des Todes ihres Mannes gegen Lindsay Somerset erheben würde. Aus ihren Häusern ausgesperrt und mit beschlagnahmten oder eingefrorenen Bankkonten stand sie vor einer ungewissen Zukunft. Eine Wochenzeitung auf Long Island hatte angedeutet, sie könnte in East End bleiben und in Montauk ein Fitnessstudio eröffnen. Die größtenteils positiven Reaktionen der Einheimischen zeigten, dass Lindsay wegen ihrer verrückten Aktion auf dem Flugplatz nicht mit dem Skandal um Phillips Betrügereien in Verbindung gebracht wurde.

Drei Abende später las Gabriel in Bari, Kenny Vaughan, Somersets geflüchteter Finanzchef, sei tot in einem Hotelzimmer in New Orleans aufgefunden worden – anscheinend an einer Überdosis gestorben. Weiter verschollen blieb das Geld, das Phillip in den letzten Stunden seines Lebens von den Firmenkonten abgeräumt hatte. Wie die *New York Times* berichtete, würde der Versuch, die Gemälde im Besitz des Hedgefonds zu verkaufen, wahrscheinlich enttäuschend verlaufen, weil Sammler und Museen vor allen Kunstwerken zurückschreckten, die durch Somersets Hände gegangen waren. Ein Team von Experten des Metropolitan Museum of Art hatte den Bestand des Lagerhauses in der East Ninety-First Street gesichtet, um zu versuchen, definitiv festzustellen, welche der siebenhundertneunundachtzig Gemälde echt und welche gefälscht waren. Ein übereinstimmendes Urteil war nicht zustande gekommen.

Illustriert war der Zeitungsartikel mit einem Foto des letzten Gemäldes, das Phillip Somerset vor seinem Tod gekauft hatte: *Danaë und der Goldregen*, angeblich von Orazio Gentileschi. Das FBI hatte ermittelt, dass es aus der toskanischen Stadt Florenz nach New York geschickt worden war – zweifellos ohne Exportgenehmigung, was ein Verstoß gegen die strikten italienischen Ausfuhrbeschränkungen gewesen war. Ob es eine Fälschung oder tatsächlich ein verschollenes Meisterwerk war, konnten die Experten nicht sagen, zumindest nicht ohne eine gründliche Untersuchung, wie Aiden Gallagher von Equus Analytics sie anbot. Jedenfalls hatten die US-Behörden zugestimmt, das Werk auf Aufforderung Italiens sofort zurückzugeben.

Passenderweise traf es am selben Morgen in Italien ein, an dem Gabriel nach einer im Mondschein durchsegelten Nacht die nördliche Adria hinauf an seinem Liegeplatz im Venezia Yachting Center auf der Insel Certosa festmachte. Vier Tage später, nachdem er beobachtet hatte, wie Chiara in San Tomà an Bord eines Vaporettos der Linie 2 ging, brachte er Irene und Raphael zu Beginn des neuen Schuljahrs in die *Scuola elementare* Bernardo Canal. Weil er erstmals seit Wochen allein war – und außer einem Besuch des Rialtomarkts nichts Wichtiges vorhatte –, schlenderte er durch wenig belebte Straßen zur Bar Dogale. Dort traf er General Ferrari, an einem verchromten Tischchen mit blauer Decke sitzend, an.

Der Ober servierte zwei Cappuccini und ein Körbchen *Cornetti*, die mit Puderzucker bestäubt und mit Schlagsahne gefüllt waren. Gabriel trank den Kaffee, ließ aber das Gebäck liegen. »Ich habe sechs Wochen lang nur gegessen.«

»Trotzdem scheinen Sie kein Kilo zugenommen zu haben.«

»Ich verberge es gut.«

»Wie so vieles.« Diesmal trug der General wieder seine blau-rot-goldene Carabinieri-Uniform. Neben seinem Stuhl stand eine kleine schwarze Kartonmappe, wie Künstler sie benutzen, um Zeichnungen oder kleine Gemälde zu transportieren. »Irgendwie haben Sie's sogar geschafft, Ihre Verwicklung in den Fall Somerset zu verbergen.«

»Nicht völlig. Dieser FBI-Agent hat mich ganz schön in die Mangel genommen.«

»Wie ich höre, hat das Gespräch bei Bellinis in Harry's Bar stattgefunden.«

»Sie haben es beobachten lassen?«

»Sie glauben doch wohl nicht, dass wir FBI-Agenten unbegleitet herumlaufen lassen?«

»Hoffentlich nicht!«

»Special Agent Campbell hat auch mir ordentlich zugesetzt«, sagte Ferrari. »Er war der Überzeugung, das Kunstdezernat habe irgendwas mit Ihren Kapriolen zu tun. Ich habe ihm versichert, das sei nicht der Fall.«

»Die rasche Rückgabe von *Danaë und der Goldregen* lässt darauf schließen, dass er Ihnen geglaubt hat.«

Der General nahm einen kleinen Schluck Cappuccino. »Ein sogar nach Ihren Begriffen sehr bemerkenswertes Ergebnis.«

»Wo ist das Gemälde jetzt?«

»Noch im Palazzo«, sagte Ferrari, der damit den Sitz seiner Dienststelle in Rom meinte. »Aber heute Nachmittag wird es in die Galleria Borghese gebracht.«

»Du liebe Güte.«

»Wie lange werden sie brauchen, um es als Fälschung zu enttarnen?«

»Wie die *Times* berichtet, ist es in New York als echt beurteilt worden.«

»Bei allem Respekt kennen wir Gentileschis Werk etwas besser als die Amis.«

»Pinselführung und Palette sind vom Original nicht zu unterscheiden«, sagte Gabriel. »Aber sobald sie das Bild röntgen und mit IR-Reflektografie untersuchen, bin ich erledigt.«

»Geschieht Ihnen ganz recht. Dieses Gemälde muss als Fälschung enttarnt und vernichtet werden.« Der General atmete geräuschvoll aus. »Ihnen ist hoffentlich klar, dass Sie das *Œuvre* von drei der besten Maler, die jemals gelebt haben, mit Ihren angeblichen Verkäufen durch Dimbleby Fine Arts in London um je ein Werk vermehrt haben?«

»Bisher hat es noch keines der angeblich von Dimbleby verkauften Gemälde geschafft, in ein Werkverzeichnis aufgenommen zu werden.«

»Und wenn das eines Tages passiert?«

»Dann erhebe ich sofort Einspruch. Bis dahin möchte ich anonym bleiben.«

»Während Sie was tun?«

»Den kommenden Monat werde ich damit verbringen, Krümel und anderes Kleinzeug aus meinem Boot zu entfernen.«

»Und dann?«

»Meine Frau überlegt, ob sie mir erlauben soll, ein Gemälde zu restaurieren.«

»Für die Tiepolo Restoration Company?«

»Angesichts der Ebbe auf meinem Bankkonto tendiere ich dazu, vorher einen lukrativen Privatauftrag anzunehmen.«

Ferrari runzelte die Stirn. »Vielleicht sollten Sie einfach irgendwas fälschen.«

»Meine kurze Karriere als Fälscher ist offiziell beendet.«

»Und wenn man bedenkt, dass alles vergebens war …«

»Ich habe den größten Fälscherring der Kunstgeschichte auffliegen lassen.«

»Ohne den Fälscher zu enttarnen«, wandte der General ein.

»Das hätte ich getan, wenn Lindsay Somerset nicht einen klasse Range Rover ruiniert hätte, um ihren Mann umzubringen.«

»Trotzdem ist das ein ziemlich unbefriedigendes Ende der Story. Finden Sie nicht auch?«

»Die Schuldigen sind bestraft worden«, sagte Gabriel.

»Aber der Fälscher bleibt auf freiem Fuß.«

»Das FBI hat inzwischen bestimmt einen Verdacht.«

»Der junge Campbell sagt Nein. Ihr Fälscher scheint seine Spuren gut verwischt zu haben.« Ferrari griff nach der Kartonmappe und gab sie Gabriel. »Aber vielleicht trägt dies dazu bei, das Rätsel zu lösen.«

»Was ist das?«

»Ein Geschenk von Ihrem Pariser Freund Jacques Ménard.«

Gabriel balancierte die Mappe auf den Knien und öffnete die Verschlüsse. Sie enthielt eine *Flusslandschaft mit fernen Windmühlen*, Öl auf Leinwand, 36 mal 58 Zentimeter, angeblich von dem niederländischen Altmeister Aelbert Cuyp. Beigelegt war ein Untersuchungsbericht des Nationalen Zentrums für Forschung und Restauration im Louvre. Er stellte fest, die Frage nach der Echtheit des Gemäldes habe sich auch in wochenlanger Arbeit nicht abschließend beantworten lassen. In einem Punkt war das Ergebnis jedoch eindeutig:

An der *Flusslandschaft mit fernen Windmühlen* haftete keine einzige dunkelblaue Fleecefaser.

Gabriel legte den Untersuchungsbericht in die Mappe zurück und ließ die Verschlüsse einschnappen.

»Bon voyage«, wünschte General Ferrari ihm lächelnd.

74

SALAMANCA

Im Gegensatz zu Gabriels Aussage gegenüber Special Agent Josh Campbell vom FBI hielt Magdalena Navarro sich nicht in einem abgelegenen Bergdorf in den Pyrenäen versteckt. Stattdessen lebte sie zurückgezogen in ihrem Apartment in der Calle de Castelló in dem eleganten Madrider Viertel Salamanca. Um 12.30 Uhr am folgenden Mittag drückte Gabriel auf ihren Klingelknopf und kehrte dann der Kamera der Gegensprechanlage den Rücken zu. Als sich niemand meldete, klingelte er nochmals. Nach längerer Pause erwachte der Lautsprecher knackend zum Leben.

»Machen Sie das noch mal«, sagte eine schlaftrunkene Stimme, »komme ich runter und bringe Sie um.«

»Bitte nicht, Magdalena.« Gabriel wandte sich der Kamera zu. »Ich bin's nur.«

»Mein Gott!«, rief sie aus und betätigte den Türöffner.

Gabriel fuhr mit dem Aufzug zu ihrer Wohnung hinauf. Magdalena erwartete ihn in der offenen Tür stehend. Sie trug einen übergroßen Baumwollpullover ohne viel darunter. Ihr rabenschwarzes Haar war zerzaust. An den Händen hatte sie Farbspuren.

»Hoffentlich störe ich nicht«, sagte Gabriel.

»Nur meinen Schlaf. Du hättest mich warnen sollen, dass du kommst.«

»Ich hatte Angst, du könntest versuchen, ins Ausland zu gehen.« Er begutachtete die beiden gleichen Koffer von Louis

Vuitton, die in der gefliesten Diele standen. »In welchem ist das Geld?«

Sie deutete auf den an der Tür stehenden Koffer. »Er enthält alles Geld, das ich noch habe.«

»Was ist aus den vier bis fünf Millionen Euro geworden, die du auf Konten bei europäischen Banken geparkt hattest?«

»Die habe ich verschenkt.«

»An wen?«

»In erster Linie an Arme und Immigranten. Außerdem haben meine bevorzugte Umweltschutzorganisation und die Kunstakademie Barcelona namhafte Spenden erhalten. Anonym, versteht sich.«

»Vielleicht gibt's doch noch Hoffnung für dich.« Gabriel begutachtete ihre Aufmachung missbilligend. »Aber nicht in diesem Aufzug.«

Sie lächelte nur, tappte barfuß den Flur entlang und kam wenig später in Stretchjeans und einem Trikot von Real Madrid zurück. In der Küche bereitete sie *Café con leche* zu, den sie am Tisch mit Blick auf die schmale Straße tranken. Die Calle de Castelló war von luxuriösen Apartmentgebäuden, Designerboutiquen und schicken Bars und Restaurants gesäumt. Magdalena gehört eindeutig hierher, dachte Gabriel. Nur schade, dass sie sich dieses Leben nicht ehrlich verdient hat.

»Dein Gesicht ist braun wie spanisches Sattelleder«, teilte sie ihm mit. »Wo bist du gewesen?«

»Mit Frau und Kindern auf einem Segeltörn um die Welt.«

»Hast du viel Neues entdeckt?«

»Nur die Identität des Fälschers.« Er betrachtete ihre Hände mit Farbspuren. »Wie ich sehe, malst du wieder.«

Sie nickte. »Bis spät in die Nacht hinein.«

»Etwas Gutes?«

»Eine *Madonna mit Kind* aus dem Kreis um Raffael, die bald entdeckt werden wird. Du?«

»Ich habe eine neue Seite aufgeschlagen.«

»Spürst du nicht mal eine kleine Versuchung?«

»Was zu tun?«

»Ein paar Gemälde zu fälschen«, sagte sie. »Es wäre mir eine Ehre, den Vertrieb für dich zu übernehmen. Aber nur, wenn wir bei den Gewinnen halbe-halbe machen.«

»Vielleicht habe ich mich getäuscht«, sagte Gabriel. »Vielleicht bist du doch ein hoffnungsloser Fall.«

Magdalena lächelte und trank einen Schluck Kaffee. »Ich bin sicher nicht perfekt – aber auch ich habe eine neue Seite aufgeschlagen. Und falls du dich das noch immer fragst: Ich bin nicht die Fälscherin.«

»Würde ich das glauben, wäre ich mit Beamten der Guardia Civil aufgekreuzt, um dich verhaften zu lassen.«

»Die erwarte ich bereits.« Sie griff nach ihrem Handy und öffnete den Browser. »Hast du die Nachrichten aus Deutschland verfolgt? Herr Hassler kooperiert jetzt mit den Ermittlern. Wann sie meine Auslieferung beantragen, ist nur eine Frage der Zeit.«

»Vor nicht allzu langer Zeit habe ich einen Terroranschlag auf den Kölner Dom verhindert. Notfalls kann ich dafür einen Gefallen einfordern.«

»Was ist mit den Belgiern?«

»Brüssel und Antwerpen sind die europäischen Hauptstädte des organisierten Verbrechens. Ich bezweifle, dass die belgische Justiz wegen ein paar gefälschter Gemälde deine Auslieferung verlangen wird.«

»Das FBI weiß bestimmt von mir.«

»Und auch von mir«, antwortete Gabriel. »Zumindest vorläufig tendiert es dazu, unsere Namen aus dem Fall herauszuhalten.« Er nickte zu dem neben der Tür hängenden ungerahmten Porträt hinüber. »Von dir?«

Magdalena nickte. »Ich habe es gemalt, nachdem Phillip und Leonard Silk versucht hatten, dich in Paris zu ermorden. Selbstporträt einer Strohfrau.«

»Gar nicht übel.«

»Meine neuen Bilder sind viel besser. Ich würde sie dir gern zeigen, aber ich fürchte, dass in meinem Atelier im Augenblick lauter halb fertige Fälschungen hängen.«

Das waren natürlich keine Fälschungen, sondern erstaunlich fantasievolle Werke einer hochbegabten und technisch perfekten Malerin. Gabriel begutachtete eines nach dem anderen zunehmend fasziniert.

»Wie findest du sie?«, fragte Magdalena.

»Phillip Somersets größtes Verbrechen war es, der Welt deine Arbeiten vorenthalten zu haben, glaube ich.« Gabriel umfasste sein Kinn nachdenklich mit einer Hand. »Die Frage ist nur: Was machen wir mit ihnen?«

»Wir?«

»Es wäre mir eine Ehre, als dein Strohmann zu fungieren. Ich bestehe jedoch darauf, nicht am Gewinn beteiligt zu werden.«

»Du bist ein harter Verhandler, Gabriel. Aber wie willst du meine Arbeiten auf den Markt bringen?«

»Durch eine Ausstellung in einer führenden Galerie in einer der Kunsthauptstädte der Welt. Eine Show von der Art, die dich zu einer milliardenteuren globalen Marke machen wird. Jeder, der irgendwas ist, wird kommen. Und nach diesem Abend kennt jeder deinen Namen.«

»Hoffentlich aus guten Gründen«, sagte Magdalena. »Aber wo soll diese Ausstellung stattfinden?«

»Galerie Olivia Watson in London.«

Sie lächelte strahlend. »Würdest du das wirklich für mich tun?«

»Unter einer Bedingung.«

»Den Namen des Fälschers?«

Er nickte.

»Der war ich, mein Lieber. Ich habe alle diese unentdeckbaren Altmeistergemälde zwischen Schichten im El Pote Español und Katz's Delicatessen gemalt.« Sie schlang ihm die Arme um den Hals. »Wie kann ich mich dafür revanchieren?«

»Indem du mir gestattest, eines deiner Bilder zu kaufen.«

»Nur wenn du versprichst, es niemals zu verkaufen, um daran zu verdienen.«

»Abgemacht«, sagte Gabriel.

75

EQUUS ANALYTICS

Genau achtundvierzig Stunden später – nach einem weiteren Transatlantikflug zum JFK International Airport und einem kurzen Aufenthalt in einem Courtyard Marriott in Stamford, Connecticut – setzte Gabriel sich ans Steuer einer gemieteten amerikanischen Limousine und fuhr einem gleißend hellen Sonnenaufgang entgegen nach Westport. Kurz nach sieben erreichte er das Gebäude von Equus Analytics. Aiden Gallaghers protziger 7er-BMW war nirgends zu sehen.

Gabriel stellte die Bildmappe auf den Asphalt, zog sein Solaris heraus und wählte. Juval Gerschon von der Einheit 8200 meldete sich sofort. »Kann's losgehen?«, fragte er.

»Weshalb rufe ich sonst an?«

Juval entriegelte die Eingangstür ferngesteuert. »Viel Spaß!«

Gabriel steckte sein Smartphone ein, nahm die Mappe mit und betrat das Gebäude.

Bei heruntergelassenen Jalousien herrschte im Labor völliges Dunkel. Gabriel schaltete die Lampe seines Handys ein und richtete den Lichtstrahl auf das Gemälde in dem Bruker M6 Jetstream, einem Gerät für räumliche Auflösung. Das Porträt einer Frau Ende zwanzig oder Anfang dreißig, die eine goldene Robe mit weißem Spitzenbesatz trug. Jeder Dummkopf konnte sehen, dass das Bild 115 mal 92 Zentimeter groß war. Gabriel machte ein Foto von der blassen Wange der Porträtierten. Das Erscheinungsbild des Craquelés erzeugte ein Prickeln in seinem Nacken.

Er ließ die Kartonmappe auf einem Untersuchungstisch liegen und stieg die Treppe in den ersten Stock hinauf. Das Obergeschoss bestand aus einem einzigen Raum von der Größe des Labors. Vor den Fenstern mit Blick auf die Riverside Avenue standen ungefähr zwanzig hölzerne Transportkisten, von denen jede ein Gemälde enthielt, das darauf wartete, von dem allseits geschätzten Aiden Gallagher untersucht zu werden. Nur eine der Kisten war geöffnet worden – die mit dem Gemälde, das jetzt unten auf dem Bruker lag. Zu Equus Analytics war es von Sotheby's in New York geschickt worden.

Am anderen Ende des Raums standen eine Staffelei, ein kleiner Werkzeugwagen und ein tragbarer Exhaustor, um Dämpfe abzusaugen. Die Schubfächer des Wägelchens waren leer und makellos sauber. Auch die Staffelei war leer. Gabriel begutachtete die noch vorhandenen Farben. Bleiweiß. Krapprot. Beinschwarz. Zinnoberrot. Indigoblau. Veroneser Grün. Lapislazuli. Roter und gelber Ocker.

Unten nahm er die *Flusslandschaft* aus der Bildmappe und legte sie auf den Untersuchungstisch. Daneben legte er zwei Untersuchungsberichte. Einer stammte vom Nationalen Zentrum für Forschung und Restaurierung in Paris, der andere von Equus Analytics. Dann schaltete er seine Lampe aus und wartete. Zwei Stunden und zwölf Minuten später fuhr draußen ein Wagen vor. Wir werden die Angelegenheit diskret klären, nahm Gabriel sich vor, und nie mehr darüber reden.

Die Alarmanlage in Museumsqualität piepste achtmal schrill, dann kam Aiden Gallagher mit großen Schritten herein. Zu einer Kakihose trug er einen Pullover mit V-Ausschnitt. Er streckte eine Hand nach dem Lichtschalter aus, zögerte dann jedoch, als spüre er eine Anwesenheit im Labor.

Endlich flammten die Leuchtstoffröhren an der Decke auf. Gallagher holte erschrocken tief Luft und wich zwei Schritte zurück. »Verdammt, wie kommen Sie hier rein, Allon?«

»Sie haben vergessen, die Tür abzusperren. Zum Glück war ich zufällig in der Nähe.«

Gallagher zog sein Handy heraus, begann zu wählen.

»Lassen Sie das lieber, Aiden. Damit schaden Sie bloß sich selbst.«

Gallagher ließ das Smartphone sinken. »Was wollen Sie von mir?«

»Sie schulden meiner Freundin Sarah Bancroft fünfundsiebzigtausend Dollar.«

»Wofür?«

Gabriel nickte zu der *Flusslandschaft mit fernen Windmühlen* hinüber. »Sie haben uns versichert, in den Farbauftrag seien blaue Fleecefasern eingebettet – ein unwiderlegbarer Beweis für eine Fälschung. Aber eine zweite Untersuchung des Gemäldes hat ergeben, dass diese Behauptung nicht zutrifft.«

»Wer hat diese Untersuchung vorgenommen?«

»Das französische Nationale Zentrum für Forschung und Restaurierung.«

Gallagher lächelte schwach. »Ist das nicht das Labor, das die vier Fälschungen authentifiziert hat, die jetzt im Louvre hängen?«

»Den Franzosen ist ein Fehler unterlaufen, Ihnen dagegen nicht. Und übrigens«, fuhr Gabriel fort, »habe ich den Cranach auf den ersten Blick als Fälschung erkannt.« Er zeigt auf das Gemälde auf dem Bruker. »Und ich brauche ganz bestimmt kein Gerät für räumliche Auflösung, um zu erkennen, dass auch dieser van Dyck eine Fälschung ist.«

»Nach allem, was ich bisher gesehen habe, tendiere ich dazu, ihn für echt zu halten.«

»Das kann ich mir vorstellen. Aber damit würden Sie sich verrechnen.«

»Wie das?«

»Viel cleverer wäre es, alle Ihre Fälschungen nacheinander aus dem Verkehr zu ziehen. Dann sind Sie der Held der

Kunstwelt. Und Sie werden dabei sogar reich. Meiner Berechnung nach würden allein die oben stehenden Gemälde die Bilanz von Equus um eineinhalb Millionen Dollar aufbessern.«

»Wegen des Somerset-Skandals beträgt mein Honorar für Eilaufträge jetzt hunderttausend Dollar. Folglich spielen diese Gemälde zwei Millionen ein.«

»Ich habe noch kein Leugnen gehört, Aiden.«

»Dass ich der Fälscher bin? Das ist überflüssig, denke ich. Ihre Theorie ist lächerlich!«

»Sie sind ausgebildeter Maler und Restaurator und ein Spezialist für Provenienzforschung und Authentifizierung. Das bedeutet, dass Sie wissen, welche Werke die Kunstwelt akzeptieren wird – und dass Sie sich vor allem darauf verstehen, sie zu entwerfen und auszuführen. Aber Ihr größter Vorteil ist, dass Sie in der einzigartigen Lage sind, Ihre eigenen Fälschungen für echt zu erklären.« Gabriel blickte auf die *Flusslandschaft mit fernen Windmühlen* hinab. »Hätten Sie dieses Gemälde nur authentifiziert, wären Phillip und Sie vielleicht noch im Geschäft.« Er machte eine Pause. »Und ich wäre jetzt nicht hier.«

»Ich habe das Gemälde nicht authentifiziert, Allon, weil es eine offenkundige Fälschung ist.«

»Für mich offenkundig, gewiss. Aber nicht für die meisten Experten. Deswegen haben Phillip und Sie beschlossen, mich beseitigen zu lassen. Sie haben uns erzählt, Sie hätten auf dem Bild Textilfasern entdeckt, weil das der häufigste Fehler ist, den unerfahrene Fälscher machen. Es ist auch etwas, das bei einer flüchtigen Erstuntersuchung an einem Wochenende entdeckt werden kann. Als wir das Gemälde am Montagnachmittag abgeholt haben, haben Sie sich erkundigt, wann wir damit zu Georges Fleury gehen wollten. Und Sarah hat es Ihnen unklugerweise gesagt.«

»Ist Ihnen klar, wie verrückt das alles klingt?«

»Dabei bin ich noch gar nicht bei dem guten Teil angelangt.« Gabriel trat einen Schritt auf Gallagher zu. »Sie gehören einem sehr kleinen Klub an. Er besteht aus Glückspilzen, die versucht haben, mich oder einen meiner Freunde zu ermorden, und noch lebend herumlaufen. Also würde ich an Ihrer Stelle nicht länger grinsen. Sonst könnte ich die Beherrschung verlieren.«

Gallagher musterte ihn ausdruckslos. »Ich bin nicht der Mann, für den Sie mich halten, Allon.«

»Ich weiß, dass Sie's sind.«

»Beweisen Sie's.«

»Das kann ich nicht. Phillip und Sie waren zu vorsichtig. Und der Zustand Ihres Ateliers legt nahe, dass Sie nichts unversucht gelassen haben, um die Beweise für Ihre Straftaten zu beseitigen.«

Gallagher zeigte auf den französischen Untersuchungsbericht. »Darf ich?«

»Bitte sehr.«

Er nahm das Schriftstück vom Tisch und begann zu lesen. Nach kurzer Zeit sagte er: »Sie sind zu keinem eindeutigen Urteil über die Echtheit gelangt.« In seinem Tonfall lag unüberhörbar leichter Stolz. »Selbst ihre besten Experten für niederländische Altmeister konnten nicht ausschließen, dass das Gemälde echt ist.«

»Aber Sie und ich wissen, dass es gefälscht ist. Daher möchte ich Sie um ein Cuttermesser bitten.«

Gallagher zögerte. Dann zog er eine Schublade auf und legte ein Olfa AK-1 auf den Untersuchungstisch.

»Vielleicht sollten Sie's selbst tun«, schlug Gabriel vor.

»Das überlasse ich Ihnen.«

Gabriel fasste das hochwertige Messer an seinem gelben Griff und zerstörte die Fälschung mit zwei irreparablen waagrechten Schnitten. Als er eben zum dritten Schnitt ansetzte, hielt Gallagher sein Handgelenk fest. Die Hand des Iren zitterte.

»Das reicht, Allon.« Er ließ das Handgelenk los. »Sie brauchen das verdammte Ding nicht zu verstümmeln.«

Gabriel brachte den dritten Schnitt an, bevor er die Leinwandstreifen von dem Keilrahmen riss. Dann trat er mit dem

Cuttermesser in der Hand auf das *Porträt einer Unbekannten* zu.

»Rühren Sie's nicht an«, sagte Gallagher ruhig.

»Warum nicht?«

»Weil dieses Gemälde ein echter van Dyck ist.«

»Dieses Gemälde«, sagte Gabriel, »ist eine Ihrer Fälschungen.«

»Sind Sie bereit, fünfzehn Millionen Dollar zu wetten?«

»Hat Phillip so viel dafür bekommen?«

Weil Gabriel keine Antwort bekam, nahm er das Porträt von dem Bruker und zerschnitt es in Streifen. Als er wieder aufsah, stellte er fest, dass Aiden Gallagher sein zerstörtes Werk mit vor Zorn leichenblassem Gesicht anstarrte.

»Wieso haben Sie das gemacht?«

»Die bessere Frage wäre: Wieso haben Sie's gemalt? Nur wegen des Geldes? Oder hat es Ihnen Spaß gemacht, Leute wie Julian Isherwood und Sarah Bancroft zum Narren zu halten?« Gabriel legte das Cuttermesser auf den Tisch zurück. »Sie schulden ihnen fünfundsiebzigtausend Dollar.«

»In dem Vertrag steht ausdrücklich, dass eine Erstattung ausgeschlossen ist.«

»Vielleicht können wir uns dann auf einen Kompromiss einigen.«

»An wie viel haben Sie gedacht?«

Gabriel lächelte.

Sie brauchten nicht lange, um sich auf eine Zahl zu einigen, was kaum überraschend war, weil nicht gefeilscht wurde. Gabriel nannte einfach seinen Preis, und Aiden Gallagher, der vor Empörung kurzzeitig stammelnd widersprach, stellte den Scheck aus. Als Nächstes forderte der Ire eine Entschädigung für den van Dyck. Gabriel legte einen Fünfeuroschein auf den Untersuchungstisch und trat mit dem Scheck in der Hand in den sonnigen Morgen in Connecticut hinaus.

Obwohl er sich auf der Rückfahrt zum JFK viel Zeit ließ, kam er vier Stunden vor dem Abflug an. Er aß schlecht in einem der Schnellrestaurants, kaufte in den Duty-free-Shops Mitbringsel für Chiara und die Kinder und schlenderte dann zu seinem Gate. Unterwegs warf er einen Blick auf den Scheck aus der Innentasche seines maßgeschneiderten italienischen Sakkos – ein auf Isherwood Fine Arts ausgestellter Scheck über 8,9 Millionen Dollar.

Diese Abschlusszahlung enthielt fünfundsiebzigtausend Dollar Erstattung für den betrügerischen Untersuchungsbericht von Equus Analytics, 2,4 Millionen Dollar für den gefälschten van Dyck, eine Million Dollar für den gefälschten Cuyp, hunderttausend Dollar für die alten Leinwände, die Gabriel für seine eigenen Fälschungen gebraucht hatte, und fünfhundertfünfundzwanzigtausend Dollar für diverse Unkosten wie Flugtickets erster Klasse, Fünfsternehotels und Belvedere-Martinis mit drei Oliven. Und dazu kamen natürlich die 4,8 Millionen Dollar, die Sarah beim Konkurs von Masterpiece Art Ventures verloren hatte.

Insgesamt ein recht befriedigendes Ende der Geschichte, fand Gabriel.

Er rief Chiara in Venedig an, um zu berichten, dass alles wie geplant geklappt hatte.

»Schurke«, sagte sie und lachte schallend.

ANMERKUNG DES VERFASSERS

Die Fälschung ist ein Unterhaltungsroman und sollte als solcher gelesen werden. Die in diesem Werk vorkommenden Namen, Personen, Orte und Ereignisse sind das Produkt der Fantasie des Autors oder von ihm fiktionalisiert worden. Jede Ähnlichkeit mit lebenden oder verstorbenen Personen, Unternehmen, Organisationen, Ereignissen oder Schauplätzen wäre rein zufällig.

Besucher des *Sestiere* San Polo werden vergeblich Ausschau halten nach dem umgebauten Palazzo mit Blick auf den Canal Grande, in dem Gabriel Allon sich nach einer langen und bewegten Karriere im israelischen Geheimdienst mit seiner Frau und seinen beiden kleinen Kindern niedergelassen hat. Auch das Büro der Tiepolo Restoration Company ist unmöglich zu finden, weil diese Firma nicht existiert. Der Song von Andrea Bocelli, der im Kapitel 6 in der Küche der Allons erklingt, ist »Chiara« aus seinem 2001 erschienenen Album *Cieli di Toscana*. Diese CD habe ich mir oft angehört, als ich 2002 die erste Fassung von *Die Loge* schrieb, und den Namen der schönen Tochter von Jacob Zolli, dem Oberrabbiner von Venedig, gegeben. Irene Allon trägt den Namen ihrer Großmutter, die in den ersten Jahren nach der Staatsgründung eine der wichtigsten israelischen Künstlerinnen war. Ihr Zwillingsbruder ist nach einem Maler aus der italienischen Hochrenaissance benannt: Raffaelo Sanzio da Urbino, besser als Raffael bekannt.

Die Villa dei Fiori, ein fiktiver Landsitz in Umbrien, erscheint erstmals in dem Roman *Das Moskau-Komplott*, den ich während eines längeren Aufenthalts auf einem ähnlichen Besitz konzipiert habe. Das Personal hat sich wundervoll um meine Familie und mich gekümmert, und ich habe mich dafür revanchiert, indem ich ihm in meinem Roman kleine, aber wichtige Rollen zuwies. Leider erging es mehreren Ladenbesitzern aus der Kleinstadt Amelia in dem folgenden Roman *Der Oligarch* nicht besser.

In dem Pariser Hotel de Crillon gibt es tatsächlich eine nach dem Dirigenten Leonard Bernstein benannte Suite, und das Chez Janou gehört zweifellos zu den besten Bistros der Stadt. Trotzdem kann das Erscheinen der Schweizer Geigerin Anna Rolfe in dem hell beleuchteten Raum kein Aufsehen erregt haben, weil Anna ein Produkt meiner Fantasie ist. Das sind auch Maurice Durand und Georges Fleury, der Kunstdieb und der betrügerische Galerist aus dem achten Arrondissement. Das Kunstdezernat der Police Nationale heißt tatsächlich Zentralstelle für den Kampf gegen den illegalen Handel mit Kulturgütern – auf Französisch klingt das wirklich besser –, aber sein Personal arbeitet nicht in dem historischen Gebäude 36, quai des Orfèvres.

Zum Glück gibt es keinen kunstbasierten Hedgefonds namens Masterpiece Art Ventures, und alle Verbrechen des fiktiven Phillip Somerset habe ich mir selbst ausgedacht. Die Namen realer Auktionshäuser habe ich übernommen, weil sie wie die Namen großer Maler Bestandteil des Lexikons der Kunstwelt sind. Keineswegs will ich damit andeuten, dass Unternehmen wie Christie's oder Sotheby's wissentlich gefälschte Gemälde versteigern. Und ich möchte auch nicht etwa den Eindruck erwecken, dass JPMorgan Chase und die Bank of America gefälschte Gemälde als Sicherheit für Darlehen akzeptieren würden. Aufrichtig entschuldigen möchte ich mich bei dem Chef des Sicherheitsdiensts im Hotel Pierre für Gabriels unentschuldbares Benehmen während seines kurzen Aufenthalts in seinem Haus. Das historische Hotel in der East Sixty-First Street gehört zu den besten Häusern New Yorks und würde nie jemanden wie meinen fiktiven Ray Bennett beschäftigen.

Die verrückte Menagerie aus Londoner Galeristen, Kuratoren, Auktionatoren und Journalisten, die die Seiten von *Die*

Fälschung bevölkert, ist ebenso frei erfunden wie ihre manchmal fragwürdigen persönlichen und professionellen Eskapaden. In der Nordwestecke des Mason's Yard gibt es tatsächlich eine sehenswerte Galerie, die aber Patrick Matthiesen gehört, einem der weltweit angesehensten und erfolgreichsten Händler mit Altmeistergemälden. Als exzellenter Historiker mit unfehlbarem Kennerblick würde Patrick niemals auf einen gefälschten van Dyck reinfallen, auch nicht auf eine so geschickte Fälschung wie in meinem Roman beschrieben.

Von vielen seiner Kollegen und Konkurrenten lässt sich das jedoch nicht sagen. Im letzten Vierteljahrhundert ist die Kunstwelt mit ihren Milliardenumsätzen von einer Serie hochkarätiger Fälscherskandale erschüttert worden, die beunruhigende Fragen in Bezug auf den subjektiven Prozess aufwerfen, durch den Herkunft und Echtheit eines Gemäldes bestimmt werden. Obwohl alle Fälscherringe irgendeine Version des abgedroschenen Provenienzmärchens benutzten – neu entdecktes Gemälde aus einer bisher unbekannten Privatsammlung –, gelang es ihnen bemerkenswert mühelos, die Profis und Experten der Kunstwelt zu täuschen.

John Myatt, ein Liedermacher und Teilzeitkunstlehrer, der sich darauf verstand, die großen Meister zu imitieren, lebte als Alleinerziehender mit zwei Kleinkindern in einem heruntergekommen Farmhaus in Staffordshire, als er einen cleveren Betrüger namens John Drewe kennenlernte. Gemeinsam verübten die beiden Männer »den größten Kunstschwindel des 20. Jahrhunderts«, wie Scotland Yard urteilte. Mit Gemälden von Myatt und gefälschten Provenienzen von Drewe warf das Paar über zweihundertfünfzig Gemälde auf den Kunstmarkt – für die Drewe über fünfundzwanzig Millionen Pfund kassierte. Viele dieser Fälschungen wurden über ehrwürdige Londoner Auktionshäuser verkauft, darunter mehrere Werke, die angeblich von dem französischen Maler Jean Dubuffet stammten, die anlässlich eines Galaabends bei Christie's unter den Hammer kamen. Im Publikum saß an diesem Abend ihr Fälscher, der sich leicht underdressed vorkam. Die Fondation Dubuffet, die Bewahrerin seines Œuvres, hatte die Gemälde für echt erklärt.

Jenseits des Ärmelkanals richteten zur gleichen Zeit zwei weitere Fälscher verheerende Schäden in der Kunstwelt an – und verdienten damit Millionen. Einer von ihnen war Guy Ribes, ein talentierter Maler, der für einen überzeugenden »Chagall« oder »Picasso« nur wenige Minuten brauchte. Nach Erkenntnissen französischer Ermittler überschwemmten Ribes und ein Netzwerk aus betrügerischen Galeristen den Kunstmarkt mit über tausend gefälschten Werken, von denen viele noch im Umlauf sind. Ähnlich produktiv war Ribes' deutscher Kollege Wolfgang Beltracchi, der monatlich bis zu zehn Gemälde fälschte. Es war Beltracchis Frau Helene – nicht meine fiktive Françoise Vionnet –, die einen gefälschten »Georges Valmier« nach nur kurzer Untersuchung mühelos an ein prominentes europäisches Auktionshaus verkaufte.

Binnen weniger Jahre verkauften die Beltracchis Fälschungen über alle wichtigen Auktionshäuser – alle angeblich aus einer bis dahin unbekannten Privatsammlung. Dadurch wurden sie fabelhaft reich. Sie segelten von einer fünfköpfigen Crew betreut mit einer Fünfundzwanzig-Meter-Jacht um die Welt. Zu ihrem Immobilienvermögen gehörten eine sieben Millionen Euro teure Villa in Freiburg und die Domaine des Rivettes, ein großes Weingut im französischen Languedoc. Zu ihren vielen Opfern gehörte der Schauspieler und Kunstsammler Steve Martin, der im Jahr 2004 über die Pariser Galerie Cazeau-Béraudière einen gefälschten Heinrich Campendonk für achthundertsechzigtausend Dollar kaufte.

Man hätte annehmen können, Knoedler & Company, die älteste Kunsthandlung New Yorks, sei immun gegen das auf europäischen Märkten grassierende Virus. Aber als 1995 eine unbekannte Kunsthändlerin namens Glafira Rosales mit einem in Karton verpackten »Rothko« in der Galerie aufkreuzte, sah

Ann Friedman, die Präsidentin von Knoedler, offenbar keinen Grund, misstrauisch zu sein. Im Jahrzehnt danach verkaufte Rosales Knoedler & Company direkt oder auf Kommission fast vierzig abstrakt expressionistische Gemälde, darunter angebliche Arbeiten von Jackson Pollock, Lee Krasner, Franz Kline, Robert Motherwell und Willem de Kooning.

Wie sich herausstellte, fungierte Glafira Rosales als Strohfrau eines internationalen Fälscherrings, zu dem auch ihr spanischer Freund José Carlos Bergantiños Díaz und sein Bruder gehörten. Der Fälscher war ein chinesischer Immigrant namens Pei-Shen Qian, dessen Atelier seine Garage in Queens war. Bergantiños Díaz hatte Qian entdeckt, der in Lower Manhattan auf der Straße Gemäldekopien verkaufte, und prompt engagiert. Qian bekam für jede Fälschung etwa neuntausend Dollar, einen winzigen Bruchteil dessen, was seine Arbeiten bei Knoedler brachten. Die mit Klagen überzogene altehrwürdige Galerie musste im November 2011 schließen.

Bei aller Hochachtung vor den abstrakten Expressionisten, die ich verehre, ist es eine Sache, einen Motherwell oder Rothko zu fälschen, aber etwas ganz anderes, ein überzeugendes Werk von Lucas Cranach dem Älteren zu malen. Allein aus diesem Grund ließ eine französische Richterin Schockwellen durch die Kunstwelt laufen, als sie im März 2016 die *Venus mit Schleier* beschlagnahmen ließ – die Hauptattraktion einer erfolgreichen Ausstellung im Kunstzentrum Hôtel de Caumont im südfranzösischen Aix-en-Provence. Eine ausführliche zweihundertdreizehnseitige wissenschaftliche Analyse des Gemäldes – das Kronjuwel der riesigen Fürstlichen Sammlung Liechtenstein – würde später zu dem Schluss gelangen, das Werk könne nicht aus Cranachs Atelier stammen. Zu den vielen angeführten Unstimmigkeiten gehörte das netzartige Craquelé, von dem es hieß: »Es ist unmöglich, dass dies durch einen natürlichen Alterungsprozess entstanden ist.« Beauftragte Seiner Durchlaucht des Fürsten widersprachen dieser Einschätzung und forderten die sofortige Rückgabe des Gemäldes. Noch heute ist die *Venus mit Schleier* auf der Website der Fürstlichen Sammlung abgebildet und im Wiener Gartenpalais Liechtenstein zu bewundern.

Es war jedoch die Identität des Vorbesitzers dieses Werks – der zum Händler gewordene französische Sammler Giuliano Ruffini –, was die erweiterte Kunstwelt beunruhigte. In letzter Zeit waren mehrere bis dahin unbekannte Werke aus Ruffinis Sammlung auf den Markt gelangt, darunter das *Porträt eines Mannes mit Quastenkragen*, den der holländische Altmeister Frans Hals gemalt haben sollte. Experten des Louvre untersuchten das Gemälde 2008 und erklärten es zu einem nationalen Kulturgut, das möglichst im Lande gehalten werden solle. Ihre Kollegen im Den Haager Mauritshuis waren ebenso begeistert: Ein leitender Kurator bezeichnete das Gemälde als »sehr wichtige Ergänzung von Hals' Œuvre«. Dass die Provenienz ziemlich dünn war, schien niemanden besonders zu stören. Das Werk, sagten die Experten, spreche für sich selbst.

Aus nie recht erklärten Gründen entschied der Louvre sich gegen einen Ankauf, und so wurde das Porträt 2010 für angeblich drei Millionen Dollar von einem Londoner Kunsthändler und einem Kunstinvestor gekauft. Nur ein Jahr später verkauften die beiden es einem prominenten amerikanischen Sammler für mehr als das Dreifache ihres Einkaufspreises. Als der prominente Sammler hörte, die *Venus* sei in Frankreich beschlagnahmt worden, ließ er seinen zehn Millionen Dollar teuren »Frans Hals« klugerweise wissenschaftlich untersuchen, wobei sich das Gemälde eindeutig als Fälschung erwies. Sotheby's war rasch bereit, ihm den Kaufpreis zu erstatten, und forderte seinerseits das Geld von dem Kunsthändler und dem Kunstinvestor zurück. Ab dann hagelte es Klagen und Gegenklagen.

Aus der Sammlung Ruffini kamen bis zu fünfundzwanzig Altmeistergemälde mit einem Marktwert von über zweihundertfünfundfünfzig Millionen Dollar – darunter *David mit dem Kopf von Goliath*, angeblich von Orazio Gentileschi, das in der Londoner National Gallery ausgestellt wurde. Dies war nicht das erste Mal, dass das angesehene Museum ein gefälschtes oder falsch zugeschriebenes Werk ausstellte. Im Jahr 2000 zeigte das Museum unter dem Titel »Fälschungen, Fehler und Entdeckungen« in sechs Sälen eine selbstkritische Ausstellung. In Saal 5 hing *Eine Allegorie*. Dieses 1874 angekaufte Gemälde stammte angeblich von Sandro Botticelli, einem florentinischen Maler der Frührenaissance. Tatsächlich war es ein Pastiche eines späteren Jüngers. Im Jahr 2021 gelangte das mit neuartiger KI-Technologie arbeitende Schweizer Labor Art Recognition zu dem Schluss, *Samson und Delilah*, eines der Prunkstücke der National Gallery, sei fast sicher *kein* Werk von Peter Paul Rubens.

Die National Gallery hatte das Gemälde 1980 bei Christie's in London für 5,4 Millionen Dollar gekauft. Das war damals der dritthöchste jemals für ein Kunstwerk gezahlte Preis. Auf dem heutigen Kunstmarkt wäre diese Summe kaum eine Meldung wert, weil Kunstwerke durch explodierende Preise zu einer weiteren Anlageklasse für die Superreichen geworden sind – »eine Handelsware wie Schweinebäuche oder Weizen«, wie der verstorbene Galerist Eugene Thaw aus Manhattan es ausgedrückt hat. A. Alfred Taubman, der Shoppingmall-Betreiber und Fast-Food-Investor, der Sotheby's 1983 kaufte, merkte zynisch an, »ein kostbares Gemälde von Degas und ein Glas kaltes Root Beer« hätten viel gemeinsam, zumindest was ihr Gewinnpotenzial betreffe. Im April 2002 erhielt Taubman eine einjährige Haftstrafe für seine Rolle bei Preisabsprachen mit dem Konkurrenten Christie's, durch die Käufer um über hundert Millionen Dollar betrogen worden waren.

Immer mehr der wertvollsten Kunstwerke der Welt hängen heutzutage nicht in Museen oder Privathäusern, sondern in abgedunkelten, klimatisierten Tresoren. Über eine Million Gemälde, darunter mindestens tausend Werke von Pablo Picasso, sind angeblich im Genfer Zollfreilager versteckt. Viele

Kuratoren und Sammler sind beunruhigt darüber, bis zu welchem Grad Kunstwerke zu einem bloßen weiteren Investmentvehikel geworden sind. Aber auch Leute, die davon leben, dass sie Kunst kaufen und mit Gewinn weiterverkaufen, sind damit nicht einverstanden. »Gemälde«, sagte der New Yorker Galerist David Nash 2016 der *New York Times*, »sind kein Gemeingut.«

Die meisten wechseln den Besitzer unter strikter Geheimhaltung, zu immer höheren Preisen, mit wenig oder keiner Kontrolle von außen. So ist es kein Wunder, dass die Kunstwelt reihenweise von Fälscherskandalen mit Schäden in mehrstelliger Millionenhöhe heimgesucht wurde. Verschlimmert wird das Problem zweifellos durch die Apathie von Polizei und Gerichten. Bemerkenswerterweise sind alle oben erwähnten Fälscher oder ihre Komplizen mit einem blauen Auge davongekommen. Strohfrau Glafira Rosales büßte für ihre Rolle im Knoedler-Skandal mit drei Monaten Haft und neun Monaten Hausarrest. John Myart und Wolfgang Beltracchi, die kurze Haftstrafen abgesessen haben, leben jetzt davon, dass sie online »echte Fälschungen« und andere Originale verkaufen. In einem Interview für das Programm *60 Minutes* von CBS News bedauerte Beltracchi nur eine Tatsache – dass er eine falsch etikettierte Tube Titanweiß verwendet hatte, die zu seiner Enttarnung geführt hatte.

Auch dem französischen Fälscher Guy Ribes gelang es, sein Talent legitim zu Geld zu machen. Es ist Ribes, nicht der Schauspieler Michel Bouquet, der in dem 2012 gedrehten Film über Auguste Pierre Renoirs letzte Jahre den Pinsel des Meisters führt. Ribes malte auch die für den Film verwendeten »Renoirs« – mit freundlicher Unterstützung des Musée d'Orsay, das ihn die Renoirs in seinem Besitz – darunter einige sonst nicht gezeigte Werke – privat besichtigen ließ. James Ivory beklagte die Tatsache, dass der berüchtigte französische Fälscher nicht für seinen 1996 gedrehten Film *Mein Mann Picasso* zur Verfügung gestanden hatte. Der legendäre Regisseur sagte: »Visuell wäre das ein anderer Film geworden.«

DANKSAGUNG

Dankbar bin ich meiner Frau Jamie Gangel, die geduldig zuhörte, während ich den komplizierten Plot und die überraschenden Wendungen in *Die Fälschung* ausarbeitete, und dann geschickt die erste Fassung meines Typoskripts redigierte. Meine Schuld ihr gegenüber ist ebenso tief wie meine Liebe.

Anthony Scaramucci, Gründer des Investmentfonds Skybridge Capital, nahm sich trotz seines vollen Terminkalenders die Zeit, mir zu helfen, einen betrügerischen kunstbasierten Hedgefonds zu entwerfen, dessen Geschäftsmodell auf Verkauf und Beleihung von gefälschten Gemälden basiert. Der Londoner Kunsthändler Patrick Matthiesen hat alle meine Fragen ebenso geduldig beantwortet wie Maxwell L. Anderson, der fünfmal Direktor eines US-Kunstmuseums war, auch des Whitney Museum of American Art in New York. Um sich nicht übertrumpfen zu lassen, las der berühmte Restaurator David Bull – in bestimmten Kreisen mit allen Vor- und Nachteilen als »der wahre Gabriel Allon« bekannt – mein fast sechshundert Seiten starkes Typoskript in voller Länge, während er sich beeilte, die Restaurierung eines Gemäldes des italienischen Renaissancemalers Jacopo Bassano abzuschließen.

Marie Brenner, die legendäre Journalistin bei *Vanity Fair*, gewährte mir wertvolle Einblicke in ihre Arbeit und die New Yorker Kunstwelt; und David Friend, bei der Zeitschrift Direktor für kreative Entwicklung, konnte erschreckende Storys über frühere Ermittlungen gegen mächtige Männer erzählen. Ich kann mit Gewissheit sagen, dass es in der Redaktion von *Vanity Fair* im vierundzwanzigsten Stock des One World Trade

Center einen Konferenzraum gibt – mit Blick auf den New Yorker Hafen. Ansonsten hat die auf dem dramatischen Höhepunkt von *Die Fälschung* geschilderte chaotische Abfolge von Ereignissen nur sehr wenig damit zu tun, wie *Vanity Fair* über wichtige Ergebnisse seines investigativen Journalismus berichtet, sie redigiert und veröffentlicht.

Michael Fendler, mein Superanwalt in Los Angeles, war selbstverständlich ein Quell kluger Ratschläge. Louis Toscano, mein lieber Freund und langjähriger Lektor, nahm zahlreiche Verbesserungen an meinem Roman vor, und Kathy Crosby, meine persönliche Korrektorin, sorgte mit Adlerblick dafür, dass mein Text frei von Schreib- und Grammatikfehlern war. Sollten ihrer Aufmerksamkeit Fehler entgangen sein, sind sie mir, nicht ihnen zuzuschreiben.

Bei der Arbeit an *Die Fälschung* habe ich Hunderte von Zeitungs- und Zeitschriftenartikeln konsultiert – bei Weitem mehr, als ich hier anführen kann. Zu speziellem Dank verpflichtet bin ich den Journalisten von *Artnet*, *ARTnews*, dem *Art Newspaper*, dem *Guardian* und der *New York Times* für ihre Berichterstattung über den jüngsten Fälscherskandal mit Altmeistergemälden. Fünf Bücher waren besonders hilfreich: Anthony M. Amore, *The Art of the Con: The Most Notorious Fakes, Frauds, and Forgeries in the Art World*; Laney Salisbury und Aly Sujo, *Provenance: How a Con Man and a Forger Rewrote the History of Modern Art*; Noah Charney, *The Art of Forgery: The Minds, Motives and Methods of Master Forgers*; Thomas Hoving, *False Impressions: The Hunt for Big-Time Art Fakes*; und Michael Shnayerson, *Boom: Mad Money, Mega Dealers, and the Rise of Contemporary Art*.

Wir sind mit Angehörigen und Freunden gesegnet, die unser Leben an kritischen Punkten des Schriftstellerjahrs mit Liebe und Lachen erfüllen, vor allem Jeff Zucker, Phil Griffin, Andrew Lack, Noah Oppenheim, Esther Fein und David Remnick, Elsa Walsh und Bob Woodward, Susan St. James und Dick

Ebersol, Jane und Burt Bacharach, Stacey und Henry Winkler, Pete Williams und David Gardner, Virginia Moseley und Tom Nides, Cindi und Mitchell Berger, Donna und Michael Bass, Nancy Dubuc und Michael Kizilbash, Susanna Aaron und Gary Ginsburg, Elsa Nachmanoff, Ron Meyer, Andy Lassner und Peggy Noonan.

Mein herzlicher Dank gilt auch dem Team bei HarperCollins, vor allem Brian Murray, Jonathan Burnham, Doug Jones, Leah Wasielewski, Sarah Ried, Mark Ferguson, Leslie Cohen, Josh Marwell, Robin Bilardello, Milan Bozic, David Koral, Leah Carlson-Stanisic, Carolyn Robson, Chantal Restivo-Alessi, Frank Albanese und Amy Baker.

Letztlich waren meine Kinder Lily und Nicholas ein steter Quell von Inspiration und Unterstützung. Nicholas, jetzt Doktorand im Security Studies Program der School of Foreign Service der Georgetown University, musste wegen der Pandemie wieder unter einem Dach mit seinem Vater leben, während ich damit kämpfte, meinen fünfundzwanzigsten Roman abzuschließen. Und man fragt sich, weshalb weder er noch seine Zwillingsschwester, eine erfolgreiche Unternehmensberaterin, eine Schriftstellerkarriere angestrebt haben.